T0244830

EL HIJO DEL TRAIDOR

EL SENDERO DEL GUARDABOSQUES

Pedro Urvi

El Hijo del Traidor

El sendero del guardabosques

HarperCollins

Editado por HarperCollins Ibérica, S. A., 2022
Avenida de Burgos, 8B – Planta 18
28036 Madrid
harpercollinsiberica.com

Adaptación de cubierta: equipo HarperCollins Ibérica
Maquetación: MT Color & Diseño, S.L.

ISBN: 9788491399704
Depósito legal: M-12341-2022

Esta serie está dedicada a mi gran amigo Guiller.
Gracias por toda la ayuda y el apoyo incondicional
desde el principio cuando solo era un sueño.

Prólogo

Con lealtad y valentía, el guardabosques cuidará de las tierras del reino y defenderá la Corona de enemigos, internos y externos, y servirá a Norghana con honor y en secreto.

No hay soldado, mago, hechicero o bestia que no tema la pericia del guardabosques, pues su certera flecha le dará muerte sin que sospeche siquiera de su presencia.

Extracto de *El sendero del guardabosques*,
dogma de los Guardabosques norghanos

Capítulo 1

—¡**M**I PADRE NO FUE UN TRAIDOR Y UN DÍA LO DEMOSTRARÉ! —se defendió Lasgol a la vez que echaba la cabeza hacia atrás para esquivar el enorme puño que le pasó rozando la nariz.

—¡Tu padre es el mayor traidor del Reino de Norghana en cien años! —gritó Volgar, y soltó el brazo en un golpe cruzado que Lasgol evitó esta vez agachando la cabeza.

—¡Mentira! —contestó Lasgol, luego retrocedió para salir del área de alcance del gigantón, con cuidado de no resbalar en la nieve que cubría parte del empedrado de la plaza.

—¡Sucio hijo de traidor, te voy a romper la crisma!

—Déjame en paz —dijo Lasgol separándose algo más—. Solo quiero comerciar con las pieles y la carne de caza, después me marcharé—. Y señaló con el pulgar el morral a su espalda, donde llevaba la media docena de liebres que había cazado con las trampas.

—Ya te lo he dicho muchas veces. Aquí solo comercia gente honrada y con honor. Tú no puedes venir a la plaza del pueblo a contaminarla con tu tufo de traidor. Esta es una aldea respetable —añadió Volgar con los brazos abiertos—. Dame tu cacería y desaparece, y a lo mejor no te parto la crisma.

—¡De eso nada! ¡Además, tú no eres quién para prohibirme nada! Yo pertenezco a esta aldea tanto como tú —le dijo Lasgol y echó una ojeada rápida alrededor.

Al hacerlo se percató de que Igor y Sven, los dos abusones que siempre acompañaban a Volgar, se le estaban acercando por la espalda para cerrarle las vías de escape. Tenía enfrente a aquel bravucón, a su derecha estaba la fuente de la plaza, algo a la izquierda el abrevadero para los caballos de los mercaderes y tras él los dos compinches. Estaba acorralado.

—No te atrevas a llevarme la contraria. ¡Me veré obligado a enseñarte una lección!

—Tendrás que alcanzarme antes —dijo Lasgol mientras miraba en todas direcciones en busca de una salida.

Volgar lo había interceptado a la puerta del peletero, frente a las Casas de los Oficios, en la plaza mayor de Skad. Ahora veía claro que le habían tendido una trampa. Estaban esperándolo. Era demasiado temprano para que aquel mastodonte estuviera siquiera despierto, pero era día de mercado y sabían que Lasgol tenía que ir a vender la caza.

Lanzó un golpe con la zurda; sin embargo, Lasgol lo anticipó y con un movimiento de cintura volvió a esquivarlo. Tenía que seguir evadiendo sus acometidas y no dejar que lo atrapara. Si se detenía a intercambiar golpes, lo haría pedazos. Eso ya lo había aprendido cuando tenían diez años. Aún recordaba la tremenda paliza que le había dado, y si conseguía agarrarlo, sufriría el mismo final.

—¡Estate quieto y pelea! —le gritó el gigantón con la cara roja de ira por no conseguir alcanzarlo.

—Ni lo sueñes —le contestó Lasgol moviéndose alrededor de su rival con agilidad, pero con cuidado por la nieve.

Sabía que no tenía ninguna posibilidad de vencer a aquella mole con cabeza de serrín. Aunque ambos tenían quince años recién cumplidos, Volgar era dos veces más ancho que él y le sacaba una cabeza.

No había nadie de su edad tan grande y feo en toda la aldea. Y lo que era peor, pese a que en su enorme corpachón había una buena parte de grasa, sobre todo en la panza y el abdomen, también había mucho músculo. Poseía una formidable fuerza bruta, y sabía utilizarla para atemorizar a todos, incluso a los que eran mayores que él.

—¡Te voy a arrancar la cabeza! —gritó el abusón y una vaharada salió de su bocaza.

Hacía bastante frío aquella mañana de invierno, pese a que la primavera estaba a punto de llegar. Aunque allí, en el norte de Tremia, nunca hacía calor.

—De tal padre, tal hijo. ¡Un cobarde y un traidor!

—Mi padre no traicionó al reino y yo no soy ningún cobarde —espetó Lasgol buscando ayuda con la mirada.

El peletero había salido a la puerta y observaba la pelea con los brazos cruzados. Si un norghano rara vez intervenía en una disputa ajena, nadie intervendría para ayudarlo a él. Era el hijo de Dakon Eklund, el guardabosques Traidor. Nadie movería un dedo para socorrerlo en toda la aldea; de hecho, en todo el reino. Vio al forjador dejar de trabajar en la espada de acero que estaba tratando sobre el yunque para salir al soportal a presenciar la pelea. El carnicero y sus dos hijos se acercaban también desde el otro lado de la plaza seguidos de varios vecinos de la pequeña aldea montañosa. No se aproximaban con el fin de separarlos; lo hacían para ver si le propinaban una buena paliza. Aplaudirían de ser así. Lasgol lo sabía. Todos lo despreciaban por quien era y lo trataban como a un apestado.

—Tu padre traicionó al rey Uthar, lo vendió a Darthor, Señor Oscuro del Hielo. Deberían desterrarte del norte. Manchas el blanco de nuestra tierra con tu presencia pestilente —dijo Sven a su espalda.

Lasgol lo miró con los ojos entrecerrados. Nada de lo que dijera o hiciera lo libraría de una paliza.

—Dejadme en paz, yo no he hecho nada malo.

—¡Ya me he cansado! ¡Cogedlo! —les dijo Volgar a sus dos compinches, que esperaban su orden para intervenir.

En Norghana, las peleas hombre a hombre eran una tradición y se respetaban siempre. Pero Volgar había perdido la paciencia, cosa que le pasaba muy a menudo.

—¿Quién es el cobarde? ¿Necesitas de tus esbirros para derrotarme cuerpo a cuerpo? Tú sí que eres una vergüenza de norghano.

—¡Sujetad a ese traidor! ¡Lo voy a machacar!

Igor intentó agarrar a Lasgol, pero este consiguió zafarse. Sven se le echó a los pies y casi lo derribó.

—Cuando demuestre la inocencia de mi padre, tendréis que tragaros vuestras palabras —prometió Lasgol forcejeando para soltarse.

—Trágate tú esto —le dijo Volgar y soltó un derechazo.

Lasgol intentó esquivarlo; sin embargo, Igor lo asió del brazo y Sven de la cintura. El puño alcanzó la cara de Lasgol como un mazo. El labio le explotó de dolor y la cabeza le dio un latigazo a causa del tremendo golpe que casi lo deja sin sentido.

—¡Ya te tengo! ¡Sujetadlo bien! —les dijo Volgar a sus dos compañeros.

Lasgol movió la cabeza y, medio aturdido, vio cómo el gigantón se le echaba encima. Si lo agarraba, lo molería a golpes. Se liberó con un fuerte tirón que Igor no consiguió evitar. Ya libres los brazos, usó los antebrazos para golpear a Sven en la espalda y zafarse de él. Este, en un intento por apoyarse en Lasgol, agarró el morral y se fue al suelo con él.

—¡La caza! —exclamó Lasgol entre dientes al ver que se la arrebataban.

—¡Sujetadlo! —gritó Volgar, e Igor intentó engancharlo del cuello.

Lasgol se libró con un salto hacia un lado y vio pasar frente a su ojo el puño de Volgar golpeando nada más que aire. Pensó en recuperar el morral de las manos de Sven, que sonreía triunfal desde el suelo. Sin la caza, estaba en un buen lío. Sin embargo, desechó la idea; tenía que salir de allí antes de que lo machacaran. Dio dos pasos para ganar impulso y saltó a la fuente. Igor lo siguió. Desde la fuente dio otro salto largo hasta el abrevadero.

—¡Estate quieto! ¡Maldita ardilla cobarde! —gritó Volgar.

Lasgol mantuvo el equilibrio sin caer al agua y volvió a saltar, esa vez hacia el soportal de la casa más cercana. Se colgó de él, sujetándose con fuerza, y sintió el frío y la humedad de la nieve a través de los guantes de cuero curtido que llevaba. Tenía que extremar las precauciones en el siguiente movimiento para no resbalar y caer de espaldas al suelo.

—¿Adónde vas? ¡Quieto!

Lasgol se balanceó colgado del soportal; entonces, con un movimiento fluido, se impulsó y se encaramó al tejado de madera. Iba a escapar por él cuando la mano de Igor se cerró sobre su tobillo. El larguirucho intentó llevárselo con él al suelo usando el peso de su cuerpo. Lasgol se pegó al techo y se agarró a él con fuerza. Pero Igor tiraba de él, se iba abajo. Si caía, estaba acabado.

—¡Tíralo! —gritó Volgar mientras Sven llegaba a ayudar.

El pánico comenzó a apoderarse de Lasgol. Sin embargo, se rehízo. Con la bota izquierda pateó varias veces la mano que le apresaba el tobillo al tiempo que se agarraba para no irse abajo. Igor gimió, le soltó el tobillo y cayó al suelo. Lasgol se puso en pie y subió a lo más alto del tejado.

Se oyeron murmullos entre los aldeanos que presenciaban la pelea.

—¡Bájate de ahí! —gritó Volgar rojo de ira.

—Sube a buscarme si puedes. —Lasgol vio a Igor y Sven intentando encaramarse al tejado del soportal. Volgar jamás lo conseguiría, era demasiado pesado, pero aquellos dos lo lograrían si les daba por pensar y alzarse el uno al otro. Por fortuna, pensar no era su fuerte. De ninguno de los tres. Por si acaso ocurría un milagro y les daba por utilizar la cabeza, decidió no quedarse a esperar—. ¡Hasta nunca! La cara del gigantón se enrojeció de tal manera que parecía que iba a explotar como un tomate maduro pisoteado.

—¡Te acordarás de esta!

Lasgol se dio la vuelta y se deslizó por el otro alero de la techumbre. Con cuidado comenzó a saltar de tejado en tejado, cruzando la aldea por las alturas. Debía estar muy atento, la nieve era traicionera. Si resbalaba, podía irse al suelo y romperse algún hueso. Puso toda su atención en cada salto. Las botas de cuero recubiertas de piel que llevaba patinaban poco; aun así no se fiaba. Tuvo un par de sustos y con gran esfuerzo mantuvo el equilibrio y no se fue abajo. Llegó a la última casa al norte de la aldea y se dejó caer hasta el suelo. Luego, corrió para desaparecer internándose en el bosque.

Una vez seguro de que no lo seguían y se encontraba a salvo, se encaramó a la copa de un abeto enorme junto al río. Trepar a lugares altos era algo que le encantaba hacer. No sabía muy bien por qué, pero así era. Desde pequeño siempre se había sentido atraído por las alturas. Quizá fuera la sensación de triunfo al alcanzar la cima, quizá fueran las maravillosas vistas que conseguían disfrutarse, quizá la paz que se sentía al estar en solitario en la cumbre. Era probable que se tratara de todas esas razones y alguna más de la que todavía no era consciente. Siempre que tenía oportunidad, casi de forma instintiva, terminaba subido a algo, un torreón, una colina o, como en aquel caso, un árbol. Además, el hecho de que estuviera cubierto de nieve y la ascensión fuese más complicada lo motivaba aún más.

Respiró hondo el fragante aroma del bosque. Eso lo relajó. Sintió una punzada de dolor en la boca y se limpió la sangre del labio partido con la manga de su raída túnica de invierno. Al hacerlo, se dio cuenta de que su viejo abrigo de piel de foca tenía una manga medio arrancada. Lasgol resopló. Tendría que remendarla él mismo. Sonrió. La de cosas que uno aprendía cuando era pobre y odiado. Ya sabía coser, tejer, cocinar y un sinfín de tareas aprendidas por necesidad. Se miró los pantalones de lana gruesa recubiertos de pieles y vio que estaban bien. De tener que reemplazarlos habría sido muy complicado, pero era lo que tenían las peleas en el norte; terminaba uno apaleado y con la ropa hecha trizas.

Se palpó la cara y las piernas por si tenía alguna herida de la que no se hubiera percatado. «Nada grave ni quedará marca», pensó. No era la primera ni sería la última vez que lo zurraran. Estaba acostumbrado a los palos y las tundas. Lo que le dolía, aunque intentaba con todas sus fuerzas que no fuera así, era el desprecio. No tanto hacia él, pues lo aceptaba en silencio, sino hacia su padre, Dakon. Él ya se había acostumbrado y cada vez le afectaba un poco menos. Pero no podía soportar que hablaran mal de su difunto padre. A eso no se acostumbraría nunca.

Habían pasado ya tres largos y tortuosos años desde aquel fatídico día. El día de la traición al rey, el día de la muerte de su padre. El día en que la vida de Lasgol se quebró para siempre y se convirtió en una pesadilla de la que no podía despertar por más que lo intentara.

Oyó un leve ruido a su derecha y volvió la cabeza despacio. Una ardilla lo observaba con curiosidad. Al verla, Lasgol recordó la caza que había perdido. Suspiró y sacudió la cabeza. Había recogido las trampas que había puesto en los bosques bajos del nordeste de la aldea cuando le tendieron la emboscada. Ahora le tocaba regresar a casa de su señor sin la moneda que debería haber conseguido en el mercado. Eso iba a costarle caro. Su señor, Ulf, le haría dormir a la intemperie o algo peor. Si bien dormir a la intemperie en medio del frío invierno del reino más al norte de todo Tremia, famoso por permanecer helado tres cuartas partes del año, estaba considerado como un castigo inhumano a ojos de medio mundo civilizado, no era así a los de Ulf. Y, por desgracia, Lasgol ya lo había sufrido.

Se puso las manos sobre la boca.

—Forja el carácter. Un norghano tiene que saber dormir hasta encima de un bloque de hielo. Por algo somos el Pueblo de las Nieves —le dijo a la ardilla imitando la voz ronca y grave de Ulf.

La ardilla salió corriendo y saltó a otra rama hasta desaparecer entre los árboles. Sonrió mientras la veía alejarse. «Tengo que dejar de hablar solo. Parezco un demente.» Pero qué se podía hacer cuando uno no tenía ni un solo amigo y todos se reían de él, lo insultaban o intentaban apalearlo. Se encogió de hombros. Su padre le había enseñado a no compadecerse de sí mismo. «Mantén siempre una actitud positiva, no importa lo difícil de la situación. Mira siempre adelante. Con optimismo», decía. Era muy probable que su padre no hubiera previsto una situación como la que le tocaba vivir. Pero seguiría su consejo como había seguido todos los demás siempre.

Miró al sol, oculto entre nubes que amenazaban tormenta. «Será mejor afrontar el castigo cuanto antes.» Bajó del árbol tan rápido como pudo. Siempre lo hacía así, tanto subir como bajar. Entrenaba los músculos y la coordinación. Unas manos fuertes y unos pies seguros eran esenciales sobre todo para alguien como él, que no era de constitución fuerte. Lasgol se observó y sacudió la cabeza. Él no era el arquetipo de norghano, más bien todo lo contrario. Los norghanos eran un pueblo de hombres rudos de temperamento ardiente; altos y fuertes, como los robles del norte; aguerridos guerreros entrenados en el uso del hacha y el escudo redondo de madera. De piel blanca como la nieve que cubría su tierra, de ojos claros como el hielo del norte y de cabello rubio como el débil sol del reino. Y Lasgol, si bien era rubio y tenía ojos azules, no era ni rudo ni de temperamento ardiente, no sabía manejar el hacha de guerra ni el escudo, y, sobre todo, no era alto ni musculoso, sino más bien lo contrario.

Se encogió de hombros y dejó escapar una sonrisa. Una cosa sí era: muy rápido y ágil, más que nadie que conociera. Así que, siempre que podía, entrenaba su cuerpo para aumentar esas ventajas y conseguir la fuerza física que le faltaba. «Serán todos altos y fuertes como osos, pero yo no he visto nunca a un oso atrapar una ardilla.» Soltó una carcajada y se encaminó de vuelta a la aldea.

Cuando llegó, se cercioró de que no había peligro esperándolo en las calles y se dirigió a la casa de Ulf. Tomó la calle principal, que era más ancha y le permitiría escapar mejor en caso de nuevas amenazas. Pasó frente a su antiguo hogar y se detuvo a contemplarlo, como siempre. La casa estaba construida de piedra y madera al estilo norghano y rodeada de una sobria muralla. Era más grande y lujosa que las demás edificaciones de la aldea. Tanto la casa como varias hectáreas de tierras y parte del bosque tras ella habían pertenecido a su padre. Había sido la hacienda de la familia. Ya no.

La aldea de Skad era una comunidad minera del noroeste. La mayoría de las casas eran humildes, la única que parecía de un mercader rico o quizá de un noble era la de su padre. Tenía una explicación: su padre no había sido ni rico ni un noble, pero tampoco un hombre ordinario. Su padre había sido primer guardabosques de Norghana. Un cargo que muy pocos hombres habían sido capaces de alcanzar. Los afortunados se podían contar con los dedos de una mano.

Suspiró. Añoraba tanto los buenos tiempos cuando su madre Mayra, su padre, Dakon, y él habían vivido allí y habían sido felices… Le entristecía recordar tan poco de su madre, que había muerto cuando él era niño. Su padre solía hablarle de ella para mantener viva su memoria. Por desgracia, a él también lo había perdido. Parecía que había pasado una vida desde el incidente, pero solo habían sido tres años.

—¿Qué miras? ¿Has vuelto a olvidar que esta ya no es tu casa? —le dijo una voz y Lasgol volvió a la realidad.

En la verja de entrada en medio de la muralla, un guardia le hacía señas para que se alejara de allí. Junto a él, un segundo guardia lo miraba con cara arisca.

—Sigue tu camino —ordenó el segundo.

—No hago nada malo.

—Te he dicho que te vayas, mi señor no quiere verte ahí mirando la casa como un pasmarote. Lo pone de mal humor.

Lasgol fue a responder, pero lo pensó mejor y se mordió la lengua. Al caer su padre en desgracia, el rey Uthar lo desposeyó de títulos y tierras, a él y a sus descendientes; así era la ley norghana. Lasgol había perdido a su padre, su hogar y todo cuanto poseían. El conde Malason, señor de aquel condado, había otorgado la casa y las tierras a su primo segundo Osvald, al que apodaban el Látigo por su cariño a aquel instrumento, que siempre llevaba enrollado en la cintura listo para ser usado. Estaba al cargo de la gestión de las dos minas de hierro y carbón de la zona.

—Está bien, me marcho.

Caminó hasta el que era su *hogar*. Una vieja casa solitaria de un soldado retirado en la parte norte de la aldea. Era pequeña y había visto tiempos mejores, pero era sólida, el tejado todavía aguantaba. Y lo que era más importante: el lar daba suficiente calor para que no muriera congelado cuando la temperatura descendía hasta los abismos, cosa que sucedía con frecuencia cada invierno. Se detuvo frente a la puerta y dudó si entrar o darse la vuelta. Temía enfrentarse a la ira de Ulf y empezó a girarse.

—¡Chico! ¿Eres tú? —Llegó la voz ronca y profunda de Ulf desde el interior de la vivienda.

Lasgol se quedó rígido. ¿Cómo lo había oído?

—¿Dónde está mi calmante?

Lasgol suspiró. Abrió la puerta y se dispuso a recibir su castigo.

Capítulo 2

LASGOL MIRÓ A SU SEÑOR DE CABEZA GACHA Y HOMBROS CAÍDOS. Había dejado atrás ya la mediana edad y era grande y feo como un oso. Su cabello y barba eran rojizos y los llevaba siempre descuidados. Estaba tuerto de un ojo, que dejaba al aire para que todos lo vieran, hecho que acrecentaba su aspecto feroz y cruel. La primera vez que Lasgol lo vio pensó que se hallaba frente a un oso de los bosques del sur. Aún lo pensaba cada vez que le gritaba o más bien cada vez que le rugía. Apoyaba su cuerpo en una muleta de madera y trapo, pues había perdido la pierna derecha en la guerra contra los zangrianos. Esa era la razón por la cual Lasgol estaba allí. El enorme guerrero no podía valerse del todo por sí solo. Al pensarlo, Lasgol se estremeció. Si Ulf Olafssen supiera lo que acababa de pensar de él, le arrancaría la cabeza de un bramido.

—¿Dónde está mi bebida, chico? —gruñó Ulf.

—Esto…, señor —intentó explicarse.

El rostro del viejo soldado comenzó a enrojecer.

—¿Esto? ¿Qué esto?

—Volgar y sus compinches me han tendido una emboscada frente al peletero…

—¿Por qué vienes con las manos vacías? —preguntó Ulf ignorando lo que Lasgol intentaba explicar.

—Me quitaron la caza… No pude venderla…, y sin moneda no pude comprar el vino noceano al bodeguero.

—¡Por los cinco Dioses del Hielo! —exclamó Ulf y alzó el brazo izquierdo al aire, gesticulando como si estuviera dándole un ataque de apoplejía mientras intentaba mantener el equilibrio apoyando el peso sobre la muleta.

—Lo siento… No los vi hasta que fue demasiado tarde.

Ulf se colocó a un palmo de Lasgol y se encorvó sobre él para gritarle al rostro cual bestia furiosa. El chico no se movió un ápice de donde se encontraba. Sabía que debía aguantar la posición pasara lo que pasara.

—¡Excusas a mí! ¡A mí! ¿Qué te he dicho siempre de las excusas? —tronó a la cara de Lasgol.

—Un norghano no sabe de excusas… —comenzó a recitar Lasgol.

—¡Exacto! —lo interrumpió su señor—. ¡Un norghano no sabe de excusas, un norghano hace lo que sea necesario, pero nunca da una excusa!

—Sí, señor… —dijo Lasgol cerrando los ojos con fuerza. Los gritos eran tan fuertes que pensó que se quedaría sordo.

—¡Treinta años en el Ejército Real norghano para terminar con el peor mozo del reino!

—Lo siento, señor.

—¿Quién te acogió cuando te echaron a palos a la calle a los doce años?

Lasgol bajó la cabeza y tragó saliva. Sabía qué venía ahora y contra eso no tenía defensa.

—Yo…

—¿Quién puso un techo sobre tu cabeza, te ofreció un fuego

donde calentarte y te dio de comer para que no murieras de frío y hambre en las calles?

—Lo siento —repitió Lasgol sin levantar la cabeza para no encontrarse así con la furibunda mirada de su señor.

Cuando estaba bebido, y eso ocurría a menudo, Ulf era difícil de sobrellevar, pues dejaba salir su lado oscuro. Sin embargo, cuando se encontraba resacoso y sin vino, era casi peor. La furia lo embargaba y se transformaba en un ogro salvaje que no se calmaba hasta conseguir su alcohol. Nada de lo que Lasgol dijese o hiciese lo tranquilizaría, nada a excepción de proporcionarle su *calmante*, como él lo llamaba. A Lasgol solo le quedaba capear el temporal de la mejor forma posible.

—¿Quién te permitió quedarte y te protegió cuando todos querían echarte a los lobos de los bosques?

—Mi señor…

—¿Quién te aceptó como mozo en su casa?

—Conseguiré el vino —le aseguró Lasgol.

—¡Ya lo creo que me traerás mi vino! ¡Por los osos blancos del norte que lo tendré!

—Saldré ahora mismo.

—Ve y no vuelvas sin mi vino o dormirás a la intemperie, y creo que esta noche viene tormenta —dijo en tono amenazador entrecerrando el ojo bueno y encorvándose para palparse el muñón de la pierna derecha—. Sí, definitivamente se aproxima tormenta, una de las fuertes. Este viejo soldado de las nieves lo sabe. Me duele, y el dolor nunca trae nada bueno…

Lasgol asintió sin levantar la cabeza, cruzó la cocina y se dirigió a la parte de atrás de la casa, donde Ulf guardaba las armas. El viejo soldado tenía un armero de madera contra la pared de piedra. Observó las armas: una espada de soldado de infantería que era su más preciada posesión, pues los norghanos usaban hachas para la lucha y tener una espada era un símbolo de pertenecer al Ejército y haber alcanzado el rango de oficial o pertenecer a una de las unidades de élite; y tres hachas: una corta de lanzar, una larga de combate y una enorme de doble cabeza que había que manejar a dos manos.

—¡Ni se te ocurra mirar mis armas! ¡Para poder tenerlas hay que ganárselas con el sudor de la frente, con años de sacrificio y servicio a la Corona!

Lasgol no se volvió. Él odiaba la Corona y todo lo relacionado con ella después de lo sucedido con su padre, pero no dijo nada. No era buena idea enfurecer aún más al viejo soldado. Un comentario negativo sobre el rey o el ejército, y le arrancaría la cabeza.

—Y no creas que no me doy cuenta de que quieres empuñarlas. ¡Pero para eso hay que ser un verdadero norghano, y tú solo eres un mozo esmirriado!

Lasgol suspiró. Tenía prohibido tocar las armas de Ulf. Una vez, cuando el viejo no estaba, intentó manejar la gran hacha; para su sorpresa y horror, apenas pudo levantarla un palmo del suelo. Le parecía increíble cómo un hombre podía luchar con semejante peso entre las manos, pero, teniendo en cuenta que en el norte los hombres eran grandes y fuertes como osos, entendió el origen de aquella arma. Era probable que pudiera derribar media casa de cuatro hachazos.

Sobre el armero se hallaban los dos arcos: el corto de caza y el largo de guerra. Pasó las manos sobre ambos, como saludándolos. Aquellas magníficas armas no eran de Ulf, eran suyas. Ulf odiaba los arcos; según él, eran armas de cobardes. Los hombres debían pelear cuerpo a cuerpo, cara a cara, y no desde la distancia para matar de forma traicionera. Aquella era una creencia muy extendida en Norghana. Los arqueros estaban mal vistos y los guardabosques reales mucho más. Y Lasgol era el hijo de uno de ellos, y no de uno cualquiera, sino de un guardabosques primero, el mejor de todos.

—No te hagas ilusiones, muchachito. —Le llegó la voz ronca con tonos de desdén.

Lasgol no se giró y cogió el arco corto y el carcaj con flechas que colgaba a un lado.

—Eres demasiado débil para ser un buen soldado, te falta cuerpo. A tu edad ya deberías ser el doble de grande.

—Yo no quiero ser soldado —respondió Lasgol en tono suave echando una mirada sobre el hombro.

—Pues será mejor que no quieras ser un maldito guardabosques real. Esos cobardes, que se camuflan entre el paraje para matar desde la lejanía sin ser vistos. Y todas esas habladurías de los aldeanos de que los guardabosques son misteriosos, que desaparecen a simple vista como por arte de magia, que sus enemigos no ven la muerte llegar… ¡Todo son paparruchadas! ¡No tienen nada mágico!

—Son el grupo de élite del rey… —murmuró Lasgol sabiendo que enfadaría a Ulf.

—¡Son unos cobardes!

—El rey los tiene en gran estima.

—¡Bah! Los usa para rastrear y cazar hombres y alimañas. No son más que sus sabuesos. Para eso o para misiones de espionaje. Pero en campo abierto, cara a cara, un soldado los despedazaría.

—Esa no es su finalidad. Su función es proteger el reino de enemigos internos y externos y servir al rey —dijo Lasgol recordando lo que su padre le había dicho muchas veces.

—¿No me dirás que quieres seguir los pasos de tu padre? Mira cómo terminó él.

El comentario hirió a Lasgol.

—No, no quiero ser un guardabosques. Ni quiero servir al rey o a Norghana.

—¡Hablas como un maldito traidor! ¡No hay mayor honor para un norghano que luchar por su reino y por su rey!

—No para mí…

—¡Comadreja desagradecida! ¡Coge el arco y vete antes de que se me acabe la paciencia! —gritó, y le lanzó la muleta, que se estrelló con fuerza contra la pared a su derecha.

Lasgol se dirigió hacia la puerta.

—¿Adónde te crees que vas? —le gritó Ulf.

—A cazar…

—¡Por las minas del olvido! ¡Eres el peor mozo del norte! ¡Tráeme mi muleta!

Eso hizo Lasgol.

—Aquí tiene, mi señor.

—¡Ahora sal de mi casa y no regreses sin mi bebida!

El muchacho obedeció y se dirigió de inmediato hacia los bosques del noreste. No tenía mucho tiempo, necesitaba apresurarse. La caminata sería larga, le llevaría cerca de medio día alcanzar los bosques donde la caza era buena. Con un poco de suerte, podría estar de vuelta antes del anochecer. Tendría que hacerse con una buena pieza o no conseguiría la moneda que necesitaba. Por desgracia, sus trampas estaban vacías y le supondría dos o tres días que volvieran a estar llenas.

A paso ligero se internó en los bosques. La travesía no le preocupaba demasiado, sí el frío y la nieve. Su viejo abrigo, la capa y jubón de lana de oveja que llevaba debajo de aquel lo protegerían lo suficiente. Estaba acostumbrado a adentrarse en los bosques nevados. Para conseguir buena caza tenía que hacerlo; sin embargo, no solía alejarse demasiado por cautela; los bosques y el frío podían traicionar al más experimentado. Un despiste en las montañas podía acabar con la vida de cualquiera, incluso del más curtido. Él era aún muy inexperto y guardaba mucho respeto a las hostiles tierras del norte.

Tenía por costumbre partir antes del amanecer y así llegar temprano a las buenas áreas de caza. Una vez allí, reconocía la zona en busca de huellas recientes, una de las cosas que más le gustaban. Nada más las encontraba, colocaba trampas apropiadas al tipo de presa en los lugares propicios. Luego, acostumbraba a esconderse en una posición elevada contra la dirección del viento para que las presas no lo descubrieran y esperaba a una presa grande. Reconocer los rastros de los animales y elegir los lugares correctos para situarse y cazarlos era todo un arte. Un arte que Lasgol había aprendido de su padre.

Aceleró el paso bosque arriba, saltando sobre las raíces y el follaje con la agilidad de un felino. Por desgracia, más adelante no podría ir tan rápido, ya que la nieve cubría los bosques altos y dificultaría el avance. Ese día no tendría suficiente tiempo para reconocer la zona, así que tendría que dirigirse a uno de sus lugares preferidos donde casi siempre encontraba alguna pieza mediana, como un venado. Con un poco de suerte, eso sería más que suficiente. Los animales salvajes eran esquivos y detectaban a los hombres a leguas de distancia en los bosques altos.

Le llevó tiempo, pero al fin encaró una última pendiente. Las piernas le dolían del esfuerzo y los pulmones le quemaban mientras avanzaba entre los abedules con la nieve llegándole hasta la rodilla. Sentía el frío húmedo mordiéndole las piernas, pero ya estaba muy cerca y eso lo animó. Desde la colina, oteó el riachuelo que cruzaba la zona de caza. Entre las copas de los árboles podía entrever un cielo cada vez más oscuro que amenazaba con tormenta, y la temperatura comenzaba a bajar.

«Esto se está poniendo feo, debo apresurarme», pensó.

Llegó hasta el riachuelo y comenzó a buscar rastros de animales por la orilla. Pronto encontró las primeras huellas, se agachó y las estudió: eran de zorro plateado. Probablemente estaba haciendo lo mismo que él: buscar el rastro de algún animal más pequeño que cazar. No se equivocaba; algo más adelante, entre la nieve, descubrió el rastro de una liebre que se internaba en los bosques. Siguió buscando, el tiempo apremiaba y ahora sentía el frío, más intenso, en el rostro.

Aseguró bien las pieles que le cubrían del tobillo a la rodilla en ambas piernas, pues reforzaban la protección de las botas de invierno que llevaba y eran imprescindibles para andar por la nieve. Las botas y las pieles estaban tratadas con grasa de foca para evitar que la humedad pasara al interior.

Una huella algo más adelante captó su atención. La estudió con ojos atentos y la identificó: era de corzo. Sin duda. Su padre le había enseñado a reconocer la mayoría de las huellas y rastros que tanto hombres como animales dejaban en los bosques. Pocas se le escapaban, aunque a veces se confundía; no era infalible y aún le quedaba mucho por aprender, pero eran las menos.

Se dejó arrastrar por la nostalgia. Rastrear era la afición favorita de su padre, Dakon. Lo había llevado con él por primera vez cuando el muchacho cumplió los cuatro años. Lasgol todavía lo recordaba, aunque los recuerdos se volvían cada vez más difusos con el tiempo. Desde ese día, habían pasado incontables momentos en los bosques como maestro y alumno, como padre e hijo. Lasgol los había disfrutado inmensamente todos y cada uno de ellos. Su padre pasaba largas temporadas alejado de casa, sirviendo al rey y los Guardabosques. Por eso para Lasgol eran tan preciadas aquellas pequeñas expediciones junto a su padre.

Lasgol nunca sabía cuándo partiría o regresaría su padre. Lo hacía sin decírselo. Una mañana se levantaba y él había partido. Una noche iba a acostarse y su padre entraba por la puerta. Por mucho que Lasgol le preguntase, nunca le contaba nada sobre las misiones de los guardabosques. «Los guardabosques y sus secretos… siempre con secretos…» La verdad era que Lasgol había pasado la mayor parte de su infancia con Olga, aya de su padre, una gran mujer de edad avanzada. Ella lo había criado como si fuera su nieto.

Una mujer maravillosa. Severa pero compasiva y, sobre todo, llena de amor. Le había enseñado disciplina, a trabajar, a valorar las cosas. ¡Cuánto había querido a aquella mujer de temple de hierro! Por fortuna, Olga había fallecido el verano anterior al fatídico incidente y no había vivido lo que había ocurrido a continuación. Le habría roto el corazón. Lasgol daba gracias a los Dioses del Hielo por haber ahorrado aquel tormento a la buena mujer.

Suspiró. Cuando su padre regresaba de sus misiones, lo primero que hacía era llevarlo a los bosques altos y ponerlo a prueba eligiendo rastros casi imperceptibles o muy confusos. Lasgol había disfrutado enormemente de cada instante de aquellas jornadas junto a su padre y rastrear se había convertido en lo que más le gustaba del mundo.

—¿Qué es rastrear? —le había preguntado una vez su padre.

—Buscar, encontrar y seguir el rastro de algo —había respondido Lasgol.

Dakon le había sonreído.

—Sí, esa podría ser la respuesta correcta, pero es mucho más que eso.

—¿Mucho más?

—Sí, hijo. Es resolver un pequeño enigma.

—No entiendo, padre.

—Cada vez que nos internamos en los bosques y encontramos un rastro, tienes que tratarlo como si estuvieras resolviendo un enigma. ¿Qué hombre o qué animal ha dejado este rastro? ¿Qué hacía aquí? ¿Cuánto tiempo ha estado? ¿Adónde se ha dirigido? Y lo más importante, ¿por qué?

Lasgol había mirado a su padre fascinado.

—Nunca lo había pensado así.

—La próxima vez que rastrees, míralo desde esa perspectiva, hazte esas preguntas. Te ayudarán no solo a rastrear mejor, sino también a que la experiencia sea mucho más satisfactoria.

—Así lo haré, padre.

Desde aquel día, Lasgol siempre se planteaba aquellas cuestiones cuando rastreaba, pues, al igual que en otros muchos asuntos, su padre estaba en lo cierto: no solo rastreaba mucho mejor, sino que lo disfrutaba sobremanera. Volvió a examinar las huellas del corzo sobre la nieve. Era una hembra joven, no muy grande, y se movía mucho, así que sería difícil darle caza. Lasgol se sorprendía de los detalles que el ojo entrenado podía leer en los rastros. Sonrió.

Se recolocó bien el carcaj, comprobó el arco y lo cogió con la mano izquierda. Era hora de dar caza a la presa. Se agazapó y muy despacio comenzó a seguir las huellas que el animal había dejado después de haber bajado a beber al riachuelo. Lasgol pisaba con mucho cuidado, no debía hacer el más mínimo ruido o la presa se espantaría. Según avanzaba, se detenía y comprobaba la dirección del viento. Si el animal lo olía, también lo perdería. Con mucha paciencia fue avanzando, acercándose a su presa sin que esta se percatara. Lasgol no podía verla, pero no lo necesitaba; las huellas lo guiaban.

A medida que avanzaba por los bosques tuvo un presentimiento, como si lo vigilaran. Miró alrededor, pero se encontraba solo por completo. Solo estaban él, el bosque, la nieve que lo cubría todo y un cielo cada vez más oscuro. Lasgol solía tener sensaciones extrañas de vez en cuando. De hecho, desde hacía una semana la sensación era más recurrente. Eso le preocupó; por lo general había una razón para sus *sensaciones* y no siempre una buena. «No pienses cosas raras, es por la tormenta, se te echa encima», se dijo sacudiendo la cabeza y siguió adelante.

Pasó sobre un árbol caído, enterrado bajo el peso de la nieve, y comprobó las huellas. Eran frescas. Ya estaba muy cerca. Oteó el bosque con ojos atentos, aunque no distinguió más que nieve. Avanzó despacio hasta llegar a una gran roca semienterrada. La bordeó y se detuvo. Se quedó tan quieto como si fuera parte del propio pedrusco situado a su lado. A veinte pasos, entre los árboles, estaba el corzo. Comía de unos arbustos que aún sobrevivían al frío, medio sepultados por la nieve.

Lasgol se ocultó tras la roca y comprobó la dirección del viento. «De frente. Tengo suerte. No me detectará.» Respiró hondo y se preparó. Muy despacio, en un movimiento aletargado para intentar que pasar inadvertido para el animal, sacó una flecha del carcaj y la colocó en el arco. Al ser una hembra joven, no conseguiría mucho por la cornamenta, pero sí por la carne y la piel. Se concentró para el tiro. «¡Vamos, puedes hacerlo!», se animó. Tirar no era su fuerte. Con las trampas era muy bueno, pero no con el arco; aquello le carcomía las entrañas. Entrenaba a diario, aunque no parecía mejorar. Sin alguien que lo ayudara, no avanzaba. Estaba seguro de que algo hacía mal, pero no sabía qué.

Intentó relajarse. «Está cerca, puedo hacerlo», se dijo. Cinco pasos más y, con toda seguridad, fallaría. Sin embargo, a aquella distancia tenía una posibilidad. Valoró acercarse algo; cuanto más cerca, mayor la probabilidad de no errar el tiro, pero lo descartó. El riesgo de que lo descubriera era demasiado grande. No, tendría que acertar desde aquella posición. Inhaló hondo mientras se llevaba la pluma de la flecha hasta la mejilla tirando de la cuerda. Apuntó. De nuevo la sensación de que alguien lo observaba lo invadió y notó un escalofrío por la espalda.

«¡Ahora!», se dijo exhalando al tiempo que soltaba la flecha. Se oyó un golpe seco y el corzo cayó de lado sobre la nieve. Lasgol se puso en pie con el brazo en alto, colmado de alegría. «¡Lo conseguí!» Corrió hasta la pieza y se agachó junto a ella. Estaba muerta. «¡Qué gran tiro! ¡Hoy no dormiré en la calle!» Había alcanzado al animal en la cabeza con tal fuerza que había muerto al instante. Lo vergonzoso era que él había apuntado al corazón… «Definitivamente, necesito que alguien me ayude con el arco. Soy la vergüenza de los cazadores.

Casi es mejor que les lance piedras, seguro que acierto más.» Sin embargo, el disgusto se le pasó enseguida. Tenía la presa, que era lo importante.

Estaba tan contento que no se percató de que la temperatura comenzaba a descender de forma peligrosa. Una ráfaga de viento frío le azotó la cara y alzó la cabeza para observar el cielo. «Muy negro. Demasiado.» Tenía la tormenta casi encima y debía partir de inmediato. Fue a preparar la pieza para transportarla a cuestas cuando percibió algo extraño que hizo que se detuviera. Unos ojos lo observaban. Estaban clavados en él. Lasgol se quedó helado. A diez pasos, entre dos abedules, un lobo gris acechaba.

Miró al lobo de reojo con la cabeza gacha. No debía hacer movimientos bruscos o se arriesgaba a un ataque. Dudó en usar el arco, pero acertar a un lobo al ataque estaba fuera de sus posibilidades. Para cuando apuntara lo tendría encima y era muy probable que fallara el tiro. Pensó luego en el cuchillo que llevaba a la cintura. Era un cuchillo de desollar, demasiado pequeño para enfrentarse a un lobo. Además, Lasgol no sabía luchar, menos aún contra un animal salvaje. El miedo comenzó a atenazarlo. «No puedo dejar que huela mi miedo o me atacará.» Intentó serenarse. El lobo soltó un largo gruñido, arrugó la nariz y mostró dos colmillos enormes en clara amenaza. Supo que el animal estaba a punto de lanzarse sobre él. Solo le quedaba una opción; debía retirarse poco a poco, sin perderle la cara, y esperar que no lo atacara. Respiró hondo, se armó de valor y empezó a retirase, agazapado, encarando al lobo. Este continuaba gruñendo, más agresivo. El chico miró la pieza sobre la nieve. Si la dejaba allí, tendría que dormir a la intemperie y se congelaría. Con mucho cuidado, se puso a tirar de ella para llevársela consigo.

El lobo dio un salto hacia delante y gruñó de rabia. El muchacho se quedó paralizado. El corazón le latía tan fuerte que pensó que se le saldría del pecho. El animal quería la pieza. Pero él también la necesitaba. La soltó mientras miraba a los ojos al lobo. «Vamos, vete, la necesito. Es mía». Le hizo un gesto para ahuyentarlo, pero el cánido dio otro paso hacia delante gruñendo, lanzando dentelladas al aire, mostrando las fauces. Lasgol sintió tanto miedo que casi le fallaron las rodillas.

Se rehízo. Levantó la mano hacia el lobo y, con la mirada clavada en aquellos ojos salvajes, insistió con todo su ser. «¡Vete! ¡La pieza es mía!». Un destello verde le recorrió la cabeza y el brazo. El lobo retrocedió y gimió. Lasgol continuó con los ojos clavados en los del animal. Volvió a intentarlo con toda su alma. «¡Márchate!», repitió mientras mantenía la mano firme. Otro destello verde acompañó la orden. El lobo aulló, luego bajó la cabeza y agachó las orejas. Se volvió y se retiró al interior del bosque.

Lasgol resopló y dejó escapar toda la tensión del cuerpo. Había conseguido ahuyentar al lobo. El peligro había sido inmenso, una locura, ahora que lo pensaba con más frialdad. Cogió la pieza, se la cargó sobre los hombros y comenzó a correr cuando los primeros copos de nieve le caían ya sobre la cabeza.

«Tengo que apresurarme y volver antes de que la nieve se convierta en hielo.»

Capítulo 3

LASGOL ALCANZÓ LA ALDEA CON LA NOCHE ENCIMA Y LA tormenta pisándole los talones. Estaba muy cansado. Sin aliento. Se detuvo en medio de la plaza del pueblo, junto a la fuente. Dejó la pieza en el suelo y se dobló con las manos en jarras; intentaba respirar y recobrar el resuello. Le dolían todos los músculos del cuerpo y, sin embargo, estaba muy contento. Lo había conseguido. Tenía la pieza y había llegado a la aldea antes de que la tormenta rompiera. Como solía decirle su padre: «Aquel que lo persigue con alma y garra, lo consigue. No te des nunca por vencido».

Echó una mirada rápida alrededor. Los últimos vecinos corrían a refugiarse en las casas y granjas. La plaza estaba quedándose desierta. Las luces de las casas alumbraban los soportales, y las lámparas de aceite, que pronto retiraría el alguacil, iluminaban la explanada y la pequeña posada. Lasgol contempló la casa del peletero; después, la del carnicero. Lo sensato sería preparar la pieza y vender carne y piel por separado. Miró a su espalda, hacia el firmamento. Estaba tan negro que en cualquier momento se desencadenaría la tormenta. No tendría tiempo de ir a casa, preparar la pieza y volver, era demasiado tarde.

El peletero se asomó a cerrar los contrafuertes de la ventana.

—Espera, por favor —le rogó Lasgol acercándose.

—Ya he cerrado —le contestó él con cara arisca. La misma que siempre le ponía cuando le llevaba pieles. Pero, por lo general, se las aceptaba. El negocio era el negocio y la moneda no conocía de hijos de traidores.

Lasgol se apresuró hasta la ventana.

—Traigo algo bueno.

El peletero lo miró dudoso.

—Veamos qué tienes, rápido, que la tormenta se aproxima y quiero ir a cenar.

Lasgol dejó el arco a un lado y le mostró la pieza.

—No está mal. Vuelve mañana con la piel —dijo, y comenzó a cerrar los contrafuertes.

—Señor, necesito el dinero ahora.

—Ya y yo una buena esposa —respondió el peletero de mala gana.

Todos sabían que la esposa del peletero tenía muy mal carácter y le hacía la vida imposible. Era probable que se lo mereciera.

—Por favor…

—Nada de por favores, yo no compro piezas sin preparar, ya lo sabes, todos lo saben. Haz tu trabajo y vuelve mañana.

—Pero…

—¡No hay peros! —Y de un trancazo cerró los contrafuertes.

Lasgol suspiró. No se daría por vencido. Corrió hasta la puerta del carnicero. Llamó con urgencia, la tormenta había roto. La lluvia y la nieve comenzaron a azotarlo empujadas por vientos helados. Nadie abrió. Volvió a llamar y esperó. Nada. Se dio la vuelta, ¿qué más podía hacer? Entonces la puerta se abrió.

—Traigo una buena pieza —dijo Lasgol girándose.

El carnicero, un hombre grande y orondo, apareció en la entrada. Estaba calvo y tenía una espesa barba rubia. Lo miró de arriba abajo con ojos azules poco amistosos.

—Está cerrado. Has interrumpido mi cena.

—Lo siento… —Lasgol le enseñó la pieza.

—Está sin preparar.

—Lo sé, pero necesito la moneda ahora —le rogó Lasgol con tono desesperado.

El carnicero asintió, como si entendiera el porqué.

—No hay excepciones. Yo no hago el trabajo de otros. La caza se vende bien preparada o no se vende.

—Por favor…, señor…

—Vuelve mañana. —El corpachón del carnicero se giró y cerró tras él. Para que no quedara duda de que no abriría, atrancó la puerta.

Lasgol bajó la cabeza y suspiró. La tormenta arreciaba y, lo que era peor, el bodeguero había cerrado ya. No conseguiría el vino. Los vientos helados lo despeinaron y sintió la humedad de la nieve en el rostro. De su muñeca sacó una cinta de cuero y, apartándose el rubio cabello largo hacia atrás, se lo ató en una coleta. Así vería mejor. «Nunca te rindas», se dijo. Entrecerró los ojos y recorrió la plaza con la mirada. Solo había un lugar aún abierto: la posada. No se lo pensó dos veces y corrió hacia ella. El viento soplaba tan fuerte que le costaba avanzar. El frío le atravesaba los ropajes y la nieve le mojaba la cara y el pelo. Pensó en la noche a la intemperie que tendría que pasar y sacudió la cabeza.

Abrió la puerta de la posada. De inmediato una luz brillante y un fuerte olor a rancio lo golpearon. Giró el cuello a un lado y, tras recuperarse, observó la estancia. Reconoció a varios parroquianos. Drill, el borracho del pueblo, discutía con Bart, el posadero, en la barra. Tres mineros jugaban a las cartas en una mesa y apuraban sus cervezas. Al parecer no se habían percatado de que la tormenta ya había llegado. Algo más al fondo, Ulric y sus dos hijos, más conocidos como los Taladores, terminaban su cena.

—¡Cierra la puerta! —gritó un hombre enjuto y con cara afilada.

Lasgol se volvió con rapidez y la cerró.

—Mucho mejor —dijo el hombre, quien por sus vestimentas parecía un mercader que Lasgol no había visto antes en la aldea. Debía de estar de paso.

—¿Qué quieres? —le preguntó Bart con tono arisco.

Lasgol no se inmutó; estaba acostumbrado a que lo recibieran así dondequiera que fuera. Aunque la verdad era que el posadero imponía. Medía más de dos varas y era muy corpulento. Se decía en la aldea que había partido numerosos cráneos deteniendo peleas en su establecimiento. Cosa que no era difícil que sucediera porque a los norghanos les encantaban la cerveza y pelearse. Lasgol no entendía aquella afición por repartirse golpes para ver quién quedaba en pie al final de la bronca y alardear de ser el más fuerte y osado. Según le habían contado, en otras culturas como la rogdana, las peleas no estaban bien vistas. Quizá un día podría ir a ver el oeste, el Reino de Rogdon. No le importaría lo más mínimo salir de allí y conocer mundo.

—¿Te envía Ulf? —preguntó Drill con un deje que indicaba, sin lugar a duda, que llevaba encima más de lo que podía beber. Eso y que se apoyaba sobre la barra para no irse al suelo.

Lasgol improvisó. Sabía que Ulf era cliente habitual del local y que Drill era uno de sus compañeros de borracheras.

—Sí, señor —respondió Lasgol intentando sonar seguro.

Drill lo miró con cara de sorpresa.

—¿Señor? Estamos bien educados, ¿eh? —dijo sonriendo. Le faltaban las paletas. Las había perdido en una pelea de bar, algo bastante común entre los norghanos: malos dientes y puños de hierro.

—¿Qué quiere Ulf? —preguntó el posadero.

Lasgol se acercó y puso la pieza sobre la barra.

—Quiere hacer un trueque. La pieza por cuatro botellas de vino noceano —dijo Lasgol tan serio como en un funeral en alta mar, aunque por dentro el estómago se le revolvía.

—Pero ¿en qué demonios está pensando Ulf? ¡Aquí solo aceptamos moneda por bebida, nada de animales muertos!

—Es una buena pieza, señor, y muy fresca. Acabo de cazarla en los bosques altos —defendió Lasgol.

—Pues prepárala y llévala al carnicero. A mí así no me sirve de nada.

—Está cerrado hasta mañana…

—Pues ve mañana.

—Ulf me ha dicho que necesita el vino ahora, señor.

—¿Eso te ha dicho el cascarrabias? Pues aquí no fiamos ni hacemos trueques. ¡Habrase visto!

—De que no fía yo soy testigo —dijo Drill asintiendo varias veces para remarcar el hecho—, llevo media tarde intentando que me sirva algo de licor y el muy testarudo se niega.

—Por favor… —rogó Lasgol.

—He dicho que no. Y no me hagas enfadar.

Lasgol suspiró. Ese día no tendría suerte.

—Yo te daré tres monedas por la pieza —dijo alguien a su espalda.

Todos se giraron hacia la voz. Lasgol vio a un hombre sentado al fondo, en la esquina, entre las sombras que formaban las dos paredes. Tenía la espalda contra la esquina y la penumbra casi lo hacía imperceptible. Lasgol juraría que no estaba allí cuando él había entrado. Entrecerró los ojos, pero apenas pudo discernir una silueta. Llevaba una capa con capucha que le cubría el cuerpo por completo y se fundía con las sombras.

—Gracias…, señor… —balbuceó Lasgol, que no sabía quién era el misterioso personaje.

—Acércame la caza —le pidió.

Lasgol lo hizo y la dejó sobre la mesa del desconocido. Se fijó en que incluso a dos pasos de él, como estaba, y con luz en la posada, apenas lo distinguía en la sombra que proyectaba la esquina.

Le dio tres monedas que Lasgol cogió. La mano que vio estaba enguantada en cuero. El movimiento fue tan rápido que duró un pestañeo.

—¿Puedes prestarme el morral?

—Desde luego, señor.

Lasgol se lo dio. El desconocido asintió y no dijo nada más. Lasgol volvió con el posadero y dejó las tres monedas sobre la barra.

—Te daré tres botellas del vino noceano que le gusta a Ulf.

—¿Solo tres? Por tres monedas el bodeguero me da seis...

—Este vino es mejor que el del bodeguero. Además, aquí es más caro, yo tengo que hacer negocio también.

—Pero... la diferencia...

—Tómalo o déjalo —dijo el posadero, que sabía muy bien que Lasgol no tenía otra opción más que aceptar lo que le ofreciera.

—Está... bien...

—No irás a timar al muchacho después del trabajo que le ha llevado cazar ese corzo, ¿verdad? —intervino de pronto el desconocido.

—¿Timar? ¿Yo? ¡Este es un establecimiento honrado!

—No lo dudo, pero por tres monedas deberías darle al menos cuatro botellas al muchacho.

—¿Cuatro?

—Es suficiente beneficio —dijo el extraño, y lo hizo de una manera tan fría que sonó a amenaza.

El posadero se irguió. Fue a contestar con cara de ofendido, pero no se atrevió.

—Está bien, cuatro —aceptó, y volviéndose desapareció para volver al cabo de un momento con las botellas.

—Ten, llévatelas y desaparece de mi vista.

—Gracias —le dijo Lasgol; luego se volvió hacia el desconocido—. Muchas gracias, señor.

El desconocido le hizo un pequeño gesto de asentimiento con la cabeza. Lasgol no supo qué más decirle. No entendía por qué razón lo había ayudado, pero lo agradecía. Nadie nunca lo ayudaba en la aldea. En nada. Se giró y salió de la posada.

Corrió a través de las calles desiertas bajo la nieve y la ventisca helada. Alcanzó su casa con la tormenta descargando con fuerza. La temperatura seguía bajando y los vientos, en cambio, crecían en intensidad.

—Traigo la bebida, señor —anunció al entrar en la vivienda.

—¡Ya era hora! —protestó Ulf de mal humor. Siempre estaba de mal humor cuando no tenía vino—. ¡Por los Dioses del Hielo! ¡Aquí solo hay cuatro botellas! —bramó.

—Es todo lo que he podido conseguir...

—¡Tarde y poco!

—Pero...

—¡No hay peros que valgan! ¡Hoy dormirás en el cobertizo!

—No es justo…

—¿Desde cuándo manda la justicia en el helado norte? Aquí mandan los fuertes, no la justicia.

—Sí, señor —dijo Lasgol bajando la cabeza, sabedor de que, por desgracia, Ulf tenía razón. En el norte un brazo potente valía más que tener razón, mucho más.

—¡Al cobertizo he dicho!

—¿Con la leña?

—Sí. No has hecho lo que se te ha ordenado y un soldado siempre hace lo que se le ordena. Así aprenderás la lección.

Lasgol quiso protestar que él no era ningún soldado y que tampoco estaban en el Ejército Real, pero sabía que sería inútil. Ulf continuaba viviendo como si nunca hubiera abandonado la infantería. Siendo justos, él en verdad nunca había abandonado. Lo habían retirado por la edad y las heridas.

—A la orden, señor —acató Lasgol resignado.

—Pues en marcha, fuera, que quiero disfrutar de mi vino en paz y tranquilidad.

—¿Puedo coger una manta para abrigarme?

—Nada de mantas. ¡Cientos de noches he pasado yo a la intemperie sin abrigo durante las campañas! Así se logra carácter; así se forja un soldado.

—Sí, señor —dijo Lasgol con tono abatido y salió cerrando la puerta tras de sí.

Lo recibió la tormenta con brazos gélidos y él intentó rehuirla. Corrió hasta la parte de atrás de la casa, donde se hallaba el cobertizo con la leña. Tenía tres enclenques paredes y una tejavana no mucho mejor. Sin embargo, aquella débil estructura protegía algo del temporal. El viento helado entraba por las grietas y por la parte frontal, que estaba abierta. Lasgol notaba cómo lo azotaba con latigazos helados en el rostro y el cuerpo sin piedad. Miró la leña que él mismo había pasado medio otoño cortando y apilando allí en previsión del duro invierno, y se rascó la nariz. «Tengo que hacer algo con esa pared al descubierto.»

Una idea le acudió a la cabeza y sonrió. Comenzó a mover una pila de troncos para colocarlos de tal manera que tapiaran la cara abierta del cobertizo. Le llevó un buen rato, pero no le importó; así entraba en calor. Al fin, consiguió crear una barrera de troncos tapiando gran parte de la cara descubierta y se acurrucó tras ella. Rodeado de madera por todos lados, se arrebujó en su abrigo de piel y se colocó lo más cómodo que pudo. Consiguió incluso tumbarse. Le dio la impresión de haberse construido una pequeña cabaña, aunque si el viento soplaba demasiado fuerte era probable que la derrumbara sobre él.

La tormenta continuó azotando la casa y el cobertizo, pero el improvisado refugio aguantó. Lasgol tenía frío, pero sabía que podría soportarlo. «Soy un norghano y para los norghanos el frío es nuestro hermano», se dijo para darse ánimos. Resopló. No se merecía estar allí, de noche, solo, en medio de la tormenta y helándose. Él lo sabía, pero así era la vida: muchas veces injusta. Suspiró. Era una lección que había aprendido de forma cruel con lo sucedido a su padre. «La vida es injusta, pero de nada sirve lamentarse y llorar. Hay que seguir hacia delante. No rendirse jamás y seguir adelante.» Eso lo había aprendido de su padre. Con aquel pensamiento en mente y recordándolo, se durmió.

A la mañana siguiente, en cuanto apareció el primer rayo de sol a través de la tormenta, Lasgol entró en la casa y avivó el fuego. Estaba helado hasta los huesos y le llevó media mañana entrar en calor. Ulf dormía feliz después de haber disfrutado del vino. Sus ronquidos eran tan fuertes que parecía que otro temporal estuviera teniendo lugar en su habitación. Fuera la tormenta continuó por dos jornadas más. Fue la última del invierno.

Tres días más tarde, Lasgol acompañaba a su señor al pueblo. Lo hacía con carácter oficial, pues era la Festival de la Primavera y Ulf presidía los combates. El guerrero estaba radiante con su armadura de gala y Lasgol apenas lo reconocía. Parecía un auténtico héroe norghano. Lucía el casco alado de la infantería, armadura de cota de malla larga de escamas hasta las rodillas y, sobre ella, un largo peto en vívido rojo con líneas diagonales en blanco, lo que lo identificaba como perteneciente al Ejército del Trueno. Sin embargo, lo que más llamaba la atención de Lasgol era el escudo de Norghana en el centro del peto: la majestuosa águila nívea con las alas desplegadas, ave insignia del reino, en un blanco albino refulgente.

A Ulf le había llevado una eternidad ponerse aquella mañana toda la armadura que, eso sí, mantenía impoluta. La cuidaba como si fuera de oro, al igual que su preciada espada y su escudo redondo. Lasgol cargaba la espada y el escudo de su señor como su mozo que era. Ambos pesaban una barbaridad. El muchacho se preguntaba cómo era posible que alguien pudiera luchar con algo tan pesado en cada mano. ¡Si él apenas podía llevarlos consigo! Seguro que quedaban exhaustos en tres golpes. Por otro lado, viendo lo grande que era Ulf y otros de la aldea que eran también de tamaño similar, se imaginó que podrían con la carga que a él le resultaba aplastante.

—Pesa, ¿eh?

—Sí, mucho.

—Para manejar la espada y el escudo hay que ser un auténtico guerrero.

—Y muy grande y fuerte…

—¡Ja! Cierto, pero los hay más grandes y fuertes que yo entre los nuestros. Un día, cuando seas un hombre, deberías viajar al norte del reino, donde el frío es tan intenso que te congela los pensamientos. Allí encontrarás hombres que me sacan una cabeza y de tal fuerza que son capaces de talar un árbol de tres hachazos.

Lasgol pensó que Ulf exageraba, aunque no era dado a hacerlo. Sí a gruñir y protestar, pero no a exagerar. Luego lo miró al rostro y el viejo guerrero le devolvió una expresión que no dejaba duda: decía la verdad.

—Me gustaría, sí —dijo el chico, que nunca había salido del condado.

Lo más lejos que había viajado era al castillo del conde Malason acompañando a su padre. El conde los había invitado, pues, en aquel entonces, el guardabosques primero y el conde eran amigos. Al pasar su padre la mayor parte del tiempo fuera, Lasgol no había tenido la oportunidad de viajar. Y cuando regresaba pasaban tiempo juntos en la aldea, ya que su padre nunca sabía cuándo volvería a ser requerido, lo que solía ser cada muy poco tiempo.

—Hoy va a ser un buen día —afirmó Ulf, que avanzaba cojeando junto a Lasgol, observando el cielo despejado del primer día de primavera con su ojo bueno, y repitió—: Sí, hoy va a ser un buen día.

El muchacho lo observó de reojo. No sabía si estaba contento porque ya se había tomado su ración mañanera o porque se dirigían al Festival de la Primavera. Era probable que fuera por ambas. Y cuando Ulf estaba contento, lo trataba bien, por lo que Lasgol también estaba contento aquella mañana. Ulf ejercería como jurado en varias de las pruebas de combate. De entre todos en la aldea era el más experto en el arte de la lucha.

—Deberías competir. Un norghano siempre compite. Y un soldado norghano todavía más.

—¿Yo? No, gracias.

—Si ganas en alguna de las pruebas, igual dejan de tratarte todos como si tuvieras una enfermedad contagiosa.

—Lo dudo, señor. Además, ¿en qué prueba podría competir?

Ulf examinó los alrededores. Sobre la explanada habían preparado los recintos para las diferentes competiciones.

—Veamos… En el centro se disputará el combate desarmado… No, tú eres demasiado escuálido, te machacarían en dos golpes. Espada y escudo ya veo que no, no puedes ni levantarlos. Ummm… ¿Lanzamiento de hacha corta? Porque combate con hacha a dos manos seguro que no.

—No sé lanzar el hacha, señor. Solo la uso para cortar leña.

—¡Un norghano nace con el hacha bajo la almohada! ¡Yo sabía luchar con hacha antes que hablar!

—Lo siento…

Ulf negó con la cabeza y soltó una serie de improperios.

—Allí, a la izquierda, tienen competición de arco. Tú sabes usar un arco. No es algo muy digno, pero al menos es un arma.

—Sí…, pero no soy nada bueno…

—¡Por los gólems del hielo! ¿Es que no tienes ninguna habilidad digna de un norghano?

El chico se encogió hombros.

—Soy muy bueno trepando.

—¡Menuda habilidad! ¡Eso no sirve para nada!

—¿Soy ágil y rápido?

—¡Sí, como una liebre! ¡Serás la cena de alguien! —Ulf resopló y soltó otra larga retahíla de improperios—. Dejémoslo. Tú no te separes de mi lado e intenta aprender algo.

Llegaron a la plaza y la encontraron abarrotada de gente. Todos los mineros y granjeros de la zona se habían acercado a disfrutar de la fiesta. La celebración del primer día de primavera era una de las festividades favoritas de todos en la comarca. Los inviernos en Norghana eran extremadamente duros y la llegada de la primavera suponía un verdadero acontecimiento, la calma después de largo tiempo de tormentas gélidas. Se celebraba en cada aldea del reino lo bastante grande. Los habitantes de las que no lo eran se trasladaban a las más cercanas donde sí había festejos. Nadie se quedaba sin disfrutarla.

Gondar Vollan, el jefe de la aldea, se acercó a ellos seguido de Limus Wolff, su ayudante.

—Ulf —saludó el jefe con un pequeño gesto de cabeza.

—Gondar —dijo Ulf reciprocando el saludo.

Gondar lanzó una mirada de disgusto a Lasgol.

—Y este descastado… —comenzó a protestar.

—Tiene derecho —lo cortó Ulf con una mirada dura.

—Está bien... —concedió el jefe—. Pero tú respondes por él —añadió apuntándole con el dedo índice—. No quiero alboroto en la fiesta. Al menor disturbio, lo sacas de aquí.

Ulf asintió.

Lasgol bajó la cabeza. Sabía que nadie lo quería allí, sabía que todos deseaban que se quedara en casa o que desapareciera, él incluido; pero su señor no lo permitiría. Para Ulf, Lasgol era su mozo y debía acompañarlo y ayudarlo siempre, dijeran lo que dijeran, molestara a quien molestara. Eso a Ulf le daba igual y se enfrentaría a quien opinara lo contrario. Su señor era muchas cosas, y no todas buenas, bien lo sabía Lasgol, pero una cosa sí era por encima de todas: era un hombre de honor.

El muchacho observó al jefe Gondar. Siempre le impresionaba. Era tan grande como Ulf, pero bastante más joven. Se decía que era un luchador formidable. En su juventud había ganado las competiciones año tras año. Al ser nombrado jefe de la aldea, dejó de concursar y pasó a ser juez junto a Ulf. Eran los dos mejores guerreros de la aldea y se decía que de toda la comarca.

—Este año las competiciones serán buenas —aseguró Gondar—, hay sangre nueva que dará batalla a los veteranos.

—Estupendo. El año pasado estuvo un poco flojo —dijo Ulf.

—Sí, casi me dieron ganas de volver a competir para poner algo de emoción.

—Un jefe no puede concursar…

—Lo sé, lo sé; la envidia y todo eso…

Ulf asintió.

—¿Todo listo? Tengo ganas de ver un buen espectáculo.

El ayudante de Gondar respondió con una afirmación.

—Todo está preparado —dijo con su voz aguda, casi femenina.

Limus era un hombre menudo, con cara de ratón y, según contaban, muy listo. Se encargaba de todas las labores administrativas de la aldea para el jefe.

—Veo que este año has abierto el cofre —dijo Ulf a la vez que miraba alrededor.

Toda la plaza estaba llena de puestos donde comerciantes y granjeros vendían y hacían trueque de sus mercancías. Las tiendas de los oficios también estaban abiertas y engalanadas, desde el forjador al peletero, pasando por el bodeguero, que haría el negocio del año, y, por supuesto, la posada estaba a reventar. La plaza, abarrotada, era un hervidero de gente y conversaciones. Los gritos de júbilo y exaltaciones de alegría se escuchaban por doquier. Lasgol dedujo que como buenos norghanos llevarían ya un rato bebiendo. Un sabroso olor a asado le llegó hasta la nariz y el estomagó le rugió con fuerza. A un lado de la plaza asaban dos vacas y tres cerdos sobre brasa. A Lasgol se le hizo la boca agua.

Limus asintió.

—Para recoger hay que sembrar —explicó con una sonrisa y ojos que brillaban con inteligencia—. El año pasado fue malo, pero este se presenta bien. Hay que ayudar a fomentar el comercio y el negocio. Esta fiesta marcará el transcurso el año. Es muy importante.

Ulf miró a Gondar sin comprender. El jefe se encogió de hombros.

—Comercio, impuestos y esas cosas —dijo.

—Ah —respondió Ulf con un gesto de incomprensión.

Lasgol los contempló a ambos. Eran grandes y fuertes como osos, buenos luchadores, pero en cuanto a inteligencia… el pequeño Limus los superaba a ambos juntos varias veces. El chico sonrió al ayudante y este se dio cuenta. Le hizo un pequeño gesto de aceptación, aunque su rostro mostraba que la presencia de Lasgol lo molestaba.

—Vamos, ¡que empiecen las competiciones! —dijo Gondar con anticipación en el rostro, y se dirigieron a presidir la primera: tiro con arco, la que menos gustaba a Ulf, y probablemente también a Gondar.

Lasgol disfrutó mucho de aquella competición donde Helga, la cazadora de la aldea, llevaba tres años seguidos sin perder. Sin embargo, para disgusto de las mujeres de la aldea, que la adoraban, aquel año, un joven de diecisiete años la venció con un tiro que dejó a todos boquiabiertos. Helga había hecho diana en la final y todos pensaban que volvería a ganar, pero la flecha de Ostron se había clavado justo en el mismo punto que la de Helga. Por poco no la había partido en dos. Ulf y Gondar tuvieron que medir y deliberar un largo rato, pues los dos tiros eran casi idénticos. Al final, Limus decretó que la flecha de Ostron estaba un pelo más al centro que la de Helga y lo declararon campeón. Los hombres vitorearon y se llevaron a Ostron en volandas mientras las mujeres abucheaban.

La mañana pasó en un suspiro entre competiciones, música, cerveza, comida y discusiones varias. Lasgol estaba pasándolo muy bien, para su propia sorpresa. Podía ver que todos lo aojaban, pero nadie se atrevía a meterse con él al ir acompañado de Ulf y Gondar. A primera hora de la tarde se dirigieron a la competición de hacha y pasaron junto a Volgar y sus dos compinches, Igor y Sven, que lo miraron con ganas de estrangularlo. A ellos Lasgol les guiñó el ojo y les sonrió socarrón, sabedor de que no podrían tocarlo. Solo por ver las caras de extrema frustración de los tres bravucones, el día había merecido la pena.

Comenzó la competición de lanzamiento de hacha, modalidad que a Lasgol siempre lo había fascinado. No entendía cómo eran capaces de lanzar un hacha haciéndola girar por el aire y conseguían clavarla con fuerza en una diana. Él lo había intentado en muchas ocasiones y, en las más de las veces, no lograba que el filo golpeara primero. Los participantes eran hombres curtidos en su mayoría; sin embargo, aquel año se les habían unido un par de jóvenes. Se situaron a diez pasos de una diana colocada en un árbol y ejecutaron cinco lanzamientos con hacha corta cada uno. Lasgol se maravillaba de la pericia de todos. Nadie falló un solo lanzamiento. Siguieron tirando en turnos eliminatorios. El muchacho disfrutó del espectáculo al igual que la centena de espectadores que animaban sin cesar a sus favoritos mientras consumían grandes cantidades de cerveza. La final fue entre el veterano Usalf y la sorpresa del año, Mistran, uno de los jóvenes, y se decidió en el último lanzamiento. Usalf lanzó el hacha con un potente latigazo del brazo derecho para clavarla en el centro de la diana. Los espectadores prorrumpieron en aplausos y exclamaciones. Luego se hizo el silencio y Mistran, a quien Lasgol conocía, pues era solo un año mayor que él, lanzó con precisión pero no con la suficiente fuerza, ya que el hacha se clavó tres dedos por debajo de la de Usalf. En ese momento, sonaron vítores hacia el ganador. Ulf coronó a Usalf como campeón del torneo entre una sonora ovación; por su parte, Gondar le entregó diez monedas a modo de premio. Con una sonrisa de oreja a oreja, Usalf invitó a una ronda de cerveza.

La fiesta continuó toda la tarde y los ánimos se vinieron arriba; la celebración estaba resultando todo un éxito. Entonces llegó el momento de las dos pruebas cumbres: lucha de hacha y escudo, y lucha de espada y escudo. La primera, la favorita del público, era una verdadera demostración de poderío físico. Los descomunales golpes que se propinaban dejaron a Lasgol con los ojos como platos. Allí imperaba la fuerza bruta. Las hachas golpeaban los escudos con tal violencia que los espectadores exclamaban asustados. El vencedor fue Toscas, un minero grande como un trol y de similar fuerza. Había destrozado los escudos y brazos de todos sus contrincantes a base de golpes tremendos. Lasgol dedujo, después de haber contemplado la competición, que él nunca podría empuñar el hacha y el escudo. De un impacto como aquellos lo habrían partido en dos.

Sin embargo, la prueba de espada y escudo fue diferente. Era la favorita de Ulf, ya que los soldados de élite —como lo había sido él— no usaban hacha de guerra, sino espada para luchar, y el manejo de esta era difícil de dominar. Requería gracia, cosa que los hombres del norte no tenían en demasía. Más bien no tenían, y la pila de escudos destrozados era prueba suficiente.

Los primeros combates fueron similares a los de hacha y escudo, pues nadie dominaba el arte de la espada, pero cuando Nistrom comenzó a participar todo cambió. Por completo. Axel Nistrom era un mercenario que se había retirado a las montañas hacía un par de años. Nadie sabía mucho de él, era muy reservado. Vivía en una cabaña apartada en los bosques del este, a las afueras de la aldea. Lo que sí conocían todos era que manejaba la espada. No era muy alto ni muy fuerte, sí muy atlético. Tenía el pelo moreno salpicado con vetas de gris. Sus ojos eran pequeños y pardos, y su nariz aguileña. Se movía con soltura y confianza. Siempre llevaba una espada, también un puñal a la cintura.

—Mira y aprende —le dijo Ulf a Lasgol.

—Sí, señor —respondió él, que ya se había percatado de que aquel hombre no era como los otros.

Nistrom no usaba la fuerza, sino la destreza. Se desplazaba con movimientos laterales rapidísimos y fluidos y escapaba de los golpes brutales que los contrincantes le lanzaban. No solo eso; contraatacaba con una celeridad felina cuando veía a un adversario asestar un golpe desproporcionado y dejaba el cuerpo desprotegido o se quedaba sin equilibrio. Lo que más admiraba Lasgol era cómo desarmaba a sus oponentes con cintas y giros de muñeca casi imperceptibles a la vista. Espadas y escudos salían volando por los aires ante los ojos atónitos de todos los espectadores.

—Ese sí que sabe luchar —exclamó Ulf asintiendo.

—Ya lo creo —dijo Gondar—, espero que no se tuerza. Necesitaríamos muchos hombres para reducirlo. Es del sur del reino…, y ya sabes lo que pienso de los del sur…

—Sí, que son todos unas serpientes —sonrió Ulf—. Ese mercenario ha estado en el ejército, eso te lo aseguro. Mejor que lo vigiles, por si acaso.

—Ya lo hago —le dijo Gondar y le guiñó el ojo a Ulf.

Nistrom ganó con facilidad los combates y se proclamó ganador. Gondar y Ulf le entregaron el título de campeón y el premio en moneda. Aunque todos lo miraban con desconfianza por ser un forastero, a Lasgol le caía bien. Era uno de los pocos que todavía se dignaban a dirigirle la palabra cuando se cruzaban con él en la aldea. Quizá fuera porque, al no ser de allí, desconociera quién era Lasgol. O tal vez sí lo sabía y no le importaba. Esto era mucho más improbable. En cualquier caso, siempre que se cruzaban, no muy a menudo, el mercenario le hablaba, y eso para Lasgol suponía el mayor de los cumplidos.

Tras esa última competición comenzó la música en la plaza y todos volvieron para bailar y beber hasta bien entrada la noche.

Ulf, después de unas cuantas jarras de cerveza, dio una palmada en la espalda a Lasgol y le dijo:

—Mejor nos retiramos; si me tomo una más igual tienes que arrastrarme hasta la casa y no te veo muy capaz.

—Sí, señor —respondió el muchacho agradecido, pues sabía que no podría con aquella mole de hombre.

Les llevó un rato, pues si Ulf ya caminaba despacio con la muleta bajo el brazo, lo hacía el doble de lento con un par de cervezas encima. Pero al fin llegaron a la casa. Lasgol fue a colocar el escudo y la espada de su señor en el armero cuando sintió de nuevo aquella extraña sensación, como si estuvieran observándolo. Se quedó quieto en medio de la estancia y escrutó las sombras. Al fondo, envuelto en la penumbra, casi invisible, había algo... o alguien. Ulf no se dio cuenta.

—¡Señor, cuidado! —avisó Lasgol señalando la negrura.

El viejo guerrero miró en la dirección señalada.

—¿Qué ocurre? —preguntó sin poder vislumbrar lo que el chico ya distinguía.

—Espero no molestar —dijo un extraño que salió de las sombras envuelto en una capa con capucha.

Ulf sacó un cuchillo con la mano izquierda y lo empuñó. A Lasgol, del susto, se le cayó el escudo al suelo.

—He venido a devolverte tu morral de caza —explicó el extraño.

Lasgol se percató entonces de que era el extraño de la posada.

—Tú…, pero… ¿quién eres? —le preguntó el muchacho desconcertado.

—¡Es un maldito guardabosques! —ladró Ulf—. ¡Eso es lo que es!

Capítulo 4

—ASÍ ES —DIJO EL EXTRAÑO DEJÁNDOSE VER Y HACIENDO una pequeña reverencia.

—¿Qué demontres haces en mi casa? ¡Sal de aquí ahora mismo! —demandó Ulf.

—Estoy en misión real. No es una visita de cortesía. Puedes guardar el cuchillo.

Ulf lo observó con el ojo bueno entrecerrado.

—Los de tu clase me erizan los vellos de la nuca —se quejó negando con la cabeza, pero guardó el arma.

—Es natural, les ocurre a muchos —dijo el guardabosques con tranquilidad, sin ofenderse.

—Siempre entre las sombras… —murmuró Ulf—, al acecho…

—Para salir al descubierto y hacer frente a los enemigos del reino ya están los bravos soldados de infantería —dijo el guardabosques señalando hacia Ulf—. ¿El Ejército del Trueno?

Ulf echó la cabeza atrás sorprendido.

—¿Cómo lo has sabido?

—Tienes pinta de ser de los que abren brecha.

—Así es. «Somos los que abren camino, los que derriban murallas, los que toman fortalezas» —Ulf recitó con orgullo el lema del Ejército del Trueno. Se relajó algo—. Si estás en misión oficial, no te negaré mi hospitalidad. Lasgol, enciende la lámpara de aceite y prepara un fuego.

—Sí, señor —respondió el chico, que corrió a guardar la espada y el escudo de Ulf en el armero, y a cumplir con lo ordenado.

—¿Algo para beber? —ofreció Ulf.

—No, gracias. Los guardabosques no bebemos, el alcohol nubla la mente y eso conduce a errores, algunos mortales.

—¡Bah! ¡Tonterías!

—El pez muere por la boca...

—¡Menudo refrán de pacotilla!

—Puede que lo sea, pero tiene mucho de verdad —contestó el guardabosques mostrando unas manos enguantadas en cuero curtido.

Después de haber vivido con Ulf, Lasgol ya sabía de primera mano que el alcohol era muy mal compañero.

—Bueno, yo te he ofrecido mi hospitalidad. Ahora, dime, ¿qué quieres?

El extraño se acercó a Lasgol junto al fuego. Vestía una capa con capucha que le cubría todo el cuerpo casi hasta tocar el suelo. Era de un singular verde oscuro con vetas amarronadas que parecía fundirse con las sombras. Envuelto en ella y en la penumbra, parecía un siniestro espíritu de la naturaleza. Bajo la capucha había un rostro pálido y unos ojos castaños de mirada intensa. Lasgol no pudo verle la cara al completo. Parecía joven.

—Vengo por él —dijo el guardabosques y señaló a Lasgol.

El chico echó la cabeza atrás de la sorpresa.

—¿Por mí?

—Sí. Has cumplido quince años. Eres de la edad.

Ulf soltó un improperio.

—¿No hablarás en serio? ¿Él? ¿Después de lo de su padre? ¡Pero si es un enclenque!

El guardabosques ignoró las protestas del soldado.

—¿Conoces el Reclutamiento? —le preguntó a Lasgol.

El muchacho negó con la cabeza. Le sonaba vagamente familiar, no sabía por qué. Quizá lo hubiera mencionado su padre en alguna ocasión cuando era pequeño…, aunque no se acordaba.

—Todas las primaveras los guardabosques norghanos reclutamos nuevos jóvenes en nuestras filas para fortalecer el cuerpo.

—Y para reponer los que han muerto —interrumpió Ulf.

El hombre hizo una pausa larga con la mirada clavada en Ulf. No le había gustado ni el comentario ni la interrupción. Ulf se percató de ello y fue a servirse una copa de vino quitándose de en medio.

El guardabosques continuó:

—Los jóvenes reclutados han de tener quince primaveras a sus espaldas o cumplirlas ese año. Para poder pertenecer a los Guardabosques uno debe recibir una invitación real. Las invitaciones solo se envían a familiares de guardabosques y a personas de especial interés para la Corona. Yo soy un reclutador. He venido a entregarte tu invitación como hijo de un guardabosques real que eres.

El guardabosques se adelantó y le entregó un rollo de pergamino. Llevaba lacrado el sello de la Corona.

Lasgol lo abrió y leyó:

Por Decreto Real y mediante esta misiva se comunica a Lasgol, hijo del guardabosques primero Dakon Eklund, la invitación a unirse al Cuerpo de Guardabosques del Reino de Norghana.

Con lealtad y valentía, el guardabosques cuidará de las tierras del reino y defenderá la Corona de enemigos, internos y externos, y servirá a Norghana con honor y en secreto.

Firmado:

Su Majestad

Uthar Haugen

Rey de Norghana

Al acabar, un remolino de emociones lo inundaron. No sabía si llorar, reír, enojarse o gritar.

—¿Me…, me estás invitando a formar parte de los Guardabosques?

—Cumplo con mi obligación como reclutador. Te he observado durante un tiempo. Física y emocionalmente eres apto. Por lo tanto, es mi deber entregarte la invitación.

—Pero no sé luchar ni soy fuerte…

—Esas no son las cualidades principales que se buscan en un guardabosques, aunque siempre son bien recibidas de encontrarlas en un aspirante. Los guardabosques —dijo haciendo un gesto hacia sí mismo— somos ágiles, rápidos, escurridizos y livianos. Ya te he evaluado en tu entorno. Eres apto.

—¿Has estado observándome? —preguntó Lasgol al recordar la extraña sensación que llevaba experimentando desde hacía un tiempo.

—Sí, desde hace dos semanas.

—¿Evaluándome?

—Eso es.

—Pero si no he hecho nada más que lo que hago siempre.

—Ha sido suficiente. En algunos casos, si hay dudas, el candidato pasa por un periodo de prueba al llegar al campamento. He visto y atestiguado lo suficiente; en tu caso, no será necesario. Tus habilidades y carácter cumplen los requisitos.

—¡Ja! —bufó Ulf, que no pudo contenerse.

—Pensaba que esta visita tenía algo que ver con mi padre, no conmigo.

—En cierta forma la tiene. Eres hijo de un guardabosques. Esa es la razón por la cual recibes la invitación, por tu padre Dakon.

—Entiendo… —dijo el muchacho y se quedó pensativo—. ¿Qué implica unirse a los Guardabosques? Mi padre nunca me contaba demasiadas cosas…

—Eso es comprensible. Los guardabosques no desvelan sus secretos —aclaró él y se acercó hasta Lasgol. Lo miró a los ojos—. Lo primero que debes entender es que los guardabosques somos los protectores de la Corona y el reino. Somos un cuerpo de élite del rey. Lo protegemos de todo enemigo: soldado, mago, hechicero o bestia. —Lasgol asintió y escuchó sin pestañear—. Durante cuatro años te entrenarás con los guardabosques instructores en el campamento, al norte del reino. En el valle Secreto. Al final de cada año, se evaluará tu competencia. Si eres competente, se te permitirá pasar al siguiente año. Si no, se te expulsará. Al acabar el cuarto año se te concederá el grado de guardabosques y quedarás al servicio del rey. En algunos casos, a los aspirantes más sobresalientes se los invita a seguir un quinto año de especialización de élite, en un lugar que solo unos pocos conocen; allí se los adiestra en materias avanzadas, secretas e incluso arcanas. Los que se gradúan pasan a formar parte de los Guardabosques de Élite y sirven directamente al rey. Ese fue el caso de tu padre, que llegó a ser guardabosques primero del Reino de Norghana.

—Ummm… No será nada fácil, ¿verdad?

—Será duro, tanto física como emocionalmente. Solo aquellos con la fuerza de voluntad y el coraje necesarios terminarán convirtiéndose en guardabosques. Y unos pocos en guardabosques de élite. No es para todos…

Lasgol intuyó, por el tono y la mirada del guardabosques, que estaba advirtiéndole que no era para él.

—No suena muy alentador.

—La recompensa lo es. Los Guardabosques somos una hermandad. Cuidamos de los nuestros, nos protegemos; siempre tendrás un hogar, siempre tendrás compañeros y amigos. Y lo que es más importante, tendrás un fin: velar por el reino, protegerlo de todo enemigo —añadió el hombre.

Se hizo un silencio y ninguno de los tres lo rompió durante un largo rato. Al fin, Lasgol habló:

—¿Qué opinas de mi padre, de lo sucedido?

El guardabosques dio un paso atrás y cruzó las manos a la espalda.

—Lo que yo opine nada tiene que ver con mi misión.

—Me gustaría saberlo —insistió Lasgol.

—Está bien, como gustes. Tu padre fue guardabosques primero. El mejor de entre todos los guardabosques y, por eso, debe ser admirado. Pero cometió alta traición, por lo tanto mereció la muerte y nuestro desprecio eterno. Los enemigos del rey han de ser capturados y ejecutados. Es una de las misiones principales de los Guardabosques. Sean externos o internos. Que tu padre fuera uno de los nuestros es una deshonra que siempre llevaremos con vergüenza. Una mancha al honor del cuerpo que jamás podrá ser borrada.

—¿Todos piensan así de él?

—No puedo hablar por todos, pero sí, es el sentimiento general.

—Y dime, ¿por qué habría de ingresar yo en los Guardabosques, donde todos piensan que mi padre fue un traidor y una deshonra?

El guardabosques asintió despacio.

—Mi deber es entregarte la invitación si eres apto, y así lo he hecho. La decisión de unirte o no a los Guardabosques es tuya.

—Todos me odiarán allí por ser quien soy, incluso más que aquí…

El guardabosques contestó:

—Sí, así será, no voy a engañarte.

—Siendo así, ¿me recomiendas ir?

El hombre cruzó los brazos sobre el pecho.

—No puedo recomendarte en un sentido u otro. Esa es tu decisión y tuya solo.

Lasgol no quedó contento con la respuesta.

—¿Irías tú de ser yo?

El guardabosques ladeó la cabeza y se quedó pensativo.

—No, no iría. Tu vida allí será más complicada que la que vives ahora en esta aldea. Eres el hijo de Dakon Eklund, el Traidor… Eso siempre te perseguirá y se te tratará en consecuencia. Nadie te lo perdonará y te lo recordarán con dureza a cada momento.

—Lo imaginaba.

—¿Tu respuesta a la invitación? —dijo el guardabosques con una mirada que pedía una decisión.

Lasgol lo meditó. Desde lo sucedido a su padre odiaba con toda su alma todo lo que tuviera que ver con el reino, con la Corona y, en especial, con los Guardabosques. Pero la invitación lo había cogido por sorpresa, eso sí que no se lo esperaba. Necesitaba algo más de tiempo para reflexionar y tomar la decisión correcta.

—¿Puedo pensármelo?

—Desde luego. Es una decisión que cambiará tu vida para siempre. Estaré dos días más en la aldea. Al amanecer del tercer día partiré. Si aceptas, reúnete conmigo a la salida del pueblo, junto al molino tras cruzar el río. Trae la invitación firmada con tu sangre.

—¿Firmada con mi sangre?

—A la antigua usanza. Un corte en el dedo pulgar. Lo presionas sobre el pergamino. Muchos de los aspirantes no saben leer o escribir.

—Oh, entiendo. Gracias.

Lasgol sabía leer y escribir, su padre había insistido en que aprendiera. Siempre decía que le sería de mucha utilidad al crecer. En la aldea apenas nadie sabía hacerlo y los pocos que sabían, como el bodeguero o el herrero, tenían un conocimiento muy básico, más números y cuentas que el alfabeto o caligrafía. Lo justo para llevar sus negocios. Ni siquiera el jefe Gondar sabía, por ello necesitaba a Limus, que era un experto en escritura y cuentas.

—Si decides venir, trae solo un morral de viaje. Los guardabosques viajamos ligeros.

Lasgol asintió.

—Y no traigas nada de tu padre contigo. No sería bien aceptado…

Lasgol arrugó el entrecejo y lo miró sin comprender. No tenía nada de su padre. Se lo habían arrebatado todo, hasta su ropa.

—No tengo nada de mi padre.

El guardabosques lanzó una extraña mirada a Ulf. El viejo guerrero bajó la suya y la desvió hacia el fuego. Hubo una pausa que el extraño al final rompió:

—Recuérdalo, dos días. Partiré contigo o sin ti. —Y sin decir una palabra más salió por la puerta.

—Espera —pidió Lasgol—. ¿Cómo te llamas?

La respuesta le llegó en un susurro.

—Me llamo Daven Omdahl.

Lasgol quedó con la mirada perdida en la noche, su cabeza llena de ideas contrapuestas.

—¡Cierra la puerta o nos congelaremos! —ladró Ulf.

—Sí, ahora mismo —dijo Lasgol volviendo a la realidad, y se apresuró a cerrar la puerta.

—Y atráncala. No quiero más visitantes sorpresa en mi casa —ordenó de mal humor.

Lasgol asintió y obedeció. Se giró y se encontró a Ulf mirándolo con el ojo bueno entrecerrado y un gesto poco amistoso.

—¿No estarás pensando en ir? —preguntó con voz amenazante.

—No…, no sé…

—Si crees que aquí lo tienes mal, no sabes lo que te espera allí. Todos te machacarán: desde tus compañeros a los instructores. Cada día tu presencia les recordará la traición que cometió tu padre y la deshonra al cuerpo. No tendrán piedad contigo. Una agonía diaria.

—No he dicho que vaya a ir…

—Yo no puedo negarme a una invitación real, pero sí puedo decirte que, si vas, será el mayor error de tu vida. Aquí tienes un techo sobre la cabeza y comida en el plato. Y yo seré un dolor de muelas, pero lo que te encuentres allí será mucho peor.

—No puedo quedarme aquí para siempre… Ya he cumplido quince años…, tendré que buscar una profesión…

—Si quieres un futuro, alístate en el ejército; hazlo de incógnito, renunciando a tu nombre. Eso es lo que tienes que hacer. Ese sí es un futuro que hará de ti un hombre. No los malditos guardabosques y sus secretos. Yo he sido soldado toda mi vida y no me arrepiento ni un solo día.

—¡Pero si no tengo madera de soldado, tú mismo me lo dices siempre!

—No para el Ejército del Trueno o el Ejército de la Nieve, donde está la mejor infantería. Desde luego no para los Invencibles del Hielo, que es la élite de nuestro ejército. Pero el Ejército de la Ventisca, el ejército de apoyo, tiene arqueros, caballería ligera, mensajeros. Ahí encontrarás tu lugar. Serías un buen mensajero.

—Pero… Tendría que ocultar quien soy…

—¡No hay peros que valgan!

—Lo pensaré…

—¡No hay nada que pensar! ¡Por todos los leopardos de las nieves! ¡Serás duro de mollera! —bramó Ulf y se marchó disgustado a la cocina mientras seguía despotricando.

Aquella noche Lasgol no pudo conciliar el sueño. En su cabeza se arremolinaban pensamientos tortuosos. Tenía dos días para decidir si acompañar al guardabosques o no. Su corazón le decía que no fuera y su mente se lo reafirmaba. ¿Para qué sufrir una tortura innecesaria? Bastante mal lo pasaba ya con Ulf y en la aldea. Siempre había deseado marcharse de allí, pero nunca había tenido la oportunidad. Poco a poco la idea de ingresar en el ejército comenzó a parecerle mucho más atractiva. Al menos tendría un futuro, una profesión. Si renunciaba a ser quien era, no tendría problemas y le enseñarían a luchar como un verdadero norghano. Sí, quizá esa fuera la mejor opción.

Los pensamientos continuaron asaltándolo sin tregua. Al fin, a punto de dormirse, oyó el ulular de una lechuza en un árbol cercano. Por alguna razón le recordó a la extraña mirada que el guardabosques le había lanzado a Ulf y la reacción de este, que había sido aún más extraña. Ulf nunca desviaba la mirada ni se echaba atrás ante nada. Aunque no tuviera razón. Era como un toro que embestía a ciegas.

«Ummm… Definitivamente, aquí hay algo raro.»

Capítulo 5

L ASGOL SE LEVANTÓ CON LAS PRIMERAS LUCES DEL ALBA. TENÍA mucho sueño, apenas había dormido nada. Se aseó en la palangana de madera que había llenado con el agua fría de una jarra de loza. Aquello terminó de despertarlo. Se lavó las legañas, luego el resto del cuerpo frente a las brasas del fuego. Lo azuzó y echó un leño. A Ulf le gustaba levantarse y que la casa estuviera caliente. Él aún dormía, sus ronquidos se oían a una legua.

El muchacho se vistió y se ocupó de las tareas diarias con cuidado de no despertarlo. Limpió, acarreó agua y leña del exterior, preparó el desayuno y recogió la ropa que Ulf había dejado tirada por todas partes. Como apestaba, se la llevó fuera y la lavó en el riachuelo que pasaba por detrás de la casa. No le importaba hacer las tareas domésticas; cuando era niño solía ayudar a Olga con ellas, era como un juego que los dos practicaban a diario. Ahora, sin embargo, era una obligación, aunque no le costaba, pues muchas veces le recordaba a tiempos mejores, cuando su padre vivía y él era feliz.

Después de haberlo terminado todo, asió su arco y el morral de caza, y se dirigió a los bosques bajos a revisar las trampas. La nieve comenzaba a derretirse por la primavera y los bosques empezaban a despertar del largo letargo invernal. Pronto estarían rebosantes de vida y caza.

De camino a la aldea, en el puente de madera sobre el río, en la entrada norte se cruzó con Dana y Alvin. Iban acompañados de su padre, Oltar, el molinero. Lasgol conocía a Dana y Alvin desde los cinco años. Eran de la misma edad y habían sido amigos hasta el fatídico día de la traición de su padre; desde entonces no le dirigían la palabra. Lasgol había perdido todas las amistades y, de entre todas ellas, la de ellos dos le dolía sobremanera. Alvin había sido como su hermano, siempre iban juntos a todas partes, eran inseparables. Y Dana… Dana le robaba la respiración con su dulzura, con su belleza… El subconsciente lo traicionó y los saludó con la cabeza al pasar. Los dos apartaron la mirada.

—¿Cómo te atreves a saludar, sangre de traidor? —lo increpó Oltar muy molesto.

Lasgol miró un instante a Dana y Alvin esperando un gesto, una mirada, algo que dejase entrever un acercamiento. Pero solo obtuvo desprecio. Bajó la cabeza, suspiró y, dolido, continuó.

Al llegar a la aldea, se detuvo e inspeccionó la plaza para asegurarse de que Volgar y sus dos compinches no lo esperaban. Se tomó su tiempo, se escondió entre las sombras de los edificios y observó la plaza. Aquella era otra cosa que se le daba muy bien: esconderse. Había aprendido a hacerlo con su padre para cazar y poner trampas en los bosques y ahora lo había perfeccionado en la aldea para escapar de los matones. En cuanto veía una sombra, intentaba desaparecer en ella. Y, si se movía, la seguía. Esto lo había salvado de unas cuantas palizas.

El jefe Gondar hablaba con el forjador. Le estaba encargando algo y parecía que discutían sobre el precio. Limus negaba con la cabeza. Lasgol no quiso que lo pillaran espiando la conversación y se retiró a las sombras. El herrero levantó la espada que estaba forjando.

El ayudante del jefe continuaba negando con la cabeza y la discusión continuó. Por lo que Lasgol dedujo, Limus estaba regateando el precio mientras Gondar metía presión como jefe de la aldea. Al fin, el herrero pareció acceder, ya que entró en su casa hecho una furia. Gondar le dio una palmada de felicitación a Limus en la espalda y se marchó sonriente. El enjuto ayudante casi se partió en dos.

Lasgol siguió a Limus hasta la casa del jefe.

—Buenos días —saludó y se situó tras Limus.

El ayudante del jefe se giró en redondo y lo observó de arriba abajo sin disimular su malestar.

—¿Qué quieres? Si no es algo oficial, no deseo hablar contigo.

—Es oficial —respondió Lasgol, a quien el rechazo de Limus no le cogió por sorpresa.

—Muy bien, ¿qué es? Habla rápido, que tengo mucho que hacer.

—Es sobre mi padre…, sobre sus pertenencias…

—Ya se te comunicó en un escrito la Orden Real. Todas sus pertenencias fueron incautadas por el rey Uthar.

—Sí…, lo sé… No me refiero a esas…

Limus frunció el ceño.

—Entonces, ¿a cuáles?

—Pertenencias personales… —dijo el chico en un intento de obtener información. No era más que un intento a ciegas, pero igual había suerte.

—¿Pertenencias personales?

—Sí…

—Las halladas en la casa se subastaron.

—Y… ¿alguna otra? —preguntó Lasgol a la desesperada.

Limus lo miró con ojos inquisitivos.

—¿Otra? ¿Te refieres al paquete que enviaron los Guardabosques?

Lasgol tuvo que aguantar y disimular la alegría por su éxito.

—Sí —dijo de forma escueta para que Limus siguiera hablando, ya que él no sabía nada de aquel envío.

—Se te entregó.

—¿A mí?

—Sí. Bueno. Se entregó en tu casa.

Lasgol lo entendió entonces. ¡Había sido Ulf! Estuvo a punto de maldecir su nombre en alto, a duras penas se contuvo.

—¿Cuándo fue esto? —preguntó e intentó parecer calmado.

—Ummm, llegó unos seis meses después del incidente. Los Guardabosques enviaron las pertenencias a su familiar más cercano. Ese eres tú. Es la tradición. La enviaron al jefe y yo me encargué de su entrega, pues ya no vivías en tu antigua casa.

—Entiendo…

—¿Hay algún problema?

Lasgol negó con la cabeza.

—No, ninguno —mintió.

De nada le serviría explicar que nunca había recibido el paquete. No lo ayudarían. Si quería recuperarlo, tendría que hacerlo por sí mismo.

—¿Alguna cosa más? —dijo Limus en tono impaciente.

—No, ninguna. Gracias.

El ayudante lo miró como molesto por la pérdida de su valioso tiempo y se marchó a paso rápido.

Lasgol suspiró. Ulf le había ocultado el paquete. No sabía por qué, pero debía averiguar dónde estaba y qué contenía. Sí, eso haría. Con paso decidido se encaminó a la posada a comprobar si Ulf estaba ya allí. Si era así, tendría tiempo para buscar.

De pronto escuchó una algarabía. Por la entrada sur a la plaza llegaba un anciano sobre una carreta tirada por dos mulas. Tanto el anciano como la carreta eran de lo más singular e inconfundible. Él vestía de rojo y verde de pies a cabeza: la mitad del cuerpo verde y la otra mitad roja, para ser precisos. Llevaba botas tachonadas, pantalones gruesos de lana y un cinto rojos. Sobre ellos vestía una túnica, un abrigo, unos guantes y un sombrero puntiagudo de lana completamente verdes. Se le distinguía a leguas de distancia. La carreta llevaba un gran letrero de madera que decía: «EL MARAVILLOSO MUNDO DE RAELIS», y una docena de cascabeles colgaban de ella. Con cada giro de las ruedas, estos sonaban anunciando el carromato.

Lasgol supo de inmediato quién era: el pintoresco hojalatero ambulante. Llegó hasta la plaza y paró junto al abrevadero para que las mulas bebieran, luego se dirigió al centro de la plaza. Una multitud comenzó a arremolinarse a su alrededor. El hojalatero era muy popular en la aldea. Realizaba una ruta que comenzaba en Norghania, la capital del reino, para recalar en varias poblaciones mineras del condado, entre ellas Skad, antes de continuar hacia el norte. Era un viejo charlatán algo alocado, pero todos lo escuchaban con máxima expectación, pues siempre tenía noticias y rumores varios tanto del reino como de otras regiones lejanas de Tremia, y sus extrañas mercancías eran el deleite de todos los jóvenes. Lasgol sabía que tanto las noticias como sus objetos eran de dudosa calidad, pero siempre resultaban de lo más interesantes. En aquella pequeña aldea casi nunca pasaba nada de gran relevancia y lo más cercano a una pieza exótica que tenían era el bastón de mando de Gondar.

—¡Acercaos, acercaos todos! ¡Niños y niñas, hombres y mujeres, ancianos y ancianas! ¡Mineros y reyes! ¡Venid todos! —repetía con voz teatral mientras los aldeanos comenzaban a acercarse.

—¡Venid y admirad mis valiosas posesiones! ¡Formad un círculo para que podáis ver mejor!

La gente siguió las instrucciones de Raelis y formaron un amplio círculo alrededor del carromato. Las dos mulas que tiraban de él estaban acostumbradas al gentío y Raelis les dio unas zanahorias para que comieran y no se impacientaran.

—Deliciosas, ¿no? —les dijo a las mulas olvidando por un instante dónde se hallaba—. Cómo nos gustan las hortalizas, ¿verdad, amiguitas?

Los aldeanos terminaron de acercarse y Lasgol aprovechó para hacer lo mismo sin que nadie reparara en él. Raelis seguía hablando con sus mulas; se había olvidado por completo de dónde se encontraba y qué estaba haciendo.

—Hojalatero, ¿qué nuevas hay de la capital? —quiso saber Bart, el posadero.

—Sí, ¿qué noticias nos traes? —preguntó a su vez el peletero.

De pronto Raelis se percató de que tenía a toda la aldea alrededor, reaccionó y se giró.

—¡Oh, sí! ¡Noticias! ¡Sí, nuevas traigo!

—¿Cuáles? —preguntó el herrero impaciente.

—El rey ha puesto en alerta a los Guardabosques.

—¿Por qué razón? —quiso saber Gondar.

—Se rumorea… Se comenta… que en el norte… el mal acecha de nuevo…, que aquel que quiso acabar con el rey y hacerse con el reino ha regresado.

Se hizo un silencio absoluto. Todos escuchaban atentos a cada palabra y Lasgol estiró el cuello para no perder detalle. Aquello le interesaba y mucho, pues estaba relacionado con la muerte de su padre.

—El gélido viento del norte susurra el retorno de Darthor, Señor Oscuro del Hielo… —dijo Raelis con tono tétrico.

A la simple mención del nombre del mago, los aldeanos soltaron exclamaciones y el miedo corrió entre los presentes como una brisa contagiosa.

—Eso no son más que rumores. Además, si Darthor reaparece, el rey Uthar se encargará de cortarle la cabeza por lo que hizo —aseguró Gondar.

—¿Podrá? —dijo Raelis con una pausa larga mientras todas las miradas se clavaban en él—. El Señor Oscuro del Hielo es muy poderoso, extremadamente peligroso. No olvidemos la lección del pasado… Estuvo a punto de conseguir lo impensable: matar al rey de Norghana y hacerse con el reino. Y por muy poco no lo consiguió.

—Pero no lo logró. El traidor que lo ayudó fue descubierto y ajusticiado. El rey Uthar y sus magos del hielo rechazaron a Darthor.

Nada más escuchar aquello Lasgol sintió una punzada de intenso dolor en el pecho. El Traidor a quien se referían era su padre.

—Sí, pero el precio que pagó la Corona fue alto —continuó Raelis—. Varios de los magos del hielo reales murieron… El propio Uthar quedó malherido y no se ha recuperado…, algunos dicen que nunca se recuperará… Y, por el contrario, se cuenta que Darthor se ha hecho más fuerte. No volverá a ser negado…

—¡No intentes asustar a la gente! Si los magos del rey no lo consiguen, los generales de los tres ejércitos norghanos lo detendrán —aseguró Ulf, que había llegado cojeando desde la posada.

—Es posible, sí… Este viejo hojalatero ambulante solo cuenta lo que ha oído… —sonrió Raelis.

—¿Qué otras nuevas hay? —se interesó Limus.

A Lasgol aquella interrupción del ayudante de Gondar le pareció un intento por desviar la conversación.

—Otras nuevas, sí, hay otras… —respondió Raelis rascándose la sien—. El Reino de Rogdon ha enviado emisarios. El poderoso Reino del Oeste quiere reforzar la alianza con nosotros, el Reino del Norte. Un nuevo tratado de paz, eso se dice…

—Sin duda, para hacer frente al poder creciente de los noceanos al sur —dedujo Limus.

—Sí, eso dicen los rumores. En el lejano sur el Imperio noceano sigue conquistando los pueblos de los desiertos y expandiendo su poder. Una alianza entre el oeste y el norte es buena para disuadir al sur de mirar hacia sus territorios…

—¿Y del este? ¿Qué noticias hay del este? —quiso saber Ulf.

—En el lejano este, las Cinco Ciudades Estado continúan con sus disputas de siempre. Demasiado entretenidas para mirar al resto de Tremia —dijo Raelis y se tapó los ojos con la mano—. Y ahora que ya hemos repasado las noticias, ¿quién quiere ver mi mercancía encantada?

Se formó un revuelo entre los presentes que, de inmediato, habían olvidado las preocupantes noticias sobre Darthor, Señor Oscuro del Hielo, para interesarse en las extravagancias que el hojalatero intentaría venderles, la mayoría inservibles por completo. Pero ese no era el caso de Lasgol. Las noticias le habían afectado. Tenía una presión en el pecho que apenas le dejaba respirar. «Mi padre no traicionó al rey Uthar y no se unió a Darthor. Nunca lo creí y nunca lo creeré. No me importa lo que digan todos. Nadie conocía a mi padre tan bien como yo, él nunca traicionaría al rey y se uniría al Mago Corrupto. ¡Nunca!», pensaba el chico.

Salió de allí muy molesto y se dirigió a la carrera hacia la casa. Al llegar, se apresuró hacia la habitación de Ulf. Disponía de algo de tiempo; el viejo guerrero tenía que cojear todo el camino de vuelta desde la plaza. A los pies de la cama de este había un enorme baúl de hierro donde guardaba sus posesiones más preciosas, las pocas que tenía. Lasgol no había visto nunca su contenido porque Ulf siempre cerraba la puerta de la alcoba cuando hurgaba en él, pero al chico siempre le había intrigado lo que contendría. Una vez se atrevió a mirar por el ojo de la cerradura; para su desgracia, el gran cuerpo de Ulf bloqueaba el baúl por completo, no pudo ver nada, y, no queriendo arriesgar que lo descubriera, no había vuelto a mirar.

«Pero hoy voy a hacerlo, ya lo creo que voy a mirar. Si el paquete está en la casa, tiene que estar aquí.» Se agachó e intentó abrirlo.

El enorme baúl estaba cerrado con llave. Ya se lo temía. «¿Dónde habrá escondido la llave?» Registró el viejo armario de pino. Nada, solo ropa muy usada, botas, abrigos y demás. Se dirigió a la cómoda y la registró de arriba abajo, cajón por cajón. Nada. Salió de la habitación y escudriñó la cocina y la zona común. Allí no la escondería, Lasgol siempre andaba por aquella zona, sobre todo en la cocina, a la que Ulf odiaba acercarse.

Observó su minúscula habitación en la parte posterior de la vivienda. No, allí no la escondería. Entonces, ¿dónde? Consciente de que el tiempo corría, comenzó a revisar la casa a la desesperada sin encontrar la llave. ¿Dónde escondería un soldado tullido una llave? Y tuvo una idea: las botas en el armario. Regresó a la habitación de Ulf y abrió el armario. Había tres pares de botas viejas, una única de cada par. No así las botas de gala del regimiento, de esas guardaba ambas. Lasgol metió la mano en la bota que nunca más calzaría. Y, sorpresa, tocó algo metálico en el empeine. ¡La llave!

Con una gran sonrisa alzó la llave en señal de triunfo, la encajó en la cerradura y la giró. El baúl se abrió con un *clac*. Miró a su espalda por si acaso. Estaba solo. Abrió la tapa. Lo primero que vio fue un hacha de guerra norghana de excelente calidad y materiales. Sería un regalo. La apartó con cuidado y rebuscó. El sonido inconfundible de monedas lo hizo tirar de una bolsa de cuero. La abrió y se quedó con los ojos abiertos. Allí había moneda para comprar la posada entera. Lasgol pensó que sería la paga de retiro de Ulf por los servicios prestados a la Corona y bastante más, así que prefirió no imaginarse de dónde habría salido. Volvió a dejar la bolsa y continuó buscando. Al fin, su mano encontró algo sólido y envuelto en lo más profundo del baúl. Lo sacó y vio que era un paquete envuelto y atado con cuerda. Estaba sin abrir. En un costado alguien había manuscrito:

No había duda. Aquel era el paquete con las pertenencias de su padre. Cortó las cuerdas con su cuchillo de desollar y lo abrió. Dentro había una capa con capucha de un extraño color verde con vetas marrones y una caja de madera roja como la sangre con singulares ornamentos de oro. Era ciertamente llamativa, inconfundible. Cogió la capa y la examinó. Era la capa de guardabosques de su padre. Envuelta en ella estaban la túnica, los pantalones y los guantes que Dakon solía vestir. La túnica tenía un agujero del tamaño de una manzana en medio del pecho. Lasgol la puso a contraluz y descubrió que a la misma altura por la espalda el agujero se repetía. Asió la capa y la sujetó junto a la túnica; de esa manera comprobó que también tenía un agujero a la misma altura, como si algo las hubiera traspasado de lado a lado.

Se quedó pensando en el extraño hallazgo. Y de repente, horrorizado, se dio cuenta de que, fuera lo que fuera, lo que había atravesado las prendas era probablemente lo que había matado a su padre. Las soltó de inmediato. Un escalofrío le recorrió la espalda y se le revolvió el estómago. Le llevó un momento recuperarse. Se centró en estudiar la caja y no pensar en la muerte de su padre. Con cuidado, soltó el pestillo de oro que la cerraba y la destapó. Los ojos se le abrieron como platos. Dentro, protegido entre heno y lino, cubierto por completo, descubrió algo insólito.

¡Un huevo!

No podía creerlo. Pestañeó varias veces por si que estuviera viendo alguna alucinación, pero no, era un huevo y estaba allí en medio de la caja. Apartó con cuidado el heno y el lino, y se lo puso sobre la palma de la mano. «¿Qué eres? ¿Por qué estás entre las cosas de mi padre? Nunca he visto que tuviera algo así. No tiene sentido.» Sentado en el suelo examinó el singular hallazgo. Era totalmente blanco, de un blanco casi hiriente a la vista. Lasgol conocía bien los huevos de las aves de la zona y aquel no se parecía a ninguno. Era más grande y pesaba más que el de cualquier ave de los bosques de la comarca. Quedó desconcertado. «¿Qué será? ¿Quizá de un reptil? Sí, podría ser, algo grande. Una serpiente, lagarto o similar. O una gran ave...» Lasgol lo examinó intensamente. Parecía un huevo de verdad, no un objeto de adorno, lo cual lo desconcertaba aún más. «¿Qué es este huevo? ¿Por qué lo tenía mi padre? ¿Para qué?» Cuanto más lo miraba, mayores eran sus interrogantes y mayores las ganas de descubrir qué significaba.

Por un momento pensó que quizá fuera un regalo que su padre le guardaba y nunca llegó a darle. A veces le llevaba cosas inusuales que encontraba en sus viajes. Pero aquello era desconcertante. ¿Por qué un huevo? En cualquier caso, después de tanto tiempo, si era un huevo real, fuera lo que fuera lo que hubiera dentro de él, debía estar más que muerto. Se lo acercó al oído y se concentró. No oía nada. Puso las dos manos alrededor y sintió la temperatura. Debería estar frío, pero, por alguna extraña razón, se hallaba templado, algo caliente incluso. «¡Qué raro! Esto cada vez tiene menos sentido.» Lo observaba con tanta intensidad que por un momento pensó que iba a romperlo. Pero no, sucedió algo todavía más extraño. La palma de su mano resplandeció con un destello dorado y el huevo se puso vertical en medio de ella.

«¡Se ha puesto de pie!» Del susto se quedó sin habla, sin poder reaccionar. Miraba con la boca abierta el objeto, sin saber qué hacer o siquiera pensar. El huevo se había colocado perfectamente vertical sobre la palma de su mano. Lasgol balbuceó una incoherencia. Una palabra le acudió a la mente. Una a la que todos tenían miedo, una que nunca se pronunciaba en voz alta en el norte:

magia. Con cuidado devolvió el huevo a la caja y, al hacerlo, descubrió una pequeña inscripción en la parte interna de la tapa. Cerró el ojo derecho y acercó el izquierdo para verla mejor.

LOS OJOS DEL REINO,
LOS PROTECTORES DEL REY,
EL CORAZÓN DE NORGHANA.

Lasgol reconoció el lema. Su padre se lo había repetido infinidad de veces: «Los ojos del reino, los protectores del rey, el corazón de Norghana: los Guardabosques». No sabía qué pensar de todo aquello. Las ropas con el agujero, el huevo…, todo era demasiado raro. Allí había mucho más de lo que parecía a primera vista. Aquello, unido a las insólitas circunstancias de la muerte de su padre, apuntaba a algo extraño. Y, sobre todo, Lasgol creía con todo su corazón que su padre no había traicionado a la Corona, que no se había unido al Señor Oscuro del Hielo, por mucho que todos, desde el rey a los abusones del pueblo, se lo repitieran.

«Tengo que descubrir qué significa todo esto. Ha de haber una explicación. Necesito encontrarla. Demostraré que mi padre era inocente. Limpiaré su nombre.» Y, para lograrlo, todo señalaba en la misma dirección: los guardabosques. «Ellos son la clave para aclarar el misterio de lo sucedido con mi padre.»

Un chirrido agudo seguido de un *crac* hizo que Lasgol volviera la cabeza. La puerta de entrada se había abierto. Ulf había llegado. El muchacho se escondió con rapidez la caja bajo la túnica y recogió las ropas de su padre. Se puso en pie, se giró y esperó sin moverse.

Ulf llegó hasta la puerta de su habitación y la cara le cambió.

—¡Por el abismo blanco! —tronó lleno de furia.

Lasgol se quedó de pie, aguantando la mirada de rabia de Ulf y mostrando con su propia mirada que tenía razón.

—¿Cómo te has atrevido? ¿Cómo? —gritó fuera de sí.

Lasgol cruzó los brazos sobre el pecho y entrecerró los ojos.

—¿Por qué no me diste las pertenencias de mi padre?

—¡Eso a ti no te importa! ¿Cómo has osado rebuscar entre mis cosas? ¡Mis cosas! ¡Mi habitación! ¡Mi baúl! —Ulf estaba tan rojo que parecía que la cara se le había quemado al sol.

—Solo he cogido lo que es mío. El paquete me pertenece.

—¡Eso no te da derecho a hacer lo que has hecho!

—No habría tenido que hacerlo si me hubieras entregado lo que me pertenece —respondió el muchacho.

El viejo estaba cada vez más fuera de sí, parecía que la cara le iba a estallar.

—¡Vas a pagar muy caro por esto! ¡Vas a dormir en la calle una semana seguida! ¡Sin abrigo!

Lasgol negó con la cabeza.

—No, eso se acabó.

—¿Cómo que se acabó? Aquí no se acaba nada hasta que yo lo diga. ¡Esta es mi casa! ¡Tú eres mi lacayo, harás lo que yo te ordene!

—Ya no. Me marcho.

La cara de Ulf cambió de golpe.

—¿Cómo que te vas?

—He decidido unirme a los Guardabosques —explicó el muchacho.

—¡Eso es una estupidez tan grande como un iceberg! —protestó Ulf, aunque en ese momento su rostro no mostraba furia, sino una mezcla entre rabia y preocupación.

—Ya lo he decidido. Mañana me marcho con el guardabosques Daven.

—Estás cometiendo un gran error —dijo Ulf ahora más calmado.

—Puede, pero es lo que creo que tengo que hacer.

—Quédate un año más conmigo; a los dieciséis podrás unirte al ejército. Es la mejor opción para ti. Créeme. No te mentiría.

—Te creo, pero no es lo que quiero hacer.

—Si es por este incidente, lo olvidaremos. Mañana habrá sido como si nunca hubiera pasado —concedió Ulf con un gesto apaciguador.

—Gracias. Pero no es por eso. Tengo que seguir mi camino y mi camino pasa por unirme a los Guardabosques.

—¿Para qué? ¿Por qué? Con ellos solo te espera dolor y sufrimiento.

—Por mi padre.

Ulf se apoyó en la muleta y con voz calmada le dijo:

—Precisamente por tu padre no deberías ir. Vas al lugar donde es más odiado y del mismo modo que lo odian a él te odiarán a ti por ser sangre de su sangre.

—Demostraré que se equivocan.

Ulf echó la cabeza atrás.

—Así que es eso. Ahora empiezo a entenderlo. Lo que quieres hacer; lo entiendo, tienes buen corazón, eres valiente, pero te equivocas. Justo tu buen corazón te está llevando por el camino equivocado. Quieres creer que tu padre es inocente, pero déjame asegurarte que no lo es. El rey Uthar en persona fue testigo de la traición, y eran amigos. Su culpabilidad está fuera de toda duda. Tienes que aceptarlo, por tu bien, antes de que te arruine la vida.

Lasgol negó con la cabeza.

—Mi padre era una persona de honor, nunca traicionaría al reino. Yo lo conocía mejor que nadie. Nada me hará cambiar lo que pienso de él. Me da igual lo que digan que hizo. Yo sé que no fue así.

—Estás defendiendo lo indefendible.

—Yo sé que no pudo ser él. Tiene que haber otra explicación.

Ulf suspiró hondo.

—El amor nos ciega, somos humanos y nos dejamos engañar por sentimientos profundos. Pero esos sentimientos no nos dejan ver la realidad.

—Era el hombre más integro de todo Norghana —contestó Lasgol.

—Hasta los más valientes y honorables pueden cometer actos impensables. Hay muchas fuerzas más poderosas que el valor y el honor.

—Mi padre habría muerto antes que haber hecho algo así.

—Y de hecho murió —aseguró Ulf.

El chico cerró los puños y los ojos se le humedecieron. La respuesta de Ulf le había dolido. Pero tragó saliva y con un esfuerzo enorme consiguió contener las lágrimas.

—Y yo limpiaré su nombre. —Pasó junto a Ulf al abandonar la habitación. Se detuvo a su lado, lo miró una última vez y le dijo—: Gracias por darme cobijo, por todo; no lo olvidaré nunca.

Esa vez fue a Ulf a quien se le humedeció el ojo bueno. Asintió despacio, aceptando la derrota.

—Buena suerte, Lasgol.

—Gracias, Ulf; la necesitaré.

Capítulo 6

CON LAS PRIMERAS LUCES DEL ALBA, LASGOL ESTABA EN PIE Y listo para marchar. Se echó el morral al hombro, cogió su arco corto junto con el carcaj y salió de la habitación. Cruzó el área común, todo estaba en silencio. Ulf dormía en su habitación, aunque, cosa extraña, aquella mañana no se oían ronquidos. Suspiró y llegó a la puerta. Colgada de la aldaba encontró una pequeña bolsa de cuero. En su interior había diez monedas. Sintió una presión en el pecho y se le humedecieron los ojos.

—Gracias… —susurró Lasgol.

Pero Ulf no respondió.

Salió de la cabaña y, con un sentimiento agridulce en el corazón, se dirigió al encuentro del guardabosques Daven. La brisa matinal era fresca y olía a primavera: a naturaleza y vida. El cielo estaba despejado, iba a hacer un buen día. Esto lo animó. Resopló y se relajó un poco. Una pequeña sonrisa le afloró en el rostro. Había tomado la decisión: iba a unirse a los Guardabosques. Una decisión difícil, pero sentía que era la correcta.

Llegó hasta el río y se dispuso a cruzar el viejo puente de madera. Aún no podía ver a Daven. El molino estaba algo más adelante, tras un recodo en el camino; pronto llegaría. Echó la vista atrás una última vez y distinguió en la distancia la antigua hacienda de su padre, también la plaza del pueblo algo más lejos. Muchos sentimientos encontrados lo asaltaron. Buenos recuerdos de su niñez mezclados con horribles experiencias de los últimos años. Suspiró. Ese día empezaba un nuevo camino y dejaba todo aquello atrás. «Esperemos que mi nueva vida, aunque sea dura, me lleve a alcanzar mi destino. Y que este sea uno bueno —Miró al sol y sintió su calor en el rostro—. Sí, lo conseguiré, de una forma o de otra. Te lo prometo, padre.» Reanudó la marcha. Cuando llevaba cruzado medio puente, se percató de que había alguien tumbado en el otro extremo, bocabajo. Temiendo que se hubiera hecho daño, Lasgol se acercó a ayudarlo. Ya estaba a punto de alcanzarlo y entonces el cuerpo se movió. Se incorporó con rapidez. Extrañado, el chico se detuvo.

—¿Adónde te crees que vas, traidor? —preguntó la desagradable voz de Volgar con una sonrisa llena de malicia en la cara de matón.

Lasgol se sobresaltó tanto que dio un respingo. ¿Qué hacía Volgar allí? Estaba cortándole el paso. El puente no era muy ancho y Volgar abrió los brazos en cruz para no dejarlo pasar mientras negaba con la cabeza. Aquello tenía muy mala pinta y el chico empezó a preocuparse.

—Déjame pasar —le dijo Lasgol tenso.

—De eso nada. Tú no vas a ningún lado. Vas a pagar por lo del otro día en la plaza. Nadie me deja en ridículo delante de todos. —Hizo un gesto golpeando con el puño la palma abierta de su otra mano.

Lasgol sabía muy bien lo que iba a ocurrir: le esperaba una paliza. Por eso se giró para escapar por donde había llegado, cuando descubrió a Igor y Sven acercándose en cuclillas a su espalda. «¡Es una trampa!» El estómago le dio un vuelco y todos los músculos de su cuerpo se tensaron. Había estado tan inmerso en sus propios pensamientos que no se había dado cuenta de la emboscada que le habían tendido. Tenía que pensar algo para salir de allí, y rápido.

Volgar dio un paso adelante. Lasgol lo vio y tuvo que decidir en un instante entre esquivarlo o huir en dirección a sus compinches. Se decantó por lo primero. Hizo un rápido desplazamiento lateral que encadenó con la propulsión de su cuerpo hacia delante; con ello esquivó a Volgar. Por un momento pensó que lo había conseguido. Sin embargo, de pronto la manaza del matón se cerró sobre su morral y tiró de él con fuerza. Lasgol estuvo a punto de dejar ir el zurrón, pero dentro estaba la caja con el huevo de su padre. No podía dejar que se lo quedaran aquellos brutos. No había otra que pelear por él. Se volvió y tiró con fuerza del macuto para liberarlo del aferre de Volgar.

Fue un error. Lasgol no poseía la fuerza suficiente como para liberar el morral del grandullón. Mientras lo intentaba desesperado, tirando con todo su ser, Igor y Sven se le echaron encima. De pronto, sintió el peso de ambos y se fue al suelo. Se revolvió con todas sus fuerzas, aunque no consiguió liberarse. Los tenía encima y solo el peso muerto de ambos era demasiado para él. Lo sujetaron contra el suelo.

—¡Ya eres mío, traidor! —gritó Volgar triunfal y dejó caer el morral. Se agachó sobre una rodilla para golpear mejor.

El primer golpe fue directo al ojo derecho. Lasgol sintió un dolor agudo y pensó que quedaría tuerto, igual que Ulf. El segundo puñetazo lo recibió en la nariz, que explotó de dolor. La sangre comenzó a salir. Los ojos le lloraban. Lo veía todo borroso.

—¡Vas a recibir la paliza de tu vida!

Volgar continuó golpeándolo en la cara con sus enormes puños. Dolían tanto que Lasgol pensó que le estaban pegando con una maza de hierro. Mientras sufría la tortura solo pensaba en una cosa: necesitaba escapar o Daven se marcharía sin él. Y si eso ocurría, no podría unirse a los Guardabosques y todo habría acabado antes siquiera de empezar. Esos pensamientos y la angustia hicieron que los siguientes golpes llegaran como amortiguados. Intentó zafarse de Igor y Sven. Sin éxito. Lo tenían bien sujeto y no lo soltaban. Ni siquiera intentaban golpearle, solo querían mantenerlo atrapado, y bien que lo hacían. Volgar le golpeaba el cuerpo para que no se moviera.

—¡Esto es lo que hacemos en Norghana con los traidores!

Los golpes lo dejaron sin respiración y comenzó a toser y retorcerse. Lo vio todo perdido. Daven se marcharía sin él. No podía dejar que se fuera, tenía que alcanzarlo. En un esfuerzo inhumano, se dio la vuelta bajo el peso de sus captores y comenzó a arrastrarse sobre el puente con ellos encima.

—¡Sujetadlo! ¡Que no escape! —gritó Volgar.

Igor y Sven ejercieron fuerza para mantenerlo contra el suelo. Pero Lasgol se arrastraba hacia el final del puente con toda su alma. «Tengo que llegar hasta el guardabosques.» Es cuanto había en su mente en medio del terrible dolor que sentía.

—¡Quieto! —llegó el grito de rabia de Volgar, que se abalanzó sobre él.

El último golpe fue en la nuca. Sintió el impacto, el dolor, y la oscuridad se lo llevó.

El muchacho despertó mareado por completo. Intentó ponerse en pie, pero un dolor agudo por todo el cuerpo se lo impidió. Estaba tendido sobre el puente, no había nadie alrededor. Hizo un movimiento para mirar al sol, aunque tenía un ojo tan hinchado que no se le abría y el otro no estaba mucho mejor. Con no poco esfuerzo consiguió saber dónde estaba el astro, por su posición calculó que era casi mediodía.

—No… —balbuceó y el dolor del labio partido lo obligó a callar.

La ansiedad lo devoró. ¡Era demasiado tarde! Daven habría partido sin él. Ya no podría unirse a los Guardabosques Reales, ya no podría descubrir qué había sucedido con su padre ni restituir su nombre. Sintió tal angustia que estuvo a punto de vomitar. «¿Qué voy a hacer ahora?», se preguntó desesperado. Intentó de nuevo levantarse, pero no pudo. El dolor era demasiado intenso y todavía estaba muy mareado. Volgar había cumplido su promesa: le había dado la paliza de su vida. Con cuidado se palpó las piernas y los brazos. Estaban doloridos, pero no tenía nada roto. Luego hizo lo mismo con el tronco. El dolor fue insufrible. «Puede que tenga alguna costilla rota. No lo sabré hasta que consiga ponerme en pie.» Se tocó la cara. Estaba toda hinchada y ensangrentada. «La nariz no parece estar rota, he tenido suerte.» Gruñó de dolor.

Muy despacio se arrastró como pudo hasta el río. El frescor del agua le sentó bien e hizo que se le pasara el mareo. Al lavar las heridas el dolor se volvió más intenso. Escocía mucho. Aulló. Con cuidado y entre gruñidos consiguió lavarse. Al fin se puso en pie. Respiró hondo y exhaló varias veces hasta cerciorarse de que no tenía ninguna costilla rota, aunque sí varias muy maltratadas. «Debo de estar hecho de arcilla, puedo absorber un vendaval de golpes y, aun así, reponerme. Esa es una buena cualidad», pensó con una sonrisa de resignación. Al hacerlo, el labio volvió a martirizarlo.

De pronto recordó su morral. Buscó alrededor preocupado. Lo vio a un lado del puente, casi en el agua. Lo abrió. Lleno de temor buscó con la mirada si la caja estaba allí. ¡Estaba! La cogió y la abrió. El huevo seguía intacto, como si nada hubiera pasado. Lasgol notó un inmenso alivio. No sabía qué era aquel huevo, tampoco por qué lo tenía su padre, pero sentía que debía protegerlo. También podía ser que su fragilidad le despertara ese sentimiento. «Sea lo que sea, tengo que mantenerlo a salvo. Y si estoy haciendo el tonto, pues, bueno, no será ni la primera ni la última vez», se consoló. Lo guardó de nuevo en la caja. Parecía que Volgar y sus dos compinches solo tenían una cosa en mente: darle una tremenda paliza. Satisfechos, se habían marchado dejando el morral intacto. O quizá pensaron que lo habían matado y se habían asustado.

Sí, era probable que se hubieran asustado y hubieran huido, los muy cobardes.

Esperó un poco más hasta que estuvo en condiciones de andar. Sabía que ya no había nada que hacer, el guardabosques se había ido hacía mucho tiempo, pero, aun así, renqueando, se dirigió al punto de encuentro. «Al menos no se dirá que no hice cuanto pude por acudir.» Con el cuerpo machacado, un dolor agudo con cada paso, marchó mirada fija al frente.

Llegó hasta el molino. Se paró de golpe y se quedó con la boca abierta.

¡Daven estaba todavía allí!

Lo encontró acariciando un precioso corcel gris. El guardabosques observó al muchacho y negó con la cabeza.

—Llegas algo tarde. Esa es una muy mala cualidad.

Quiso explicarle todo lo que había pasado, pero todo lo que surgió de su boca fue:

—Lo siento, señor.

—No deberías pararte a pelear cuando tienes una cita importante —le dijo Daven con ironía.

Lasgol se quedó de piedra.

—¿Lo has visto?

—Soy un guardabosques, nada en una legua escapa a mi ojo.

—Pero… ¿por qué no…?

—¿Por qué habría de haber intervenido?

—Eran tres… contra mí… más grandes…

—Sí, grandes y estúpidos. Deberías haber podido librarte de ellos.

Lasgol sacudió la cabeza, no podía creer que Daven no lo hubiera ayudado.

—Pero soy un aspirante…

Daven negó con la cabeza.

—Todavía no lo eres. Y el título correcto es iniciado. ¿Has decidido unirte a los Guardabosques? —preguntó con tono oficial. Había un deje de disconformidad en su tono, como si aquello no fuera lo que él quisiera.

Lasgol, que había dado aquella opción por perdida, se sorprendió.

—¿Puedo todavía?

El reclutador asintió.

—No te lo recomiendo, pero puedes; estás en tu derecho por ley. Piénsalo bien. Esto que te ha sucedido hoy volverá pasar y será peor allí… ¿Estás seguro?

El chico lo meditó un instante. Le dolía todo el cuerpo, veía mal y de un oído no oía del todo, pero seguiría adelante, no importaba cuán grande fuera el obstáculo.

—Sí, señor. Y no hay por qué preocuparse, soy de barro —dijo Lasgol intentando sonar lo más seguro y digno posible.

Daven alzó una ceja e inclinó la cabeza.

—¿De barro?

—Cosas mías, señor.

El guardabosques lo miró divertido.

—¿Has traído la invitación firmada con tu sangre?

—Sí, señor, aquí esta —respondió el muchacho rebuscando en el morral, y se la entregó.

—Todo en orden —dijo el hombre al examinarla—. Última oportunidad para que cambies de opinión.

—Quiero unirme a los Guardabosques —se mantuvo firme Lasgol.

Daven suspiró hondo.

—Muy bien, no dirás que no te advertí. —Guardó la invitación en su túnica y saludó a Lasgol con la cabeza—. Bienvenido a los Guardabosques.

El chico respondió imitando su gesto. Y por fin se sintió algo mejor. Había firmado y se lo había entregado al guardabosques. Ya estaba hecho. Dejó escapar un resoplido con disimulo para que Daven no se diera cuenta.

—Ahora, si lo deseas, podemos ir en busca de esos tres matones y saldar cuentas…

Lo miró incrédulo.

—¿De verdad?

Daven asintió:

—Los guardabosques cuidamos de los nuestros, y ahora eres uno de los nuestros.

—Pero antes…

—Antes quería comprobar cómo te comportabas ante una adversidad grave. Y has pasado. Se requiere mucho coraje para hacer lo que tú has hecho. ¿Les damos caza? —preguntó y su rostro se volvió duro, hosco.

Lasgol lo miró a los ojos. No bromeaba. A una palabra suya los cazaría. Y los guardabosques eran extraordinarios cazadores de hombres.

—¿Qué les harás?

—Les daré un castigo acorde a su delito —dijo señalando la cara y el cuerpo de Lasgol. El tono era frío, cortante.

El chico sintió miedo.

—No. No les hagas nada.

—¿Estás seguro? La mayoría en tu lugar buscaría justicia. Estás en tu derecho.

Pero negó con la cabeza.

—Dejémoslo estar. Quiero mirar adelante y dejar todo esto atrás.

El hombre lo observó un momento largo, como analizándolo. Luego asintió:

—Muy bien. Así se hará —sentenció.

—Gracias, señor.

El guardabosques buscó en las alforjas de su caballo y entregó un recipiente de cerámica cubierto con lino y un saquito de cuero.

—Un ungüento, evitará que las heridas se infecten. En el saquito hay un polvo de varias raíces medicinales que hará que las heridas curen. Espárcelo una vez que te hayas aplicado el ungüento.

Lasgol estaba sin habla. Cada vez entendía menos al guardabosques. Primero no lo había ayudado y ahora no solo se había prestado a dar su merecido a los tres matones, sino que le había proporcionado medicinas. Se encogió de hombros y se aplicó el ungüento y los polvos como le había indicado.

Cuando hubo terminado, el guardabosques guardó las medicinas.

—¿Sabes montar? —le preguntó.

—Sí, señor; mi padre me enseñó. Pero no soy muy bueno, no he podido practicar mucho en los últimos años… —dijo encogiéndose de hombros y con cara de disculpa.

En realidad no quería decir nada, llevaba más de tres años sin poder acercarse a un caballo. Los soldados como Ulf no tenían. Los caballos en Norghana eran un privilegio y costaban mucha moneda.

—No importa. Lo importante es que sabes montar. De lo contrario, habrías tenido que montar conmigo y eso nos retrasaría mucho.

Daven se llevó los dedos a la boca y silbó. Un poni robusto, blanco y de largo pelaje acudió a la llamada.

—Este es para ti —dijo el guardabosques señalando un poni norghano de las nieves.

—¿Para mí? —preguntó el chico estupefacto.

—Sí. Un guardabosques no es nada sin su montura.

Lasgol se quedó sin habla. Su padre siempre montaba a Volador, un magnífico corcel negro, rogdano, de la tierra de los Jinetes del Oeste, pero Lasgol nunca había imaginado que todos los guardabosques tuvieran caballo.

—Oh… Muy bien, señor… Muchas gracias, señor —balbuceó y se acercó al poni.

Le acarició el cuello y la crin. El animal respondió con un movimiento de la cabeza y soltó un bufido. Los ponis norghanos eran de un tamaño considerable para su raza y muy fuertes. También tenían cierto temperamento.

—Ahora es tu responsabilidad. No hay mayor vergüenza para un guardabosques que perder su montura. Recuérdalo —advirtió Daven.

—Sí, señor. Por supuesto —dijo Lasgol, que, por primera vez en una eternidad, estaba feliz.

¡Le habían dado un caballo! Los golpes de la paliza se le olvidaron por completo. Acarició al animal y le susurró al oído. Cuanto más lo miraba, más imponente y bonito le parecía el robusto poni.

—Tienes que darle un nombre.

—¿El que yo quiera?

—Sí. Para que te reconozca.

Lasgol pensó cómo llamarlo por un largo rato, al fin se decidió:

—Lo llamaré Trotador.

—Bonito nombre.

—Gracias, señor —dijo Lasgol y acarició al equino—. ¿Te gusta tu nombre, Trotador?

El poni asintió y le lamió el pelo. Lasgol estaba tan contento que estuvo a punto de echarse a bailar, solo que con su cuerpo en tal estado se habría ido al suelo de bruces.

—Vamos, tenemos un largo viaje por delante.

—¿Adónde nos dirigimos?

—Al campamento. Al norte.

—¿Campamento? Dicen en la aldea que nadie sabe dónde está. Excepto los guardabosques, claro.

—Eso es porque nadie puede llegar hasta allí. Está en el valle Secreto.

—¿Nadie, señor?

—Nadie que no sea un guardabosques o sea hombre del rey.

—¿Y dónde está el valle Secreto?

—Si te lo dijera, dejaría de ser secreto —le dijo Daven.

—Sí…, claro…, yo…

—¿Siempre haces tantas preguntas? —se quejó con una mirada molesta.

—Oh… Lo siento, señor.

—Cabalga detrás de mí, observa lo que yo haga y aprende. Pregunta solo lo indispensable. No soy amigo de la cháchara.

—Sí, señor. Perdón.

—La travesía será dura. Espero que estés a la altura y no me haya equivocado contigo.

—Lo estaré —aseguró Lasgol intentado disimular sus propias dudas.

—Recuerda que vienes por decisión propia, en contra de mi consejo. No lo olvides.

—No lo haré, señor… —dijo, y la advertencia le dolió. Pero no le haría cambiar de opinión.

Daven le hizo un gesto con la cabeza e indicó a su caballo que avanzara. Lasgol lo imitó y se pusieron en marcha. El viaje, tal y como Daven había anunciado, fue largo y duro, al menos para Lasgol. Para el guardabosques parecía no ser más que un paseo por los bosques del reino. Durante más de dos semanas cabalgaron sin apenas descanso. Solo paraban cuando los caballos se hallaban demasiado cansados para continuar. No los ponían en riesgo. Apenas dormían y Lasgol había estado a punto de caerse al quedarse dormido sobre la montura. Por alguna razón, Daven no tomaba los caminos del reino; en cambio, se internaba en bosques frondosos y subía por colinas escarpadas para luego descender a llanos inhabitados. Lasgol tenía la sensación de que o bien al guardabosques no le gustaban los caminos y la gente, o estaba intentando disuadirlo antes siquiera de llegar al campamento. Pero por muy cansado que estuviera, por mucho que le dolieran las posaderas y por muy hambriento y sediento que se encontrara, no se rendiría. No protestó ni una sola vez ni pidió al guardabosques que aminorara la marcha, y mucho menos que pararan a descansar. De vez en cuando, Daven le echaba una mirada para comprobar si aún aguantaba sobre el poni; entonces, seguía adelante.

No hubo conversación a partir del quinto día de marcha. Lasgol estaba demasiado exhausto para siquiera hablar. Cuando descansaban, se concentraba en devorar la ración que Daven le proporcionaba. La verdad era que era muy escasa. Si los guardabosques solo comían eso, Lasgol no se explicaba cómo sobrevivían en las montañas. El desgaste físico era mucho mayor de lo que reponían con tan poca comida. Lo único bueno del trayecto fue cómo mejoraron sus heridas. El ungüento y los polvos que se aplicaba cada noche habían conseguido un milagro: las heridas habían cicatrizado y no le había quedado marca.

El muchacho aguantó la marcha como pudo y al decimoquinto día Daven se detuvo sobre la cima de una colina. Señaló abajo. Lasgol se situó junto al hombre y oteó. Un amplio río serpenteante de aguas grises descendía hacia el sudeste. En un recodo se veían tres navíos atracados. Los dos primeros, de una vela, eran navíos de asalto. Ligeros y de poco calado. El tercero era un barco de carga. ¿Qué hacían allí?

—Hemos llegado —anunció Daven, y, al oír su voz de nuevo, el chico se sobresaltó.

Fue a preguntar adónde, pero lo pensó mejor y calló. El reclutador esperó un instante a la pregunta; cuando no llegó, asintió. Le hizo un gesto con la cabeza para que lo siguiera; después, con cuidado, comenzó a descender la colina en dirección a los barcos.

Según se acercaban, Lasgol comenzó a descifrar qué estaba sucediendo. Frente a los dos barcos ligeros había un grupo numeroso de personas, alrededor de un centenar. Ante el barco de carga se encontraban sus caballos, en un gran corral hecho con cuerdas y estacas. Se dirigieron hacia ahí. Al llegar Daven detuvo su montura y saludó a varios hombres que cuidaban de los animales. Todos vestían como él, con aquellas singulares capas con capucha que los cubrían de pies a cabeza. Iban armados con arcos y Lasgol imaginó que bajo la capa llevarían más armas. La verdad era que tenían un aire siniestro... secreto..., eran guardabosques.

—Por fin llegas, Daven —saludó uno de los hombres.

—El muchacho tenía dudas, tuve que esperar a que se decidiera —respondió y señaló a Lasgol con la cabeza.

—¿Es él?

Daven asintió.

—Desmonta, Lasgol —le ordenó.

El chico obedeció y cogió a Trotador por las riendas.

El hombre se acercó hasta él y, sin mediar palabra, asió las riendas del poni. Luego escupió a los pies de Lasgol. Desconcertado, el muchacho echó el cuerpo atrás.

—El hijo del Traidor —espetó un segundo guardabosques que estaba con él y también escupió a los pies de Lasgol.

Trotador bufó y sacudió la cabeza como si estuviera descontento. El guardabosques se lo llevó con el resto de los caballos.

—Será mejor que vayas con los otros iniciados —le dijo Daven. Luego desmontó y entregó su montura a un tercer guardabosques. Este, al hacerse con las riendas, lanzó una mirada tosca a Lasgol, después murmuró entre dientes—: Maldita sangre de traidor...

Lasgol respiró hondo. Y comenzó a alejarse.

—Segundo barco, el primero está ya completo, traidor. O puedes darte la vuelta, aún estás a tiempo —le dijo otro guardabosques.

El muchacho no se volvió ni contestó. Siguió adelante con los ojos clavados en el suelo. Llegó al grupo de aspirantes frente al segundo barco. Había unos cincuenta chicos y chicas allí, todos de su edad. Eran más chicos que chicas. Media docena de guardabosques los observaban sin decir nada, uno lo miró de arriba abajo.

—Espera con los otros —le dijo señalando al grupo.

Lasgol asintió y se acercó hasta ellos. No sabía muy bien qué hacer o decir, y, siendo quien era, decidió que sería mejor quedarse callado. Se apartó un poco y se quedó de pie observando cómo los otros interactuaban. Enseguida identificó a los corpulentos; no le resultó muy difícil, pues la mayoría de los chicos no eran altos o fuertes en exceso, lo cual sorprendió a Lasgol, que se había imaginado que todos serían del tamaño de Gondar o Ulf. Parecía que sí era cierto que los Guardabosques buscaban otras cualidades. También identificó a los de familia noble. Se veía rápido por el ropaje que vestían y cómo se pavoneaban. También era obvio quiénes eran los de familia pobre como él. Con las chicas le costaba más discernir quién era de qué clase.

—Vaya colectivo más variopinto, ¿verdad? —dijo una voz a su izquierda.

Se giró y vio a un chico, apartado del resto como él, observando también a los demás. Era muy delgado y más bajo que él. Lo cierto es que parecía bastante enclenque, sobre todo para querer ser guardabosques.

—¿Colectivo variopinto?

—Grupo de gente muy diferente —explicó el chico con una sonrisa.

—Ah, pues sí —respondió Lasgol.

—Me llamo Egil Vigons-Olafstone —dijo, y le ofreció la mano.

—Yo Lasgol Eklund. —Se la estrechó.

—Es un honor y un privilegio conocerte en tan insigne contexto.

—Ummm…, lo mismo digo… ¿Siempre hablas así de refinado?

—¿Refinado? ¡Ah! Me temo que sí. Tengo gran debilidad por la lectura y las artes, ello suele influenciar la forma en la cual me expreso al conversar —dijo y le mostró el libro que llevaba guardado a la espalda.

—Ya veo… —respondió Lasgol, que cada vez entendía menos cómo aquel chico podía estar allí.

—Estimo que pronto embarcaremos hacia nuestro glorioso destino como guardabosques y remontaremos el río Sin Retorno hasta el valle Secreto.

—¿río Sin Retorno?

—Suena mal, ¿verdad? Consulté varios mapas del reino antes de partir y no hay referencia de dónde nace, solo consta que desemboca en el mar de hielo. También estudié varios tomos sobre la topografía de Norghana y no hay ni una referencia —dijo con una ceja levantada con suspicacia.

Lasgol sacudió la cabeza.

—¿Te has preparado para el viaje? ¿Seguro que quieres unirte a los Guardabosques?

Egil le sonrió.

—Sorprendente, ¿verdad? Es una larga historia, una para otro momento más propicio. Pero desconfía de mi imagen. Quizá sea un cambiante…

—¿Un cambiante? —preguntó Lasgol sin comprender.

—Un cambiaforma.

—Lo siento, no sé de qué me hablas.

—¿No has oído hablar de los metamórficos?

Lasgol echó la cabeza atrás y negó.

—Una persona o ser que puede cambiar de forma y adoptar la de otra o la de un animal sin que sea distinguible.

—Algo he oído sí…, pero pensaba que eran habladurías.

—Es parte de nuestra mitología, hay muchos ejemplos de seres poderosos que adoptan la forma de meros mortales. Los cambiantes son parte de nuestra cultura. Mito o realidad, existen en las leyendas que los abuelos cuentan a sus nietos junto al fuego.

Lasgol se llevó la mano a la barbilla.

—Ah, ¿como cuando los Dioses del Hielo se convierten en Panteras de las Nieves para visitar a los hombres?

—Exacto.

Lasgol asintió.

—Eso sí lo había oído.

—Pues yo soy un cambiante —dijo Egil con una sonrisa—, actualmente en su forma menor. Luego me convertiré en un gigante de hielo. —Y comenzó a reír.

Lasgol no pudo evitarlo y se echó a reír con él.

—¿Tú crees que los cambiantes existen? —preguntó Lasgol intrigado.

—Si he de serte sincero, basándome en los mitos, el folclore y los tomos que he podido consultar al respecto, yo diría que es muy probable que así sea —respondió Egil.

—¿Y es imposible detectarlos?

—Eso dicen. No por medios naturales. Mientras mantengan la forma que han adoptado al ojo humano, son indistinguibles. He leído que son capaces de engañar incluso a animales, hasta sabuesos, con lo que es dificilísimo identificarlos.

—¿Qué tipo de ser son?

—Buena pregunta. Algunos creen que son seres con poderes, otros que simples hombres con una habilidad inexplicable, pero, claro, todo son conjeturas, no hay pruebas. Es un tema fascinante.

—Ya veo.

—Cuando vuelva a mi forma natural, lo verás —dijo Egil y le guiñó el ojo.

Lasgol rio y asintió.

—En cualquier caso, creo que mi presencia aportará una nota de color a los aspirantes en clara contraposición a la de algunos, como por ejemplo ese grandullón —dijo Egil señalando a un grupo junto a ellos.

—¡Aparta, idiota! —ordenó el bravucón, de un tamaño muy considerable, y empujó a otro chico de aspecto más débil.

El chico salió despedido de espaldas y derribó a varias personas. Una de ellas cayó contra el grupo que se encontraba más cerca de Lasgol y Egil. Una chica rubia ayudó a levantarse al chico que había chocado con ellos. Luego se volvió hacia el bravucón.

—¡Oye, tú! —le gritó y comenzó a caminar hacia él.

Lasgol la observó. ¿Qué iba a hacer? No iría a…

La chica se plantó frente al bravucón. Y se enfrentó a él. Los ojos azules de ella fijos en los grises de él. Ella era alta y fibrosa. Tenía el pelo rubio largo y llevaba varias trenzas que le caían a los lados de la cara. Con el cejo fruncido y expresión hosca, Lasgol no pudo saber bien si era guapa o no. El grandullón le sacaba un palmo de alto y dos de ancho. Aquella chica iba a meterse en un lío.

—Eso no ha estado nada bien —le recriminó con las manos en jarras.

—Y a ti qué te importa —le contestó él con tono despectivo.

—Yo decido lo que me importa y lo que no —respondió ella con semblante firme.

—Este no es lugar para una chica —le dijo él con tono de superioridad.

El gesto de ella cambió al instante a uno de desagrado, casi de odio.

—Eso lo dirás tú, mendrugo.

—¿Mendrugo? Como no cierres esa boquita, te vas a enterar —dijo él con el entrecejo fruncido.

—No serás tú quien me la cierre. Me llamo Ingrid y yo digo lo que quiero donde quiero.

Aquello iba a complicarse en un instante. Lasgol dio un paso adelante para ir a ayudar a la chica.

—Tú no deberías estar entre nosotros. ¿Qué haces aquí? —dijo el grandullón y le dio con el dedo en el hombro dos veces. No hubo una tercera.

—Esto —dijo Ingrid y le soltó un derechazo directo a la mandíbula.

El bravucón cayó de espaldas, como un árbol talado. No se levantó.

Lasgol se quedó helado a medio camino. Se oyeron exclamaciones de sorpresa; después, se hizo un silencio sepulcral entre todos los que observaban el enfrentamiento. Ingrid se dio la vuelta y volvió al grupo junto a Lasgol, quien la miraba con la boca abierta, sin poder apartar la vista de ella.

—¿Tú también tienes algo que decirme? —le preguntó con tono amenazador al darse cuenta de que él la miraba fijamente. Armó el brazo para soltar otro golpe.

—¡No! ¡Nada! No tengo nada que decir —se apresuró a decir Lasgol mientras le hacía gestos para que se tranquilizara.

—Eso pensaba —dijo ella y bajó el brazo.

La observó entre aterrado y encantado. En ese momento llegó la orden de los guardabosques para embarcar.

Egil se situó junto a Lasgol y le susurró al oído:

—Creo que nos convendría hacernos amigos de esa damisela.

Lasgol lo miró y asintió. Tenía el claro presentimiento de que iban a necesitar toda la ayuda que pudieran encontrar, y algo más.

Capítulo 7

EMBARCARON. LASGOL SONREÍA MIENTRAS ESTUDIABA EL NAVÍO con ojos voraces. Era la primera vez que pisaba un barco. Los había visto en la costa, pero siempre en la lejanía; nunca había podido apreciarlos en detalle. Le fascinaban. Se había criado en los bosques, sobre tierra firme. No se explicaba cómo aquellas frágiles estructuras de madera de una vela eran capaces de navegar ríos y, mucho menos, el gélido mar del norte.

Egil debió leer su rostro.

—¿Primera vez que ves un navío de asalto?

Lasgol asintió; entonces notó que no debía de ser el único, a juzgar por la cara de muchos de los reclutados que se apelotonaban junto al mástil y observaban la embarcación con ojos ensombrecidos por el miedo.

—Son veloces, si bien algo frágiles, y no pueden transportar mucha carga. Son los preferidos de las tropas de incursión. Deben ser también del agrado de los guardabosques. Intuyo que los utilizarán en sus misiones secretas, pues son navíos rápidos y silenciosos.

—No entiendo cómo puede cargar con todos nosotros y no hundirse —dijo Lasgol mirando alrededor—. Estamos unos cuarenta de nosotros, además de una docena de guardabosques.

Egil soltó una risita.

—Estate tranquilo, no se hundirá. Calculo que podría soportar el doble de carga y no vencerse.

—¿Lo dices en serio?

—Sí. Yo siempre hablo en serio. El humor no es uno de mis fuertes, ya te darás cuenta. —Sonrió y se encogió de hombros—. En alta mar la situación sería diferente. El oleaje y las tormentas podrían hundirlo. Pero aquí, en un río, estamos a salvo, te lo aseguro. Estate tranquilo.

—Pero si el agua llega casi a la baranda.

—Se denomina *borda* en términos marítimos. La parte delantera, donde están los guardabosques, es la proa. Esa cabeza de bestial serpiente marina que ves ahí delante es el mascarón de proa. Es una costumbre decorar estos navíos con cabezas de bestias abominables. En teoría atemorizan al enemigo. La parte trasera —dijo señalando al fondo— es la popa. También está decorada, en este caso con la cola de la serpiente. Pero lo que es de verdad importante acerca de esa sección es que ahí está el timón que gobierna el rumbo del barco.

—¿Es que lo sabes todo? —preguntó Lasgol sorprendido.

—¿Todo? Por supuesto que no. Leo mucho y aprendo cuanto puedo. No hay nada peor que una mente llena de aire. —Soltó una risita, pero Lasgol no terminó de entender el chiste—. ¿Ves lo que te decía de mi sentido del humor…?

—Me acostumbraré —le dijo Lasgol, y le guiñó un ojo.

Egil era extraño, pero le caía bien. No parecía tener malicia y sabía mucho. Lasgol lo estudió. Aunque lo negara, era probable que supiera de todo.

—Este tipo de embarcaciones tienen el casco trincado y son muy estables, pues su calado es solo de media vara.

Lasgol lo miró con ojos de no comprender nada.

Egil sonrió.

—Te explico: la parte inferior del barco está hecha con tablones sobrepuestos y solo se sumerge en el agua media vara. Eso le permite ser muy veloz. Por la misma razón, no puede transportar demasiada carga. Imagina una cáscara de nuez sobre un charco. Es algo muy similar. Si soplas se desplaza, pero, si le pones una piedra, se hunde.

—¿Y por qué es tan estrecho? ¿No sería mejor que fuera más ancho? Para que fuera más estable, quiero decir…

—Este tipo de navíos de asalto miden unas quince varas de eslora, una manga de dos varas y un calado de solo media vara. Es decir, son largos y estrechos, y calan poco en el agua, de forma que sean muy veloces. Pero no debes preocuparte, no se hundirá, te lo prometo.

En ese instante uno de los guardabosques se dirigió a ellos:

—¡Atención todos! —dijo con voz profunda y autoritaria. Era de mediana edad y su rostro indicaba que había estado en más de una batalla.

Las conversaciones cesaron ante la llamada de atención.

—Soy el capitán Astol —se presentó—. Esta belleza de una vela sobre la que estáis es mi navío. No hay mejor navío ni más rápido en todo Norghana. La respetaréis como si fuera vuestra madre y a mí como si fuera vuestro padre mientras estéis a bordo. Aquel que no respete esta simple regla terminará desnudo en el agua. Es así de sencillo. ¿Lo habéis entendido?

Se oyó un murmullo con tímidos síes acompañados de tímidos gestos afirmativos, aunque nadie se atrevió a hablar en alto.

—Daré por afirmativa vuestra respuesta. Es hora de partir. Los de cuarto, tercer y segundo año ya lo han hecho. Como es tradición, los de primer año seréis los últimos en zarpar y atracar. Escuchadme bien porque no repetiré mis palabras. Sentaos por parejas. Diez parejas a cada lado del navío.

Los aspirantes se miraron sin saber con quién emparejarse. Lasgol y Egil intercambiaron una mirada, asintieron y fueron los primeros en sentarse en la bancada que tenían al lado.

—¡Vamos, no tenemos todo el día!

Los muchachos comenzaron a emparejarse como podían y fueron sentándose en las bancadas hasta que, al final, estaban todos situados.

—¡Por fin! —protestó el capitán—. Ahora cada pareja cogerá un remo. ¡Vamos!

Todos obedecieron apresurados.

—Que nadie reme hasta que yo dé la señal. ¡Vela! —ordenó, y dos de los guardabosques izaron la vela y la aseguraron.

Lasgol agachó la cabeza y susurró a Egil:

—¿Vamos a remar?

Egil observó la vela, luego asintió.

—Vamos río arriba y no sopla viento. Tendremos que remar.

Lasgol se quedó perplejo. Había imaginado que el viento los llevaría. Pero no. No sería una travesía relajada, tendrían que trabajar duro para remontar la corriente.

Los guardabosques se situaron a lo largo del navío y les explicaron cómo debían sujetar los remos entre dos personas y remar a la par siguiendo la cadencia que el capitán marcaría. No parecía demasiado complicado y Lasgol sonrió a Egil. Pero la sonrisa se le borró del rostro en cuanto el capitán Astol dio orden de remar. Fue un despropósito total. Cada uno remaba a destiempo, varios casi perdieron el remo y uno de los reclutas, una chica pelirroja con la cara llena de pecas, cayó de espaldas de la bancada. Su compañero intentó ayudarla a ponerse en pie. El remo, llevado por la corriente, los golpeó y los derribó de nuevo. Habría resultado casi cómico, de no haber sido por la cara de espanto de la chica mientras intentaba levantarse pisando a su compañero y sujetando como podía el remo, que parecía poseído y se movía en todas direcciones.

—¡Por todas las serpientes marinas! —bramó Astol enfurecido.

Trataron de dominar los remos e ir a una, pero fue otro desastre. Los gritos del capitán casi los dejaron sordos.

—Coge tú el extremo exterior. La inercia es mayor debido al efecto palanca y se requiere mayor fuerza —le pidió Egil a Lasgol al oído.

Lasgol no lo entendió del todo, pero asintió.

—De acuerdo —dijo y cambiaron de sitio.

Egil se sentó junto a la borda y Lasgol en el otro extremo del banco, sujetando el remo.

Intentaron remar a una con muchas dificultades. Pero si dominar el largo remo ya era complicado, seguir el mismo ritmo de la pareja de enfrente era imposible. Sobre todo porque frente a Egil se sentaba una mole de dos varas de altura y de hombros tan anchos como los de Lasgol y Egil juntos. Remaba como si estuvieran en una competición y llevaba en volandas a su compañero, que se aferraba al remo y bastante hacía con no caerse del banco.

Egil le tocó el hombro con la mano para llamar su atención.

—¡Ahhh! —gritó el gigantón asustado y levantó los brazos.

Al soltar el remo, su compañero salió despedido y rodó por la tarima hasta llegar al mástil. El gigantón se giró de medio lado. Tenía el rostro de un auténtico guerrero norghano. Cara cuadrada de mentón de piedra. El pelo rubio le caía lacio hasta los hombros. Intimidaba con solo mirarlo. Lasgol pensó que contestaría mal al pequeño Egil por haberlo sobresaltado y se preparó para defenderlo. Sin embargo, los ojos del grandullón, de un azul como el mar, no mostraron enfado, sino algo diferente…, mostraban miedo.

—No estamos en un campeonato real, mi señor remero —le dijo Egil con una sonrisa.

Al ver la sonrisa, los ojos del gigante se iluminaron y el miedo desapareció de ellos. Su rostro rocoso se suavizó.

—¿Voy muy rápido? Es que no sé qué hago. Me he criado en una granja con vacas y cerdos, no sé nada de barcos ni remos —dijo con voz tímida.

—Parecido a mí, yo tampoco tengo ni idea —dijo Lasgol intentando tranquilizar al grandullón.

Su compañero se sentó de nuevo en la bancada y le lanzó una mirada furibunda.

—Lo siento… No me he dado cuenta… No quería… Me he asustado.

—Ten más cuidado o me vas a matar —le recriminó.

—Lo lamento…

—Contad hasta cinco, luego bogad…, remad, quiero decir —les aconsejó Egil—. Veréis como va mejor.

—Oh, muy bien, lo intentaremos.

De inmediato la cosa mejoró. El compañero del gigante lo agradeció tanto que dedicó un gesto de reconocimiento a Egil.

Les llevó media mañana aprender a remar con una mínima pericia de forma que la embarcación siguiera un rumbo estable. Astol terminó afónico. Los guardabosques ofrecían su ayuda y consejos a los inexpertos remeros; gracias a ellos, poco a poco lo consiguieron.

Las tres embarcaciones siguieron el cauce del río remontando la corriente. Avanzaban despacio y los gritos de los capitanes caían sobre los remeros como una tormenta invernal. Por fortuna, el tiempo acompañaba, la brisa era templada y el sol los calentaba, lo que hacía llevaderos los gritos y el esfuerzo. Remaban todo el día y al caer el sol atracaban. Les permitían bajar a tierra a estirar las piernas. Encendían fogatas a una distancia prudencial de los navíos y cenaban de las provisiones, que eran pescado ahumado o carne seca. Luego regresaban a las naves y dormían allí. Según el capitán

Astol, uno debía amar su bancada y remo, y nada unía más que pasar la noche con ellos. Los dos primeros días fueron duros. Resultó que remar requería un esfuerzo intenso que el cuerpo desacostumbrado no aceptaba muy bien. Lasgol y Egil conversaban cuanto podían para olvidar las agujetas.

—Pronto anochecerá y descansaremos —le dijo Lasgol a Egil mientras remaban.

Este suspiró.

—Ojalá llegue con celeridad. Mi excelsa mente no puede engañar más a mi cuerpo derrotado.

Lasgol, que poco a poco iba acostumbrándose a su forma de hablar, lo medio entendió.

—Entonces será mejor que charlemos. Cuéntame algo sobre ti, así te distraerás.

—Fabuloso. Veamos, soy el tercer hijo del ilustrísimo duque Olafstone, señor del ducado de Vigons-Olafstone, varón de alta alcurnia, gentilhombre y unido por sangre a la Casa de Vigons, contendiente a la corona.

—¿Eres hijo de un duque?

Egil asintió.

—De uno de los duques más poderosos del reino. Si no el que más.

Lasgol soltó un silbido largo.

—Entonces eres rico. Habrás crecido entre sirvientes y lujo. —Nada más decirlo Lasgol se dio cuenta de lo mal que había sonado—. Lo siento, me ha salido sin pensar.

—No te preocupes —le dijo Egil con una sonrisa—, todo el mundo lo concluye. No obstante, hay un par de peculiares circunstancias sobre mi persona que quizá convendría aclarar. —E hizo una mueca extraña.

Lasgol torció la cabeza, ¿qué sería?

—Aunque soy de casa noble y poderosa, la Casa de Vigons, por parte de mi abuelo paterno, para ser exactos, el hecho de ser heredera a la corona la sitúa en una posición harto comprometida. Nuestro querido rey Uthar y mi padre, Vikar, no tienen una relación muy amistosa. El rey ha obligado a mi padre a renunciar a sus derechos a la corona y a adoptar como nombre de la familia Olafstone, en lugar de Vigons, pues esta última da derecho a la corona. Mi padre ha tenido que jurar lealtad a Uthar al igual que el resto de los duques y condes del reino. No obstante, en verdad, son rivales.

—¿Rivales? ¿Por qué?

—Porque de morir Uthar sin descendencia, y hasta hoy aún no la tiene, la corona podría pasar a mi casa, a mi padre.

—¡Oh! Ya veo…

—Y esa tremenda tensión política se hace sentir en el seno de mi casa. Mi padre vive bajo presión constante y eso se traslada a sus hijos. Bueno, eso y que mi querido padre no es una persona precisamente amable. Más bien todo lo contrario. Posee un carácter muy fuerte. Algunos dicen que ha arrancado la cabeza a gritos a más de uno. Según él los hombres sin carácter no valen ni la ropa que visten. Y, bueno, quienes no son capaces de derribar una puerta a cabezazos, pues tampoco.

Lasgol abrió los ojos sorprendido.

—Has mencionado hermanos…

—Sí. Soy el menor de tres. En todos los sentidos —dijo con una sonrisita y cara de resignación—. Ellos son grandes, fuertes, auténticos norghanos. Yo, bueno…, ya sabes… —Y repasó con una mirada su cuerpo enjuto y pequeño.

—Los músculos no lo son todo.

—En Norghana lo son, y en casa de mi padre todavía más. Si no eres capaz de luchar como un toro embravecido en defensa de tu casa, no eres digno de mi progenitor.

Lasgol hizo un gesto de comprensión.

—Yo no tengo hermanos. Debe de ser bonito tener a alguien con quien crecer…

—Lo era en la infancia. Luego todo cambió. Mis hermanos son el orgullo de mi padre y, poco a poco, los cinceló a su imagen. Dejaron de jugar conmigo para empuñar las armas y ya nunca más poseyeron el tiempo o la inclinación de dedicarme atención. Mi padre les puso los mejores instructores marciales del reino y los hizo entrenar día y noche.

—¿Van a ir al Ejército Real?

—¡Oh, no! —dijo Egil sacudiendo la cabeza—. Mi padre no se fía del rey o de los otros duques, y viceversa. No dejará que sus hijos le sirvan. Los quiere con él, para llevar el ducado. Cada duque y cada conde tienen un pequeño ejército a su servicio; con él gobierna sus tierras.

—Creía que el rey Uthar tenía un ejército de soldados —confesó pensando en Ulf.

—Lo tiene; no obstante, no es muy grande. Cuesta mucho dinero mantenerlo. Es más eficiente que sus señores, los duques y condes, lo tengan y lo paguen ellos —explicó con una mueca de inteligencia.

—Oh, no sabía nada de esto.

—No te preocupes, para eso me tienes a mí —le dijo Egil con un guiño.

Lasgol rio y luego se quedó pensativo.

—Pero, entonces, ¿qué haces tú aquí? ¿Por qué no estás en el ducado de tu padre?

—Ahhh, eso tiene una explicación sencilla y triste.

Lasgol lo miró intrigado.

—El rey requiere de todos sus duques y condes una prueba de lealtad. Ha sido siempre así, desde los inicios del reino hace casi un milenio. Cada uno ha de enviar a uno de sus hijos a servir al monarca de forma que no tengan la tentación de traicionar al rey.

—Porque tendría un rehén de cada uno de ellos… —dijo Lasgol.

—Exacto. Y yo soy ese rehén. Mi padre me envía a servir a los Guardabosques porque no me aceptarían en el Ejército Real, dada mi condición física.

—Entiendo… ¿Y la parte triste?

—Que envía al hijo que no quiere, al más débil y menos hábil, al descendiente del que se avergüenza y que, llegado el caso…, podría perder…

—No digas eso.

—Es la verdad. Mi padre es un hombre duro, frío, como las montañas del norte. Tras ver que yo nunca sería como mis dos hermanos se desinteresó, se centró en ellos. Básicamente me repudió. A partir de entonces rara vez me habló, y cuando lo hacía siempre era con el fin de darme órdenes para que hiciera esto o aquello. Nunca para una palabra amable. Me quedé solo y me refugié en los libros. Por fortuna, el castillo de mi padre posee una biblioteca ingente que mi padre construyó para mi madre. Allí ha transcurrido casi toda mi vida, prácticamente recluido.

—¿Y tu madre?

—Falleció de las fiebres blancas al alcanzar yo los cinco años.

—Lo siento… Mi madre también murió cuando yo era pequeño.

—Ya tenemos algo en común —sonrió Egil.

—De verdad que siento lo de tu padre…

—No te preocupes, no hay nada que hacer. No existe amor entre nosotros.

Pero a Lasgol le dio la impresión, por la tristeza en los ojos de Egil, de que él sí quería a su padre, aunque este lo rechazara. Se sintió conmovido por la confianza que el muchacho había depositado en él al revelarle todo aquello. Pensó en contarle su secreto..., aquello que mantenía oculto y que había jurado no volver a utilizar tras la muerte de su padre. Pero no se atrevió.

La tercera jornada de travesía, Lasgol había comenzado a disfrutar de veras de la experiencia. Le dolían las palmas de las manos y los brazos; sin embargo, el paisaje era de verdad sobrecogedor. El río lucía con un color cristalino, las campas cercanas donde la nieve se había derretido estaban tapizadas de un verde intenso. Los bosques aún estaban cubiertos de una fina capa de nieve a la que ya no le quedaba mucho para convertirse en agua y ser absorbida por la tierra. Al fondo se hallaban las montañas de Norghana. Majestuosas, cubiertas de nieve... desafiantes. Un paisaje que dejaba a Lasgol sin respiración. Egil le había dicho que se dirigían al nordeste, con lo que el tiempo se volvería algo más frío, pero al ser primavera sería llevadero.

Al contrario, Egil no estaba disfrutando tanto del trayecto. El duro trabajo comenzaba a hacer mella en su físico. Lasgol se aseguraba de hacer la mayor parte del esfuerzo diario con el remo; aun así, eran muchas horas de ejercicio continuas para Egil. El séptimo día Egil parecía un cadáver sobre el remo. Estaba muy pálido y tenía unas ojeras muy marcadas. Y no era el único. Lasgol observó al menos una docena más de chicos que parecían fantasmas. Y del resto solo la mitad aguantaba el esfuerzo.

—¿Te encuentras bien? ¿Quieres que pida ayuda?

Egil negó con la cabeza.

—¿Estás seguro? Tienes mal aspecto.

—No te preocupes, hay más en mí de lo que a primera vista pueda parecer.

—No quiero que te ocurra nada.

Y en ese momento el capitán Astol vociferó:

—¡Yo a vuestra edad era capaz de remolcar este navío con un bote río arriba! ¡Yo solo!

El inoportuno comentario terminó de decidir a Egil.

—No quedaré como un hazmerreír.

—Pero es demasiado esfuerzo.

—No lo es para ti; por tanto, no puede serlo para mí.

Lasgol quiso rebatirlo, pero sabía que no lo convencería. Había un brillo en sus ojos negros que claramente significaba que no se rendiría.

—Está bien… —aceptó Lasgol a regañadientes.

Buscó una forma de animar a Egil y que su mente olvidara el suplicio que su cuerpo sufría.

—Dime, ¿cuál es tu tema de estudio favorito?

La cara de Egil se iluminó.

—Magos… —respondió, y le brillaron los ojos.

—¿Magos?

—Sí. ¿Sabes que hay gente que posee el don? O el talento, como lo denominan aquí en el norte. ¿Que son capaces de hacer cosas impensables para la gente normal como tú y yo? —lo dijo con tal excitación que Lasgol tuvo claro que el tema lo fascinaba.

—Dakon…, mi padre, me contó algo sobre ello… Sí, algo sé…

—Es en verdad fascinante —continuó Egil con los ojos destellantes—. Un pequeñísimo porcentaje de la población nace con el don, con el talento, y aquellos que descubren que lo tienen y lo desarrollan pueden llegar a ser grandes magos de un poder devastador, capaces de salvar un reino o arrasarlo.

—Mi padre me contó que los magos tienen un poder increíble, que son capaces de destruir edificios y causar enormes bajas a ejércitos enteros.

—Y es cierto. Los magos del hielo que sirven al rey son capaces de manipular el elemento agua convirtiéndola en hielo o cualquiera de sus manifestaciones en la naturaleza, y con ello causar efectos catastróficos. —Lasgol puso cara de no comprender, así que Egil añadió—: Son capaces de congelar a personas donde están, de crear tormentas letales, de congelar el aire mismo que respiramos. Dicen que los ojos de un mago del hielo pueden lanzar rayos que congelan con solo tocarte.

—Pero has dicho que son solo un pequeñísimo porcentaje de la población, ¿verdad?

—Sí, son muy pocos. Parece que se transmite por vía sanguínea de padres a hijos, pero no siempre. Por lo que estipulan los compendios sobre la materia que he podido estudiar, para que alguien nazca con el don, algún antepasado ha tenido que nacer con él también. El don corre en familias, en la sangre. No puede ser adquirido ni transmitido de ninguna otra forma que no sea por consanguinidad, es decir, de padres a hijos.

—Qué interesante. Eso no lo sabía.

—Sí, hay muy pocos. En todo Norghana no habrá más de una docena, y no todos tienen el mismo poder.

—¿No son todos magos muy poderosos?

—Pues no. Es ciertamente curioso. Déjame que te explique, pues es algo que me fascina. En algunas personas el don se manifiesta de forma muy poderosa. La mayoría de aquellos en los que se da estudian los elementos y cuando hallan uno con el que tienen mayor afinidad, como el agua, se especializan en él.

—Y se convierten entonces en magos del hielo.

—Eso es. O en magos de fuego, tierra o aire. Dominan los elementos y son poderosísimos por las habilidades que pueden llegar a desarrollar. Hay algunos que son capaces de crear erupciones, terremotos e, incluso, huracanes a su designio.

—Ya veo, pero no todos, espero…

Egil sonrió.

—No todos. El don es algo arcano. No se sabe mucho sobre él. No se da en todos de la misma forma. La forma más conocida es la del dominio de los cuatro elementos y las habilidades derivadas de ellos; sin embargo, hay constancia de otros muchos tipos de Talentos… De los cuales poco se sabe. Por ejemplo, en el lejano sur, en las Tierras de los Desiertos, dicen que hay hechiceros que pueden hacer que una persona muera solo con mirarla y poner una maldición sobre ella o hacer que su sangre bulla.

—Eso es horrible.

—Lo es. El Imperio noceano tiene magos de sangre y maldiciones. El Reino de Rogdon tiene magos de los cuatro elementos, que no están especializados en ninguno en concreto, pero pueden usar habilidades desarrolladas de los cuatro. Nuestro reino, el Reino de Norghana, tiene magos del hielo, especializados en el elemento agua. Por lo que dicen los libros que he podido consultar, la especialización en un solo elemento convierte las habilidades desarrolladas en mucho más poderosas.

—Tiene sentido. Ser maestro en una materia es más fácil que ser maestro de muchas.

—Y poco se conoce de todos los tipos de magias. También hay chamanes en lugares remotos de Tremia, nuestro querido continente, con habilidades desconocidas.

—Chamanes…

—Sí, brujos.

—Ya veo —dijo Lasgol, que estaba tan encantado de conocer todo aquello como asustado.

—Pero lo que es más curioso es que además existen otras manifestaciones del don de las que poco se sabe.

—¿Como cuáles? —preguntó Lasgol muy interesado.

—Los magos y hechiceros son los más conocidos y, sobre ellos, están documentados en libros y compendios. En cambio, sobre otros…, personas con el don…, que no son tan poderosos ni tan llamativos como los magos y hechiceros, poco se sabe, pero existen.

—Curioso… ¿Personas que tienen el talento pero no lo muestran de forma abierta?

—Eso o que su don no es tan poderoso como el de un mago de los cuatro elementos o un hechicero de sangre, pero que, sin embargo, sí tienen el don y lo han desarrollado para tener sus propias habilidades específicas.

—Qué interesante… ¿Qué tipo de poder tienen?

—Los hay que son capaces de manipular la mente de otros. Imagínate, son capaces de obligarte a hacer cosas que tú nunca harías.

—¡Qué horror!

—Exacto. Los llaman dominadores y son muy peligrosos, pues afectan a la mente de sus víctimas haciéndoles creer cosas que no son reales. Dicen que pueden hacer que caigas dormido donde estás o que te quites la vida… Y lo que es mucho peor, que le quites la vida a otro.

—¡Eso es espantoso!

—Sí, son muy peligrosos… He leído en algún libro que marcan a sus víctimas.

—¿Marcan? ¿Cómo?

—Con una Runa de Poder sobre su carne para que la dominación sea más potente y no puedan resistirse.

—¡Terrible!

—Sí. También los hay que desarrollan habilidades para fortalecer su cuerpo y convertirse en asesinos letales.

Lasgol asintió.

—Eso tiene sentido.

—Otros se vuelven diestros en prácticas relacionadas con la naturaleza, como interactuar con bestias o fundirse entre los bosques.

—Qué bueno.

—En realidad, una persona con el don puede desarrollar varias destrezas. Los tomos de conocimiento se centran en las más comunes de las que hay constancia, pero no hay límite. Si yo tuviera el don, que por desgracia no lo tengo, me pasaría el día probando para ver hasta dónde podría llegar. Las maravillas que podría llegar a conseguir serían increíbles.

—Si tú tuvieras el don, estoy seguro de que en unos pocos años serías el mago más poderoso de todo Tremia —rio Lasgol.

Egil rio con su compañero.

—Te aseguro que, en lugar de dirigirme a servir a los guardabosques, me dirigiría a servir a los magos del hielo o a otros hechiceros. Experimentaría, aprendería y me convertiría en una fuerza de la naturaleza —dijo sonriendo y flexionando sus débiles brazos.

Quedaron callados por un momento, reflexionando sobre las implicaciones de todo aquello.

—Si tuvieras el don, ¿qué tipo de mago serías? —preguntó Lasgol.

Egil lo meditó.

—Un dominador de magos. Así podría usar cualquier poder al controlar a otras personas con el don.

Lasgol asintió mientras reía.

—Muy listo. Pero ¿y si te encuentras con una persona que no tiene mucho don, solo un poco?

—Entonces lo usaría para que me condujera hasta un mago poderoso y dominaría a ese.

Lasgol soltó una carcajada.

—Muy bien, tú ganas.

Egil sonrió.

—La verdad es que conocemos muy poco de la gente con el don. Sabemos que son escasos y que se ocultan, pues son temidos y repudiados. Por lo que he leído, se ha constatado que hay personas con diferentes grados de poder capaces de desarrollar diferentes habilidades. Pero no se conoce demasiado fuera de los círculos de los magos, que funcionan de forma secreta.

—¿Como los Guardabosques, quieres decir?

—Sí, no muy diferente de los guardabosques. Todo secreto. Ten en cuenta que la gente, el pueblo llano, odia lo que no entiende. La mayoría temen y odian a los magos, a todos los que poseen el don. El odio y el miedo conducen a la persecución y a la muerte. Por eso se esconden.

Lasgol asintió con la cabeza.

—Muy interesante todo lo que me has contado.

—¿Verdad que sí? A mí me fascina todo este tema. Lo que daría por conocer a alguien con el don y experimentar con él.

—Dicho así, no sé si alguien te dejaría…

—Tú ya me entiendes —bromeó Egil divertido.

Lasgol sonrió.

—Claro.

El muchacho meditó confiarle su secreto a Egil; él lo entendería, probablemente. Pero se había prometido a sí mismo callárselo, enterrarlo en su interior. No, no se lo confiaría a nadie. Bastantes problemas tenía ya como para añadir uno más. Uno tan grande.

Aquella noche, después de la conversación, Egil apenas había comido y se había quedado dormido junto a una hoguera. Lasgol lo tapó con una manta. Cuando embarcaron para pasar la noche, cargó a Egil a sus espaldas. En la pasarela se encontró con Ingrid. La chica lo miró de arriba abajo, luego a Egil a su espalda. Negó con la cabeza.

—Deberías cuidar de tus propias fuerzas. Él no lo va a conseguir —le dijo con tono de desaprobación.

—Veremos —contestó Lasgol molesto.

—Sí, claro que lo veremos —dijo ella y pasó delante de Lasgol con la cabeza alta y la espalda muy recta.

Lasgol la observó mientras cruzaba la pasarela. Admiraba la fortaleza de aquella chica; estaba más entera que él, más entera que la mayoría. Pero no le había gustado su actitud. Embarcó y puso a Egil lo más cómodo posible para que descansara. Llegó el amanecer y los guardabosques los despertaron para comenzar la jornada. Lasgol despertó a Egil. Seguía con mal aspecto.

—Creo que deberíamos avisar a los guardabosques; no estás bien. —Lasgol deseó que Daven estuviera en la nave con ellos para poder hablar con él; por desgracia, no era así. No sabía si había montado en las otras naves o si había continuado con otra misión.

—Me encuentro mejor. No te preocupes —respondió Egil, pero Lasgol no lo creyó.

Los guardabosques repartieron agua y el desayuno. Lasgol obligó a Egil a comerlo. El capitán dio la orden y comenzaron a remar. A media mañana Egil perdió el conocimiento y casi se fue al suelo. Lasgol lo agarró y lo ayudó.

—¡Guardabosques, ayuda! —pidió al ver que Egil se sujetaba al remo pero tenía la mirada perdida, como si no lo reconociera. Algo malo le sucedía.

—¡Por las sirenas de agua dulce! —protestó el capitán.

Un guardabosques se acercó hasta Lasgol.

—¡Ayuda! —dijo el muchacho lleno de preocupación por su compañero.

Todos dejaron de remar y se giraron en los bancos para ver qué sucedía.

El guardabosques, un hombre curtido, miró a Lasgol con interés. Y lo reconoció. Sus ojos se abrieron y destellaron odio.

—¿Qué tenemos aquí?

Fue a decir algo, pero el guardabosques levantó la mano para que no pronunciara palabra. En voz muy alta, asegurándose de que todos pudieran oírlo, dijo:

—Pero si es el hijo del guardabosques Dakon, ¡el hijo del Gran Traidor! —Y escupió a Lasgol—. No hay ayuda para ti.

Lasgol sintió que una rabia inmensa le quemaba el estómago.

Murmullos de sorpresa y preguntas comenzaron a oírse a lo largo del barco. Un momento después la voz se había corrido por toda la nave y los murmullos se habían vuelto de desaprobación y desprecio.

Los ojos se le humedecieron.

—El hijo del Traidor entre nosotros —dijo uno.

—Increíble... ¡Cómo se atreve! —dijo otro.

—Deberían echarlo...

—Mejor apalearlo y enseñarle una lección —sentenció otro.

El murmullo se volvió barahúnda y, al final, se escucharon insultos a viva voz. Todos sabían ahora quién era. Y lo odiaban por ello.

Lasgol apretó los puños con fuerza. Apretó la mandíbula y aguantó las lágrimas mientras seguían mancillando su nombre, también el de su padre. Levantó la mirada hacia el guardabosques y señaló a Egil. Siguió señalándolo sin decir nada. El guardabosques por fin se percató.

—Quita de en medio —le dijo a Lasgol y se acercó a examinar al otro. Levantó el brazo—. Venid, tiene fiebre —llamó, y al momento tres guardabosques lo ayudaron.

Se llevaron a Egil semiinconsciente con el capitán. Lo examinaron en la proa. Le prepararon varias pócimas que lo obligaron a beber. Luego, le hicieron friegas con agua fría. Todos observaban y se olvidaban de Lasgol por un momento. Los guardabosques parecían preocupados. El capitán ordenó atracar. Los tres navíos lo hicieron.

Se prepararon dos caballos del carguero y dos guardabosques montaron. Hicieron subir a Egil con uno de ellos. Lo ataron al guardabosques para que no cayera del caballo y se lo llevaron al galope tendido.

Lasgol rogó a la Diosa de los Hielos para que pudieran salvarlo.

Capítulo 8

E L DÉCIMO DÍA DE VIAJE EL RÍO SE BIFURCÓ Y EL CAPITÁN ASTOL continuó en dirección nordeste. Lasgol remaba solo. Se sentía solo. Por las noches, ya no bajaba del navío al calor de las hogueras; así evitaba las descalificaciones y las ganas de gresca de sus compañeros de viaje. Cogía la ración de cena que le tocaba y regresaba a su bancada ignorando burlas, miradas insidiosas y provocaciones.

En la oscuridad de la noche, rebuscaba en su morral y sacaba la caja con el extraño huevo. Cada vez le fascinaba más aquel objeto. Al principio temía romperlo, pero ese miedo ya había pasado. Una noche se le había escurrido de entre las manos… Se había llevado un susto tremendo. Se había lanzado al suelo con toda su alma para salvarlo, pero no había conseguido atraparlo a tiempo. Tras golpear en la madera con fuerza, el huevo había rodado entre las bancadas. Al recuperarlo, lo había inspeccionado lleno de angustia, casi seguro de que estaría roto o cascado. Pero no, seguía intacto. Y si eso era singular, aún lo era más la extraña sensación que experimentaba al sostenerlo entre las manos. La primera vez en casa de Ulf no se había dado cuenta. Pero aquellas últimas noches, durante las que lo había observado intensamente, había notado una extraña sensación en el estómago, como si estuviera nervioso, algo que no era normal.

Y cuando Lasgol percibía cosas extrañas en general era por una razón de peso, aunque no pudiera racionalizar cuál.

Mientras andaba perdido en sus pensamientos, la embarcación entró en un desfiladero estrecho. Era como si un dios guerrero hubiera golpeado la montaña con un hacha y la hubiera partido en dos para que transcurriera el río. Las paredes a ambos lados eran altísimas y de pura roca vertical.

—¡Atravesamos la Garganta Sin Retorno! —anunció el capitán.

Nada más cruzarla, dos torres vigías surgieron a ambos lados del torrente. Los guardabosques de guardia, con los arcos listos, vigilaban atentos sobre ellas. Algo más adelante apareció un puerto de madera que daba acceso a lo que semejaba una pequeña aldea. Se dirigieron a él y atracaron.

—¡Este es el pie del campamento! ¡Fin de trayecto! —anunció Astol.

Lasgol estudió dónde se encontraban. Habían penetrado en un valle gigantesco rodeado de una enorme cordillera montañosa. Miró atrás. No parecía posible entrar en aquel valle si no era siguiendo el río, cruzando la garganta. Empezaba a entender por qué nadie sabía dónde estaba el campamento de los guardabosques. Amusgó los ojos y escudriñó en la distancia. El valle parecía no tener fin y a ambas orillas del río se abrían grandes bosques. El paraje era singular, pero lo que más llamó la atención de Lasgol fue la extraña neblina que cubría los bosques, como si se hubiera posado en el valle y se negara a marchar. Sobre la niebla despuntaban las copas de los árboles, todavía cubiertas de nieve.

Les dieron orden de desembarcar y agruparse frente a las casas. En realidad, la aldea no era tal. Era un conjunto de almacenes donde los guardabosques preservaban todo tipo de víveres. Era el campamento base. Hasta allí transportaban las provisiones y suministros río arriba. Uno de los edificios, algo más recio, tenía una torre adyacente; en ella había varios guardabosques de guardia. Era el puesto de mando. Los capitanes de las tres embarcaciones entraron a dar su informe.

Lasgol tuvo la sensación de que el gigantesco valle ante ellos pertenecía a los guardabosques, eran sus dominios. Les dejaron desentumecerse, algo que todos agradecieron. Mientras aguardaba algo separado de su grupo, observó el otro que acababa de desembarcar. Contó otros cuarenta aspirantes. En total eran cerca de ochenta. Se preguntó cuántos resistirían y durante cuánto tiempo. Ya la travesía en barco había tenido consecuencias para varios, y ni siquiera habían llegado al campamento.

Los dos grupos se mezclaron e intercambiaron saludos, conversaciones y cotilleos mientras los guardabosques estaban ocupados con las intendencias. De entre la multitud, una persona despertó la curiosidad de Lasgol. Era una chica de cabello largo y ondulado, negro como noche sin estrellas, nada habitual en las tierras del norte, donde predominaba el rubio. Sus enormes ojos verdes en un rostro fiero y bello cautivaban a quien los mirara. Durante un instante Lasgol se quedó observándola, encandilado, incluso olvidó dónde se encontraba. Le habría gustado acercarse y conocerla, pero siendo él quien era…, mejor olvidarlo. Además, estaba rodeada de tres chicos enormes que buscaban su atención. En un momento de la conversación oyó cómo se llamaba: Astrid. Bonito nombre.

De pronto Lasgol notó un cosquilleo. Lo reconoció; se producía cuando tenía la sensación de que estuvieran observándolo. Y no se equivocaba. Un chico alto y atlético del segundo grupo lo miraba; más que eso, tenía los ojos clavados en él. Ojos poco amistosos. El chico se acercó decidido hasta él dejando a varios compañeros de su grupo. No sabía por qué iba a por él, pero lo puso nervioso.

—Dicen que eres tú —dijo el chico con un tono frío y seco, situándose frente a Lasgol sin apenas dejar espacio entre ellos.

Buscaba intimidarlo. Era casi un palmo más alto que él y bastante más fuerte. Pero había agilidad en su cuerpo; no era un fortachón, era atlético y musculado. Llevaba corto el pelo rubio, cosa rara entre los norghanos, que por lo general se lo dejaban largo, y sus ojos azules como el hielo atravesaban a Lasgol.

—¿Quién dice qué? —respondió Lasgol con el ceño fruncido, pues no iba a dejarse amedrentar.

El chico hizo un gesto con la cabeza hacia su grupo.

—Dicen que tú eres el hijo de Dakon Eklund, el Traidor —respondió como una acusación.

El muchacho mantuvo la mirada.

—¿Y a ti qué te importa quién soy?

—Responde a la pregunta —dijo el chico y los ojos se le achicaron amenazantes. Tensó los brazos.

El ojo atento de Lasgol percibió una buena musculatura en aquellas extremidades. No le convenía un enfrentamiento. Respiró hondo y decidió no buscarse más problemas de los que ya tenía.

—Soy el hijo de Dakon —dijo con orgullo—. ¿Y a ti qué? —añadió sin poder reprimirse.

Los ojos del chico se agrandaron. Destellaron. Su mirada se volvió de odio intenso.

—Me llamo Isgord Ostberg. Tú y yo tenemos una cuenta pendiente.

—¿Qué cuenta? —preguntó desconcertado; no se esperaba aquella respuesta.

—Ya lo sabrás —contestó. Entonces se dio la vuelta y se marchó igual de decidido que se había acercado.

Lasgol se quedó confundido, intranquilo. El tono y la forma en la que lo había dicho le habían parecido una amenaza real, muy real. Estaba acostumbrado a los insultos, a los malos gestos, a que la gente se metiera con él, pero rara vez era personal, solo odio mal dirigido. Pagaba los platos rotos de todos los males de otros. El odio siempre buscaba un chivo expiatorio. Pero aquella amenaza había sido diferente. El odio era real, lo había sentido como si le hubiera clavado un puñal gélido en el estómago. Debía andarse con cuidado. Isgord. Recordaría aquel nombre.

—¿Qué, haciendo más amigos? —Le llegó una voz suave con un marcado tono irónico.

Lasgol se giró y reconoció a uno de los chicos de su embarcación. Hasta entonces no había hablado nunca con él. También solía mantenerse apartado del grupo. Por las noches, en las fogatas, siempre se sentaba solo y observaba al resto de los compañeros. Más que observar, parecía que los analizaba, como si estuviera estudiándolos uno por uno. Rara vez lo había visto hablando con alguien. Era alto y delgado, de cabello negro largo, que llevaba suelto hasta los hombros, y ojos verdes muy intensos. Tenía un aire de dureza y, al mismo tiempo, de huraño, casi siniestro.

—Hago lo que puedo —contestó con una sonrisa fingida.

El chico hizo un gesto con la cabeza hacia Isgord, que ya había vuelto con su grupo.

—Un tipo popular —dijo sobre Isgord con un tono que evidenciaba cierta envidia.

Lasgol lo observó. Sí, parecía un tipo popular, todos estaban alrededor de él en busca de su atención. En especial las chicas.

—Eso parece.

—Si quieres un consejo, aléjate de ese.

—¿Por?

—Ese ha nacido para ser guardabosques primero. Nadie ni nada lo detendrá.

—¿Cómo sabes tú eso?

—Si estás atento y te fijas, puedes saber muchas cosas.

Lasgol asintió.

—Se me ha acercado él.

—Peor todavía. Algo tiene contigo.

—Pero si no lo conozco de nada.

—Cuídate de él. —El chico se encogió de hombros.

—¿Por qué me adviertes?

—Porque ya tienes bastantes problemas y hoy me siento generoso. Debe de ser por pisar tierra firme —respondió con una sonrisa que esa vez pareció sincera.

—Gracias. ¿Cómo te llamas?

La cara del chico cambió a una de burla.

—No vamos a ser amigos. No te hagas ilusiones. —Se volvió y se marchó soltando una risita.

Lasgol resopló.

—¿Es que no hay una persona normal aquí? —masculló entre dientes.

Y lo peor de todo era que aquello era solo el comienzo. Alzó la vista al cielo despejado y sintió el calor del sol primaveral en el rostro. Se calmó. «No dejes que estas cosas te afecten, estás aquí por una razón, céntrate en ella», se dijo.

Los capitanes salieron del puesto de mando y llamaron a atención.

—¡Escuchadme todos! ¡Hora de trabajar esos músculos vagos! —dijo Astol.

Los aspirantes se dispusieron a obedecer las órdenes del capitán.

—Los guardabosques han desembarcado los caballos. Ahora es vuestro turno. ¡Descargad los víveres y llevadlos a los almacenes! —ordenó otro de los capitanes.

Lasgol agradeció el trabajo. Mientras trabajaban, los aspirantes dejaban de mirarlo y de meterse con él. No les llevó demasiado tiempo acabar la tarea. Una vez que estuvo todo descargado, los tres barcos partieron río abajo y los dejaron allí, sin forma de salir de aquel gigantesco valle. Lasgol suspiró. «Ya no hay vuelta atrás.»

—¡Primer grupo, conmigo! —dijo un guardabosques.

Lasgol reconoció la voz: Daven.

—¡Segundo grupo, conmigo! —dijo otro guardabosques que Lasgol no conocía.

Daven los condujo hasta los caballos y ponis. Cada uno buscó su montura. Lasgol saludó con afecto a Trotador, que lo recibió con un alegre rebufo mientras sacudía la cabeza.

—Yo también te he echado de menos —le dijo sonriendo y le acarició el lomo y la crin color crema.

—Los que sepáis montar, hacedlo. Los que no, iréis a pie llevando vuestras monturas con vosotros.

Comenzaron a remontar el río siguiendo su estela y se adentraron en el valle. Daven iba en cabeza y Lasgol se situó cerrando el grupo, donde tendría menos problemas. El segundo grupo partió algo más tarde. La mayoría de los aspirantes iban a pie, solo cerca de un tercio montaban. Lasgol estaba feliz de volver a montar a Trotador. El poni le había mordido la oreja de forma cariñosa y el muchacho estaba seguro de que lo había reconocido. Avanzaron dos días sin abandonar la vera del río. Lasgol iba susurrándole palabras cariñosas a Trotador, este bufaba en respuesta y asentía con la cabeza.

Al tercer día de marcha, Daven se dirigió al grupo:

—Alto. Desmontad —ordenó, y los aspirantes se detuvieron y los que montaban bajaron de los caballos—. El resto del trayecto hasta el campamento lo haremos a pie.

Lasgol acarició el cuello de Trotador para calmarlo. Lo cogió de las riendas y siguió al grupo que ya avanzaba. Se dirigieron hacia los bosques cubiertos por la niebla.

—Mirad dónde pisáis; la bruma es espesa y se pondrá aún peor más al interior —avisó el reclutador.

Nada más penetrar en el bosque de abetos, la pelirroja que había tenido problemas con el remo tropezó con la pata de su propio poni y se fue de bruces al suelo, con tan mala suerte que comenzó a rodar por una pendiente cañada abajo. Intentó sujetarse a algo sin conseguirlo. Un árbol paró en seco su descenso. Las risas estallaron en el grupo. Daven la ayudó a subir mientras ella se limpiaba el barro y la hierba del cuerpo. Se había dado un buen golpazo.

Continuaron bosque adentro hasta el atardecer. La niebla era cada vez más cerrada. El suelo apenas se veía y las raíces y el boscaje dificultaban el avance. La temperatura no era demasiado baja, pero la humedad obligaba a cubrirse bien. Lasgol vislumbró un venado en la distancia y varias ardillas. También pájaros autóctonos. Eso lo tranquilizó. Aunque la niebla fuera extraña, casi arcana, la fauna estaba tranquila y eso significaba que no había peligro inminente.

Al fin, Daven dio el alto.

—Hemos llegado —anunció.

Lasgol miró al frente y todo lo que vio fue la linde de un gran bosque completamente cerrado y espeso. Formaba un muro infranqueable. Los árboles se hallaban pegados los unos a los otros y una tupida vegetación impedía el paso entre ellos. Lasgol no había visto nunca nada igual. Se expandía por leguas a ambos lados de donde estaban. Era una empalizada creada por la naturaleza. ¿O había intervenido el hombre? Si era así, no se explicaba cómo. Del mismo modo, que no se explicaba cómo iban a seguir avanzando, y menos con las monturas.

—¿Llegar? ¿Adónde? —dijo el chico siniestro que había advertido a Lasgol.

—Al campamento de los guardabosques.

—¿Es una broma?

—No, no es ninguna broma —respondió Daven serio—. Esta es la entrada al campamento. Lo que contempláis ante vosotros es el muro exterior. Rodea todo el perímetro. Lo protege. Es casi inaccesible. Una barrera natural.

—Bastaría con prenderle fuego —dijo el chico restándole importancia.

—Error —lo corrigió Daven—. La humedad aquí es muy alta y esos árboles y su espesura están empapados; no prendería. Y veo que no has prestado atención, pero las copas están llenas de nieve. Aunque prendiera, la nieve caería y lo apagaría.

El chico hizo un gesto de hastío y calló.

Daven silbó tres largas veces. Por un momento no sucedió nada. Todos miraban alrededor expectantes. De pronto se oyó un sonido rasposo. Ante la sorpresa del grupo, tres de los árboles frente al guardabosques se retrasaron y dejaron un paso abierto. Se oyeron suspiros ahogados y exclamaciones de sorpresa. Varias voces altisonantes clamaron «¡Magia!». Daven las ignoró y con calma pasó primero con su caballo.

—¡Seguidme! —ordenó desde el otro lado.

Todos fueron pasando de uno en uno. Lasgol fue el último. Cuando él ya hubo cruzado, los árboles volvieron a tapar el paso, como si tuvieran vida propia o si hubiera sido por arte de fuerzas sobrenaturales. Lasgol se detuvo un momento y observó el terreno, buscó huellas y reconoció algo: cuerdas. Las siguió con la mirada y arriba, entre las copas de los árboles, le pareció ver algo. No pudo discernir qué porque se fundía con la vegetación, aunque si hubiera tenido que apostar, habría jurado que allí arriba había un guardabosques escondido que había activado algún mecanismo de cuerdas y poleas. Pero no pudo quedarse a investigar, tuvo que seguir al grupo. Según entraban en el campamento descubrió algo que lo dejó boquiabierto. Lasgol siempre había imaginado que la base de los guardabosques sería en realidad un castillo o una fortaleza de estilo militar. Nada más lejos de la realidad. El campamento era una inmensa área abierta, con grandes bosques, ríos y lagos interconectados por descampados hasta donde el ojo alcanzaba a ver. Y rodeándolo todo la barrera infranqueable que acababan de cruzar.

Según avanzaban se dio cuenta de que los guardabosques habían tomado posesión de gran parte del valle y construido su refugio allí. Al principio, no distinguió ninguna edificación. Al este los bosques de robles se alzaban alrededor de varios lagos de aguas tranquilas. Al oeste eran abetos los que poblaban las tierras y la espesura de los bosques era mayor. Al norte grandes explanadas verdes decoradas con arboledas entre lagos y ríos. Era un paisaje precioso y Lasgol quedó prendado.

Continuaron la marcha y las primeras edificaciones aparecieron por fin. Eran de pino, sencillas, como respetando el enclave. Se habían construido con roca en la base y madera sobre ella. Lasgol distinguió que algunas eran talleres. Vislumbró un forjador, un peletero, un carpintero y un carnicero por la forma de los edificios y los materiales en los soportales. También vio un edificio bajo y muy largo. No sabía qué era, pero todo indicaba que sería un almacén.

—Seguidme —dijo Daven y se desvió de los edificios en dirección norte bordeando un riachuelo cristalino.

De pronto, al cruzar una arboleda, aparecieron los establos. Eran gigantescos. Había allí más de medio centenar de caballos. Y detrás se abría un enorme terreno cercado de verdes campos. Varios centenares de ponis y caballos norghanos pastaban a su antojo.

—Entregad vuestras monturas —ordenó Daven y desmontó de un brinco para dejar su caballo con un mozo de cuadra.

Lasgol y el resto de los aspirantes lo imitaron. Los mozos de cuadra se llevaron, uno por uno, todos los caballos a los establos para atenderlos.

—No os preocupéis, cuidarán bien de ellos.

Lasgol despidió a Trotador con unas caricias que el poni agradeció. El muchacho se preguntaba quiénes serían aquellos mozos y las gentes de los talleres, porque guardabosques no eran y aspirantes tampoco. Tendría que averiguarlo más tarde.

Una vez que hubieron dejado los caballos en los establos, siguieron a Daven y cruzaron un puente sobre un estanque con peces de colores. Alrededor de este, formando dos medias lunas, había unas cabañas que parecían albergar gente. Algo más atrás se veía lo que parecía una pequeña aldea de cabañas de madera con un lago en un extremo y un bosque en el otro. Lasgol dedujo que comenzaban a entrar en el área donde residían los guardabosques.

—No os detengáis a mirar; vamos, ya habrá tiempo de verlo todo —les dijo Daven y los condujo hasta un enorme edificio estrecho y alargado con forma de nave.

El tejado era alto y muy puntiagudo. En el extremo este tenía tallada la imagen de una cabeza de oso, y en el oeste, la de un lobo. La puerta, en el centro, estaba decorada con motivos de la naturaleza. Si ya era raro encontrar aquel edificio en medio del bosque, lo que lo hacía aún más singular era que se hallaba sobre una isla en mitad de un lago. Lasgol lo contemplaba con la boca abierta. En aquel paraje los bosques, lagos y llanuras se intercalaban creando un mundo hermoso y fascinante.

—Esta es la Casa de Mando. Formad —dijo Daven.

Clavaron la rodilla y mantuvieron la vista al frente tal y como les habían explicado los guardabosques que debían hacerlo. Poco después, Lasgol pudo ver por el rabillo del ojo cómo llegaba el otro grupo. Los hicieron formar junto a ellos. En primera línea se colocó Isgord, que miró hacia atrás y, al encontrar a Lasgol, le dedicó una mirada de puro odio. Lasgol suspiró y lo ignoró. Estudió los alrededores. El campamento era enorme, no se veía el final en ninguna dirección. Lasgol estaba fascinado con el entorno.

Comenzaba a anochecer y las sombras empezaron a descender sobre los bosques. Las puertas del edificio se abrieron y cinco figuras salieron a su encuentro. Cruzaron el puente de madera sobre el lago y se situaron frente a los dos grupos de aspirantes. Los hombres vestían como guardabosques, pero había algo diferente en ellos, algo misterioso. Lasgol los observaba sin perder detalle. Llevaban el rostro cubierto por un pañuelo verde. Solo los ojos y la frente eran visibles, la nariz y la boca estaban ocultas. No había forma de reconocerlos. La presencia que emanaban era muy poderosa. Lasgol la sentía como si estuvieran proyectándola hacia él y le golpeara el pecho y el rostro. Quizá fuera solo él quien sintiera aquello por su secreto. A veces él sentía cosas que otros no, y en ese momento estaba teniendo sensaciones intensas y extrañas. Fuera como fuera, aquellos cinco seres eran muy singulares, había algo raro y diferente en ellos… desprendían un aura casi mística… No, no era mística, era arcana, peligrosa. Lasgol notó un escalofrío por la espalda.

«¿Quiénes son? ¿A qué lugar nos han traído?»

La figura del centro dio un paso adelante.

A Lasgol se le erizó el vello de la nuca.

Capítulo 9

E L EXTRAÑO OBSERVÓ A LOS ASPIRANTES DURANTE UN TIEMPO; todas las miradas estaban fijas en él. Lasgol supo que era el líder, aunque desconocía por qué tenía esa impresión. Hizo un movimiento con la mano derecha y de la espalda se sacó un báculo de madera con adornos de plata. Lo hizo girar frente a él a gran velocidad, con una habilidad exquisita. Luego lo apoyó sobre la tierra. Era tan alto como él: de casi dos varas. En la otra mano llevaba un libro de tapas verdes y grabados en oro. Lo mostró a todos: *El sendero del guardabosques*. Con un movimiento pausado se echó la capucha hacia atrás y se bajó el pañuelo verde de guardabosques. Dejó al descubierto el rostro y el cabello.

—Bienvenidos —dijo con una voz firme pero amable.

Era un hombre de edad avanzada, rondaría los setenta años. Llevaba el pelo largo, liso, hasta los hombros, blanco por completo. En su rostro llamaban la atención unos ojos esmeralda intensos y una cuidada barba nívea recortada a un dedo de grosor. Pese a su edad, proyectaba agilidad y poder.

Lasgol se sorprendió. No esperaba aquello.

—Soy Magnus Dolbarar, el guardabosques maestro mayor del campamento —anunció y se abrió la capa.

Sobre su pecho colgaba un enorme medallón de madera con la figura tallada de un roble. En lugar de una cadena, lo llevaba atado al cuello con una cuerda trenzada. Se lo mostró a todos.

—Este medallón me reconoce como máxima autoridad del campamento. Los guardabosques instructores y oficiales portan medallones similares. No os preocupéis, pronto aprenderéis a distinguirlos —dijo, e hizo un gesto para restarle importancia—. Os doy la bienvenida. A partir de este momento, os aceptamos como guardabosques iniciados. Espero y deseo que todos encontréis un hogar y una familia entre nosotros, pues eso somos los guardabosques, una familia con un deber sagrado que cumplimos con honor: proteger las tierras del reino de todo peligro.

Daven hizo una pequeña reverencia que Dolbarar devolvió, y marchó para desaparecer en dirección a unos edificios tras un lago al este.

Dolbarar continuó:

—Para convertiros en guardabosques os espera un arduo camino. No voy a mentiros, no será fácil, no todos lo conseguiréis. El sendero del guardabosques es difícil, pero muy gratificante una vez finalizado. Durante cuatro años lo recorreréis bajo la atenta mirada de los instructores. Al final de cada año, se os evaluará tomando como referencia los méritos logrados. Quienes superen las pruebas anuales podrán pasar al siguiente. Los que no, serán expulsados. No habrá segundas oportunidades. Así lo marca el sendero y así lo caminan los guardabosques.

Lasgol tragó saliva. Aquello no parecía que fuera a ser nada fácil.

—Y ahora permitidme presentaros a los cuatro guardabosques mayores —continuó Dolbarar, y señaló a las figuras que lo acompañaban—. Ellos son la máxima representación de las cuatro maestrías de los guardabosques.

Los aspirantes los miraban con toda atención y rostros intranquilos.

—Como guardabosques mayor de la maestría de Tiradores: Ivana Pilkvist, la Infalible —la presentó Dolbarar, e hizo un gesto; la figura a su derecha dio un paso al frente y se quitó la capucha y el pañuelo. Era una mujer de no más de treinta años. Llevaba la melena rubia en una coleta. Era muy bella pero de una belleza fría, nórdica. Sus ojos eran grises y su brillo letal. Lasgol sintió un escalofrío al contemplar aquella mirada. Lucía un medallón de madera similar al de Dolbarar, pero algo más pequeño, con un arco representado en el centro.

—La Especialidad de Tiradores está reservada a aquellos que tienen ojo de halcón y mano firme —dijo Ivana y volvió a ocupar su sitio.

Dolbarar señaló a la figura a su derecha.

—Como guardabosques mayor de la maestría de Fauna: el Domador, Esben Berg. —Hizo un gesto y la figura a su derecha dio un paso al frente y también se quitó la capucha y el pañuelo.

Era un hombre de mediana edad, grande como un oso. Tenía abundante pelo castaño y frondosa barba del mismo color. Entre tanto pelo apenas se le veía el rostro, pero tenía unos enormes ojos pardos y nariz chata. En el pecho lucía un medallón de madera con la talla del rostro de un oso rugiendo en el centro.

—La Especialidad de Fauna está reservada a aquellos que tienen afinidad con los animales —dijo Esben. Dibujó una pequeña reverencia y se retiró.

Dolbarar hizo un gesto a la figura más a la derecha.

—Como guardabosques mayor de la maestría de Naturaleza, la Erudita, Eyra Vinter.

La figura dio un paso al frente y se descubrió el rostro. Era una mujer de cerca de sesenta años de pelo canoso y rizado, con una nariz larga y torcida. En el pecho lucía un medallón de madera con una hoja de roble tallada en el centro. La anciana hizo una pequeña reverencia a los iniciados.

—La Especialidad de Naturaleza está reservada a aquellos que entienden los secretos de la madre naturaleza: desde la botánica, pasando por la sanación con ungüentos y plantas medicinales, a la elaboración de trampas que os permitan sobrevivir en las montañas y bosques helados —les explicó Eyra.

—Y, por último —anunció Dolbarar señalando a la última figura—, como guardabosques mayor de la maestría de Pericia: Haakon Rapp, el Intocable. —Con un gesto, la figura más a la izquierda dio un paso al frente y les mostró el rostro y la cabeza.

Era un hombre de unos cuarenta años. Era delgado y fibroso y de expresión funesta. Su piel era oscura, muy oscura, y llevaba la cabeza afeitada. Tenía unos pequeños ojos negros sobre una nariz aguileña. En el pecho le colgaba un medallón de madera con una serpiente tallada en el centro. Si Ivana tenía una mirada letal, Haakon la tenía siniestra. A Lasgol le dio muy mala espina.

—La Especialidad de Pericia está reservada a aquellos que hacen de su cuerpo un arma dura y flexible; del silencio, su aliado; de las sombras, su hábitat; del sigilo, su forma de vida. —Guardó un momento de silencio y se retrasó junto a los otros con un caminar tan ligero que parecía que sus pies no tocaran suelo.

Dolbarar abrió los brazos y se dirigió a los iniciados:

—Cada uno de los cuatro guardabosques mayores elegirá los candidatos que formarán parte de su maestría al final del tercer año de instrucción. Lo harán tomando vuestras habilidades innatas y los progresos que demostréis de hoy a ese día como referencia. Si no se os acepta en ninguna de las cuatro especialidades, se os expulsará y no cursaréis el último año.

Lasgol volvió a tragar saliva. No sabía a qué especialidad deseaba pertenecer, las cuatro le habían parecido fascinantes, pero al mismo tiempo muy difíciles, y temió que no lo eligieran y terminara expulsado. Además, él era el hijo del Traidor: seguro que ninguno de los cuatro guardabosques mayores lo querría para su maestría, con lo que lo condenarían a la expulsión. «Nada puedo hacer sobre eso ahora. Seguiré adelante y veremos qué sucede.»

—Pero aquellos a los que se acepte —continuó Dolbarar— tendrán la opción de entrar en las especialidades de élite. Eso dependerá por completo de vosotros, de lo duro que trabajéis y del deseo que tengáis de llegar hasta el final. Los elegidos se presentarán al final del cuarto año y, si son seleccionados, se entrenarán en un lugar secreto por un último quinto año. Espero que entre vosotros encontremos varios candidatos.

Aquello captó la atención de todos. Muchos habían oído hablar de las célebres especialidades de élite y de lo difícil que era pertenecer a ellas. Lasgol conocía algunas que su padre le había mencionado, aunque no todas.

—Quién sabe, quizá entre vosotros haya un futuro cazador de magos, o un susurrador de bestias, o un espía imperceptible, o mi favorito: un explorador incansable.

Los murmullos entre los iniciados indicaban que sí, todos tenían el anhelo de llegar a convertirse en la élite de los guardabosques. Pero, por lo que su padre le había explicado, Lasgol sabía que solo uno de cada cien llegaba a entrar en ella.

—Y con esto concluyen las presentaciones. Las mil preguntas en esas jóvenes cabezas tendrán que esperar hasta mañana —dijo Dolbarar con una sonrisa.

Uno de los dos guardabosques se acercó hasta el líder del campamento y le susurró algo al oído.

—Excelente. Me informan de que ya está todo listo. Es hora de celebrar vuestra llegada. Seguidme. Esta noche es noche de disfrutar. Mañana comenzaréis una nueva vida, pero no os preocupéis ahora por ello. Hoy es tiempo de celebración; un año más los iniciados han llegado y debemos celebrarlo.

Dolbarar les hizo un gesto para que se levantaran y lo siguieran. Se encaminó hacia una arboleda acompañado de los guardabosques mayores. La noche ya comenzaba a caer y, según avanzaban, Lasgol vio a varios chicos algo mayores que él encendiendo candiles que colgaban de los árboles. Imaginó que serían los guardabosques aprendices de segundo o tercer año. Al entrar en la arboleda descubrieron una explanada con una docena de fogatas. En ellas se estaban asando todo tipo de manjares: desde venado a faisanes. El estómago de Lasgol rugió con fuerza. Sobre unas mesas construidas con grandes troncos de madera había preparado un verdadero festín.

—Vamos, tomad asiento y disfrutad de la cena, os la habéis ganado —les dijo Dolbarar.

Él y los otros guardabosques se sentaron a una mesa algo apartada de las de los iniciados.

Corrieron a las mesas y a disfrutar de la comida. De inmediato, muchachos y muchachas algo mayores que ellos comenzaron a servir la cena como si fueran sirvientes, aunque estaba claro que eran alumnos de segundo o tercer año.

Dolbarar se dirigió a los iniciados, que miraban atónitos los platos que estaban sirviéndose.

—Vamos, a cenar todos.

Estaban desfallecidos; mucho más que eso, hambrientos. Lasgol se sentó al final de una mesa; temía que se metieran con él. Sin embargo, nadie le hizo el menor caso. Todos se lanzaron sobre la comida y la bebida: sidra de manzana, asados, puré especiado de patatas… y la devoraron famélicos. A Lasgol todo le sabía a gloria y por la cara de inmensa satisfacción de los otros dedujo que a ellos también.

Lo que siguió los dejó a todos sin habla.

—Mi parte favorita: los postres —anunció Dolbarar.

Les sirvieron unos postres tan deliciosos que, por un momento, Lasgol pensó que dormía y todo aquello no era más que un sueño maravilloso. La tarta de manzana estaba deliciosa.

Comieron hasta reventar, disfrutando de cada manjar. Al final, Dolbarar se puso en pie y se dirigió a ellos:

—Y ahora es tiempo de ir a descansar. Sé que vuestro agotado cuerpo os lo agradecerá. Los iniciados de primer año tienen las cabañas en la parte sur del campamento. En la puerta de cada cabaña encontraréis los nombres de las seis personas que la ocuparán. No es una lista casual y tiene su importancia. La lista la he confeccionado yo mismo basándome en los informes que me han enviado los guardabosques reclutadores. Las seis personas de cada cabaña formarán equipo para el resto del año.

Un murmullo se levantó entre los aspirantes. Todos se miraban los unos a los otros, preocupados por el grupo al que habían sido asignados.

El tono de Dolbarar se volvió más serio:

—Los equipos no se modificarán, os gusten o no, seáis quienes seáis. A partir de mañana todos sois iniciados; vuestra vida anterior nada importa aquí. Nobles y campesinos son ahora iguales. Hombres y mujeres, altos y bajos, fuertes y débiles; todos son iguales aquí. El equipo es ahora vuestra familia y es importante, porque aquí trabajamos en equipo, aprendemos en equipo y fracasamos o salimos victoriosos en equipo. Los seis ocupantes de cada cabaña formáis ahora un equipo y pasaréis o no al segundo año en gran medida por ese equipo. Las individualidades no tienen cabida entre los iniciados. Se os evaluará en todas las disciplinas como un equipo. Deberéis pasar todas las pruebas como tal.

Los murmullos y exclamaciones aumentaron. Aquello sorprendió a Lasgol; siempre había pensado que su aprendizaje allí sería individual y que tendría que pasar las pruebas solo. Le pareció extraño. Los guardabosques operaban la mayor parte del tiempo solos, rara vez en grupos, por lo que le había contado su padre, que no era mucho.

—Espero haberme explicado con claridad. —El tono con el que lo dijo fue tan seco que se hizo un silencio fúnebre. Nadie se atrevió a decir nada—. Muy bien. Veo que me he explicado. Es hora de que conozcáis a vuestros compañeros para el resto del año. Id a vuestras cabañas. Y buenas noches a todos. —Con la mano señaló al sur.

Isgord fue el primero en incorporarse y dirigirse hacia las cabañas. Un pasaje iluminado por candiles marcaba el camino. Una decena de los chicos y chicas del segundo grupo lo siguieron al momento, seguro que ansiosos de que les tocara con él. El resto hizo lo mismo con paso rápido. Todos estaban nerviosos y deseosos de saber quiénes eran sus compañeros y si el equipo en el que habían caído sería un buen equipo. Todos menos Lasgol. Él sabía que le tocara el equipo que le tocara sería una mala experiencia. Lo odiarían todavía más por tenerlo con ellos. Fue el último en levantarse. Comenzó a andar con paso lento y desganado. Miró con timidez a Dolbarar y este le dedicó una extraña sonrisa, casi maliciosa. Lasgol resopló. Le esperaba una buena.

Llegó hasta las cabañas. Contó quince formando un semicírculo. Eran pequeñas, de troncos de pino apilados, como la de los leñadores. Los tejados estaban aún cubiertos de nieve que se resistía a desaparecer. Frente a ellas los iniciados corrían de una a otra en busca de su nombre en los pergaminos clavados a la puerta. Los grupos comenzaban a formarse frente a cada construcción. Lasgol esperó a que estuvieran todos más o menos compuestos. Cuando vio que ya solo quedaban un par de personas buscando el que les había tocado, se acercó. No le hizo falta buscar su grupo. Lo identificó de inmediato. No tanto por que les faltara alguien, sino por los rostros de tremenda frustración que mostraban. Se aproximó despacio; sabía que no sería bien recibido, así que se preparó mentalmente para el rechazo. «Estoy aquí por un motivo: limpiar el nombre de mi padre. No importa lo mal que tenga que pasarlo. Lo conseguiré.» Reconoció de inmediato a la primera persona que lo miraba según se acercaba. Tenía los brazos cruzados sobre el pecho y una mirada gélida en un rostro de total desilusión. Ingrid.

—No puedo creer que me hayan puesto en este grupo —se quejó sacudiendo la cabeza con total incredulidad.

Lasgol se paró ante ella, luego miró al resto.

—Yo sí lo creo, nos han puesto en el equipo de los perdedores —dijo el chico solitario y de mal carácter que lo había advertido sobre Isgord.

—Tampoco es tan mal equipo —se atrevió un chico enorme, y se volvió hacia Lasgol. Era el gigantón que remaba delante de él en el barco.

—Yo tampoco creo que sea tan malo —dijo la chica pelirroja que había tenido algunos percances durante el trayecto.

Lasgol no dejaba de mirarlos; al comprobar que faltaba uno, preguntó:

—¿Y el sexto?

La puerta de la cabaña se abrió y asomó una cabeza.

—Yo soy el sexto —dijo Egil con el rostro blanco como el de un fantasma.

—¡Egil! —exclamó Lasgol—. ¿Estás bien?

—La fiebre remite, estaré bien pronto. —Contestó con una sonrisa y se apoyó en la puerta para no caerse de lo débil que estaba.

Lasgol se apresuró junto a Egil y le dio un fuerte abrazo.

—¡Menudo susto me diste!

—Pues no veas el que me llevé yo mismo. —Sonrió él—. No me aprietes demasiado, que apenas me tengo en pie.

—Oh, perdona —se disculpó Lasgol y lo ayudó a sentarse en el suelo del soportal.

El chico de carácter arisco los miró a todos, uno por uno, como midiéndolos, juzgándolos.

—Sí, el mejor de los equipos, sin duda. Por un lado, tenemos al famoso Traidor querido por todos y a quien los instructores ayudarán en todo momento, claro que sí, y, por supuesto, a su equipo también —dijo con marcado tono sarcástico—. Con él, su amigo el enclenque, que no ha sido capaz ni de llegar al campamento por sí mismo. Junto a ellos —añadió señalando a la pelirroja—, la chica más torpe del reino, en barco o sobre tierra.

—¡Eh! Eso no es justo. Solo he tenido un par de accidentes… —protestó ella.

—Ya…

—Déjala estar —la defendió el gigantón.

—Y continuamos con el chico más grande y fuerte del campamento. Lo cual sería fantástico para cualquier equipo, y en especial para este, que está tan necesitado, de no ser por el pequeño gran inconveniente de que se asusta de su propia sombra. —Hizo un ademán súbito, como si fuera a golpear al gigantón, y este dio un brinco hacia atrás y se cubrió la cabeza con las manos.

—¿Por qué no me haces eso a mí? —le recriminó Ingrid.

—No te preocupes, princesa, ya habrá otros que se encargarán de bajarte los humos. Los hay más fuertes y más duros que tú.

—Chicos, quieres decir.

—Sí, que te machacarán por esa boquita que tienes.

—Eso ya lo veremos. ¡No temo a ningún chico!

—Como veis, un fantástico equipo. Ese Dolbarar se ha superado.

Todos comenzaron a recriminarle sus comentarios; sin embargo, él hizo oídos sordos.

Lasgol le preguntó molesto:

—¿Y tú? ¿Qué tienes tú que te hace mejor que nosotros?

—¿Yo? ¿Quién ha dicho que yo soy mejor que vosotros? Yo soy ácido y solitario, debería ser la oveja negra del equipo. Pero a vuestro lado soy el tuerto, príncipe entre ciegos.

—En ese caso —dijo Ingrid con un aspaviento malhumorado—, te doy la razón. No tenemos ninguna oportunidad.

Capítulo 10

Llegó el amanecer. A Lasgol le costó despertar pese a que la luz entraba por las ventanas y un extraño sonido le agujereaba los oídos. Se incorporó en la litera y miró a su alrededor para encontrar el origen de aquel molesto ruido. No tardó mucho en descubrir qué era. La puerta de la cabaña se abrió y un guardabosques entró haciendo sonar una diminuta flauta de madera en la boca. Emitía un sonido no muy fuerte pero sí muy agudo, que perforaba los oídos.

—¡Arriba todos! ¡A formar frente a la cabaña!

Cubierto con una enorme piel de oso, Lasgol saltó de la litera al suelo de madera y comprobó cómo estaba Egil, que ocupaba la litera inferior.

—Parece que tenemos que salir.

—Me han concedido permiso para reposar —dijo Egil.

—Ah, muy bien. Entonces recupérate. Pronto estarás bien. —Sonrió.

Lasgol estudió la cabaña. Estaba dividida en dos mediante una pared de troncos de pino. Una mitad era el alojamiento de las chicas, y la otra, el de los chicos. Cada parte tenía una entrada y se comunicaban. Ambas estancias tenían un fuego bajo con chimenea, una mesa rústica con taburetes frente a una especie de minicocina y un baño diminuto con una palangana para asearse y un agujero en el suelo para otras necesidades. Pese a ser pequeña y funcional, tenía que reconocer que resultaba acogedora. Había mantas de lana gruesas para protegerse los días de frío y pieles en el suelo para hacerla confortable.

En la litera contigua, el gigante había tenido que quedarse en la cama de abajo por si la estructura cedía por su peso y aplastaba al malhumorado, que no se fiaba. A los lados de las literas tenían baúles, uno para cada persona. Lasgol había metido en el suyo el morral de viaje y había encontrado dos mudas completas de ropa, también una capa con capucha similar a la de los guardabosques, aunque de un llamativo color rojo.

—Con esto no nos vamos a perder... —comentó Lasgol.

El gigantón se la puso. Apenas lo cubría.

—A mí no me entra —dijo con cara de resignación.

—Es que eres como una montaña de grande y de cobarde —le dijo el chico siniestro.

—¡Eh! Yo no me he metido contigo —protestó el grandullón.

—Es para ver si espabilas, pero ya veo que ni así.

—Déjalo tranquilo —le pidió Lasgol.

—Tú no te metas, Traidor. —Recalcó la última palabra.

Lasgol sacudió la cabeza. Qué mala intención la de ese chico... Al pensarlo se dio cuenta de que no sabía su nombre.

—¿Cómo os llamáis? Yo soy Lasgol Eklund.

—Yo soy Viggo Kron, y para mí siempre serás Traidor —respondió con rapidez el chico con su mirada siniestra.

—Yo soy Gerd Vang —añadió molesto el gigantón.

—¡Vestíos y salid! ¡Rápido! —llamó una voz profunda y potente desde el exterior.

Todos fueron saliendo y formaron frente a las cabañas. Clavaron la rodilla y miraron al frente, como era norma en los Guardabosques.

—Muy bien. Me presentaré. Yo soy el instructor mayor Oden Borg.

Lasgol lo miró de reojo. Era un hombre fuerte, aunque no muy grande. Tendría cerca de cuarenta años y su rostro era de pocos amigos. Llevaba el pelo cobrizo y largo atado en una coleta. Pero lo que más llamaba la atención era la intensidad de sus ojos ámbar. Era una mirada dura, atravesaba el alma.

—Estoy a cargo de todos los cursos. Ya he despertado a los de cuarto, tercer y segundo año, y los he puesto en marcha. Ahora es vuestro turno, iniciados. Esos sois vosotros, por si ya lo habéis olvidado. Me encargo de que las normas se cumplan siempre. El que no cumpla todas y cada una de las normas será expulsado. ¿Queda claro?

Todos asintieron, incluso se oyó algún tímido «sí».

—¡He preguntado si queda claro! ¡No he oído la respuesta!

—¡Síííí! —se oyó a la vez.

—Eso me gusta más —dijo con los brazos en jarras—. Primera norma. Cuando oigáis mi flauta, sea donde sea, acudiréis a formar. El que no salga será castigado. Y creedme, mis castigos no os van a gustar.

A Lasgol se le puso la piel de gallina. Era el tono que utilizaba. Grave y profundo, con una firmeza fría que helaba la sangre.

—Mi función en el campamento es que todo fluya como el agua del río. Y fluirá, ya lo creo que fluirá.

Viggo hizo una mueca de desaire mientras Gerd miraba a Oden con ojos llenos de aprehensión. Lasgol no tuvo ninguna duda de que todo fluiría y de que iban a tener problemas con el instructor mayor.

—Antes de nada seguiremos la tradición. Los guardabosques tenemos tradiciones y formas de actuar que se establecieron hace más de cien años. Están recogidas en *El sendero del guardabosques* por el que nos guiamos. Las respetamos y mantenemos. Siempre.

Lasgol empezaba a ver que a Oden le gustaba enfatizar sus frases con la palabra *siempre*.

—Primera tradición: el sorteo de las insignias. —Sacó una bolsa de cuero y se la enseñó a los equipos—. En esta bolsa se hallan las insignias. Cada equipo será denominado por la insignia que obtenga en el sorteo. Este año tenemos menos equipos de lo habitual, cuento trece en lugar de los quince de rigor. Menos mal que no soy supersticioso, pero diría que no es un buen comienzo de año. No. En fin. Avancemos. Cada equipo debe elegir un capitán ahora. Podrá ser sustituido al finalizar cada estación durante las Pruebas de Estación si se desea, aunque no suele ser el caso. Y sí, el capitán tiene importancia. Así que elegid bien. Venga, estoy esperando.

Todos se miraron entre ellos sin saber qué hacer; nadie conocía bien a la persona de al lado. Al momento de duda siguió un estallido de opiniones que desencadenaron discusiones en todos los equipos.

—Yo no quiero ser capitán —dijo Lasgol—. No creo que ayudase al equipo tenerme de capitán.

—¿En serio no lo crees? —ironizó Viggo.

—Yo… si queréis… —dijo Gerd encogiendo sus enormes hombros.

—¿Tú? —dijo Viggo poniendo los ojos en blanco—. Pero si seguro que te da miedo meter la mano en la bolsa del instructor mayor.

—No seas así —le regañó la pelirroja.

—Yo seré capitán —dijo Ingrid con total seguridad.

Lasgol y Gerd asintieron conformes. La pelirroja también.

—¿Por qué tú? —se le enfrentó Viggo.

Ingrid levantó el puño.

—¿Quieres pelear por el puesto?

Viggo sonrió y los ojos le brillaron con un destello frío, casi letal.

—Si peleo contigo, date por muerta —amenazó llevándose la mano a la cintura y provocando que a Lasgol se le erizaran los pelos de la nuca por la forma en que lo había dicho—. Pero no quiero el puesto. Te lo cedo —dijo con una sonrisa cargada de acidez.

—Lo que tú digas —respondió Ingrid, y bajó el brazo.

—¡Venga, no tenemos todo el día! —los apremió Oden.

Isgord, cómo no, ya se encontraba con Oden. Miró a Lasgol como desafiando a que aceptara ser capitán. Lasgol resopló y lo ignoró. Ingrid se unió a los otros capitanes frente al instructor mayor.

—Muy bien. Ahora, siguiendo la tradición, que cada capitán elija una insignia. Acercaos.

Isgord fue el primero en adelantarse y meter la mano en el saco. Le entregó a Oden la insignia que había cogido. Era de plata y del tamaño de una ciruela.

—¡El Águila Blanca! —anunció Oden—. Vuestro equipo será el de los Águilas.

Los compañeros de Isgord rompieron a aplaudir. Lasgol los observó; eran cuatro chicos y una chica. Dos de los chicos eran altos, fuertes y atléticos; los otros dos, más bajos y fornidos. La chica rubia y de nariz chata parecía dura.

—Ese tiene todo de cara —dijo Viggo resentido.

El siguiente capitán obtuvo la insignia del Jabalí.

—¡Los Jabalíes! —El equipo comenzó a gritar de júbilo.

Al Jabalí siguieron el Oso, el Lobo y el Búho. Al llegar al equipo del búho, Lasgol estiró el cuello para ver mejor a su capitán. Lo hizo casi de forma inconsciente y no fue el único. El capitán era una chica de melena azabache y unos ojos que robaban el alma. Era Astrid. Lasgol sintió que se quedaba sin respiración.

—Es guapa, ¿eh? Se llama Astrid —le comentó Gerd en un susurro—. La conocí el primer día antes de embarcar. Fue amable conmigo. Me gustó.

Lasgol miró a Gerd y asintió; se había ruborizado.

—Ni lo sueñes, Traidor —le dijo Viggo, que los espiaba.

Lasgol frunció el ceño y lo ignoró. Por supuesto que ni lo soñaría. Él sabía quién era y qué opinaban todos de él, y aquella chica no tendría un parecer diferente. Además, no tenía tiempo para chicas; bastantes líos tenía ya.

El instructor mayor Oden continuó con la ceremonia. El siguiente equipo obtuvo el Zorro y llegó el turno de Ingrid. Se acercó hasta Oden. Metió la mano y le entregó la insignia.

—Seguro que es la Mofeta —dijo Viggo.

—Calla, quiero oír —le ordenó la pelirroja.

—¡La Pantera de las Nieves! —anunció Oden.

Todos se quedaron boquiabiertos. No esperaban nada bueno.

—¡Síííí! —gritó la pelirroja llena de júbilo.

Gerd se le unió en los gritos y hasta Lasgol soltó un «bien». Ingrid los miró con ojos brillantes e hizo un gesto de triunfo.

La ceremonia continuó hasta que los trece equipos tuvieron su insignia. Luego Oden ordenó a los capitanes que colgaran las insignias en la puerta de la cabaña, puesto que ya tenían un enganche para ello.

—Muy bien, y con esto acaba la primera tradición. Ahora os dirigiréis a ese edificio —dijo Oden, y señaló un enorme edificio de madera, plano, con cuatro alas.

No estaba muy lejos de las cabañas y tenía vistas a un pequeño lago.

Oden continuó:

—Es la cantina-comedor. Desayunaréis y comenzaremos con el entrenamiento. Si por mí fuera, os haría cazar vuestra propia comida, pero por desgracia Dolbarar no me lo permite. ¡Vamos, no tenemos todo el día!

Hacia allí se dirigieron. Al entrar la hallaron dividida en cuatro secciones para los estudiantes, más una quinta para los instructores. Estaban claramente marcadas por colores: rojo, primer año; amarillo, segundo; verde, tercero; marrón, cuarto. Se sentaron a unas grandes mesas con bancos corridos, ello obligó a varios equipos a compartir mesa. Todos se observaban con recelo y algo de miedo, excepto los bravucones y los que se creían mejores; esos actuaban como si las mesas les pertenecieran.

Les sirvieron el desayuno varios chicos de segundo año. Aquello extrañó a Lasgol. Según parecía, los chicos de segundo año servían a los de primer año. A su vez, los de tercer año, a los de segundo, y los de cuarto, a los de tercero. Era en verdad curioso, tendría algún fin; sin embargo, Lasgol no conseguía averiguar cuál. Se fijó en los de segundo año, parecían mucho mayores que ellos, aunque solo les llevaban un año. Pero, claro, era un año allí.

Un chico de segundo año fue a servir a Lasgol, pero en lugar de hacerlo le echó el plato por encima. Lasgol se sacudió la comida de la ropa y miró a los ojos al chico. Había rabia en ellos, así que no dijo nada.

—¡Eh! —Se levantó Ingrid a defender a Lasgol.

El chico la observó y con un gesto fingido dijo:

—Uy, qué torpe estoy hoy.

—Torpe te vas a quedar para siempre como no te largues —le soltó Ingrid.

—Cuidado a quién defiendes —amenazó otro de los chicos que les servía—, los amigos de los traidores se consideran traidores.

—No me importa lo que penséis —dijo ella mirando a uno y a otro desafiante. Los dos le sacaban la cabeza y eran más fuertes que ella. Pero a Ingrid aquello le daba igual.

Se oyó un fuerte carraspeo; era Oden, que observaba desde una de las mesas de instructores. Los dos chicos de segundo año se retiraron sin mediar más palabras.

—Gracias… —le dijo Lasgol a Ingrid.

—Soy el capitán, defenderé a mi equipo.

—No creo que eso lo incluya a él —apuntó Viggo, y señaló a Lasgol con el dedo gordo.

—Te incluye hasta a ti —dijo Ingrid con un gesto de enorme desagrado.

La pelirroja rio; por su parte, Gerd se atragantó. El ambiente fue tranquilizándose. Devoraron el desayuno, que consistió en bayas, frutos secos, leche de cabra, una rebanada de pan y un pedazo de carne seca. A Lasgol le supo a gloria, incluso se le pasó el enfado, pese a que notaba las miradas de los chicos mayores clavadas en la espalda como si llevara una diana. No eran solo los guardabosques los que no lo querían allí; nadie lo quería allí. Se resignó. No tardaron nada en acabar el desayuno.

—No te atragantes —le dijo Ingrid a la pelirroja, que comía a dos manos como si alguien fuera a robarle la comida.

—Seguro que se le cae el plato o algo —dijo Viggo.

—No se me va a caer nada —dijo la pelirroja con gesto torcido, y le sacó la lengua a Viggo.

—Yo no estaría tan segura —dijo Ingrid—, he tenido que cambiarle la cama en la litera porque lo primero que hizo fue encaramarse a la superior y se cayó al perder pie.

—Estaba resbaladizo y oscuro —protestó la chica.

—Sí, la cama superresbaladiza —dijo Viggo con gesto irónico.

—¿Cómo te llamas? —preguntó Lasgol a la pelirroja.

—Nilsa Blom.

—Encantado, Nilsa. Yo soy Lasgol. El grandullón es Gerd. —Señaló a su lado, a lo que el gigante respondió con un movimiento de cabeza a modo de saludo—. El antipático es Viggo.

—¿Antipático yo? ¡Pero si soy todo dulzura! —se quejó con una enorme sonrisa fingida.

—Sí, todo un encanto —dijo Ingrid con el ceño fruncido—. Yo soy Ingrid Stenberg —dijo ella, y todos la saludaron.

—El chico enfermo que está en la cabaña es Egil —explicó Lasgol, y el resto asintieron—. Bueno, ahora ya nos conocemos todos —sonrió Lasgol.

—Para lo que nos va a servir, yo casi prefería seguir como estábamos —dijo Viggo.

—Si quieres rendirte antes de empezar es tu problema —comentó Ingrid—. Yo he venido a luchar y eso voy a hacer.

—Bien dicho —dijo Gerd—. ¿Vas a terminarte el pan? Es que esta ración es poca cosa para mí…

—Toma el mío, a mí me sobra —ofreció Nilsa.

—Y mis frutos secos —dijo Lasgol.

—Gracias —aceptó el gigantón con una gran sonrisa.

Sonó la flauta de nuevo. Todos se levantaron y salieron. El instructor mayor Oden ya los esperaba fuera. Junto a él estaba otro guardabosques, parecía fortísimo y atlético.

—Este es Herkson, el instructor físico de primer año. Os dejo en sus manos. Y recordad: os vigilo a todos. Siempre. —Barrió el grupo con una mirada torva y se marchó.

—Todas las mañanas trabajaremos la forma física y la resistencia. Luego, por las tardes, tendréis instrucción de las maestrías. Cada día una diferente. Pero las mañanas son mías —anunció Herkson—. Dividíos según vuestros equipos.

Los equipos se formaron. Lasgol se sentía un poco extraño entre sus compañeros y sabía que ellos también, se lo notaba en el rostro. Pero, les gustara o no, eran un equipo y poco había que pudieran hacer más que acostumbrarse.

—Seguidme hasta el lago —ordenó Herkson.

Al principio el instructor andaba despacio, luego comenzó a ir más rápido. Todos lo seguían formando una larga hilera con espacios entre un equipo y otro. Cruzaron un bosque y, al salir a un prado, Herkson aceleró más el paso hasta convertirlo en un trote sostenido. Pasaron un río y el trote se convirtió en carrera. Herkson llegó al lago esprintando. Los iniciados llegaron tras él con la lengua fuera. Los reunió en la parte sur del inmenso lago. Desde allí no se veía el extremo norte.

—Antes de empezar con el trabajo físico, tenemos que calentar para no sufrir lesiones. Veo por vuestros rostros que muchos no estáis nada en forma. Hay que cambiarlo. Para un guardabosques su cuerpo es crucial, a él debe su supervivencia. No lo olvidéis.

—Esto va a ser duro —dijo Viggo con las manos en jarras y la respiración entrecortada.

—Calla y aprende —le regañó Ingrid, que estaba muy entera.

—No me digas lo que tengo que hacer, mandona.

—No me llames mandona o te tragarás esto —amenazó Ingrid mostrándole el puño derecho.

—Escuchadme, ahora daréis tres vueltas al lago. Por equipos. Todo el equipo llega junto. No dejaréis a ningún compañero atrás. Si un compañero cae, lo ayudáis a levantarse y a seguir. Si un compañero no aguanta, el resto dará una vuelta más.

—¡Eso no es justo! —Se oyó a alguien protestar.

—¿Quién os ha dicho que podéis cuestionar a un instructor? Tú, una vuelta más —dijo Herkson.

Las protestas y murmullos se apagaron hasta que solo quedaron el silencio y el trinar de los pájaros en el bosque cercano.

—A calentar. Seguid mis instrucciones y no os haréis daño. Formad un círculo a mi alrededor por equipos.

Herkson les explicó los ejercicios. Durante un largo tiempo estuvieron aprendiendo cómo estirar y calentar los músculos de piernas, los brazos, el abdomen y la espalda. Lasgol nunca había hecho nada similar y se sentía como si su cuerpo fuera de piedra. Menos flexible que él no se podía ser. Bueno, quizá Gerd lo fuera.

—¿Cómo pueden ellas hacer los ejercicios como si nada? —se quejó Gerd al ver que Ingrid y Nilsa no tenían dificultades, y en cambio él estaba sufriendo un infierno.

—Porque son chicas, miedoso —le dijo Viggo.

—¿Y? —preguntó sin comprender.

Nilsa soltó una risita.

—Pues que son flexibles y nosotros no.

—Y fuertes —apuntó Ingrid con una mirada de aviso a Viggo. Este le hizo un gesto como de que no se lo creía y la ignoró.

—Bien, es suficiente —dijo Herkson—. Ahora, a correr. Tres vueltas. Vamos.

Los equipos fueron saliendo a intervalos marcados por Herkson. Les llegó el turno a los Panteras y a la señal del instructor echaron a correr. Ingrid salió la primera, convencida de su resistencia. Nilsa la siguió al instante. Luego fue Gerd. Lasgol miró a Viggo y este le hizo un gesto con la mano para que fuera delante. Echó a correr y Viggo lo siguió cerrando el grupo. Corrían tan rápido como podían, pero pronto se encontraron con que el lago era inmenso y les iba a costar un buen esfuerzo dar las tres vueltas. Herkson salió tras el último grupo. Con facilidad fue pasándolos a todos mientras observaba a los equipos a medida que los adelantaba.

Terminaron la primera vuelta y el esfuerzo empezó a hacer mella.

—Los equipos juntos, como una unidad; no dejamos a nadie detrás —decía Herkson según pasaba junto a ellos.

Cuando llevaban vuelta y media, Gerd comenzó a descolgarse. Lasgol aguantaba bien el ritmo, pero al ver al grandullón en apuros, avanzó hasta alcanzar a Ingrid.

—Un poco más despacio. Gerd no puede seguirte —le dijo.

Ingrid miró a Lasgol molesta. Luego a Gerd, que, rojo como un tomate maduro, perdía ritmo.

—Está bien —aceptó refunfuñando, y bajó el ritmo.

Lasgol se retrasó y se puso a la altura del grandullón.

—Vamos, ánimo.

—No puedo más. Soy demasiado grande —dijo Gerd resoplando.

—No te preocupes. Vamos. Estoy contigo.

Pero el esfuerzo era demasiado para él. Después de la segunda vuelta, tuvo que parar. Viggo paró también. No tenía buena cara.

—¡Esperad! —avisó Lasgol a las chicas.

Ingrid se detuvo de mala gana.

—No podemos pararnos.

—¡Pobre! —exclamó Nilsa señalando al grandullón.

Gerd, doblado, vomitaba del esfuerzo.

—¡Aggggh, qué asco! —protestó Viggo. Dio un brinco al ver que Gerd le había vomitado en las botas y corrió a la orilla del lago a limpiárselas.

Lasgol le puso una mano a Gerd en la espalda y lo animó.

—Tranquilo. Recupérate.

—Nos están pasando todos —se quejó Ingrid con los brazos cruzados.

—Deja que se recupere —le pidió Nilsa.

—Seremos los últimos —dijo Ingrid negando con la cabeza.

—Hay otros equipos con problemas —dijo Lasgol, que había visto al menos a dos equipos quedar retrasados.

De pronto, Herkson apareció a la carrera y se detuvo junto a Gerd.

—No dejamos a nadie atrás. Que termine, aunque sea andando. Todos con él. —Y marchó corriendo.

—¡Qué bien! Podemos terminar andando. Si lo llego a saber, vomito yo antes —dijo Viggo.

—Gran plan, listillo, solo nos penalizarán —advirtió Ingrid.

—¿Penalizar? —preguntó Lasgol.

—Esta prueba cuenta. ¿Qué te pensabas?

—Oh… —dijo Viggo encogiéndose de hombros.

—Ya me encuentro algo mejor —dijo Gerd, ahora tan blanco como un fantasma—. Sigamos.

—¿Seguro? —le preguntó Lasgol.

—Sí, vamos; no quiero que seamos últimos por mi culpa.

Gerd, en una muestra de gran pundonor, terminó el ejercicio. Incluso consiguió trotar unos tramos más, aunque tuvo que volver a parar porque iba a vomitar de nuevo. Viggo dio un respingo al verlo y se apartó como una centella. Al fin, cruzaron andando. Por desgracia, fueron los últimos. Gerd cayó rendido al suelo y Viggo tampoco parecía estar muy entero. Sin embargo, Ingrid y Nilsa parecían perfectas. Por su parte, Lasgol se encontraba cansado, pero bien.

Herkson los saludó con la cabeza.

—Volved a las cabañas. Los demás ya han ido. Almorzad en la cantina y descansad, por la tarde tenéis instrucción. Mañana repetiremos, así que venid preparados.

Capítulo 11

LLEGARON HASTA LA CABAÑA COMO PUDIERON. GERD SE APOYABA en los hombros de Ingrid y Lasgol. Nilsa ayudaba a Viggo, que no podía ni hablar. El ánimo era lúgubre. Gerd se había quedado tirado en el suelo sobre la piel de oso, con los brazos y las piernas extendidos; no había conseguido alcanzar la litera. Viggo ya dormía bocabajo sobre su cama, había caído exhausto y estaba aún vestido y con la capa roja puesta.

—¿Cómo ha ido? —preguntó Egil a Lasgol cuando Ingrid y Nilsa salían.

—Muy mal. Hemos llegado los últimos —respondió Lasgol con pesar.

—¿Gerd?

—Sí. ¿Cómo lo has sabido?

—Su cuerpo es demasiado grande para un tipo de ejercicio de resistencia continuado. Esfuerzos grandes y cortos no serían un problema para él, pero lo contrario…

—Se me olvida lo inteligente que eres.

—Tonterías. Es una simple deducción lógica. Alguien tan grande como una montaña puede derribar un muro de una acometida, pero no correr alrededor de él durante media mañana. Ya mejorará; es muy fuerte, aunque necesita entrenar. Es probable que no haya corrido un día en su vida. Alguien de su tamaño rara vez lo hace. Lo cual me recuerda…

—¿Qué?

—Mi propio tamaño. Gerd y yo somos ejemplares opuestos, pero, al mismo tiempo, muy similares. Yo tampoco he corrido un día en mi vida…

Lasgol no pudo esconder un gesto de preocupación.

—Tranquilo, entrenaremos; yo os ayudaré a los dos.

—Gracias, tienes buen corazón, aunque me temo que necesitaremos mucho más que eso si queremos sobrevivir a este dramático trance en el que nos hallamos.

—No vamos a darnos por vencidos, mucho menos antes de empezar —dijo Lasgol negando con la cabeza.

—Tienes razón —contestó Egil asintiendo—. En cuanto recobre un ápice de mis menguadas fuerzas, me pondré a entrenar. No obstante, debo prevenirte: no albergues muchas esperanzas. Mi cuerpo es débil.

—Pero tu mente es enorme —le dijo Lasgol con una sonrisa.

Egil rio.

—Ve a comer, lo necesitas. Esos dos no van a levantarse. Yo los vigilo.

Lasgol se acercó hasta la cantina. Ingrid y Nilsa estaban allí, comían compartiendo mesa con el equipo de los Búhos. Los ojos de Lasgol encontraron los de Astrid, que lo observaban. Su semblante era serio. De inmediato, Lasgol desvió la mirada y se sentó frente a sus compañeras. Ingrid no parecía nada contenta, tenía el cejo fruncido y una mirada hosca. Nilsa, sin embargo, le sonrió.

—Y luego siempre están metiéndose con nosotras, las chicas, las débiles. Menudo par de hombretones que nos han tocado —protestó Ingrid incapaz de contener su disgusto.

—Han hecho cuanto han podido… —los disculpó Lasgol.

—Ya, para lo que ha servido... —respondió Ingrid con una mueca de desagrado—. Lo único bueno de hoy es que ha quedado bien claro que las chicas somos superiores a los chicos en el equipo de los Panteras de las Nieves.

—¡Eso! —exclamó Nilsa con un brinco que no midió y casi hizo que cayera de espaldas.

—Como algún chico vuelva a decirme que somos inferiores, se va a enterar.

—¡Cuenta conmigo para ayudarte! —dijo la inquieta Nilsa, que ya se recuperaba en el banco corrido.

Cómo era posible que la pelirroja aún tuviese energía era algo que Lasgol no conseguía entender. Aquella chica era puro nervio.

El cansancio se hizo presente y no hablaron más, solo comieron. Los chicos de segundo año que les sirvieron no crearon problemas esa vez, pero Lasgol sentía las miradas de los otros iniciados como puñaladas de desprecio. Aunque, si eso era malo, no era nada comparado con las miradas del resto del comedor; los de segundo, tercer y cuarto año, e incluso de los instructores; todos lo observaban clavándole en la espalda saetas envenenadas de odio.

Nilsa, que no paraba quieta y miraba a todos lados, se dio cuenta.

—Intentan intimidarte. No los dejes —le susurró a Lasgol acercándose a él sobre la mesa.

—Lo sé… Gracias…

Ingrid levantó la cabeza y miró alrededor amenazante. Algunas miradas hostiles se desviaron, no muchas.

—No os preocupéis, ya sabía lo que me esperaba cuando vine.

—Viendo esto…, yo en tu lugar no sé si habría venido… —reconoció Nilsa.

—Los valientes se crecen con las dificultades. Lo decía mi tía, y ella era una gran guerrera —dijo Ingrid.

Lasgol asintió. O crecía mucho y rápido, o iba a pasarlo muy mal.

Estaban a punto de levantarse cuando tres chicos se les acercaron. Lasgol reconoció al de en medio. Era Isgord. Iba acompañado por dos chicos rubios altos y fuertes. Eran gemelos.

—Has quedado último —le dijo Isgord con tono seco.

Lasgol le dedicó una mirada de indiferencia y no dijo nada.

—¿Y a ti qué? —saltó Ingrid.

—El Traidor y yo tenemos una cuenta pendiente. No me gustaría que lo echaran antes de saldarla.

—Si no te vas ahora, seré yo quien te eche a ti —le dijo Ingrid poniéndose en pie.

Isgord sonrió. No era una sonrisa de desprecio o burla, era una de reconocimiento.

—Veo que has hecho amigos, Traidor. Eso está bien. Pero ella no te salvará. No de mí.

Nilsa observaba el intercambio con tanta intensidad que se le cayó el cuenco de la sopa al suelo.

—Lárgate. Ahora —dijo Ingrid.

Isgord lo observó con una mirada dura. Aquel chico no tenía miedo a Ingrid. No tenía miedo a nadie.

—Ya nos veremos, Traidor. —Hizo una seña a los gemelos—. Jared, Aston, vámonos.

Lasgol los vio marchar y se preguntó por qué tenía tan mala suerte. Todos lo odiaban, pero Isgord parecía querer matarlo.

—¿Y ese? ¿Qué le has hecho? —preguntó Ingrid sentándose.

—Nada. Lo juro. Nunca lo había visto antes de llegar aquí. No sé qué tiene contra mí.

—Pues qué pena, porque es muy guapo —dijo Nilsa, que recogía el cuenco del suelo.

Ingrid y Lasgol la miraron con cara de desconcierto.

—Bueno…, es que…, pues lo es… y alto, fuerte y atlético…

—Se te han olvidado los ojos —le dijo Ingrid con tono sarcástico.

—Oh, sí, ¡qué ojos azules…!

Ingrid levantó las cejas y se fue maldiciendo.

—Gracias —le dijo Lasgol antes de que la capitana saliera.

Ingrid le hizo un gesto con la mano para restarle importancia.

Lasgol fue a levantarse y sintió una presencia a la espalda. Se preparó para recibir otro ataque.

Una voz suave le dijo:

—Dicen que de tal palo tal astilla. ¿Es tu caso?

Lasgol se giró despacio y se quedó sin habla. Era Astrid.

—Yo… —balbuceó— no… Bueno, sí.

Astrid entrecerró los ojos e inclinó la cabeza.

—¿Sí o no? No puede ser ambas cosas.

—No…, no soy un traidor… que creo que es lo que me preguntas. Pero sí…, sí soy como mi padre y estoy orgulloso de ello.

La expresión de la chica se volvió una de sorpresa. Luego de reflexión.

—Si eres como tu padre y no eres un traidor, ¿me estás diciendo que no crees que tu padre fuera un traidor?

Lasgol asintió sin poder dejar de mirarla a los ojos.

—Interesante.

—No te miento.

Ella sonrió levemente, pero no dio a entender si lo creía o no.

—Te deseo suerte. La necesitarás.

—Gracias…

Astrid se marchó seguida por su equipo.

Nilsa le sonrió y le guiñó el ojo.

—Yo te creo.

—Gracias, Nilsa.

—Pero, bueno, yo soy muy confiada o eso dicen en mi casa. Creo que no soy la mejor para juzgar estas cosas.

—A mí me has juzgado bien. No serás tan mala.

Nilsa rio.

—Eso lo dices tú, que puedes estar mintiendo.

Lasgol soltó una pequeña carcajada.

—Pues tienes razón, tú no puedes saberlo.

—Vamos o llegaremos tarde —le dijo Nilsa, que se puso de pie de un salto.

Los dos abandonaron el comedor y Lasgol respiró el aire fresco del bosque. Lo reconfortó. Se dirigieron a las cabañas a reunirse con el resto del equipo.

Descansaron lo que pudieron, pero enseguida llegó la tarde y sonó la flauta. Salieron de la cabaña y formaron. El instructor mayor Oden los esperaba con las manos a la espalda y rostro de pocos amigos.

—Veo que el entrenamiento físico os ha sentado bien —dijo con una mueca sarcástica—. Ahora toca instrucción herbolaria. Seguidme hasta las cabañas de la maestría de la Naturaleza, donde os impartirán la instrucción. Cada tarde, después de comer, tendréis instrucción de una de las cuatro maestrías, todos los días. Se irán alternando. Y no, nadie está excusado. Si alguien no se encuentra bien, le mostraré encantado la salida del campamento. ¿Alguien?

Se hizo un silencio, nadie dijo nada. Lasgol miró a Gerd con preocupación, pero el gigantón aguantó.

—Muy bien. El año pasado tuve un abandono la primera mañana. Ya no hacen norghanos como los de antes… ¡Seguidme!

La instrucción de herbología resultó ser de lo más interesante. Sobre todo gracias a Marga, de la maestría de la Naturaleza, una de las instructoras de confianza de Eyra, la guardabosques mayor.

—Es una bruja, te lo aseguro —le susurró Viggo a Gerd.

—Tiene toda la pinta —asintió este—. ¿Crees que nos enseñará a hacer venenos?

—Seguro que sí. Estaría bien envenenar a alguien por accidente —dijo Viggo con una risa sórdida mirando a Ingrid.

—Calla y atiende —le regañó esta en un susurro duro.

Viggo arrugó la nariz e hizo una mueca de descontento.

—Esta seta no es venenosa y con ella se puede preparar una pócima que ayuda a dormir —dijo la instructora.

Lasgol la observó y tuvo que conceder que parecía una bruja. Vestía una capa negra y tenía el rostro de una anciana, el pelo blanco y revuelto. Lucía, además, una nariz grande y ganchuda, un rostro muy poco agraciado e, incluso, dos grandes verrugas en la barbilla y el pómulo.

—Pero las hay muy venenosas, así que, si no sabéis nada de setas, y por el aspecto que tenéis no lo sabéis, ni se os ocurra comerlas.

Estaban sentados en un edificio en forma de herradura y la instructora se paseaba por la zona interior explicando con voz ronca las maravillosas propiedades de ciertas setas silvestres.

Tras la lección, que duró una eternidad, fueron a cenar a la cantina y de allí se dirigieron a la cabaña. Estaban tan cansados que lo único que deseaban todos era irse a dormir. Ingrid y Nilsa se despidieron y entraron en su lado y ellos en el suyo. Gerd y Viggo se echaron a dormir sin perder tiempo.

—Lasgol… —llamó Egil.

—Dime, ¿necesitas algo?

—No, estoy bien, es otra cosa…

—Dime, ¿qué pasa?

—¿De verdad crees que lo conseguiremos? Llevo todo el día reflexionando y las probabilidades son tan remotas…

—Estoy seguro. Descansa.

—De acuerdo. Buenas noches.

—Que descanses.

Lasgol se quitó la capa y abrió su baúl para guardarla dentro. Al hacerlo tuvo una extraña sensación; se le erizó el pelo de la nuca. «Umm, qué raro…» Observó el baúl, pero a la luz de la lámpara de aceite sobre la mesilla poco se podía ver. Y casi sin ser consciente de ello, buscó con la mano la caja con el regalo de su padre. La abrió con cuidado. El huevo seguía allí, intacto. Resopló aliviado. Por un instante pensó que algo malo le había sucedido. Hacía días que quería examinarlo, aunque le había resultado imposible. Lo sostuvo entre las manos y lo estudió en detalle. La superficie blanca tenía incrustadas miles de pequeñas motas negras. Y ahora que se fijaba parecían formar un patrón. «Qué curioso…, o más bien, qué extraño…»

Todos dormían ya y él estaba muy cansado. Sería mejor dejar el huevo en la caja y retirarse a descansar. Pero antes quiso comprobar una cosa que acababa de venirle a la cabeza. Puso el huevo vertical sobre el suelo y lo sujetó con un dedo. Con la otra mano, lo hizo girar como si fuera una peonza. Sabía que no lo dañaría, pues era duro como una roca. El huevo comenzó a girar bajo su dedo y el patrón que había identificado empezó a mostrarse. Lasgol le dio más fuerza al giro y el patrón se transformó en una palabra: L-A-S-G-O-L.

«¡Mi nombre! ¡Por los vientos helados! ¿Qué significa esto?» Tenía que descubrir qué sucedía. Se concentró en la palabra, que cada vez veía con mayor claridad. Tenía los ojos clavados en ella mientras el huevo giraba bajo su dedo. Sintió un ligero mareo y cerró los ojos. Al hacerlo, un destello verde surgió de su mano y pasó al huevo por el dedo con el que hacía contacto. Este reaccionó emitiendo un destello dorado. Acto seguido, una descarga de energía golpeó a Lasgol y lo derribó.

Quedó inconsciente sobre la tarima.

Capítulo 12

—¡DESPIERTA, POR FAVOR! —LLAMÓ EGIL LLENO DE PREO-
cupación.

No reaccionó.

—Será mejor que lo sacudas un poco..., o prueba con un golpe
en la cara, puede ayudar —propuso Viggo.

—Déjame a mí —pidió Gerd—. ¡Lasgol, despierta! —Y lo sacudió por los hombros con sus manazas.

El muchacho abrió los ojos. Su cara mostraba desconcierto
total.

—¿Qué? ¿Dónde... estoy?

—En el suelo de la cabaña —le dijo Egil—. ¿Estás bien? No
conseguíamos despertarte.

—Eh... Sí... ¿He dormido en el suelo?

—Eso parece —explicó Viggo cruzando los brazos sobre el pecho—. Desde luego, cómo te gusta complicarte la vida, con lo có-
modas que son las literas.

—Tenemos que irnos —dijo Gerd—. La flauta ya ha sonado.
—Se dirigió a la puerta con cara de resignación.

—Sí, claro... No podemos llegar tarde —coincidió Lasgol.

Egil lo ayudó a incorporarse. De súbito, Lasgol recordó el

huevo... ¡y la descarga de energía! Miró alrededor en su busca. Al no verlo, sintió que la ansiedad le oprimía el pecho.

—¿Buscas algo? —preguntó Viggo con tono sospechoso.

—Yo... No...

—¿No será, por casualidad, un huevo enorme...?

Lasgol se volvió hacia Viggo.

—¿Lo tienes?

—¿Yo? No. Aquí el gigantón, que estaba muerto de hambre, se lo ha desayunado.

—¡Nooooo! —exclamó Lasgol con ojos desorbitados.

Gerd se volvió con cara extrañada.

—No le hagas caso —dijo Egil—. No es cierto.

Viggo comenzó a reír.

—¡No tiene gracia! ¿Quién lo tiene?

—Si te vieras la cara, no pensarías lo mismo —dijo Viggo, que reía a carcajadas.

—Lo tengo yo —dijo Egil mostrándoselo—. Lo encontré en el suelo.

Lasgol resopló de alivio. Cogió el huevo y lo inspeccionó. Estaba intacto.

—¡No es para comer! —espetó a Viggo y Gerd señalándolos acusador con el dedo índice.

—No me lo iba a comer... —respondió Gerd con el rostro rojo—. Bueno, igual sí, pero Egil me ha dicho que mejor te preguntábamos.

Viggo seguía riendo, se lo estaba pasando en grande.

—¡Que nadie toque el huevo! —gritó Lasgol.

—¿Qué huevo ni qué huevo? —preguntó Ingrid entrando en la cabaña seguida de Nilsa.

—Este huevo —dijo Lasgol y se lo mostró.

—¡Pero ¿se puede saber qué hacéis?! —exclamó Ingrid—.

¡Dejaos de tonterías! Vamos a llegar tarde y no me apetece dar una vuelta extra al lago. ¿Y a vosotros?

Gerd salió de la cabaña como un rayo, con cara de apuro. Nilsa lo siguió al instante con una risita y lo sobrepasó.

—Ya voy, ya voy. Ha sido graciosísimo —dijo Viggo, y los siguió con una sonrisa enorme en la cara.

Lasgol se volvió hacia Egil:

—¿Puedes cuidarlo? En mi baúl está su caja.

—Por supuesto. Vete, no te preocupes —respondió el otro.

—Gracias.

Ingrid y Lasgol salieron corriendo y alcanzaron al resto de los grupos en el lago. Herkson hizo que los equipos se situaran por el orden de llegada del día anterior, así que los Panteras salieron los últimos. Gracias a ello no los castigaron por haber llegado tarde.

Aquella segunda mañana no resultó muy diferente de la primera. El pobre Gerd volvió a vomitar y ellos volvieron a llegar los últimos. Aunque, por buscarle una nota positiva, habían tardado menos que el día anterior, aunque fuera por poco. Viggo había propuesto cambiarle el nombre al equipo de Panteras a Caracoles. La tarde, sin embargo, les deparó alguna buena sorpresa. Apareció el instructor mayor Oden y, con su estilo abrupto y directo, los condujo a todos hasta los campos de arquería en una explanada despejada al este del campamento. Allí se encontraron a Ivana, la guardabosques mayor de la maestría de Tiradores, esperándolos. Hizo formar a los trece equipos, que clavaron el pie y miraron al frente. Se dirigió a ellos con su tono helado:

—La maestría de Tiradores es esencial para todos los guardabosques. Lo que aprendáis en esta disciplina y las habilidades que desarrolléis os convertirán en guardabosques. Todo guardabosques debe adquirir unas habilidades básicas de esta maestría. Se expulsará a quien no consiga estas habilidades.

Lasgol la observaba cautivado por su fría belleza y temeroso de fallar y tener que abandonar el campamento.

—Sin embargo, aquellos que destaquen, los mejores entre vosotros, pasarán a formar parte de la maestría de Tiradores al final del tercer año. Los elegiré yo misma.

Lasgol miró a Ingrid y esta le hizo un gesto afirmativo. En sus ojos veía la convicción de que ella iba a conseguirlo. Él, sin embargo, consciente de lo mediocre que era como tirador, solo esperaba ser capaz de superar las pruebas básicas para que no lo expulsaran.

—Y a los que se muestren especialmente hábiles en la materia los elegiré para la especialidad de élite. Eso si hay alguno entre vosotros que sea lo bastante bueno. ¿Lo habrá? No suele ser el caso, pero ya veremos…

Nilsa se removió inquieta. Más de lo habitual, no podía estarse en su sitio. Formar ya era una tortura para ella, pero frente a Ivana mucho más. Ella deseaba sobre todas las cosas convertirse en cazador de magos, una especialidad de élite de tiradores. Lo ansiaba con toda su alma. Nada la haría más feliz que librar al mundo de los malditos magos y hechiceros. Tenía un deseo y un motivo personal, uno de sangre.

—Seguro que eres tú —le dijo Gerd y le dio con el codo de forma amistosa.

—Sí, seguro… —se burló Viggo—. Lo más seguro es que esta se estrangule con la cuerda de su propio arco al tensarlo.

Nilsa le puso mala cara, pero no dejaría que Viggo la molestara. Necesitaba triunfar en aquella disciplina y pondría todo su empeño y esfuerzo. Nada la distraería. Nada la haría fracasar.

Ivana prosiguió:

—Una demostración hará que entendáis mejor lo que quiero decir. Siempre he dicho que las palabras se quedan cortas frente a una flecha certera a la hora de demostrar algo.

Hizo una seña y dos guardabosques se acercaron. Portaban sendos arcos.

—Mostrad a los iniciados a qué maestría pertenecéis —les ordenó Ivana.

Los dos guardabosques se abrieron las capas y en los cuellos apareció un medallón idéntico al que portaba ella, con la representación de un arco en el centro, solo que los colgantes eran más pequeños.

—Conseguiré llevar uno de esos —afirmó Ingrid.

Lasgol asintió y le sonrió. Estaba seguro de que nada la detendría.

—Muy bien. Demostradles lo que los tiradores son capaces de hacer.

Los dos guardabosques se separaron cien pasos exactos. Uno de ellos levantó el arco sujetándolo a dos manos y se lo situó sobre la cabeza, a un palmo. El otro dejó el arco en el suelo frente a él. Todos observaban con la máxima atención. Hubo un momento de pausa. Nadie habló. Corría una ligera brisa que olía a hierba húmeda. En la distancia se oía el piar de algunos pájaros, crías reclamando alimento a sus padres. De súbito, el guardabosques desarmado hizo un gesto. Metió la punta de su bota de cuero bajo el arco en el suelo y lo lanzó al aire con una patada medida. El arco se elevó frente a él. El brazo izquierdo salió como un rayo y lo atrapó según giraba a medio vuelo. La mano derecha se fue sobre el hombro y sacó una flecha del carcaj a su espalda. En un movimiento rapidísimo, arco y flecha se pusieron en posición. El guardabosques se dejó caer hasta clavar una rodilla en el suelo. Al finalizar el movimiento, soltó. Todo había sucedido en un pestañeo. La flecha surcó los cien pasos con un silbido letal y se clavó en la empuñadura del arco sobre la cabeza del otro guardabosques.

Los iniciados soltaron una exclamación sorprendidos, atónitos por completo. Lasgol, con ojos como platos por lo que acababa de presenciar, deseó con todo su ser entrar en aquella especialidad.

Sería increíble poder hacer lo que aquellos guardabosques eran capaces de llevar a cabo. Luego pensó en lo poco hábil que era con el arco y su esperanza se hundió en el barro.

—Si deseáis ser tan buenos como ellos, si deseáis los medallones que les cuelgan del cuello, tendréis que trabajar duro. Muy duro. Pero, si lo hacéis, algún día podréis llegar a ser capaces de hacer lo que acabáis de presenciar. Y alguno especial, si lo hay entre vosotros, cosas verdaderamente increíbles.

Los murmullos entre los iniciados estaban llenos de optimismo. Se oía «Lo conseguiré», «Quiero ser como ellos», «Seré un tirador». Los dos guardabosques se situaron tras Ivana.

—Recordadlo bien —dijo la guardabosques mayor de la maestría de Tiradores—: los que no consigan dominar las habilidades básicas serán expulsados, no llegarán a ser guardabosques. Por el contrario, quienes despunten podrán pertenecer a los tiradores.

Y con ese mensaje Ivana se retiró seguida de sus dos hombres.

—Yo soy muy malo con el arco —confesó Gerd.

—Yo tampoco soy muy bueno —se unió Lasgol.

—Ufff…, menudo equipo… —resopló Ingrid.

—¿Acaso tú eres buena? —preguntó Viggo.

—Pues sí que lo soy. Y no solo con el arco, también soy muy buena con la espada, el hacha y el puño. Mucho mejor que la mayoría de esos pavos reales —dijo Ingrid señalando a un grupo de chicos que comentaba lo que acaban de ver como si ellos también pudieran hacerlo.

—Pues si eres buena con la espada, el hacha y el puño, eso es que te han adiestrado —dijo Viggo—. Deberías haber ido al Ejército Real; ahí es donde de verdad se usan esas armas, no aquí. ¿Por qué estás aquí?

—Porque mi padre fue guardabosques.

—¿Fue? —pregunto Lasgol.

—Desapareció…, en una misión…

—Oh, ¿y nunca regresó?

—No.

—Lo siento, no quería…

—No pasa nada. Fue hace tiempo, cuando yo era pequeña.

—¿Y quién te enseñó a luchar entonces?

—Su hermana, mi tía Brenda.

—¿Una mujer? —preguntó Viggo sorprendido.

—Sí, una mujer. ¿Qué pasa?

—Nada, que no es habitual.

—Mi tía perteneció a los Invencibles del Hielo.

—¡Eso no se lo cree nadie! —exclamó Viggo.

—¿Me estás llamando mentirosa? ¡Te voy a partir la nariz!

—No peleéis —dijo Gerd, e interpuso el corpachón entre ellos.

—Los Invencibles del Hielo son la élite de la Infantería Real, no aceptan mujeres —dijo Viggo.

—Tú no sabes nada de nada —le dijo Ingrid.

—Sé que estás mintiendo. No hay mujeres en los Invencibles.

Ingrid intentó golpear a Viggo sorteando a Gerd, que se interponía para impedirlo. Nilsa sujetó a Ingrid mientras Lasgol hacía lo mismo con Viggo.

—¡Mi tía fue una Invencible del Hielo! ¡Y te voy a dejar marcado en la cara lo que me enseñó!

—¡Ya, y yo soy un príncipe encantador de un reino del este!

Nilsa, Gerd y Lasgol tuvieron que esforzarse para contener la pelea.

—¿Qué ocurre aquí, Panteras de las Nieves? —dijo una voz severa que no conocían.

La trifulca se detuvo y todos observaron al guardabosques junto a ellos. De su cuello colgaba el medallón con el arco.

—Menudo ejemplo de equipo. Así solo conseguiréis que os expulsen —les recriminó.

Ingrid y Viggo se calmaron, los demás bajaron la cabeza avergonzados.

—Mi nombre es Ivar, instructor de la maestría de Tiradores. Ahora, ¡a formar!

Los cinco clavaron la rodilla y miraron al frente.

Ivar contempló los otros equipos.

—Los Lobos, Osos, Halcones y Panteras, conmigo —ordenó.

Al momento, los equipos se organizaron. Otros instructores se hicieron cargo del resto de los grupos. Lasgol se alegró de que no les hubiera tocado con los Águilas, al que pertenecía Isgord.

Sin perder más tiempo, Ivar se dirigió a sus cuatro equipos:

—La instrucción de tiro se dividirá en dos: el aprendizaje y aquellas materias que un guardabosques necesita para sobrevivir. ¿Cuál es el arma principal de un guardabosques? —preguntó pasando la vista por los integrantes de los cuatro grupos.

Ashlin, una chica de los Lobos, delgada y morena, con cara de avispada, dio un paso al frente.

—¿Sí? —le dijo Ivar.

—Todos los guardabosques llevan un arco, que es su arma principal, y además un cuchillo de caza y un hacha corta.

—Muy bien, respuesta correcta. Aprenderéis a utilizar todas esas armas y en más de una forma.

—¿Cómo? —preguntó Osvak, un chico alto y fuerte del equipo de los Osos.

—Ya os enseñarán, no os preocupéis. Cada cosa a su tiempo y siguiendo *El sendero del guardabosques*.

—¿Qué es ese *Sendero?* —preguntó Gerd.

—Es el dogma por el cual se rigen los guardabosques —le explicó Ivar—. Llevamos haciéndolo así durante más de cien años, y con muy buenos resultados.

—Oh, gracias —dijo Gerd.

—Os enseñaré a fabricar vuestros propios arcos —prosiguió Ivar— eligiendo la madera, la cuerda y los materiales adecuados. Lo mismo para la fabricación de las flechas. De esta forma, si un día os encontráis sin vuestra arma, podréis fabricar una con vuestras propias manos. También os enseñaré a elaborar hachas y cuchillos rudimentarios.

—¿Y no sería mucho más fácil que nos dieran moneda y compráramos uno en la aldea más cercana? —susurró Viggo a la oreja de Nilsa, que soltó una risita.

—¡Calla y atiende! —le regañó Ingrid frustrada.

El instructor Ivar pareció percatarse del cuchicheo y les lanzó una dura mirada de aviso.

—Un guardabosques debe poder sobrevivir por sí mismo en las espesuras. Los peligros que os acecharán serán muchos y os encontraréis en situaciones muy comprometidas. Quienes servimos al reino vivimos vidas llenas de peligro. Lo que aprendáis durante el tiempo que paséis aquí os salvará en más de una ocasión. Por supuesto, me refiero a aquellos que consigan convertirse en guardabosques, que no seréis todos.

El comentario afectó a Lasgol. Llevaba practicando con el arco desde los cuatro años, cuando su padre Dakon le construyó su primera arma y le enseñó a tirar. Pero todavía no había conseguido dominarlo. Recordar a su padre lo llenó de tristeza y se le humedecieron los ojos. Respiró hondo e intentó calmarse.

—Bien, veamos a qué me enfrento este año —anunció Ivar—. Cada equipo que forme una línea con el capitán a la cabeza encarando aquellos árboles —dijo y señaló cuatro robles a unos cincuenta pasos, que tenían una gran diana circular sobre el tronco—. Tiraréis contra las dianas. Cinco veces cada uno, de forma rotativa.

Ivar entregó a cada capitán un arco y un carcaj. Luego se apartó y observó. Ingrid examinó el arma, luego la dirección del viento.

Se tomó su tiempo y al fin tiró. Solo de verla manejar el arco, Lasgol supo que haría diana. No se equivocó. Acertó en pleno centro. Le pasó el arco y el carcaj a Nilsa. Esta se precipitó por las ganas que tenía de hacerlo a la perfección y no agarró bien el carcaj. Se le cayó al suelo. Todas las flechas quedaron esparcidas sobre la hierba.

—Lo siento... —se disculpó, y comenzó a recogerlas. Ingrid se llevó la mano a los ojos desesperada.

Le costó a Nilsa un momento volver a meter todas las flechas en el carcaj y luego colocárselo bien a la espalda. Al fin, fue capaz de tirar. Para sorpresa de todos los Panteras, bastante bien. Hizo diana, aunque no en el centro como Ingrid. Sonrió de oreja a oreja y le pasó el arco y el carcaj a Gerd. El gigantón tiró y la flecha se clavó en la diana, pero en el borde exterior.

—Fiuuuu —resopló Gerd, aliviado por que al menos había hecho diana.

Lasgol fue el siguiente. Intentó relajarse, pero tenía los ojos del instructor Ivar clavados en él. Inspiró hondo y exhaló tres veces. Luego apuntó y tiró. La flecha salió a gran velocidad y alcanzó la diana a un palmo del centro. Un tiro correcto, aunque bastante peor que el de Ingrid y el de Nilsa. Suspiró. No estaba mal para lo que él podía hacer con el arco. Por último, le tocó el turno a Viggo. Lasgol lo observó con curiosidad. ¿Sería bueno con el arco? La respuesta no tardó en llegar. Su flecha se clavó dos dedos más al centro de la de Gerd. Un tiro malo.

—Repetid —dijo Ivar.

Todos tiraron cinco veces. Los resultados no fueron muy diferentes. Ingrid alcanzaba el centro con cada tiro. Nilsa intentaba acercarse a los tiros de Ingrid sin conseguirlo, pero eran muy buenos tiros. Lasgol se quedó en medio. Gerd y Viggo sufrieron para que sus flechas acertaran la diana. Comparado con los otros tres equipos, el resultado no era muy bueno. Los Halcones tenían seis tiradores excelentes; los Lobos lo hicieron similar a los Panteras, aunque mejor; y los Osos, sorprendentemente, algo peor.

Después de los ejercicios de tiro, Ivar les hizo sentarse a todos en el suelo formando un círculo a su alrededor. Les enseñó los errores que había observado en la forma de tirar de cada uno. Era sorprendente el grado de detalle con el que se había quedado el instructor. Lasgol escuchaba con total atención, pues quizá por fin aprendería a tirar bien. Luego Ivar les explicó la importancia de medir el viento, la postura correcta para conseguir un tiro certero, cómo apuntar a un blanco a esa distancia y, sobre todo, cómo soltar el tiro sin desestabilizarse, que parecía ser el gran problema de muchos.

Al acabar la instrucción, se dirigieron a la cantina para cenar. Se sentaron a una mesa junto a los Lobos. Mientras cenaban, Luca, el líder de los Lobos, un chico atlético de cabello castaño claro y nariz puntiaguda, se acercó a hablar con Ingrid. Lasgol tenía tanta hambre que no prestó mucha atención a lo que conversaban. Cuando Luca se sentó con los suyos, Viggo interrogó a Ingrid:

—¿Qué quería ese?

—Cosas de capitanes.

—¿Cómo que cosas de capitanes?

—Que a ti no te importan.

—Todo lo que trames con otros equipos me importa.

—¿Quién te ha dicho que he tramado algo?

Nilsa, Gerd y Lasgol contemplaban el intercambio sin dejar de comer.

—Algo os traíais entre manos.

—Calla y come.

Viggo le lanzó una mirada furiosa.

—Te vigilo —le dijo señalándola con el dedo índice.

Ingrid le hizo un gesto como si no le importara y siguió con la cena. Lasgol comía e intentaba no mirar alrededor, pues sabía que tenía las miradas clavadas en él. Le sorprendió ver a Dolbarar a la mesa de los instructores conversando de forma animada. Por alguna razón había pensado que Dolbarar cenaría en la Casa de Mando; sin embargo, parecía preferir ir a cenar al comedor. Ivana, la guardabosques mayor de la maestría de Tiradores, entró en ese momento y se sentó a la mesa con Dolbarar. Algo más tarde llegó el domador Esben, guardabosques mayor de la maestría de Fauna. Parecía un gran oso y se movía como tal. Se sentó a la mesa de Dolbarar e hizo un intento de peinarse el alocado pelo mientras saludaba a los otros comensales. Por lo visto, todos comían allí con el resto de los alumnos. Lasgol asintió de forma involuntaria, le gustaba aquel detalle.

Después de cenar se dirigieron a las cabañas para pasar la noche. Cuando llegaron, Egil los esperaba ansioso.

—¿Qué tal ha ido? —les preguntó.

—Bastante bien —contestó Lasgol.

—¡No hemos quedado últimos! —dijo Gerd muy animado.

—Eso está muy bien —animó Egil. Ya tenía mucho mejor color.

—¡Tendrías que haber visto a Ingrid y a Nilsa, son buenísimas con el arco! —añadió Gerd.

Egil asintió y sonrió.

—¿Y vosotros?

—Regular… —confesó Lasgol.

—Es verdad que no hemos quedado últimos —dijo Viggo—, pero eso cambiará, ¿verdad, Egil?

—¿Qué quieres decir? —preguntó Gerd confundido.

—Nuestro perspicaz compañero quiere denotar que cuando yo me una al equipo quedaremos últimos —explicó Egil.

—¿Sí? —dijo Gerd.

—Sí, mi maestría con el arco es inexistente. Nunca he tirado.

—Oh… Bueno… Si te hace sentir mejor, yo nos hago quedar últimos al correr…

—Gracias, Gerd, eres un buen compañero —le dijo Egil.

Viggo resopló.

—A ver en qué quedamos los últimos próximamente…

—Miradle el lado bueno —pidió Egil con una sonrisa enorme—, solo podemos mejorar.

Gerd y Lasgol rieron. Viggo los contemplaba negando con la cabeza y la nariz arrugada.

La puerta se abrió. Ingrid y Nilsa aparecieron y los miraron con cara de extrañeza.

—¿De qué os reís? —preguntó Ingrid.

Egil la miró y le dijo:

—De que, siendo tan malos, no podemos ir a peor.

Ingrid se llevó la mano a la frente y sacudió la cabeza. Nilsa soltó una carcajada.

Capítulo 13

LA SIGUIENTE SEMANA NO HUBO DEMASIADOS CAMBIOS, EXCEPTO que Egil ya se había recuperado y se unió al equipo. Con él, los resultados de los Panteras empeoraron todavía más. En el entrenamiento físico ya no era Gerd el último, pues había mejorado mucho; ahora era Egil. Tenían que esperarlo, pues su cuerpo poco atlético y nada acostumbrado al rigor del esfuerzo físico no podía dar más de una vuelta al lago. Y la cosa no mejoró en la instrucción de la maestría de Tiradores. Egil no sabía ni cómo coger un arco y sus tiros ni alcanzaban la diana. Y no era solo por falta de puntería, sino por falta de fuerza. Por su parte, Lasgol había decidido no interactuar más con el huevo después del incidente, al menos hasta que consiguiera entender algo mejor qué estaba sucediendo.

Aquella tarde el instructor mayor Oden apareció tras la comida y ordenó formar a los trece equipos.

—Hoy comenzaréis con el adiestramiento en la maestría de la Fauna. Es una especialidad compleja en la que suelen ocurrir *accidentes*. Así que prestad toda vuestra atención a los instructores. Y nada de hacer tonterías. Ni una. ¿Está claro?

Un murmullo de síes surgió de entre los grupos.

—Quiero oír solo a los capitanes.

—¡Sí, está claro! —dijeron estos a la vez.

—Muy bien. Si alguien resulta herido, humano o animal, os acordaréis de mí. Ya lo creo que os acordaréis. ¿Entendido? —gritó a pleno pulmón.

—¡Entendido! —respondieron los capitanes.

Oden los condujo a los bosques del norte en los límites del campamento. Nunca se habían adentrado tanto en la espesura. La caminata resultó refrescante tanto para el espíritu como para el cuerpo. Cuanto más al norte, más frío hacía y más nieve y hielo se dejaban ver. Sobre una colina, en medio de un bosque de abetos, encontraron cuatro cabañas alargadas decoradas con representaciones de animales.

—Es ahí. La maestría de Fauna. Os esperan —dijo Oden volviéndose con paso enérgico.

Los equipos llegaron hasta las cabañas. En el centro de estas los esperaban cinco guardabosques. Al acercarse observaron que el del centro no era otro que Esben, el Domador, guardabosques mayor de la maestría de Fauna.

—Bienvenidos todos, iniciados. Soy Esben, se me conoce como el Domador. Me llaman así porque dicen que tengo una habilidad innata para comunicarme y dominar animales. Y no se equivocan. Puede que a vosotros os resulte extraño este concepto, pues los guardabosques estamos entre los pocos que practicamos dicho arte, pero creo que os resultará muy interesante, fascinante incluso. Con un poco de suerte, entre vosotros habrá alguien con aptitudes similares a las mías. Por desgracia, no será el caso de la mayoría. Esta disciplina no es como las otras, ya que hay una parte que no puede aprenderse, es innata. Unos nacen con ella y otros no. Los que la posean podrán avanzar más adelante a las especialidades de élite. Los que no podrán aun así pertenecer a esta maestría si superan el aprendizaje básico.

Hizo un gesto a uno de sus ayudantes. Este se adelantó y mostró el medallón con el oso grabado en él. Se llevó las manos a la boca e imitó la llamada de un ave. Luego extendió el brazo. En él se apreciaba una muñequera de cuero reforzado. De repente, se oyó un graznido agudo y todos miraron al cielo. Una enorme águila blanca planeó sobre las cabezas de los aspirantes, quienes, asustados, se agacharon entre exclamaciones. El águila volvió a sobrevolarlos, luego se posó en la muñeca del instructor. Sacudió sus poderosas alas. Era esplendorosa.

Lasgol resopló anonadado al ver cómo el guardabosques acariciaba la majestuosa ave y esta le respondía moviendo la cabeza. ¿Cómo podía hacer aquello? «Ojalá yo pudiera hacer eso con los animales.»

El instructor sacudió el brazo y el águila salió volando para perderse en las alturas. Luego se retiró con los otros.

Esben se acercó a los equipos. Al verlo tan de cerca, Lasgol se dio cuenta de que era realmente grande y fuerte, un auténtico norghano, aunque con cierto aspecto animal.

—En la maestría de Fauna aprenderéis todo lo relacionado con los animales tanto domésticos como los que pueblan los bosques y montañas de nuestras tierras. También a cuidar de ellos, desde los ponis y caballos a otros animales más salvajes. Conmigo seréis capaces de reconocer las aves por sus trinos, las bestias por las huellas que dejan sobre el terreno; sabréis dónde anidan, dónde tienen las madrigueras, dónde hibernan, dónde cazan y cómo lo hacen. Porque solo así podréis moveros en las tierras salvajes como lo hacen ellos. *El sendero* nos muestra que el guardabosques camina como una más de las criaturas del bosque.

Se agachó.

—Capitanes, a mí.

Los trece capitanes se acercaron a él.

Esben señaló el suelo húmedo.

—¿Quién puede decirme de qué animal es esta huella?

—¿De lobo? —especuló Isgord no muy convencido.

Esben negó con la cabeza.

—Zorro —dijo Jobas, el capitán de los Jabalíes.

El guardabosques mayor volvió a negar con la cabeza. Miró a Astrid, de los Búhos, y luego a Ingrid, que eran las dos únicas chicas entre los capitanes. Le preguntó a Ingrid:

—¿Qué opinas tú?

Esta se agachó, estudió la huella y suspiró. Lasgol, que había reconocido el rastro, quiso susurrarle «¡Es de hurón!». Pero Ingrid negó con la cabeza.

—No lo sé. Me han enseñado a luchar, pero no sé rastrear.

Lasgol creyó que la respuesta desagradaría a Esben; sin embargo, se equivocó.

—Eso les ocurre a muchos. —Sonrió y su barba pareció cobrar vida—. Pero déjame asegurarte que para un guardabosques es mucho más importante saber rastrear que luchar.

Ingrid puso cara de contrariada.

—¿Más que luchar?

—¿De qué sirve saber luchar si te internas en un bosque y pierdes la pista de tu presa? Yo te diré qué te sucederá. La presa se escabullirá y si sabe rastrear te rodeará y te dará muerte antes de que tú siquiera sepas qué ha ocurrido —dijo Esben, e imitó el tiro de un arco a la espalda de Ingrid; después, un cuchillo degollándole el cuello.

—Oh, ya entiendo —respondió Ingrid.

—Me alegro. Quien sepa con seguridad qué huella es esta que levante la mano.

Una docena de manos se alzaron, entre ellas la de Lasgol. Esben observó quiénes habían levantado la mano y, al fijarse en Lasgol, lo señaló.

—Tú, el hijo del Traidor Dakon. ¿Seguro que sabes qué huella es?

—Sí, señor —contestó intentando calmar los nervios.

—Será mejor que estés seguro, porque, si fallas, te enviaré a limpiar los establos todas las mañanas durante un mes. Y déjame decirte que apestan.

—Es de hurón —dijo el muchacho con seguridad.

—Veo que el traidor de tu padre te enseñó algo de utilidad después de todo. ¿Qué sabes de los hurones? —le preguntó.

—Los hurones son carnívoros. Excelentes cazadores, sobre todo de conejos y roedores, aunque también de aves pequeñas. Cazan por las mañanas y pasan gran parte del día durmiendo. Pueden domesticarse y usarse para cazar por su facilidad para colarse en las madrigueras. Son inteligentes y muy curiosos. Al igual que las mofetas, emiten olores para marcar territorio o cuando están asustados, aunque no huelen tan mal ni su hedor dura tanto. Su piel se puede vender a los peleteros.

—¿Cuántos animales más conoces?

—Todos los animales de mi condado, el Condado de Malason.

Esben asintió y se llevó las manos a la espalda.

—Esto que acabáis de presenciar es lo que espero de todos y cada uno de vosotros. Y no será solo de un condado, sino de todo Norghana. Quien no sea capaz de aprender del mismo modo que el hijo del Traidor, será expulsado.

Gerd, con cara de apuro, susurró al oído de Egil:

—Yo no soy muy bueno recordando cosas…

—No te preocupes —le dijo Egil—, yo soy extremadamente apto en ello; te ayudaré.

—Gracias, amigo —sonrió Gerd.

—¿Alguien sabe por qué a los guardabosques nos llaman los Sabuesos del Rey? —preguntó Esben.

—Porque persiguen y dan caza a los enemigos del rey —dijo Isgord.

—Exacto. Un guardabosques puede leer los rastros de bestias y hombres por mucha dificultad que presente el terreno. Puede deducir cuántos hombres acamparon dos días antes sobre una colina, el tipo de monturas que cabalgaban, si eran soldados o mercenarios, las provisiones que llevaban, la dirección de la que procedían y hacia la que partieron, lo que comieron, el descanso que necesitaban, su estado anímico y muchas cosas más solo leyendo los rastros que dejaron. Eso aprenderéis en esta maestría.

—A mí me encantaría poder saber todas esas cosas solo con mirar huellas —susurró Gerd a Egil muy animado.

—Debería ser posible, sí. Es cuestión de relacionar la causa y el efecto de cada huella y deducir su significado tomando como referencia el conocimiento experto y el contexto. —Gerd lo miró con cara de confusión—. Lo que quiero decir es que nos enseñarán a interpretar las huellas y las más plausibles deducciones sobre su significado.

—Te he entendido tan poco como antes.

—El sabiondo quiere decir que nos enseñarán a leer huellas y qué o quién puede haberlas dejado —explicó Nilsa con una risita simpática.

—No soy un sabiondo…

—¿No? Pues entonces un sabelotodo —rio Nilsa.

Egil hizo una mueca y rio también.

—Esta será una maestría donde aprenderemos mucho. Creo que se nos dará bien —dijo Lasgol sonriendo. Desde luego era la maestría en la que él se desenvolvería mejor.

—Y ahora —continuó Esben— se os asignará un instructor. En esta maestría trabajaréis con animales salvajes; por eso deberéis prestar mucha atención y andar con cuidado. Seguid las directrices de los instructores; así evitaremos viajes a la enfermería.

—¿Animales salvajes? —preguntó Gerd con cara de susto.

—Sí. Según tengo entendido, nos enseñarán a dominar bestias, lobos, osos incluso —dijo Viggo con una sonrisa siniestra.

La cara de Gerd se volvió blanca.

—No le hagas caso —lo tranquilizó Nilsa—, está exagerando.

—No, pelirroja, no exagero. Ya lo veréis.

Uno de los guardabosques se acercó con Esben hasta ellos.

—Mi nombre es Ben, instructor de la maestría de Fauna —se presentó—. Los Águilas, los Jabalíes, los Osos y los Panteras conmigo.

Lasgol resopló. Aquellos eran los equipos más fuertes y, para su mala suerte, Isgord era el capitán de los Águilas. Su alegría por disfrutar aquella maestría se evaporó.

Los equipos se acercaron a Ben. Isgord lanzó una mirada de odio a Lasgol nada más verlo. Este lo ignoró.

—Nos internaremos en el bosque hacia el nordeste —dijo Ben—. Me seguiréis en absoluto silencio. Cuando levante el puño, os agacharéis y quedaréis inmóviles cual estatuas de piedra. ¿Está claro?

Todos asintieron.

Ben no perdió un momento y, con paso seguro, se adentró en los bosques. Los equipos lo siguieron con los Panteras cerrando la expedición. Caminaron en silencio durante media tarde. Las copas de los árboles estaban cubiertas de nieve, y el suelo, húmedo. Hacía frío, pero las llamativas capas que llevaban los protegían bien de la temperatura y el viento cortante. Lasgol no sabía de qué material estaban confeccionadas, era algo que no había visto antes. Eran muy resistentes y ligeras, pero abrigaban. Quizá Egil sabría de qué material estaban hechas. Tendría que preguntárselo. Tras alcanzar una colina, Ben alzó la mano. Todos se agacharon y quedaron inmóviles. El instructor se volvió y susurró:

—Huellas. Frescas. Que cada equipo las observe y el capitán me diga a qué animal pertenecen.

Todos los equipos se acercaron a inspeccionar las huellas, luego se apartaron a deliberar. Cuando llegó el turno de los Panteras, todos miraron a Lasgol.

—¿Qué opinas? —le susurró Ingrid con cara de determinación.

El chico se acercó y estudió de nuevo las huellas un momento, en silencio, concentrado. Después miró los árboles alrededor.

—¿Por qué miras los árboles? —preguntó Gerd fascinado.

—Están desiertos —respondió Lasgol.

—¿Y? —quiso saber Viggo.

—No hay pájaros ni ardillas, y no he visto ni un corzo o venado hace rato.

—Depredadores —dijo Egil.

—Exacto. Son huellas de lobo.

—¡Qué listos sois! —dijo Nilsa emocionada.

Ingrid entrecerró los ojos azules.

—¿Huellas de lobo, entonces?

—Sí. Estoy seguro —afirmó Lasgol.

Ingrid se lo comunicó a Ben.

—Águilas y Panteras, conmigo. Los demás quedaos aquí por haber errado y examinad esas huellas hasta memorizar cada detalle.

—¡Somos buenos en algo! —dijo Nilsa pegando un brinco de alegría.

Ben les hizo una seña para que lo siguieran. Los dos equipos lo hicieron al instante. Isgord encabezaba a los Águilas, e Ingrid, a los Panteras. Se adentraron todavía más en el bosque. Ben se detenía a inspeccionar huellas para luego continuar. Al cabo de un rato los hizo detenerse. Observó la tierra y el boscaje con mucha atención.

—Esperadme aquí —les ordenó, y se internó en el monte siguiendo unas huellas.

—¿Qué crees que busca? —preguntó Nilsa.

—Ni idea —respondió Gerd, que se sentó con las piernas cruzadas.

El resto del equipo lo imitó.

—Por lo poco que me ha contado mi hermano, los de la maestría de Fauna son capaces de seguir cualquier rastro y comunicarse con los animales.

—¿Tienes un hermano guardabosques? —se interesó Nilsa.

—¿Comunicarse con los animales? —preguntó Ingrid casi al mismo tiempo.

Gerd miró a ambas chicas y contestó:

—Sí, tengo un hermano mayor que es guardabosques, por eso he recibido la invitación. Y sí, algunos guardabosques, como Esben, son capaces de comunicarse con los animales, o al menos eso me contó mi hermano en una de sus visitas. Pero ya sabéis cómo son, todo es secreto. Apenas me ha contado nada de lo que pasa aquí.

—Seguro que no te contó más para no asustarte —dijo Viggo con tono sarcástico.

—Déjalo en paz —le dijo Nilsa arrugando la nariz.

Viggo levantó las manos e hizo gesto de que lo dejaría en paz.

—¿De qué maestría es tu hermano? —preguntó Egil.

—De la maestría de Tiradores. Es muy bueno con el arco, el hacha y el cuchillo de guardabosques.

—¿Es de tu tamaño? —preguntó Ingrid.

—Algo más pequeño…, más ágil… Yo… salí a nuestro padre…; él, a nuestra madre.

—Curioso cómo funcionan estas cosas de la sangre y la herencia de atributos físicos y el árbol genealógico; verdaderamente fascinante —comentó Egil.

Todos lo miraron sin comprender a qué se refería. Él se percató y, sonriendo, se encogió de hombros.

—¿A qué se dedica tu familia? —preguntó Lasgol.

—Somos granjeros al este del reino. Toda mi vida la he pasado en la granja, trabajando duro. —Les enseñó las manos enormes y ajadas. En ellas se apreciaban unos callos y durezas inconfundibles. Eran las manos de un labriego, sin duda—. Somos pobres…, la granja no da mucho…, el terreno no es bueno y somos cinco hermanos…

—¿Cinco?

—Además de mis padres. En invierno lo pasamos mal… Por eso mi hermano, el mayor, partió para hacerse guardabosques. Mi abuelo por parte materna lo había sido. Cuando llegó mi año…, no tuve más remedio que aceptar la invitación. Acabábamos de pasar un invierno horroroso; sobrevivimos gracias a la bondad de unos vecinos… Nos quedamos sin comida y no veíamos posibilidad de salir adelante. No es la primera vez. Por eso tuve que marcharme, era una carga para mis padres… Mi hermano tiene ahora su propia familia, de la que tiene que cuidar. Es mi turno de ayudar a mis padres con la paga de guardabosques… Sus inviernos ya no serán tan duros.

—Cuánto lo siento… —se solidarizó Nilsa con los ojos húmedos.

—Te honra —le dijo Ingrid asintiendo.

—Pero ¿querías ser guardabosques? —preguntó Egil con curiosidad.

Gerd suspiró hondo.

—No, la verdad es que no. A mí me gusta ser granjero. Plantar la simiente, cuidar los cultivos, recoger la cosecha y vivir una vida tranquila y sencilla… Pero tengo tres hermanos pequeños y la granja no da para todos. Así que seguí los pasos de mi hermano mayor.

—Me lo imaginaba —dijo Egil—. Si te sirve de consuelo, yo tampoco estaría aquí si pudiera elegir.

—Yo quiero saber algo —soltó Viggo.

Todos lo miraron. Ya sabían que no sería una pregunta amable.

—Pregunta —dijo Gerd.

—¿Por qué eres un miedica?

—¡Eh! —protestó Ingrid de inmediato.

Nilsa le lanzó una mirada de odio.

—Me ha dicho que pregunte y he preguntado. Vamos, no me diréis que no os lo habéis preguntado. Es el chico más grande y fuerte de todo el campamento. ¿Cómo puede ser tan miedoso? —dijo Viggo como si no hubiera hecho nada malo.

—¡Eres un trol! —le gritó Nilsa, que apenas podía contenerse sin abalanzarse sobre él.

—Está bien… —dijo Gerd con los mofletes rojos—. No me gusta hablar de ello…

—No tienes que hacerlo si no quieres —señaló Lasgol.

—Prefiero contestar…, sois mi equipo. Quiero que sepáis por qué soy como soy… Veréis… —intentó contarlo, pero no le salían las palabras; se atragantó y comenzó a toser.

—¿Es por una experiencia traumática? ¿De cuando eras pequeño? —le preguntó Egil intentando ayudarlo.

Gerd, que tosía ahora sin control, asintió varias veces.

—He leído algo al respecto en uno de los libros de la biblioteca privada de mi padre. Fobias derivadas de experiencias traumáticas en la infancia.

—¿Pero tú qué clase de libros lees? —le espetó Ingrid con un gesto de extrañeza total.

—De todo tipo, por supuesto. ¿De qué otra forma voy a aprender sobre todas las materias? —respondió Egil. Lo dijo tan serio y como si fuera la cosa más natural del mundo.

Todos lo miraron con expresión de incredulidad.

En ese momento, regresó el instructor Ben y les hizo una seña para que lo siguieran. Los dos equipos se pusieron en marcha tras él. Anduvieron una buena distancia hasta que alcanzaron una cañada por la que descendía un riachuelo. Ben levantó el puño. Los dos equipos se agacharon y se quedaron inmóviles. Hubo un silencio extraño que una ráfaga de viento rompió al sacudir las hojas y ramas de los abetos. Entonces se percataron. Frente a ellos, al otro lado de la cañada, una manada de lobos grises los observaba. A Lasgol se le heló la sangre. Para su horror, se dio cuenta de que estaban desarmados. Gerd estaba muerto de miedo y comenzó a temblar. Nilsa lo abrazó con fuerza intentando que parara. Ingrid buscó un palo grueso para defenderse y lo aferró con fuerza. Viggo se llevó la mano a la cintura y de un compartimento oculto sacó una pequeña daga. Lasgol lo miró sorprendido. Viggo se llevó el dedo índice a los labios mientras le devolvía una mirada siniestra.

Ben se agachó. Muy despacio, comenzó a bajar en dirección al riachuelo.

«Pero… ¿Adónde va? ¡Lo van a destrozar! ¡Hay al menos una docena de lobos!»

Sin embargo, el instructor continuó descendiendo despacio, sin miedo. De pronto, de la manada de lobos, el más grande y de aspecto más peligroso comenzó a descender la cañada desde el otro lado.

—Ese es el macho alfa —susurró Lasgol.

—¿El qué? —preguntó Gerd.

—El líder de la manada —explicó Egil.

—Lo va a matar —dijo Viggo.

—Ben sabrá defenderse —añadió Ingrid.

—Sí, pero la manada se le echará encima. Lo matarán —dijo Egil.

—¡Qué horror! —exclamó Nilsa.

Ben llegó hasta el riachuelo y se agachó. El lobo se le acercó por el otro lado del riachuelo. Le enseñaba los colmillos, amenazador, y gruñía.

—¡Lo va a atacar! —dijo Nilsa, que no podía contener el nerviosismo.

Lasgol sujetó a su compañera.

—Shhh. Veamos qué ocurre.

Ben se llevó las manos al pecho y bajó la cabeza ante el lobo. Este dejó de gruñir y se acercó aún más, aunque mantenía los colmillos a la vista, amenazantes. El hombre sacó su medallón de maestría de la Fauna y se lo mostró al lobo extendiendo los brazos, sin mirarlo. Lasgol estaba embelesado, no perdía detalle. Tenía los ojos clavados en el medallón frente al hocico de la bestia. De pronto, gruñó y su actitud agresiva regresó. Entonces, algo muy extraño sucedió. El medallón de madera emitió un destello verde. Al instante, el animal retrocedió y cesó en su actitud agresiva. Ben retiró los brazos y el medallón cayó a su pecho. Despacio, se puso en pie y señaló a su derecha. El lobo lo observó y luego obedeció: se colocó a la derecha del guardabosques. Ben señaló a su izquierda y la bestia lo obedeció de nuevo. Todos observaban hipnotizados.

—Ve con tu manada —le ordenó Ben al lobo.

El animal, como entendiendo lo que el guardabosques le decía, se retiró con su manada.

—¡Es lo más asombroso que he visto nunca! —susurró Gerd.

—Realmente remarcable —dijo Egil.

Ingrid soltó el palo.

—Eso me ha parecido como…, como de magia sucia… —dijo Nilsa, y su rostro alegre se volvió hosco.

—¿Magia? ¿Dónde has visto tú magia? —preguntó Ingrid.

—No sé, me ha dado esa impresión. Yo tengo un sexto sentido para detectar estas cosas. No me ha gustado nada. Ese Ben… no me gusta. Más vale que eso no haya sido magia… —respondió, y su malestar creció. El rostro se le puso rojo, como el cabello, y el brillo de sus ojos reflejaba furia. No parecía la Nilsa risueña de siempre.

—Estate tranquila —le dijo Egil—. Los guardabosques usan medios arcanos, pero no creo que haya nadie en el campamento con el don.

—Eso espero yo también, por su bien —añadió Nilsa seria como un cadáver.

—Pues yo creo que esta maestría me va a gustar mucho —confesó Gerd rompiendo la tensión.

Viggo guardó la daga.

—Sí, sobre todo cuando una pantera de las nieves o un oso te arranquen la cara por haberte acercado demasiado, todo confiado.

—Esperemos que eso no ocurra —dijo Lasgol.

—Sí, esperemos…

Al llegar a la cabaña, Lasgol no podía dejar de pensar en el destello verde. Él lo había visto con total claridad. «Pero solo lo he visto yo. Aunque, claro, yo no soy exactamente normal…» Al pensar en el destello, de inmediato algo le acudió a la cabeza: el huevo. Un rayo parecido proveniente del objeto lo había dejado inconsciente. «Sí, cuanto más pienso en ello, más creo que era muy similar.» Consideró ir a cogerlo y examinarlo, pero se contuvo. «No, la última vez me dejó sin sentido. ¿Y si me mata? No sé a qué me enfrento, podría acabar mal.» Se sentó en el suelo frente a su baúl. Observó a sus compañeros. Todos dormían ya. Suspiró. Sabía que era un riesgo; aun así, introdujo la mano en el arcón y sacó la caja con el huevo. «Tengo que saber qué significa todo esto.» Abrió la caja y cogió el huevo entre las manos. Nada más hacerlo, como si este hubiera estado esperándolo, se produjo otro destello dorado. En la mente de Lasgol apareció una imagen borrosa: dos ojos grandes, felinos o quizá reptilianos, no podía verlos con claridad. Se concentró y al hacerlo soltó otro destello, Lasgol sintió una descarga terrible, comenzó a convulsionar y la negrura se lo llevó.

Capítulo 14

E L INSTRUCTOR MAYOR ODEN LOS DESPERTÓ AL ALBA, MÁS
temprano de lo habitual, haciendo sonar con fuerza la flauta
de forma reiterada.

Egil abrió los ojos sobresaltado.

—Es fascinante cómo un instrumento tan pequeño es capaz de
emitir un sonido tan perturbador. Parece perforar los oídos —señaló en
voz alta mientras se ponía en pie, cuando descubrió a Lasgol en el suelo, sin sentido—. ¡Lasgol! —exclamó, y se apresuró a ayudarlo.

—¿Qué le ocurre? —preguntó Gerd con cara de susto.

—Este chaval es cada vez más raro… —dijo Viggo negando
con la cabeza mientras lo observaba.

—Trae agua, Gerd, no despierta —pidió Egil preocupado.

Gerd se apresuró. Le echaron agua en la cara y el muchacho
abrió los ojos de par en par y se sacudió.

—¡Tranquilo, somos nosotros! —le dijo Egil.

Gerd lo sujetó con fuerza y Lasgol se calmó.

—¿Qué ha pasado? —preguntó aturdido.

—Has vuelto a quedarte dormido en el suelo… —respondió Egil,
aunque por su tono daba a entender que sospechaba que algo más había pasado.

—Oh…

—¿Te pasa algo? ¿Podemos ayudarte? —se prestó Gerd.

—Eh… No, no me pasa nada.

—Eso no se lo cree nadie —dijo Viggo—. No te ves la cara, pero estás blanco como la nieve. A ti te ha pasado algo malo.

—No es nada, en un momento me recupero —contestó Lasgol e intentó ponerse en pie. Se mareó y no lo consiguió. Gerd lo sujetó para que no se hiciera daño.

—Me juego el desayuno a que tiene que ver con eso —dijo Viggo apuntando al huevo en el suelo junto a Lasgol.

—No, es solo un regalo —intentó disimular.

—Aquí el sabiondo te lo confirmará. —Viggo se refería a Egil—. Una vez es una casualidad; dos veces deja de serlo, y tú has aparecido inconsciente dos veces junto a ese huevo.

Lasgol miró a Egil y este asintió:

—Viggo tiene razón. Deberías confiar en nosotros.

—¡A formar frente a las cabañas! —Llegó la potente voz de Oden.

—Tenemos que salir —dijo Gerd asustado—. Algo pasa, es demasiado temprano para que nos llamen a formar.

—Os lo explicaré todo, solo necesito algo de tiempo… —dijo Lasgol.

Egil lo miró e hizo un gesto de aceptación. Gerd fue a coger el huevo para dárselo a Lasgol, pero se detuvo. Sus ojos mostraban miedo.

—¿Es peligroso? —preguntó.

Lasgol asintió dos veces, despacio. Viggo gruñó.

—¡Ya lo sabía yo!

—Yo lo cogeré —dijo Egil.

—¡No! —exclamó Lasgol.

Sin embargo, su amigo ya se había agachado.

—No te preocupes, un objeto inerte no puede dañar… —comenzó a decir Egil.

De pronto se produjo una descarga de energía, Egil salió despedido contra la litera de Gerd y Viggo, y se golpeó con fuerza contra ella. Quedó tumbado en el suelo, doblado de dolor.

—¡Egil! —gritó Lasgol.

—Maldito huevo —dijo Viggo y le tiró una manta encima.

Gerd, con ojos desorbitados, balbuceó:

—Es… magia… Nada bueno sale de la magia, solo dolor y sufrimiento…

—¡Salid ya! —Se oyó la llamada final de Oden.

—Id —les pidió Lasgol a Gerd y Viggo—. Vamos, yo me ocupo de Egil.

Los dos compañeros obedecieron y salieron.

—Egil, venga, hay que salir. Oden ha llamado a formar —le dijo Lasgol a su amigo intentando que se pusiera en pie.

Egil gruñó de dolor e intentó incorporarse. Su rostro mostraba sufrimiento. No lo consiguió.

—Voy… —dijo, e intentó incorporarse de nuevo; volvió a fallar.

—Yo te ayudo —propuso Lasgol, y le echó una mano.

Al fin consiguieron salir. Por desgracia, fueron los últimos en hacerlo. Egil se sujetaba las costillas. Ingrid y Nilsa se percataron de ello y les lanzaron una mirada de preocupación.

—¿Estás bien? —preguntó Lasgol.

Egil asintió.

—Es solo el golpe, se me pasará.

El instructor mayor Oden los observó con rostro severo.

—¿El hijo del traidor Dakon cree que puede llegar tarde a mi llamada?

—No, señor… —respondió Lasgol.

—No es eso lo que parece, hijo del Traidor —dijo Oden pronunciando con desprecio.

—Lo siento, señor...

—No, todavía no lo sientes, pero lo vas a sentir. Después del entrenamiento físico subirás hasta la Roca del Buitre. Te quiero de vuelta para el final del almuerzo. Si no regresas antes de que el almuerzo acabe, te quedarás sin comer y darás dos vueltas más al lago tras la cena.

Lasgol tragó saliva. La Roca del Buitre estaba a media mañana de distancia, en la cima de uno de los picos. No conseguiría regresar a tiempo.

—¿Está claro?

—Sí, señor...

—Ha sido culpa mía —interrumpió Egil intentando ayudar a Lasgol.

—A ti nadie te ha preguntado —le espetó Oden.

—Pero..., no es justo...

Oden sonrió con dureza.

—¿Justo? ¿He dicho yo que sea justo?

—No... —contestó Egil abatido.

—¿Quieres acompañar a tu amigo? No te veo muy sobrado de fuerzas...

—Yo...

Lasgol le hizo un gesto negando con la cabeza. Egil se resignó.

—No creo que pudiese...

—En ese caso, estate callado y aprende. Toda falta se paga.

Luego se volvió hacia el resto de los iniciados y les dijo:

—¡Estáis avisados!

—Hijo del Traidor —llamó Oden con la mirada fija en Lasgol, pronunciando con aún mayor desdén.

Lasgol se mordió el labio. No quería darse por aludido ante aquel nombre.

190

—No me hagas repetirme o enviaré a todo tu equipo a limpiar los establos un mes.

—Sí, señor —aceptó Lasgol tragándose la rabia que le subía por el pecho.

—Tu situación aquí se tolera solo por expreso deseo de Dolbarar, en contra del sentimiento general de los guardabosques. Pero no fuerces tu suerte, porque ni siquiera él te salvará si alguno de los instructores decide expulsarte.

Lasgol se recordó por qué estaba allí, por qué tenía que aguantar aquello, y bajó la cabeza. El hecho de que Dolbarar, líder del campamento, permitiera su ingreso le extrañó. ¿Por qué lo haría? Estaría obligado por tradición. Los hijos de guardabosques tenían derecho de entrada por sangre. Lo más probable era que Dolbarar estuviera protegiendo esa norma y no a él, como Oden había insinuado.

—Escuchadme con atención. Dolbarar me ha encargado que os explique el funcionamiento de nuestro sistema de selección. Lo haré encantado; es algo que cada año disfruto haciendo, aunque no tanto como escoltar hasta la puerta al final del año a los que resultan expulsados. Os voy a explicar las normas básicas que regirán vuestra estancia este primer año aquí. Prestad toda vuestra atención, porque os jugáis seguir entre nosotros o que os obliguemos a abandonar.

Lasgol y Egil intercambiaron una mirada de inquietud y las rodillas de Gerd comenzaron a temblar. Nilsa le pasó la mano por la espalda para intentar tranquilizarlo, aunque ella misma apenas podía permanecer quieta en el sitio a causa de sus propios nervios.

Oden comenzó a caminar despacio con las manos a la espalda. Su mirada dura recorría los rostros de los iniciados, que apenas aguantaban los nervios.

—Al final de cada estación se llevarán a cabo dos pruebas de evaluación. La primera será la prueba individual. Se os puntuará en las cuatro maestrías con una prueba específica en cada una de ellas. Se espera que seáis capaz de superarlas. Las puntuaciones que obtengáis en las pruebas individuales de cada maestría a lo largo del año irán sumándose. En función del resultado final, pasaréis al segundo año o se os expulsará. ¿Alguna pregunta?

—Entonces, ¿son cuatro pruebas? —preguntó Ahart, el capitán de los Osos.

—Correcto. La Prueba de Primavera, la Prueba de Verano, la Prueba de Otoño y la Prueba de Invierno. Al finalizar el año los guardabosques mayores decidirán, tomando como referencia esas puntuaciones, quién se queda y quién se va.

—Si fallamos en una, pero pasamos las otras tres, ¿seremos expulsados? —quiso saber Arvid, un chico fuerte de los Halcones.

—En cada prueba recibiréis una, dos o tres Hojas de Roble. —De un bolsillo sacó una insignia ovalada, de madera, del tamaño de una ciruela, con la forma de una hoja de roble tallada—. Si recibís una, significa que no habéis pasado la prueba, sois una vergüenza. Dos significa que habéis pasado, pero necesitáis mejorar. Tres que lo habéis hecho bien, es a lo que deberíais aspirar siempre, aunque veo a muchos que ni en sueños lo lograrán. Escuchadme bien y asimiladlo: las excusas no os servirán para nada. Se espera que tengáis un mínimo de ocho Hojas de Roble en cada maestría al final del año. Quien no lo consiga, será expulsado.

Nilsa levantó la mano y la agitó inquieta.

—¿Sí? —le dijo Oden.

—¿Y si en una maestría conseguimos siete hojas al final y en las otras tres doce hojas en cada una de ellas?

Oden la miró con fijeza, la pregunta no le había gustado demasiado.

—Tú eres una listilla, ¿verdad? Por mí os expulsaba, pues no habríais conseguido el mínimo de puntos requeridos en una de las cuatro maestrías. Pero esa es una decisión que tomarán en conjunto los guardabosques mayores. Yo que tú me aseguraría de tener al menos ocho hojas en las cuatro. Y déjame decirte que no tienes pinta de que puedas conseguir doce en nada. Así que ya puedes esforzarte, y mucho.

—Oh, sí, señor —dijo Nilsa roja de vergüenza.

—¿Alguna pregunta más? Si es como la anterior, os las podéis ahorrar.

Nadie se atrevió a preguntar más.

—Recordad: ocho Hojas de Roble al final del año en cada una de las cuatro maestrías, o expulsados. Asentid si me habéis entendido.

Los iniciados asintieron. En el rostro de muchos se apreciaba preocupación. Unos pocos, como Ingrid o Isgord, no mostraban atisbo de duda; al contrario, lucían resolución y confianza. Ellos pasarían las pruebas, fueran cuales fueran.

—Al día siguiente de la prueba individual —continuó explicando Oden—, se realizará la prueba por equipos. Esta es una prueba de prestigio. Consiste en una competición por equipos. Será difícil y se pondrá a prueba todo lo que hayáis aprendido hasta ese momento. El equipo vencedor será recompensado con Prestigio. ¿Alguien sabe lo que es el Prestigio?

Asgar, un chico del equipo de los Búhos, levantó la mano de inmediato. Lo siguieron otros de varios equipos. Lasgol no sabía qué era aquello del Prestigio. Su padre no le había explicado apenas nada sobre el campamento y la formación de los guardabosques. «¿Por qué?», se preguntó confundido. Lo preocupaba. Sabía que todo lo que sucedía allí lo mantenían en secreto, pero algunos de sus compañeros parecían tener algo de información, mientras que él no.

—Adelante —dijo Oden señalando al chico del equipo de los Búhos.

—El Prestigio es un reconocimiento por haber ganado una de las pruebas o haber realizado una acción extraordinaria para los Guardabosques.

—Correcto. ¿Y para qué se utiliza? —preguntó esa vez señalando a otro chico del equipo de los Lobos.

—Se utiliza para poder optar a las Especializaciones Avanzadas.

—Muy bien, ¿y para algo más? —Oden apuntó a otro chico del equipo de los Hurones.

—Sirve para salvar a alguien del equipo de ser expulsado.

—Así es. El equipo que consiga Prestigio tras ganar una de las cuatro pruebas podrá salvar a uno de sus integrantes de la expulsión. Si hay más de un candidato a expulsión, será el propio equipo el que decida quién se salva y quién no.

Lasgol intercambió miradas con su grupo. Nadie dijo nada, pero todos sabían que una decisión así sería muy difícil de tomar.

—Sobra decir que los integrantes de aquellos equipos que sobresalgan tendrán mayores posibilidades de entrar en la maestría que deseen. La primera prueba será al final de la primavera. Os recomiendo que empecéis a esforzaros al máximo desde este mismo instante. El tiempo pasa muy deprisa aquí y muchos de vosotros estáis muy por debajo del mínimo esperado para superar las pruebas. No habrá segundas oportunidades para nadie. Esforzaos al máximo cada día o no lo conseguiréis. La Prueba de Verano será más difícil que la Prueba de Primavera. Del mismo modo, la Prueba de Otoño lo será aún más y la final, la Prueba de Invierno, os llevará al límite. Los Guardabosques no aceptan a mediocres, los Guardabosques solo aceptan a los mejores, a aquellos que sobresalgan en las cuatro maestrías. Sufriréis, aprenderéis y los mejores conquistaréis las pruebas. A los que no lo hagan, una embarcación les espera en el campamento base para conducirlos fuera de nuestros dominios.

Gerd y Egil se miraron con preocupación; eran bien conscientes de lo mucho que tendrían que sufrir y las dificultades que les esperaban.

—¿Alguna duda sobre lo que os he explicado?

Nadie respondió. Oden paseó observando a los componentes de cada equipo con rostro duro, cerciorándose de que todos habían comprendido la gravedad de sus palabras.

Un silencio de preocupación mezclado con tensión flotaba en el ambiente.

—Muy bien. Marchad a entrenar y tened muy presente todo lo que os he dicho.

Lasgol luchó por regresar a tiempo desde la Roca del Buitre, pero le fue imposible conseguirlo. El esfuerzo de la mañana le había castigado las piernas, y el sobreesfuerzo por alcanzar la roca, los pulmones. El ascenso a la montaña entre los bosques había terminado por agotarlo. La escalada había sido un suplicio. El regreso al campamento había proporcionado un poco de respiro, aunque el cuerpo no le respondía ya. Llegó roto en cuerpo y espíritu.

Oden lo esperaba frente a la cantina. Y tras él, apoyando a Lasgol, su equipo. Hasta Viggo lo esperaba, aunque lo disimulaba.

—No lo has conseguido. Ya sabes lo que te espera esta noche —le dijo Oden.

—Lo… cumpliré…

—Por supuesto que lo cumplirás, hijo del Traidor.

El instructor mayor se marchó sin decir nada más. Lasgol esperó a que se perdiera de vista y cayó exhausto al suelo. Sus compañeros fueron a socorrerlo y lo tumbaron sobre una de las mesas del comedor.

—Hay que darle un masaje —explicó Egil—. Para que los músculos descansen y se alivie un poco.

—Muy bien —dijo Nilsa—. ¿Alguien sabe cómo?

Egil negó con la cabeza.

—Yo solo sé lo que he leído. No tengo experiencia práctica.

—Ya, como en todo… —comentó Viggo.

—Yo sé un poco —se atrevió Gerd.

—Pues todo tuyo —le dijo Ingrid.

Gerd le dio un intenso masaje en ambas piernas. Luego, en los brazos y, por último, en la espalda. Lasgol se quedó dormido sobre la mesa. Permaneció allí hasta que llegó la orden de ir a la instrucción de la maestría de Naturaleza. Lo despertaron y entre Gerd e Ingrid se lo llevaron hasta un descampado al oeste, donde había un huerto enorme y varios edificios de madera.

Media docena de guardabosques los aguardaban con la erudita Eyra, guardabosques mayor de la maestría de Naturaleza. A sus sesenta primaveras tenía el pelo canoso y rizado, y una nariz larga y torcida. Su rostro era amable, pero su mirada tenía un punto de dureza. Lasgol se llevó una sorpresa positiva al comprobar que cuatro de los seis guardabosques que la acompañaban eran mujeres.

—Querida, si eres tan amable… —le dijo a una de las guardabosques junto a ella.

La guardabosques se situó frente a todos de forma que pudieran verla bien. Era joven, no tendría más de veinticinco años.

—Esta es Iria, instructora de la maestría de la Naturaleza. Observad y aprended.

Iria se llevó la mano a la espalda y de una especie de bolsa de cuero sacó una trampa hecha de ramas y púas. La mostró, después la depositó sobre el suelo frente a todos. Abrió la capa y el medallón de madera con la hoja de roble quedó a la vista. Llevaba un cinturón del que sobresalían saquitos de cuero y envases de madera y vidrio tapados con corcho. Cogió uno de madera, lo descorchó y vertió sobre la trampa un líquido de un color extraño.

—¿Qué será? —preguntó Nilsa balanceándose de una pierna a otra, con ojos que no perdían detalle.

—Debe de ser un reactivo con alguna función específica —respondió Egil.

—¿Un qué? —se extrañó Gerd.

—Un preparado que al mezclarlo con otros reacciona —explicó Egil como si fuera un instructor.

—Mirad —señaló Nilsa.

Agachándose, Iria cogió dos puñados de tierra y los esparció sobre la trampa. Lasgol la observaba sin perder detalle. Estaba intrigadísimo, al igual que todos en su equipo. La instructora hizo un gesto, de pronto la trampa se fundió con el suelo y desapareció ante los ojos de todos. Lasgol estiró el cuello para ver mejor. No podía creerlo. La parte más difícil de colocar una trampa era esconderla bien para que no se viera, él lo sabía muy bien, lo había hecho infinidad de veces. Aquello era fantástico.

—¡No puede ser! —dijo Nilsa, y aplaudió.

—¡Ha desaparecido! —se maravilló Gerd con los ojos clavados en la trampa sin poder verla.

—La tierra ha reaccionado con el reactivo probablemente volviendo la trampa de un color que la hace difícil de distinguir —explicó Egil.

—Dice el que lo sabe todo… —comentó Viggo, que escudriñaba con un ojo cerrado—. Yo todavía la veo. Si te fijas bien, se ve.

—Calla y no te metas con él, que siempre sabe de lo que habla, no como otros —le espetó Ingrid.

Viggo le hizo una mueca desagradable.

Iria dio un paso atrás y cogió una piedra. Dio otro paso atrás y, muy despacio, tiró la piedra sobre la trampa. Se produjo una explosión de humo y tierra. La mitad de los iniciados cayeron de espaldas del susto. La instructora sonrió de oreja a oreja y volvió a su sitio detrás de Eyra.

—¡Esto sí que me ha gustado! —confesó Viggo sonriendo de verdad por primera vez.

—Impresionante —dijo Egil—, me pregunto cuál será la composición de los elementos base y los reactivos para crear algo así. Muy interesante. Disfrutaré estudiando en esta maestría.

Gerd temblaba de miedo en el suelo. Nilsa lo abrazaba para tranquilizarlo. Se había llevado un susto de muerte.

Lasgol estaba anonadado. ¡Lo que él daría por saber poner trampas así! ¡Tenía que entrar en esa maestría!

—Ahora que tengo vuestra atención —continuó Eyra con una risita—, os explicaré en qué consiste la maestría de la Naturaleza y lo que aprenderéis bajo mi tutela. Lo primero y fundamental es conocer el mundo que nos rodea —dijo abriendo los brazos y girando sobre sí misma—. Este bosque, estas montañas, cada planta, cada árbol los conoceréis como la palma de vuestra mano. *El sendero del guardabosques* nos enseña que un guardabosques ha de conocer el entorno que debe proteger. Y no solo conocerlo; ha de ser capaz de internarse y desaparecer en él. Pertenecer a él. Los guardabosques vivimos en los bosques como si fueran nuestro propio hogar. Mirad estas montañas que nos rodean. Bellas, majestuosas… y, sin embargo, letales. Esta maestría os enseñará a sobrevivir en ellas, a vivir en su frío abrazo como si fuerais sus hijos. ¿Cuántos de vosotros sobreviviríais en los bosques altos, arriba en las montañas, más de una semana si os enviaran sin alimentos ni bebida?

Lasgol contempló las montañas. No estaban demasiado lejos. Podía ver los picos helados y las faldas blancas en la distancia. Sobrevivir un par de días era viable, pero más de tres comenzaría a ser complicado. Más de una semana lo veía muy muy difícil. El frío, el hambre y la sed serían muy complicados de vencer allí arriba.

Nadie contestó. Todos eran conscientes de la dificultad.

—Os enseñaremos a sobrevivir donde la madre naturaleza es más dura con sus hijos y solo unos pocos pueden perdurar. Y no solo una semana, sino todas las que necesitéis. Un guardabosques se encuentra en su medio en los bosques y las montañas. En ellos es capaz de vivir como el lobo, el oso o la pantera de las nieves. Os convertiréis en amos y señores, en depredadores reyes. Dominaréis el entorno y aprenderéis a cazar, a defenderos de otros depredadores, incluidos los hombres, y a sobrevivir por vosotros mismos.

—Eso me gusta —susurró Ingrid asintiendo.

Nilsa y Viggo asintieron también. Egil y Gerd no parecían tan convencidos.

—¿Alguno de vosotros tiene conocimientos de sanación? ¿Conocimientos de qué plantas, raíces y hongos pueden emplearse para el tratamiento de enfermedades? —preguntó Eyra.

Unos pocos levantaron la mano, incluido, para sorpresa de Lasgol, alguien de su equipo: Egil.

—Y dime —dijo Eyra señalando a Egil—. ¿Qué propiedades curativas tiene el diente de león?

—Es una hierba floral común. Sus principales propiedades son depurativas y diuréticas. Purifica el organismo de toxinas. Limpia la piel y es eficaz contra el estreñimiento.

—Así es, en efecto. Para los que no tengáis estos conocimientos no os preocupéis, iréis adquiriéndolos. Os enseñaremos a reconocer todas las plantas medicinales y sus usos de forma que podáis sanar heridas y enfermedades siempre que no sean demasiado graves o mortales.

—Eso es fantástico —susurró Nilsa.

—Cuánto sabe Egil —comentó Gerd con total admiración.

—Sí, es un libro con patas —dijo Viggo.

—De la misma forma que os enseñaremos a curar, también aprenderéis cómo utilizar plantas, hongos y otras sustancias con el fin opuesto. Los guardabosques debemos ser capaces de incapacitar, envenenar e, incluso, matar a los enemigos del reino, y en esta maestría os enseñaremos a hacerlo. Para ello utilizaremos trampas, pócimas, venenos y otros preparados cuya elaboración y efectos memorizaréis.

—Por fin esto se pone interesante. —Viggo se frotó las manos.

Nilsa lo miró y puso los ojos en blanco. El rostro de Ingrid, sin embargo, mostraba una expresión de gran interés.

—¿Veneno? —preguntó Gerd con cara de espanto.

Eyra abrió los brazos y sonrió.

—Ahora os dejo en manos de los instructores para que comencéis con el aprendizaje. Prestad mucha atención, pues sus enseñanzas os salvarán la vida.

Al equipo de los Panteras le tocó la instructora Iria, lo que agradó a todos después de haber visto su demostración. Los llevó a uno de los edificios de madera junto con los equipos de los Búhos, Osos y Serpientes. Aquel primer día les enseñó diferentes plantas, sus propiedades y características.

Al anochecer Lasgol tuvo que cumplir la segunda parte de su castigo. Resignado, se dirigió hacia el lago y dio dos extenuantes vueltas. Oden fue a vigilar cómo cumplía y con él estaba Herkson. En los rostros de los instructores vio clara enemistad y supo que, si por ellos fuera, ya lo habrían echado. Pero no les daría esa satisfacción. Él cumpliría con las normas y los castigos que le impusieran por muy agotado que se encontrara. No conseguirían echarlo, lucharía hasta que el cuerpo no le respondiera.

Lasgol llegó a la cabaña arrastrándose. Era tarde y supuso que sus compañeros estarían ya dormidos; en cambio, al abrir la puerta los encontró a todos esperándolo, incluyendo las chicas. Gerd lo cogió en brazos y lo llevó hasta la litera. Le dio otro masaje y por fin se quedó profundamente dormido.

Capítulo 15

OTRA SEMANA VOLÓ SIN QUE SE DIERAN CUENTA. ESTABAN TAN concentrados en superar el entrenamiento físico y aprender en la instrucción de las maestrías que los días pasaban en un abrir y cerrar de ojos. Ahora todos se despertaban antes de oír la flauta de Oden y estaban en pie y preparados para cuando llegaba a las cabañas cada amanecer.

Gerd se despertó el primero aquella mañana y estiró los músculos doloridos.

—Vamos, chicos, arriba. No le demos ninguna excusa a ese mandón de Oden —animó a sus compañeros mientras buscaba la ropa.

Egil y Lasgol se vistieron tan rápido como su extenuado cuerpo se lo permitía. Gerd los empujó al exterior con apremio. Viggo sostenía la puerta abierta para que pudieran salir. Ingrid y Nilsa ya estaban fuera esperándolos. Siempre eran las primeras. Lasgol no sabía cómo lo hacían, pues debían de estar tan cansadas como ellos. Gerd le reveló el secreto: Ingrid se levantaba antes del amanecer para entrenar la fuerza física. Quería superar a los chicos. Nilsa se había unido a ella. Ahora hacían ejercicios para fortalecer los brazos, el torso y las piernas. Lasgol tenía que reconocer el mérito increíble de ambas. Por otro lado, para que no quedara duda de que ella no temía a nadie ni aguantaría la más mínima tontería, y menos de un chico, Ingrid había tumbado a dos chicos más. Uno del equipo de los Jabalíes, en Tiro, y el otro del equipo de los Osos, en medio del comedor. Nadie se metía ya con ella.

Formaron con el resto de los equipos. Lasgol observó alrededor y tres cabañas más abajo vio al equipo de los Búhos. Su líder, Astrid, era inconfundible con aquella melena negra que resaltaba sobremanera entre los cabellos rubios de la mayoría de los iniciados. Ella lo miró de reojo un instante con sus enormes ojos verdes. Lasgol sintió que algo se le removía en el estómago. Astrid se volvió y comentó algo a uno de sus compañeros. El equipo de los Búhos era singular y similar al de los Panteras: con dos chicas, una como líder. Dos cabañas más abajo, Lasgol distinguió al equipo de los Águilas, liderado por Isgord, que lo estudiaba. No le extrañó. Siempre estaba con cara de querer estrangularle, por alguna razón que Lasgol desconocía. Junto a él sus cuatro inseparables: los gemelos Jared y Aston, dos chicos fuertes y atléticos que parecían guerreros natos. Además de ellos, otros dos más bajos pero macizos, que parecían bulldogs, Alaric y Bergen. El último componente del equipo era Marta, una chica rubia de pelo largo y rizado. Por lo que Nilsa le había contado, tenía muy mal carácter y no dejaba que nadie se acercara a Isgord, sobre todo las chicas.

El maestro instructor Oden se dirigió a ellos:

—Hoy me acompañaréis hasta la Casa de Mando. Dolbarar espera para hacer un anuncio importante. Seguidme.

Oden los condujo hasta la casa sobre el lago. Según cruzaban el campamento, Lasgol se dio cuenta de que había mucho movimiento, más de lo habitual. Los guardabosques andaban de un lado para otro transportando armas y víveres. Estaban agrupándose frente a los establos, donde la actividad era todavía mayor. Aquello le dio mala espina. Algo no marchaba bien.

Cruzaron el puente y llegaron al patio de la Gran Casa. Dolbarar los esperaba frente a la puerta; con él estaban los cuatro guardabosques mayores.

—Formad —les ordenó Oden.

Los iniciados obedecieron y clavaron la rodilla mirando al frente.

Dolbarar los observó un momento; después, se dirigió al grupo:

—Hoy tengo graves nuevas que comunicaros. Nuestro monarca, el rey Uthar, ha llamado a todos los guardabosques disponibles a defender el reino.

Un murmullo de preocupación y extrañeza se elevó de entre los iniciados. Lasgol miró a Egil, que le devolvió un gesto de inquietud.

—Que el rey Uthar llame a todos los guardabosques no es nada usual… Rara vez sucede, solo en tiempos de peligro grave para Norghana —le susurró su amigo.

Dolbarar continuó:

—Han llegado hasta el rey informes que apuntan al retorno de Darthor, Señor Oscuro del Hielo. Son noticias funestas. El mal acecha de nuevo. El que quiso acabar con el rey y hacerse con nuestro amado reino ha vuelto. Por esta razón, el rey llama a todos los guardabosques a servir y defender el reino. El ejército se encuentra en máxima alerta y el rey está hablando con todos los duques y condes para reforzar la vigilancia en sus feudos y preparar sus fuerzas. Por desgracia, localizar a Darthor y sus aliados será complicado, pues es maestro en ocultar su presencia. Por ello, el rey nos envía a nosotros, los guardabosques, a batir todo el reino y las tierras limítrofes hasta encontrarlo. Y así lo haremos. Todos los guardabosques partirán hoy con la orden de encontrar a Darthor y sus aliados. Registraremos todo el reino de este a oeste y de sur a norte hasta dar con él. No dejaremos un palmo sin rastrear, ni una sola roca bajo la que pueda ocultarse sin levantar.

Egil entrecerró los ojos.

—El rey habrá llamado a mi padre, Vikar… —susurró él.

—¿Porque es el duque Olafstone? —preguntó Lasgol.

—Sí, pero también para asegurarse de que no apoya a Darthor. Para tenerlo controlado. Recuerda que son rivales…

—Ya veo… —entendió Lasgol.

—Así que nuestro sabiondo es en realidad un noble… —dijo Viggo con una ceja alzada.

—No deberías espiar a otros —lo amonestó Nilsa.

—Y tú no deberías meterte en conversaciones que no te incumben.

—Callaos todos —chistó Ingrid—. Oden está mirándonos y va a castigarnos.

A la orden de su capitán todos dejaron de susurrar.

Dolbarar continuó su intervención:

—Es deber de un guardabosques proteger el reino de enemigos internos y externos —dijo como un credo—. Repetidlo conmigo.

Todos los iniciados lo repitieron a una.

—Muy bien. Los Guardabosques protegen las tierras de Norghana. Con ese fin se creó este cuerpo y con ese fin vivimos cada día. Protegemos el reino en silencio, desde las sombras, pues somos pocos, pero estamos preparados para la tarea que se nos ha encomendado.

—¿Somos pocos? —preguntó Gerd con cara contrariada.

Egil asintió:

—Comparados con el Ejército Real o, incluso, las huestes personales de los duques y condes, lo somos.

—¿Sabes cuántos somos? —se interesó Nilsa.

—Aproximadamente. Mi padre lo ha mencionado alguna vez. En total, no llegamos a quinientos —respondió Egil.

—¿Tan pocos? —dijo Gerd sorprendido.

—Sí. Es un cuerpo de élite con labores muy específicas. Para el resto está el Ejército Real. Pensad que este campamento es el único lugar donde se forma a los nuevos reclutas. Este año solo hemos entrado alrededor de ochenta y terminarán la formación alrededor de cincuenta, con suerte.

—Terminaremos —lo corrigió Ingrid y le guiñó un ojo.

Egil sonrió y asintió.

—Se te ha olvidado mencionar por qué reclutan cada año… —dijo Viggo.

—Es una profesión peligrosa… —reconoció Egil.

—Muchos mueren en misiones al servicio del rey y necesitan reemplazarlos —explicó Viggo.

—¿Como esta misión? —preguntó Nilsa.

—Sí, como esta.

—No os acobardéis —pidió Ingrid—. Aprenderemos a sobrevivir y a enfrentarnos a cualquier peligro.

—Esperemos… —se preocupó Gerd.

Dolbarar se aclaró la voz:

—Los guardabosques cumpliremos la misión encomendada por el rey Uthar. No fallaremos, pues nos guían el deber y el honor hacia nuestro amado reino.

Los rostros de los cuatro guardabosques mayores eran serios. Se apreciaba que estaban preocupados; sin embargo, no había un ápice de miedo en ellos.

—*El sendero del guardabosques* nos enseña que servimos al reino: en secreto, silencio y sin sospecha.

Lasgol entendió aquella frase como un nuevo dogma.

—Todos los guardabosques del campamento que no estén asignados a labores de instrucción se unirán a la búsqueda. En estos momentos comienzan a marchar —dijo señalando los establos.

Lasgol se volvió y vio que partían en una larga hilera, con sus capas con capucha verde amarronada, a lomos de sus fieles compañeros. Una sensación de desamparo lo envolvió, como si se quedaran expuestos e indefensos. Luego, observó a Dolbarar y los cuatro guardabosques mayores. Su presencia era tan poderosa, emanaban tal fuerza, que el sentimiento pasó de inmediato.

—Esta situación no afectará a vuestra instrucción ni a la de los otros cursos. Seguiremos la instrucción como lo hacemos cada año. Los guardabosques estamos preparados para afrontar cualquier situación, por peligrosa o desesperada que esta pueda ser. Tengo la convicción absoluta de que prevaleceremos, como lo hemos hecho siempre. Que estas palabras sirvan para sosegar vuestro corazón.

Gerd asintió y Nilsa sonrió. En el equipo de los Búhos, Astrid también sonrió a sus compañeros para darles ánimos. Isgord, por su parte, apretó el puño e hizo un gesto de fuerza a los Águilas, y sus compañeros le respondieron con el mismo gesto. Los Jabalíes no parecían demasiado preocupados. Los Lobos y los Serpientes atendían sin mostrar si estaban o no inquietos. Lasgol supuso que así era, pero no querían demostrarlo delante de Dolbarar y los cuatro guardabosques mayores.

—Ahora, continuad —dijo Dolbarar—. Volved a la instrucción. Y recordad: somos lo que aprendemos. Así que aprended, mis guardabosques iniciados, aprended.

Oden les ordenó que se pusieran en pie y se los llevó. Antes de dejarlos para que acudieran a la instrucción, se giró y les habló:

—Los guardabosques deben conocer su tierra como la palma de su mano y usar la astucia. Nosotros usamos la cabeza, estudiamos el entorno, aprendemos y usamos ese conocimiento para desaparecer en los bosques y montes como si fuéramos parte de ellos. Recordadlo.

Los condujo a los bosques del oeste. En medio de una explanada rodeada de abetos los esperaba Haakon, el Intocable, guardabosques mayor de la maestría de Pericia. Nada más verlo, Lasgol se puso nervioso. No sabía la razón, quizá fuera su aspecto o tal vez el aire sombrío que parecía emanar. Era delgado y fibroso, y tenía una expresión de verdad funesta. Los pequeños ojos negros sobre la nariz aguileña le hacían parecer un depredador. Que su piel fuera oscura y llevara la cabeza afeitada le daba un aire de depredador siniestro. A Lasgol se le erizó el vello de la nuca.

—Bienvenidos. Sentaos en el suelo —dijo con una voz susurrante.

Nilsa se sentó al lado de Lasgol. Por la expresión de ella, tampoco parecía que Haakon fuera de su agrado ni del de Gerd. Sin embargo, Viggo mostraba una extraña media sonrisa de agrado. Ingrid miraba de forma intensa, como deseando engullir todo el conocimiento que le transmitían.

—Esta maestría trata de extender lo que podemos llegar a hacer con nuestro cuerpo y los cinco sentidos que poseemos. Veo por vuestras expresiones que no comprendéis. Me explicaré. Os enseñaremos a caminar con el sigilo de un depredador, a desaparecer en las sombras como un cazador nocturno, a camuflaros como un camaleón, a caminar sin ser vistos ni oídos. Aprenderéis a caer sobre vuestras víctimas sin que estas sepan qué ha ocurrido. Y si el enfrentamiento se hace inevitable, os enseñaremos a llevar vuestro cuerpo al límite de sus posibilidades para que seáis casi inalcanzables y salgáis victoriosos. No obstante, todo ello requiere estar en plena forma física. —Observó a los componentes de cada equipo y juzgó la valía de cada uno—. Lleváis ya unas semanas de instrucción y el instructor mayor Oden me informa de que ya estáis en condiciones de comenzar la instrucción de la maestría de Pericia. Casi todos, con algunas excepciones...

Sus ojos negros barrieron el equipo de los Panteras. Se detuvieron en Gerd, luego en Egil.

—No podemos penalizar a todos por la mala forma física de unos pocos, así que los que estéis retrasados tendréis que trabajar el doble de duro para alcanzar al resto —añadió Haakon.

Gerd tragó saliva. Egil soltó un largo suspiro.

—Creo que una demostración personal hará que entendáis con mayor claridad el concepto tras esta maestría.

Se retrasó unos pasos hasta la linde del bosque y se colocó entre dos árboles. Muy despacio, fue agachándose. Mientras lo hacía, se cubrió con la capa de guardabosques y se puso la capucha. Se quedó quieto, como una estatua. Y de pronto, ante los ojos de todos, desapareció. ¡Ya no estaba!

Los murmullos y exclamaciones de sorpresa inundaron el claro. Lasgol tenía la boca abierta y no conseguía cerrarla. De repente, Haakon reapareció junto a un árbol a diez pasos de donde se había vuelto invisible y silbó. Todos giraron la cabeza en su dirección. No lo habían visto desplazarse, tampoco habían distinguido movimiento alguno entre la maleza. De súbito, Haakon comenzó a esprintar a una velocidad endiablada, zigzagueó y regresó a su posición inicial antes de que pudieran girar la cabeza.

—No… puede ser… —balbuceó Lasgol fascinado por la proeza que acaba de presenciar—. ¿Cómo ha hecho eso? ¡Es increíble!

Haakon se dirigió a ellos:

—Veo que comenzáis a entender. Esta maestría no es como las otras tres. Es más difícil. No lo digo porque sea la mía. Lo digo porque es un hecho y así lo señala *El sendero del guardabosques*. De las cuatro maestrías, la de Pericia diferencia a los elegidos de los mediocres. Se requiere una gran disciplina de cuerpo y de mente. Por ello, sufriréis. No soy amigo de endulzar las verdades. Preparaos para trabajar duro, muy duro, o no conseguiréis pasar. Y si alguno de vosotros cree que podrá entrar en la maestría en una de las especialidades de élite, como espía imperceptible o asesino natural, ya puede olvidarse. Llevo mucho tiempo sin ver a alguien con suficiente talento para lograrlo.

—Yo lo conseguiré —murmuró Ingrid con mirada de determinación.

Lasgol volvió la cabeza hacia ella. Tenía que reconocer que no había nadie en todo el campamento que tuviera mayor voluntad ni trabajara más duro que Ingrid. La admiraba por ello, cada vez más. Detrás de su rudeza había una voluntad de hierro.

Haakon hizo un gesto con las manos y de pronto, de entre la maleza, aparecieron cinco instructores.

—¿Han estado ahí todo el rato? —preguntó Gerd frotándose los ojos.

—Eso parece, camuflados como auténticos camaleones humanos —respondió Egil.

—Los instructores se encargarán ahora de vosotros —dijo Haakon—. No quiero veros hasta que seáis capaces de caminar sobre las sombras.

Se dio la vuelta y se internó en el bosque. Un momento más tarde, había desaparecido.

—Fascinante —exclamó Egil.

—Extremadamente difícil, diría yo —señaló Nilsa con hombros caídos, quien, por una vez, permanecía quieta en su sitio.

—Pues a mí me gusta esta maestría —dijo Viggo.

Todos se giraron hacia él con cara de sorpresa. No le habían oído decir nada positivo en todo el tiempo que llevaba con ellos. Ni una sola cosa.

—¿Qué pasa, no puede gustarme algo?

Ingrid no pudo contenerse:

—Sí, pero empezábamos a pensar que no tenías alma.

Viggo inclinó la cabeza.

—La tengo, guapa, lo que pasa es que es negra como el carbón.

—No me llames guapa o tendrás problemas.

—Te estoy devolviendo el cumplido —soltó Viggo provocando. Ingrid frunció el entrecejo y apretó el puño—. Además, no miento. Eres guapa, aunque no te vendría mal arreglarte un poco, que pareces más chico que yo. —Ingrid levantó el brazo—. Y que sepas que pierdes todo tu encanto con ese carácter tuyo, no digamos zurrando a cuantos ves.

Lasgol se puso en medio antes de que Ingrid golpeara a su compañero.

—Mejor atendemos al instructor. Ya viene —dijo señalando a un guardabosques alto con un medallón de madera al cuello que representaba una serpiente.

Señaló tres de los equipos y les hizo un gesto para que se acercaran.

—Habéis estado trabajando la condición física, es tiempo de ocuparse de vuestro equilibrio. Un guardabosques debe ser capaz de andar sin que sus pies toquen el suelo, sin que en la tierra quede grabada la huella delatora. Hoy comenzaréis a entrenar esta nueva habilidad.

El instructor los condujo hasta una cañada cercana. Un pequeño arroyo la rodeaba. Cubría hasta las rodillas. De una ribera a la otra, cruzando la cañada, habían colocado el tronco pelado de un pino.

—Poneos por equipos y cruzad —dijo el instructor.

—¿Caminar sobre ese tronco? Pero si tiene medio palmo de ancho —se quejó Gerd con desesperación en la voz.

—Y a poder ser sin caerse y abrirse la cabeza, grandullón —se burló Viggo.

—Calculo que son una docena de pasos cortos —dijo Ingrid.

—Atención, equipo. En la parte final han untado algo… Me apuesto a que es manteca… —dijo Egil señalando el extremo contrario, que parecía húmedo.

—¡Pues qué bien! —protestó Nilsa—. Como si no fuese lo bastante difícil. Y la caída es de más de dos varas. No creo que el agua evite el golpetazo. ¡Nos vamos a partir la espalda!

—O el culo —dijo Viggo.

—Vamos, poneos en cola —ordenó Ingrid—. Mirad a los Búhos, ellos no tienen miedo, ya suben; los Lobos también. No podemos ser menos —añadió, y se puso en la cola detrás de Borj, el chico más fuerte del equipo de los Búhos.

Viggo y Gerd la siguieron. Nilsa refunfuñó, pero se unió a ellos dando saltitos para intentar calmarse. Lasgol cerró el grupo.

La experiencia resultó traumática. Gerd y Egil se cayeron antes de alcanzar la mitad del pino desde el punto de mayor altura. Tal y como Nilsa había anticipado, la caída fue importante. Gerd se quedó tendido de espaldas en el río con los brazos abiertos en cruz. Egil cayó sentado sobre las rocas del fondo del río, y se levantó masajeándose las nalgas para intentar calmar el dolor. Ingrid estuvo a punto de conseguir cruzar; sin embargo, en el tramo resbaladizo perdió pie y se cayó también. Chilló de frustración, aunque no se hizo daño, pues solo había caído media vara y se golpeó contra la ladera de la cañada.

—¡Por las artes oscuras de los hechiceros noceanos! Egil tenía razón, han untado manteca al final, tened cuidado —gritó Ingrid, que al ver las caras de desánimo de los suyos levantó el puño—. ¡Vamos! ¡Lo conseguiremos!

Llevada por los ánimos de Ingrid, Nilsa comenzó a cruzar decidida. Pero no pudo dar más que tres pasos antes de perder el equilibrio. Cayó del tronco y se golpeó de bruces contra el fondo del río. Se levantó al cabo de un momento. Tenía un chichón en la frente que comenzaba a hincharse.

—¡Vamos, de vuelta a la cola! —ordenó el instructor—. ¡Sois patéticos, mi abuela lo haría mejor!

—No creo que esta maestría sea para mí… —dijo Nilsa con gesto de derrota, consciente de su torpeza innata.

—¿Por qué no? —preguntó Astrid, capitana de los Búhos, que la ayudó a volver a la cola.

—Yo…, bueno…, soy un poco torpe…

—Un poco dice… —murmuró Viggo jocoso, y comenzó el ejercicio.

Leana, compañera de Astrid en el equipo de los Búhos, una chica rubia y delgada de una belleza inusual, sonrió a Nilsa:

—La coordinación y el sigilo tampoco son mi fuerte —dijo abriendo los brazos—. Esta maestría es más para gente como Asgar. —Entonces señaló a uno de sus compañeros, un chico muy ágil y delgado de pelo cobrizo, que parecía cruzar sin apenas esfuerzo.

—No te desanimes —le dijo Lasgol.

Viggo cruzó el poste sin problemas, incluso la parte final; voló sobre ella. Ingrid lo miró perpleja, no podía creérselo.

—¿Sorprendida? Tengo mis habilidades —dijo él desde el otro extremo abriendo los brazos, y saludó con una elaborada reverencia. Luego le guiñó el ojo.

Ingrid se quedó sin saber qué replicar, así que contestó frunciendo el ceño.

—Veamos cómo lo hace Oscar —comentó Astrid observando a su compañero de equipo, un chico muy alto y fuerte, de melena rubia y ojos grises.

Oscar llegó hasta la parte final; sin embargo, allí resbaló y se cayó de espaldas. Gruñó de dolor.

—¡Un espectáculo descorazonador! —gritó el instructor.

—Mi turno —exclamó Astrid, y se lanzó decidida a cruzarlo.

Lasgol la observaba sin perder detalle. La chica llegó hasta el extremo final, el resbaladizo, y, como si fuera de puntillas, lo cruzó. Sus compañeros aplaudieron y ella levantó los brazos en señal de triunfo.

Lasgol fue el siguiente. Respiró hondo, estudió el tronco y se decidió. Lo cruzó a gran velocidad. Cuando alcanzó la parte resbaladiza, aumentó la velocidad todavía más. Consiguió cruzarlo, pero en el último instante el pie de apoyo le resbaló. Tenía un pie sobre tierra firme y el otro en el aire. Intentó mantener el equilibrio con los brazos, aunque se fue para un lado. ¡Iba a caer al río! Una mano se cerró sobre su muñeca. Por instinto, él se aferró al brazo. De un fuerte tirón lo rescataron. Lasgol levantó la mirada y vio que su salvadora era Astrid. El estómago le dio un vuelco. La chica le sonrió.

—De nada —dijo ella, y se marchó a repetir el ejercicio con una sonrisa en los labios.

El muchacho se quedó con la boca abierta.

—Gra-cias… —farfulló.

Repitieron el ejercicio hasta que se hizo de noche. Los Lobos se retiraron abatidos. Los Búhos no lo habían hecho tan mal. Astrid y Asgard habían conseguido cruzar todas las veces e incluso Leana había conseguido hacerlo en un par de ocasiones.

Al fondo de la cañada, bajo el pino, tendidos a ambos lados del río se hallaban los componentes del equipo de los Panteras. Egil, Gerd, Nilsa e Ingrid estaban tan doloridos que no podían moverse. Yacían en el suelo. Lasgol y Viggo, los grandes vencedores de aquel día, se miraban sorprendidos el uno de la habilidad del otro. La que peor lo llevaba era Ingrid. Era la primera vez que fracasaba en algo y estaba furiosa consigo misma.

—Mañana será otro día —les voceó Astrid desde arriba.

—Lo haremos mejor —les aseguró Leana.

Lasgol e Ingrid saludaron. Los miembros de los Búhos marcharon a descansar, pero los de los Panteras no se movieron.

—Ya me avisó mi padre de que esto no me resultaría nada fácil, pero nunca pensé que sería tan duro. Me duele todo. Tendré unos hematomas que no desaparecerán en semanas —dijo Nilsa.

—¿Tu padre es guardabosques? —preguntó Gerd sin moverse para evitar gruñir de dolor.

—Era.

—Lo siento.

Nilsa suspiró:

—Lo mató un maldito mago.

Todos la miraron.

—¿Un mago del hielo? —preguntó Viggo interesado.

—No, no del hielo, uno peor. Aunque en mi opinión todos son igual de malos. Deberían ejecutarlos a todos. A todo el que use la maldita magia, el don o el talento, o como quieran llamarlo.

—Lo lamento… —dijo Lasgol.

—Gracias. Ya lo he superado…, creo…, fue hace unos años…

—Si no te importa que te pregunte —dijo Egil interesado—, ¿cómo sabes que fue un mago? Pensaba que las misiones de los guardabosques eran secretas.

—Lo son. Pero mi padre, Ethor, tuvo un mal presentimiento antes de partir y me lo confió.

—Entiendo.

—Me dijo que, si no regresaba, cuando llegara el día, si mi corazón así me lo decía, debía ingresar en los Guardabosques. Que nada le haría más feliz.

—Y estás aquí para cumplir ese deseo de tu padre —terminó Egil.

—Sí…, pero no solo por eso, también por mí… Quiero convertirme en una cazadora de magos.

—¿La especialización de élite de tiradores? —preguntó Ingrid sorprendida.

—Sí. Quiero matar a todos esos malditos magos y a cualquiera que use la magia. Enemigos, quiero decir…

Por la forma en que lo dijo, Lasgol tuvo la sensación de que Nilsa no iba a hacer mucha diferenciación entre magos enemigos o amigos.

—Eso te honra —respondió Ingrid.

—Mi padre me advirtió de que a mí me resultaría difícil conseguirlo, por mi… por mis problemas…

—Lo conseguirás —le aseguró Ingrid—, yo te ayudaré.

—Gracias…

—Todos te ayudaremos —aseguró Gerd.

—Haremos que tu padre se sienta orgulloso —dijo Egil.

—Gracias a todos, de corazón.

Viendo de nuevo cómo se sentían sus compañeros acerca de todo lo mágico, Lasgol supo que no podría confiarles su secreto aunque quisiera. No lo entenderían. Mejor mantenerlo enterrado en su interior.

Los seis permanecieron en el fondo de la cañada hasta que la luna apareció entre las copas de los árboles; meditaban las pocas opciones que tenían de conseguir lo que todos ansiaban por diferentes motivos. El aire frío de la noche los alcanzó; a regañadientes se levantaron y condujeron sus doloridos y húmedos cuerpos hasta la cabaña. El día siguiente sería tan duro o más que aquel que terminaba.

Capítulo 16

LOS DÍAS EN EL CAMPAMENTO ERAN TAN EXTENUANTES Y LOS aspirantes tenían tanto que aprender y hacer que ni se dieron cuenta de que la primavera se acababa. Fue Egil quien reparó en ello un atardecer cuando regresaban de la instrucción de la maestría de Fauna. Habían pasado todo el día en las campas de detrás de los establos, asimilando todo lo relacionado con la anatomía, el cuidado y la doma de los caballos. Lasgol lo había pasado en grande con Trotador, aunque el instructor Ben le había indicado que no montaba nada bien.

«El hijo del Traidor no tiene madera de jinete», había dicho y escupido a los pies de Lasgol, que lo había ignorado, pues no merecía la pena enfadarse. Además, disfrutaba, y mucho, de la compañía de su poni, jovial y potente. Al instructor le había molestado la indiferencia de Lasgol, así que le había mandado a limpiar los establos toda la semana. «Así el olor a traidor quedará tapado por el de los excrementos, mucho más agradable.» Lasgol no le había dado la satisfacción de enfadarse. Asintió y se puso a ello. Nada haría que lo expulsaran por mucho que le provocasen.

Cuando regresaban a la cabaña después de cenar, Egil comentó preocupado:

—Nos acercamos al final de la primavera.

—Estupendo, a mí me encanta el verano —exclamó Nilsa, e hizo una cabriola para celebrarlo.

—Y a mí. Nada como un poco de calorcito para variar —dijo Gerd frotándose las manos enormes.

Viggo negó despacio con la cabeza:

—No lo entendéis,

—¿Qué no entendemos? —preguntó Nilsa con cara de confusión.

—La Prueba de Primavera… —explicó Egil.

—¿Es ya? —preguntó Gerd asustado.

—¡Oh! —exclamó Nilsa, y empezó a balancearse en el sitio.

Lasgol tampoco se había dado cuenta. El tiempo pasaba allí demasiado rápido.

—Voy a preguntárselo a Oden. Tenemos que estar preparados —decidió Ingrid, y partió.

El resto esperó su regreso a la puerta de la cabaña, sentados bajo el soportal. Estaba anocheciendo. Cuando Ingrid volvió, su rostro ya predecía que no portaba buenas noticias.

—Oden dice que la prueba será en dos semanas. Y que será mejor que nos apliquemos a conciencia de aquí a la prueba, o que ni nos presentemos. Que somos el equipo más lamentable que ha visto en años…

—Viniendo de él, es todo un cumplido —dijo Viggo con acidez.

—Dos semanas… —murmuró Gerd resoplando abatido.

—Lo veo extremadamente complicado —añadió Egil.

—Y que lo digas, no nos va a dar tiempo a mejorar tanto —dijo Nilsa.

Un silencio de puro desánimo cayó sobre ellos como una losa. Ingrid lo rompió:

—¡No vamos a rendirnos! —exclamó llena de energía.

—¿Tú nos has visto? Damos pena —respondió Viggo.

Ingrid se giró hacia Lasgol:

—¿Tú vas a rendirte después de todo lo que te están haciendo pasar? —preguntó mirando a los ojos de Lasgol con el azul de hielo de los de ella.

Este lo meditó durante un rato. Las posibilidades de que pasaran las pruebas eran mínimas… Pero algo en su interior le decía que siguiera adelante sin importar el tamaño de la dificultad.

—No, no me rendiré. No sin demostrar que mi padre era inocente. Cueste lo que cueste. Por mucho que sufra.

Ingrid asintió varias veces.

—Si él no se rinde, y tiene razones de sobra para hacerlo, ¿vais a rendiros vosotros? ¿Sin intentarlo? —El tono que utilizó fue tan duro que Gerd casi se cayó del soportal.

Los componentes de los Panteras se miraron entre ellos.

—No, yo no me rendiré —afirmó Egil—. No le daré esa satisfacción a mi padre. Si han de echarme, que me echen, pero no abandonaré.

—Si vosotros seguís adelante, yo también —dijo Nilsa convencida—. Sé que la especialidad de cazador de magos es prácticamente inalcanzable para mí, pero lo voy a intentar por mi padre.

Al ver la reacción de sus compañeros, Gerd se animó.

—Yo tampoco me rindo, si no, ¿de qué habrían servido todos los malos ratos que he pasado…?

Todas las miradas se volvieron hacia Viggo.

—Está bien, pero como ahora nos demos un abrazo de grupo, vomitaré. —Y, por primera vez, Ingrid se echó a reír—. Sabía que mi *carisma* te haría efecto tarde o temprano —dijo Viggo con una sonrisa de triunfo.

—Sí, ya, tu *carisma* inexistente. No fuerces tu suerte —se burló Ingrid, y de inmediato arrugó la frente y le lanzó una mirada gélida.

Viggo le guiñó el ojo. Al comprobar que Ingrid se enfurecía, levantó las palmas de las manos en actitud conciliadora y se echó hacia atrás. Ella le lanzó una mirada de enfado, pero se contuvo.

—Mejor nos retiramos a descansar. Tenemos mucho trabajo por delante —sugirió Lasgol.

Sus compañeros asintieron y se adentraron en la cabaña.

A medianoche un sonido seco y repetitivo despertó a Lasgol. Era como si un pájaro carpintero estuviera picando la corteza de un árbol. Se incorporó y fue hasta la puerta pensando que quizá llegara del exterior. No, el sonido no procedía de fuera. Se volvió.

—¿Qué es ese ruido? —preguntó Egil desperezándose en la litera.

—No lo sé —respondió Lasgol, que intentaba localizar a oscuras la procedencia del sonido.

—Enciende la lámpara, así no lo encontrarás. Ya nos ha despertado a todos —se quejó Viggo desde la otra litera.

—A Gerd no —dijo Egil señalando a su amigo, que roncaba con tranquilidad en el catre debajo de Viggo.

—Ese no se despertaría ni aunque una partida de salvajes usik rojos echaran la puerta abajo y lo atacaran —dijo Viggo.

Egil soltó una carcajada. Lasgol encendió la lámpara de aceite. El sonido era cada vez más fuerte, un repiqueteo continuo.

—¿De dónde viene? —dijo desconcertado recorriendo el interior de la pequeña cabaña.

—Creo… que del baúl… —dijo Egil, y señaló el baúl de Lasgol.

—Oh… —se sorprendió Lasgol acercándose.

Si procedía del baúl, ya se imaginaba qué podía ser. Lo abrió. En efecto, el sonido se hizo más perceptible. Cogió la caja de su padre y no tuvo duda; el sonido procedía del interior: era el huevo.

—Seguro que es ese extraño huevo tuyo —dijo Viggo acercándose a observar.

Egil también se acercó.

Lasgol abrió la caja. Un destello dorado los deslumbró.

—¡¿Qué demonios?! —protestó Viggo cubriéndose los ojos con el antebrazo.

Lasgol entrecerró los ojos y observó el huevo en el interior de la caja. El repiqueteo continuaba. Salía del interior del huevo.

—Qué extraño… —murmuró Lasgol.

De pronto se produjo otro destello.

—¡El huevo emite destellos dorados a intervalos! —exclamó Egil, que se inclinó sobre él a observarlo.

—¡Pues a mí esto no me gusta nada! —reconoció Viggo a la vez que daba un paso atrás.

—¿Por qué no? ¡Es fascinante! —preguntó Egil.

—Porque eso solo puede ser una cosa: magia.

—¿Y?

—¿Cómo que y? La magia es muy peligrosa, ¿o acaso nadie te lo ha explicado, sabelotodo? —Viggo no daba crédito.

—Hay mucha superstición y exageraciones alrededor de esta materia arcana. —Fue la respuesta de Egil.

—No es ninguna *materia*, es magia maldita, y la magia es mala —concluyó Viggo cruzando los brazos sobre el pecho.

—¿Magia? ¿Quién ha dicho magia? —preguntó Gerd alarmado; acababa de despertarse.

—Mira. —Viggo señaló el huevo en la caja abierta en las manos de Lasgol.

—¡Oh! ¡Eso es magia! —Gerd se incorporó en la litera con tal precipitación que se golpeó la cabeza— ¡Ay! —se quejó mientras se ponía en pie y se refugiaba tras Viggo—. ¡No lo toquéis, cerrad la caja! ¡Eso puede matarnos a todos!

—¿Qué hago? —preguntó Lasgol a Egil.

—Ummm…, deberíamos analizar qué sucede. Es obvio que se está produciendo algún tipo de proceso. En mi humilde opinión, podría ser o bien de llamada o bien de gestación.

Lasgol observó el huevo. El repiqueteo continuaba y los destellos llenaban la cabaña.

—Pues si está llamando a alguien, no será para nada bueno —dijo Viggo—. La magia solo atrae problemas grandes, problemas mortales.

Lasgol comenzó a percibir una extraña sensación. Era como si algo en su interior le dijera que cogiera el huevo en las manos. «Es una mala idea. La última vez casi me mata.» Se resistió sacudiendo la cabeza; sin embargo, la sensación era cada vez más apremiante. Quizá era por el repiqueteo constante.

—Cierra la caja y enterrémosla fuera —sugirió Gerd.

—¡No! Tenemos que estudiarlo —dijo Egil.

Lasgol recordó una frase de su padre. «En momentos difíciles, guíate por tus instintos; no te fallarán.» Se decidió. Cogió el huevo entre las manos y dejó caer la caja. Al hacerlo, el repiqueteo cesó.

—Ha parado —exclamó Egil—. Debe de haberte sentido.

Lasgol lo miró desconcertado.

—¿Qué hago?

Se produjo un nuevo destello, esa vez localizado. Bañó solo a Lasgol, de arriba abajo, como si lo examinara. En la mente del muchacho aparecieron aquellos ojos grandes que ya había visto. De súbito, se escuchó un *crac* y la parte superior del huevo se resquebrajó.

—¡Por los magos del hielo! —Se espantó Gerd.

—¡No lo dejes caer! —le pidió Egil.

Lasgol miró a su amigo y sujetó con fuerza el huevo. Estaba asustado, aunque intentaba mantener la calma. Algo en el interior del huevo empujó la parte quebrada y terminó de romperse.

Algunos trozos de cáscara cayeron al suelo a la vez que aparecía un agujero en la parte superior.

—¡Qué diantres...! —prorrumpió Viggo, y sacó una pequeña daga de su cinturón para defenderse.

Lasgol se percató de que le temblaban las manos. Inspiró hondo y consiguió calmarse. Otro trozo de cáscara, esa vez más grande, cayó al suelo. Todos observaban en tensión. De pronto, por el agujero aparecieron dos grandes ojos redondos y saltones. Lasgol los reconoció. Los ojos lo miraron. Eran de reptil, amarillos y con una pupila en forma de ranura de color azulado. El muchacho tragó saliva. Tras los ojos, surgió una cabeza. Era aplanada y ovalada. Tenía una cresta que la rodeaba y estaba recubierta de escamas azules con motas plateadas. La boca parecía sonreír y la nariz eran dos pequeños orificios redondos. Entonces, abrió la boca y emitió un sonido chirriante, como si fuera una pregunta.

—¿Qué es esa cosa? —gritó Gerd asustadísimo.

El animal volvió a emitir otro chillido. Lasgol lo observaba sin saber qué hacer.

—Es algún tipo de reptil, uno muy exótico —explicó Egil.

De pronto, en un movimiento rapidísimo, salió del huevo y subió a la mano de Lasgol. Del susto se le cayó el huevo al suelo. No se rompió, aunque rodó a los pies de Viggo, que se apartó de un brinco y golpeó el pie de Gerd.

—¡Ah! —chilló el grandullón y dio un salto enorme.

Lasgol observó la criatura en su muñeca. No era muy grande, del tamaño de la palma de su mano. Se asemejaba a un lagarto, pero tenía cuatro patas largas fuertes y una cola muy larga. Lo que más chocaba eran los ojos, que, respecto del cuerpo, eran relativamente grandes. Lo mismo sucedía con los pies y, sobre todo, los dedos, que no solo eran grandes, sino anchos y redondeados. Parecían adherirse a la muñeca de Lasgol. Dos crestas le recorrían la espalda de la cabeza a la cola.

—Está muy frío —dijo Lasgol, y giró la mano.

El animal enroscó la cola en la muñeca de Lasgol y se situó en su palma.

—Realmente curioso —dijo Egil mientras lo examinaba.

Le tocó la espalda; al hacerlo, el animal se volvió hacia Egil y abrió la boca amenazante. No tenía dientes, pero sí una ancha lengua azulada.

—¡Ten cuidado! —gritó Gerd—. ¡Puede ser una cría de dragón!

—No digas tonterías —dijo Viggo—, los dragones se extinguieron hace milenios.

—Es algún tipo de reptil, aunque nunca he visto uno igual —comentó Egil, e intentó acariciarlo.

El animal, al percibir el intento del muchacho, abrió de nuevo la boca amenazante y chilló. Al instante comenzó a cambiar de color. Se volvió del color de la piel de Lasgol. Y luego se mimetizó con ella hasta desaparecer.

—Increíble —exclamó Gerd.

—Tiene capacidades de camuflaje, como los camaleones —explicó Egil.

—No puede ser. No lo distingo —dijo Viggo acercándose—. ¿Está en tu mano?

Lasgol asintió.

—No lo veo, pero sí siento su cuerpo frío sobre la mano.

—Esto no me gusta… —dijo Viggo—, una cosa es ser un camaleón, pero esa cosa es casi invisible. Eso solo puede ser por magia.

Gerd se estremeció.

—Y si hace eso, ¿qué más cosas hará? ¿Y si es venenoso y nos mata de un mordisco o nos convierte en piedra con la mirada? Hay historias de seres que hacen eso… —avisó Gerd aterrado.

Por alguna razón que Lasgol no comprendía del todo, el animalito no le inspiraba sensación de peligro; al contrario, sentía la necesidad de protegerlo, de cuidarlo.

—No es peligroso. Me lo quedo —dijo más para sí que para sus compañeros.

—¡Excelente! —dijo Egil y aplaudió—. Lo estudiaremos. Mañana iré la biblioteca y examinaré los tomos y pergaminos que tengan de la maestría de Fauna; algo encontraré. Quizá tenga que buscar entre los tratados de magia… He oído que tienen varios volúmenes, aunque se necesita un permiso para estudiarlos. No sé si Dolbarar me lo concederá…

—Esto es una muy mala idea —reconoció Viggo señalando la mano de Lasgol con su daga.

—A mí tampoco me gusta nada la idea —dijo Gerd.

—Yo me encargo de él; no pasará nada malo, os lo prometo —les aseguró Lasgol.

—Apartémonos un poco a ver qué hace —propuso Egil, y se llevó a Viggo y a Gerd a regañadientes al otro extremo de la cabaña.

Pasó un momento y de pronto el color comenzó a volver al reptil. Se hizo visible. Miró a Lasgol con sus grandes ojos y emitió un chillido. El chico le sonrió. Intentó acariciarlo con el dedo y la criatura inclinó la cabeza, que Lasgol acarició. El tacto era suave sobre las escamas azules y plateadas. La criatura chilló de nuevo, como contenta, y le lamió el dedo. Sorprendido, Lasgol se quedó mirando a los ojos al animal. Entonces notó algo en la mente, como una imagen borrosa, solo que no era una imagen, era algo más, un sentimiento, el de hambre… Se quedó perplejo. La sensación no era suya, acababan de volver de cenar… y se dio cuenta de lo que sucedía. El animal estaba proyectando en él su sensación. Definitivamente, aquel ser, fuera lo que fuera, tenía alguna forma de magia.

—Creo que tiene hambre… —anunció a sus compañeros.

—¿Qué comerá esa cosa? —preguntó Viggo.

Egil se rascó la barbilla.

—Los reptiles, por lo general, comen, o bien insectos, o bien son herbívoros. Y si la memoria no me falla, también se alimentan de fruta. Voy a buscar hojas de lechuga al comedor. Regreso raudo.

Lasgol se quedó acariciando al animal. Era fascinante.

—Llamaré a las chicas, tienen que ver esto —dijo Gerd.

Ingrid y Nilsa entraron, y al ver al animal en la mano de Lasgol se quedaron estupefactas.

—¿Qué es? —preguntó Ingrid con una ceja enarcada.

—Yo creo que es una cría de dragón —respondió Gerd.

—No puede ser, no tiene alas —le dijo ella.

—Qué monada, mira cómo sonríe. —Nilsa se acercó a acariciarlo.

—Es mejor no tocarlo —le recomendó Lasgol; sin embargo, la advertencia llegó tarde.

Nilsa, encantada con el animalito, lo acarició. Al instante, este abrió la boca en actitud defensiva y comenzó a cambiar de color.

—Mirad lo que pasa ahora —dijo Viggo.

El animal desapareció en la mano de Lasgol. Nilsa soltó una exclamación. Ingrid se acercó a mirar y se frotó los ojos.

—¿Adónde ha ido?

—A ningún lado. Sigue en mi mano.

—Pero no lo veo —dijo ella con incredulidad.

—¡Oh, oh, esto huele a magia maldita! —dijo Nilsa echándose hacia atrás.

—Ya os lo había dicho… —coincidió Gerd.

Ingrid sacudió la cabeza.

—Esto no me gusta…

—Si tiene magia, no quiero saber nada de este asunto. La magia solo trae desgracias —admitió Nilsa, y retrocedió aún más.

En ese momento, entró Egil con las hojas de lechuga en una mano y media naranja en la otra. Se las dio a Lasgol. Después, pidió que todos se retiraran y guardaran silencio para que el animal saliera de su estado de invisibilidad. Esperaron un momento y, al fin, se dejó ver. Lasgol le acercó a la boca un trocito de lechuga que el animal mordió y tragó. Chilló. Lasgol lo interpretó como que quería más. Fue dándole trocitos que el animal devoró.

—Es herbívoro —dijo Egil—. Prueba con la naranja.

Lasgol así lo hizo y Egil volvió a acertar. La criatura lamía y mordisqueaba la naranja. Comió hasta saciarse. De nuevo, Lasgol notó aquella extraña sensación en su mente, como una imagen borrosa que le transmitía un sentimiento. Esa vez era sueño.

—Creo que quiere dormir.

—¿En serio vas a quedártelo? —protestó Viggo.

—Yo tampoco creo que sea buena idea tener una criatura mágica con nosotros —convino Ingrid—, bastantes problemas tenemos ya, y seguro que esa criatura nos traerá todavía alguno mayor.

—Yo creo que es un descubrimiento excepcional. Hemos de estudiarlo —dijo Egil.

—Quedaos tranquilos —dijo Lasgol—. Entiendo vuestras preocupaciones, de verdad, pero no creo que represente ningún peligro. Yo me encargaré de cuidarlo y de que no suceda nada. Os lo prometo.

Por un instante Ingrid, Viggo, Gerd y Nilsa intercambiaron miradas llenas de incertidumbre. Al fin, Ingrid asintió:

—Está bien, pero, si algo ocurre, nos deshacemos de él.

—Y si hace más magia, o lo hacéis desaparecer vosotros o lo haré yo —amenazó Nilsa con tal convencimiento que a Lasgol lo recorrió un escalofrío.

Lasgol aceptó:

—Gracias. No os preocupéis.

Todos volvieron a la cama para terminar de pasar la noche. Lasgol puso a la criatura en la caja de su padre y se la colocó junto a la cabeza. Egil se acercó a mirar.

—Es fascinante. Tenemos una oportunidad única de estudiar un ejemplar extraordinario —le susurró.

—Esperemos que no sea peligroso —respondió Lasgol.

—Andaremos con diligencia. No reconoces lo que tenemos entre manos, ¿verdad?

Lasgol lo miró sin comprender.

—Es muy raro encontrar a personas que posean el don, pues son muy pocas, pero encontrar una criatura con el don es rarísimo.

—Ya veo…

—Y lo que es más intrigante. Esa criatura tiene un motivo de ser. Una razón por la que posee esas características.

—¿Alguna idea de cuál?

—No. Pero sí hay un elemento significativo.

—¿Sí?

—Sí, tú.

—¿Yo? ¿Por?

—Tú tenías el huevo. Y la criatura solo ha querido interactuar contigo.

—Puede ser coincidencia.

Egil sonrió:

—Las coincidencias rara vez son tales. ¿Quién te dio el huevo?

Lasgol dudó si confiar en Egil o no. No le había contado nada íntimo a nadie. Lo sopesó y decidió confiar en él:

—Me lo dio mi padre. Bueno, me lo enviaron con sus pertenencias.

Egil se llevó la mano a la barbilla.

—Curioso… Te lo enviaron… ¿Quién?

—Los guardabosques.

—¿Y tú crees que el huevo era de tu padre?

—Bueno, no sé si era suyo, creo que me lo envió a mí.

—Esto se pone cada vez más interesante. ¿Por qué crees que es para ti?

Lasgol le contó lo que había sucedido cuando el huevo empezó a girar bajo su dedo y cómo vio su nombre. Omitió los destellos y la visión de los ojos de la criatura.

—Ciertamente intrigante…

—Necesito saber por qué mi padre me envió el huevo, con qué fin…, si está relacionado con lo que le sucedió…, con su muerte…

—Este es un misterio que deberíamos investigar.

—Puede ser peligroso…

—Es muy probable que el peligro te rodee ya, lo veamos o no, y entender qué sucede puede ayudarnos a prevenirlo.

Lasgol asintió:

—Gracias, amigo.

Egil sonrió:

—De nada. Descansa, tenemos mucho que hacer y descubrir.

La cabaña se sumió en el silencio de la noche. Lasgol se durmió observando a la criatura con aprehensión. Algo malo se avecinaba, lo presentía.

Capítulo 17

DURANTE LAS DOS SEMANAS SIGUIENTES LOS SEIS SE ESFORZARON al máximo con un solo propósito: pasar la Prueba de Primavera. Se afanaron con toda su alma y Lasgol el que más. Y pese a que el rechazo de los otros alumnos y los instructores era cada vez más evidente, él seguía adelante. Zancadillas, golpes rastreros, insultos a media voz e, incluso, escupitajos eran el pan de cada día para él. Sin embargo, no se quejaba, tampoco se revolvía; continuaba adelante con un objetivo: superar las pruebas. Lo que más le molestaba y frustraba era que los instructores lo trataran diferente, mucho peor que al resto, y no fueran imparciales con él. Eso no era justo, pero recordó las palabras de Ulf: la vida no era justa. De nada servía llorar por ello. Había que seguir adelante.

Unos alumnos de tercer curso intentaron provocarlo a una pelea junto a la biblioteca. Lasgol estaba solo y aguantó los insultos y empujones. No ofreció resistencia, pues sabía que lo que buscaban era la confrontación. Dos guardabosques vieron qué sucedía, aunque decidieron ignorarlo. A Lasgol no le sorprendió. No podía esperar ayuda de ellos. Al entender que no conseguirían su propósito, uno de los abusones, alto y pelirrojo, le soltó un puñetazo potente. Lasgol lo recibió en el ojo. La explosión de dolor lo hizo retroceder dos pasos, pero no se achantó. Sacudió la cabeza y recuperó los dos pasos que había perdido. Levantó la barbilla desafiante. Otro de los chicos lo golpeó en el estómago con tal fuerza que lo dejó sin aire. Lasgol se dobló sin poder recuperar el resuello. Lo siguiente que sintió fue un rodillazo que lo tumbó.

Se quedó tendido en el suelo, en un mar de dolor. Otros iniciados pasaron a su lado, ninguno lo ayudó. Tardó un momento en recuperarse. Estaba muy dolorido, pero se puso en pie despacio. Con la barbilla levantada, volvió a encarar a sus agresores. Recibiría la paliza sin darles ninguna satisfacción.

Iba a recibir otro golpe cuando Ivana, la guardabosques mayor de la maestría de Tiradores, los vio según se dirigía a la Casa de Mando. Les llamó la atención y se acercó. Demandó una explicación. Los de tercer año dijeron que no pasaba nada, que solo estaban intercambiando opiniones. Lasgol no los delató, él no era un chivato. Además, bien sabía que no solucionaría nada. Ivana los dispersó y siguió su camino. Lasgol se resignó y continuó entrenando y esforzándose.

Gerd y Egil, ayudados por Ingrid, entrenaban la fortaleza física y la resistencia después de la instrucción de cada tarde, antes de la cena. Además, Egil, Gerd y Viggo, ayudados por Nilsa, intentaban mejorar sus habilidades de tiro antes de cada comida. Lasgol los ayudó a todos con sus conocimientos de rastreo. Les dibujaba en el suelo las diferentes huellas de los animales que conocía y les explicaba cuanto sabía de ellos y cómo diferenciarlos. Por su parte, Egil daba explicaciones magistrales sobre plantas medicinales y hongos venenosos. Lasgol les enseñó a montar trampas. Viggo les explicó a los demás cómo cruzar el pino untado con manteca y se pasaron días intentándolo con desigual fortuna.

Cada noche se acostaban exhaustos y doloridos, sabiendo que no habían progresado demasiado y que, al día siguiente, les esperaba sufrimiento y frustración. Pero, aun así, ninguno se rindió. Todos tenían sus motivos, diferentes, pero que los empujaban a seguir adelante y no darse por vencidos frente a la adversidad.

Lasgol y Egil, además, pasaban los pocos momentos libres de que disponían estudiando la criatura e intentando descifrar el misterio que la rodeaba. ¿Por qué la tenía Dakon? ¿Por qué se la había enviado? ¿Qué poderes poseía y con qué función? Lasgol había ido contando más de toda su historia a Egil, ya que cada vez confiaba más en él y estaba convirtiéndose en un amigo inseparable.

Muchas noches se encerraban en la biblioteca con la excusa de estudiar plantas y sus beneficios medicinales para la instrucción de Naturaleza. Pero, en realidad, buscaban libros sobre animales exóticos en las estanterías dedicadas a la instrucción de Fauna. La biblioteca era más grande de lo que Lasgol se había imaginado. La edificación, un torreón de cinco pisos de altura, debía de ser un antiguo edificio militar reconvertido. Era una de las pocas construcciones de piedra en el campamento, desde los cimientos al tejado almenado. Contra las paredes interiores de roca vista se encontraban situadas estanterías con innumerables volúmenes y pergaminos. En cada planta, dedicada a una de las maestrías, había largas mesas de roble entre las estanterías de libros. Las plantas eran un laberinto de estantes y mesas que Lasgol disfrutaba explorando y que hacía las delicias de Egil, quien parecía haber encontrado su hogar allí. El gran edificio se encontraba en medio de un robledal, entre la cantina y la Casa de Mando. Desde fuera se confundía con la vegetación, pues se hallaba por completo recubierta de enredaderas y musgo.

No habían localizado nada remotamente similar a la criatura, así que continuaban con la tarea. Mientras, la criatura crecía en tamaño y correteaba por todo el cuerpo de Lasgol como si este fuera su progenitor. Dormía casi todo el día y cuando se despertaba estaba llena de vitalidad. Poco a poco iba acostumbrándose a la cabaña y a sus ocupantes, aunque Viggo, Gerd e Ingrid no se le acercaban. Egil intentaba acariciarla, pero se escondía de sus atenciones. De todas formas, parecía que toleraba más su presencia. Nilsa la observaba con desconfianza manifiesta, como esperando a que hiciera algo que incluyera magia para condenarla. Lasgol estaba encantado con ella, y la alimentaba y cuidaba lo mejor que podía. Cuando estaban en instrucción, la ponía a dormir en el interior de su baúl.

Y así llegó el temido día de la Prueba de Primavera. Se levantaron antes de que sonara la flauta del instructor mayor Oden.

—¿Nervioso? —le preguntó Lasgol a Egil mientras se vestían.

—Sí, bastante. No quiero que me expulsen. No podría soportar la vergüenza que ello ocasionaría a mi padre.

—Te presionas demasiado. Deberías ser quien tú quieres ser, no lo que tu padre te dice.

—No lo entiendes, amigo mío. Si fracaso, no solo será una humillación para mi padre, el duque Olafstone, sino que tendrá que *ceder* a uno de mis otros dos hermanos al servicio del rey. Hecho que le causará dolor y humillación.

—Oh, ya entiendo…

Ingrid entró seguida de Nilsa.

—¡Vamos, arriba los espíritus, lo conseguiremos!

Gerd sonrió:

—Lo conseguiremos —se dijo apretando los puños y animándose a sí mismo.

—Hemos entrenado mucho, lo conseguiremos, ya veréis —dijo Nilsa, que tropezó con la piel de oso y a punto estuvo de irse al suelo.

Viggo refunfuñó algo entre dientes, aunque no dijo nada.

—¡A formar! —Sonó la voz de Oden seguida del pitido agudo de su flauta.

Los trece equipos formaron frente a las cabañas.

—Esta mañana ha habido otro abandono —anunció Oden mientras caminaba frente a los iniciados—. Ya van cuatro desde que comenzamos la instrucción. Si alguno quiere retirarse y evitar el ridículo en la Prueba de Primavera, puede dar un paso al frente. —Se detuvo frente a Lasgol y se quedó mirándolo fijamente, esperando a que se rindiera.

El muchacho tragó saliva. No iba a rendirse. Desvió la mirada a su izquierda y se encontró con el rostro de Isgord. Sonreía. Pero a continuación encontró la cara de Astrid, que le hizo un gesto negando con la cabeza. Lasgol miró a los ojos a Oden y le dejó clara su resolución. No se rendiría.

—Estás a tiempo de ahorrarte el ridículo, Traidor —le dijo Oden. Lasgol se mordió el labio y se tragó la rabia. Negó con la cabeza—. Muy bien, como prefieras. —Se dirigió al resto—: ¡Seguidme! ¡Y recordad qué os jugáis hoy!

Dolbarar los esperaba frente a la Casa de Mando. Vestía de gala, lo que resaltaba aún más el poder que proyectaba.

—¡Bienvenidos a la Prueba de Primavera! —dijo mirando a las copas de los árboles con semblante alegre. Al oír la voz del líder del campamento todos se pusieron firmes—. Hoy serán las pruebas individuales, en las que cada uno de vosotros podréis demostrar todo lo que habéis aprendido. Sé que os habéis esforzado mucho, hoy es un día para demostrar todo ese esfuerzo. Os aseguro que con estas pruebas no buscamos que fracaséis; al contrario, queremos atestiguar que habéis conseguido asimilar lo que las cuatro maestrías os han estado inculcando en cuerpo y mente. Por ello, quiero que estéis tranquilos. Os evaluarán los cuatro guardabosques mayores en persona.

Lasgol miró a Egil, este abrió los ojos como platos y resopló. No era el único que resoplaba y ponía cara de susto.

—Al terminar la evaluación, los guardabosques mayores os entregarán una, dos o tres Hojas de Roble —continuó; en la mano mostraba las insignias de madera de forma ovalada—. Tres indican que habéis sobresalido en la maestría. Dos, que lo habéis hecho bien, pero debéis seguir mejorando. Una significa que no habéis pasado la prueba.

Lasgol tragó saliva. La idea de recibir una Hoja de Roble y fracasar le revolvía el estómago. Sus compañeros parecían preocupados e inquietos.

—Mañana, después de que hayáis descansado y recobrado las fuerzas, será la prueba por equipos. Durará todo un día y toda una noche. Es muy especial, os pondrá a prueba como equipo, tendréis que ayudaros los unos a los otros. El equipo al completo debe cruzar la meta. Si uno de los componentes no lo consigue, el equipo entero resultará penalizado. Esta penalización por no completar la prueba por equipos en el tiempo marcado consistirá en la pérdida de una Hoja de Roble de vuestras pruebas individuales. Por el contrario, el equipo vencedor recibirá una Hoja de Prestigio, la cual podrá usarse para salvar a uno de los integrantes del grupo en las expulsiones finales. —Y enseñó la insignia de la Hoja de Prestigio, que era mucho más grande que las otras.

—Qué bien nos vendría una de esas —susurró Ingrid.

—Con que consigamos pasar la prueba y no nos resten hojas, ya tendremos bastante —dijo Viggo.

—Qué poco espíritu —contestó la chica.

—Soy realista.

Dolbarar abrió los brazos:

—¡Y ahora, respirad hondo, relajaos y marchad! ¡Las pruebas individuales os esperan!

Los iniciados se retiraron, algunos llenos de confianza, los pocos; la mayoría llenos de nervios y preocupación.

Oden sorteó el orden de los equipos. Los primeros cuatro equipos se dirigieron a las casas mayores de las maestrías. A los Panteras les tocó esperar. Se sentaron todos frente a las cabañas, nerviosos. Ninguno hablaba. A media mañana Oden los llamó. Se dirigieron a la casa mayor de la maestría de Tiradores. Dos instructores esperaban en la puerta.

—Que entre el capitán —ordenó uno de los dos instructores.

—Y ni una palabra, ni antes ni después de la prueba —les advirtió el otro.

Ingrid entró decidida, como era ella. Salió al cabo de poco y saludó con un gesto de triunfo. Aquello animó al resto. Entonces, le tocó a Nilsa; cuando salió, sonrió. Le siguió Gerd. Al acabar, su rostro mostraba una mezcla de susto y alivio. Luego fue el turno de Lasgol. Entró y encontró a Ivana esperándolo, sentada tras una gran mesa de roble. Su mirada y belleza intimidaban. El chico se acercó hasta una línea pintada con tiza en el suelo, frente a la mesa. Cruzó las manos a la espalda.

—¿Equipo? —preguntó.

—Panteras de las Nieves.

—¿Nombre?

—Lasgol Eklund.

Lo apuntó en un libro.

—Te haré quince preguntas referentes a esta maestría que deberías saber contestar. Respóndeme con rapidez y precisión.

—Sí, señora.

Lasgol respondió a todas las preguntas, solo dudó en dos de ellas; no obstante, las contestó, si bien no estaba seguro de haber acertado.

—Ahora la prueba práctica —dijo y señaló una mesa contra la pared a su izquierda.

Sobre ella había un arco desmontado en sus diversas partes. Junto a este descansaba una flecha, también desmontada.

—Las herramientas están allí —indicó Ivana otra mesa contra la pared contraria de la estancia.

Lasgol vio varias herramientas en la otra mesa. Empezaba a entender qué venía a continuación.

—Quiero que montes el arco y la flecha en el menor tiempo posible y me lo presentes para inspección. Solo puedes usar una herramienta cada vez y tienes que devolverla a la mesa después de usarla. —Antes de que Lasgol pudiera responder, la guardabosques mayor dio el inicio a la prueba—: ¡Ya!

El muchacho corrió a la primera mesa y observó las partes del arco durante un momento. El corazón le latía con fuerza. Se volvió y corrió hasta la mesa de herramientas. Se hizo con la primera y aceleró hacia la otra mesa tan rápido como pudo. Repitió la operación seis veces hasta conseguir completar el montaje de ambas. Esprintó hasta la mesa de la guardabosques mayor y le entregó ambos, sin aliento y con el corazón a punto de salírsele por la boca.

Ivana observó el arco y la flecha un instante y dio su aprobación con una inclinación de cabeza.

—Ahora, la prueba de tiro —dijo y señaló una ventana abierta a su derecha, allí reposaban un arco y un carcaj con flechas—. Sitúate en la marca en el suelo.

Lasgol observó la X marcada con tiza frente a la ventana.

—¿Ves la diana?

Lasgol entrecerró los ojos y la vio, en medio de la campa, en el exterior del edificio, a cien pasos.

—Sí, señora.

—Tienes diez tiros. Aprovéchalos.

Lasgol inspiró hondo, necesitaba calmarse; entre las carreras y los nervios no iba a poder hacer diana. Además, cien pasos era una distancia importante. «Tengo que calmarme y conseguirlo. No puedo fallar esta prueba.» Tiró diez veces. Falló tres. Las siete que acertó, no fueron tiros excelentes, pero al menos había alcanzado el blanco.

—Deja el arco y el carcaj donde estaban. Puedes irte.

—Sí, señora.

Lasgol se dio la vuelta y, según se marchaba, vio que un instructor desmontaba el arco para volver a situarlo sobre la mesa; en el exterior otro retiraba las flechas y apuntaba los resultados. Al salir, Egil lo miró con ojos llenos de preocupación:

—Ni una palabra —les recordó uno de los instructores.

Lasgol le guiñó el ojo a su amigo y le hizo un gesto de ánimo cuando este entraba. Esperaron en silencio hasta que salió. Su rostro mostraba preocupación, no le había ido bien.

De allí se dirigieron a la casa mayor de la maestría de la Fauna. El domador Esben, guardabosques mayor, los esperaba dentro. Al igual que en la prueba anterior, fueron pasando uno por uno, empezando por el capitán. La prueba fue similar: Esben comenzó por una quincena de preguntas sobre fauna. Siendo como era, grande y feo como un oso negro, intimidaba, sobre todo por su cara, con grandes ojos pardos y nariz achatada. Los Panteras respondieron sin dejarse amedrentar, al menos no demasiado. Las pruebas prácticas fueron duras. Primero, un circuito a caballo con saltos sobre árboles caídos y trote en bosque con ramas bajas; luego, vadeo de un río donde se cubría la montura por completo y, por último, una carrera contra un instructor. Los resultados no fueron muy prometedores. Nilsa se cayó del caballo en los obstáculos; en la parte del río, Gerd se hundió con su montura por el peso del gigantón y casi se ahogan los dos. Egil, que había sufrido en la carrera, alcanzó la meta bastante rezagado... Y si aquello no había sido desastre suficiente, llegó la prueba de rastreo. Esben les hizo identificar cinco tipos diferentes de huellas en el bosque. Después los observó mientras seguían una de las huellas hasta la madriguera del animal que debían identificar. Solo Lasgol y Egil consiguieron finalizar la prueba de rastreo.

Llegó la tarde y las cosas no mejoraron para los Panteras. Los condujeron a la casa mayor de la maestría de la Naturaleza. Allí los esperaba la erudita Eyra, guardabosques mayor. Lasgol sentía debilidad por la anciana; de todos los guardabosques ella era la única que mostraba algo de dulzura. Pero aquel día no se mostró nada afable, más bien al contrario. Con aquel pelo canoso y rizado, y su nariz larga y torcida, parecía una bruja buena. Sin embargo, su rostro, habitualmente amable, estaba muy serio. Hizo primero una serie de preguntas acerca de plantas, raíces y hongos, además de sus propiedades curativas. Egil no falló ni una sola pregunta. Lasgol y Viggo tampoco lo hicieron mal. El resto, en cambio, sufrió.

En la parte práctica. Eyra los llevó a un bosque cercano y les hizo buscar una raíz curativa y una seta venenosa. Egil fue entonces quien sufrió para encontrarlas. Lasgol no tuvo problemas. Los demás tardaron demasiado, pero al fin lo consiguieron. Como prueba final la guardabosques mayor les hizo montar una trampa y ocultarla tan rápido como les fuera posible. Lasgol fue el único que brilló.

Y, por último, llegó la prueba que más temían todos: la de la maestría de Pericia. El siniestro Haakon, el Intocable, guardabosques mayor, los aguardaba. En esa prueba no hubo preguntas, solo parte práctica. Los envió a dar cinco vueltas al lago tan rápido como pudieran. Salieron uno por uno, acompañados de un instructor que marcaba el ritmo. Egil y Gerd habían entrenado y mejorado muchísimo; sin embargo, cinco vueltas a aquel ritmo infernal los matarían. Así fue. Ingrid y Lasgol lo consiguieron. Viggo, a duras penas, y Nilsa, después de tropezar y caer dos veces de puro cansancio, lo logró. Egil y Gerd llegaron exánimes, pero llegaron. No se dieron por vencidos, aunque sabían que habían tardado demasiado.

Y si aquello había sido duro, lo que le siguió terminó de romperles el espíritu. Haakon había preparado la prueba del poste; sin embargo, en esa ocasión, la mitad de este estaba untada de manteca y la altura era mayor, con lo que la caída sería mucho más dolorosa. Les concedió hasta media noche para lograrlo. Los seis lo intentaron una y otra vez, pero caían sobre el río para golpearse con fuerza y machacarse el cuerpo. Estaban demasiado cansados de la carrera para hacerlo bien. Egil fue quien se dio cuenta. Descansaron hasta recuperar algo de energía y volvieron a intentarlo.

Viggo fue el primero en lograrlo. Luego Lasgol. Eso animó al resto. Los batacazos que daban eran tremendos. Lasgol y Viggo se pusieron debajo del palo para coger a sus compañeros según caían, aunque el instructor que los vigilaba no se lo permitió.

No se dieron por vencidos ni en medio del dolor y el agotamiento. Llegaban hasta la mitad sin problemas, pero en la parte final resbalaban y caían. Nilsa fue la siguiente en conseguirlo. De una forma poco ortodoxa, pues echó a correr, perdió ambos pies de apoyo y cayó de bruces sobre el palo. Pero con la inercia que llevaba patinó con el cuerpo sobre él y logró llegar al otro extremo. El instructor lo dio por válido. Viendo aquello, Ingrid la imitó y se tiró sobre el palo para deslizarse hasta el otro extremo. A la quinta ocasión lo logró. Gerd y Egil quedaron tendidos en el río sin fuerza para un intento más, con el cuerpo dolorido y agotado. Sus compañeros los animaban a gritos para que no se rindieran.

El instructor indicó que la prueba estaba a punto de terminar. Egil y Gerd se pusieron en pie, subieron la cañada hasta el palo y lo intentaron una última vez, con pundonor. Gerd fue el primero. Cayó al río a dos pasos de conseguirlo. Egil respiró hondo, se quitó las botas, se colocó bien los calcetines gordos de lana que llevaba y lo intentó. Pero tampoco lo consiguió. Recogieron a Gerd del fondo de la cañada y regresaron a la cabaña. Gerd estaba tan débil que tuvieron que llevarlo entre Viggo y Lasgol. Ingrid ayudaba a Egil, que apenas podía andar. Según se retiraban, pasaron por un par de puestos donde otros equipos también sufrían el tramo final de la Prueba de Pericia. Nada más alcanzar la cabaña, cayeron derrotados en el soportal.

—Estoy molido —exclamó Gerd tumbado de espaldas sobre el suelo de madera—, a mí me echan seguro.

—Sí, y a mí —coincidió Egil—, no lo he hecho nada bien.

—¿Y qué más te da que te expulsen? —dijo Viggo molesto.

—Me importa mucho.

—¿Qué más te da siendo quien eres…?

—¿Cómo sabes quién soy? —preguntó sorprendido Egil.

—Yo sé muchas cosas, tengo esa habilidad.

—¿Quién eres? —se interesó Gerd.

Viggo señaló a Egil.

—Es hijo de un duque. Y no de un duque cualquiera, no, del más poderoso del reino.

—¿Eres hijo del duque Olafstone? —Se sorprendió Ingrid.

Egil suspiró hondo.

—Sí… —dijo con pesar.

—¡Vaya! —soltó Gerd—. Para un granjero como yo, estar en presencia de un noble es casi irreal.

—Un noble… Cuántas riquezas habrás visto… —suspiró Nilsa.

—Os recuerdo que, una vez que entramos a formar parte de los Guardabosques, renunciamos a nuestro pasado. Yo soy ahora como vosotros, ni más ni menos.

—Bueno, pero tienes que contarme más cosas sobre la vida de la nobleza —dijo Gerd.

—Sí, eso —añadió Nilsa.

—El que tiene que contarnos algo sobre su vida y procedencia es él —dijo Egil y señaló a Viggo—. No ha dicho nada hasta ahora, y quien calla lo hace por una buena razón.

—Eso es verdad —dijo Ingrid—. ¿Qué ocultas?

Todos miraban a Viggo. Este se puso rígido y su rostro se volvió sombrío, siniestro. Duró un momento, un momento en el que

Lasgol percibió un peligro latente que emanaba de él. Luego sonrió, una sonrisa forzada, y su cuerpo se relajó.

—Yo soy todo lo opuesto a nuestro amiguito el noble —respondió.

—¿Eso qué quiere decir? —preguntó Ingrid entrecerrando los ojos.

—Quiere decir justo lo que he dicho. Él es de la clase social más alta, y yo, por el contrario, de la más baja.

—¿Más baja? ¿Qué eres?

—Yo nací y me crié en las calles de Ostangor.

—Esa es la segunda ciudad más grande del reino. Dicen que un mago del hielo maldito de la corte reside ahí —explicó Nilsa, y su buen humor desapareció. Pasó de su rostro habitual, adornado con una sonrisa, a uno tan hosco que daba miedo.

—Sí. Y en las sucias calles del barrio más pobre es donde yo me crie, entre barro, desperdicios y ratas —dijo bajando la mirada, parecía casi avergonzado.

—Pero… ¿no eres hijo de un guardabosques? —preguntó Ingrid.

—Nieto. Por desgracia, mi padre no es lo que se considera un ciudadano ejemplar. Está cumpliendo condena en las minas de plata. De por vida. Se emborrachó y mató a un hombre en una pelea de bar.

—Oh, cuánto lo siento… —se solidarizó Gerd.

—Parece ser que la sangre de guardabosques, aunque pasa de padres a hijos, no siempre transmite las buenas cualidades. A mi padre le gustaba más robar, beber y divertirse que servir al rey, así que no aceptó la invitación. Me tuvo a mí y un par de años después de que mi abuelo muriera abandonó a mi madre y nos dejó sin hogar. Había perdido la casa y todo cuanto teníamos en el juego y la bebida.

—Eso es horrible —susurró Gerd.

—Así que me crie en las calles, las más pobres e inmundas. Allí aprendí muchas cosas, digamos que fue otro tipo de entrenamiento que te prepara para la vida, una vida dura y despiadada, pues así es la existencia para los menos afortunados. Mi madre murió de las fiebres poco después. Así que tuve que arreglármelas solo. Cuando llegó la invitación para entrar en los guardabosques, la acepté; no tenía nada que perder.

—No lo sabía… —se excusó Egil; se sentía culpable por haber forzado la explicación.

—No te disculpes, yo me he metido contigo y te has defendido, no tienes nada por lo que disculparte.

—Tu historia es horrible —negaba Gerd con la cabeza.

—No me compadezcas. ¡Que nadie me compadezca! He tenido peor suerte que otros, pero no me avergüenzo de quien soy. Yo sé lo que soy: una rata de cloaca, pero una que sabe morder, arañar y sobrevivir. De la misma forma que sobreviví en las cloacas de la gran ciudad, sobreviviré aquí. Y puedo aseguraros que estoy mejor preparado para ello que muchos de los que compiten aquí.

Lasgol estudió su mirada siniestra, la seguridad en su expresión, y supo que no estaba fanfarroneando, lo que decía era verdad. Se hizo un largo silencio. Todos estaban decaídos y rotos.

—Mañana lo haremos mejor —animó Ingrid—. Nadie de mi equipo se irá a casa. Vamos, todos a dormir. Descansemos.

Todos asintieron y se fueron a dormir. Lasgol jugueteó con la criatura, a la que ahora le había dado por saltar sin parar encima de su pecho, como intentando medir hasta dónde podía llegar. «¿Qué eres? ¿Qué quieres de mí?» De pronto, dio un salto tan grande que se quedó pegado al bajo de la litera superior. La criatura chilló para celebrarlo. Lasgol tuvo la sensación de que en cuanto creciera iba a darle más de un quebradero de cabeza.

«Menudo día —pensó, y suspiró—. Y mañana la prueba de equipos. Que no nos pase nada.» Y con aquel pensamiento se quedó dormido.

Capítulo 18

L A MAÑANA AMANECIÓ FRESCA. ACABABA DE SALIR EL SOL Y Oden ya los había sacado de las cabañas y llevado frente a la Casa de Mando. Dolbarar los aguardaba vestido de gala. En el rostro lucía una sonrisa amistosa y cargada de buen humor.

—¡Bienvenidos todos! Espero que hayáis disfrutado de una buena noche de descanso. Debería ser suficiente para haberos recuperado de las pruebas individuales de ayer y para afrontar lo que os espera. Hoy tendrá lugar la prueba por equipos. Os recuerdo que esta durará todo el día y toda la noche. Es esencial medir bien las fuerzas; de lo contrario, no lo conseguiréis. La prueba está ideada para calificaros como grupo, lo que significa que deberéis ayudaros los unos a los otros. Esto es vital. Recordadlo. Ahora, formad por equipos, por favor. Capitanes, dad un paso al frente.

Los trece equipos se colocaron en el orden de sus cabañas, con los capitanes adelantados. Un instructor entregó a cada capitán dos pergaminos enrollados, un morral y un pellejo con agua.

—La norma de la prueba es la siguiente: cuando dé la señal, abriréis los pergaminos y seguiréis las instrucciones que se indican en ellos. Solo podéis llevar con vosotros lo que se os acaba de entregar para completar las pruebas. Nada más. Debéis cruzar la meta, que estará situada aquí mismo, una vez superadas las pruebas, antes de que el sol despunte mañana por la mañana. Todos los miembros del equipo deben cruzar la meta al mismo tiempo. Si fracasa uno, fracasáis todos. Se penalizará al equipo al completo. Ya conocéis lo que implica no completar la prueba en el tiempo límite: se restará una Hoja de Roble a vuestras pruebas individuales. Esto puede llevar a la expulsión, así que sed valientes, pero, sobre todo, inteligentes.

Ingrid se giró y miró a Gerd, luego a Egil, como indicándoles que esperaba eso de ellos.

—Y al equipo vencedor —continuó Dolbarar—, el que menos tiempo necesite para completar la prueba, se le premiará con una Hoja de Prestigio. Este reconocimiento presenta dos usos importantes. Por un lado, podrá usarse para salvar a uno de los componentes del equipo al que se vaya a expulsar en la ceremonia de Aceptación, el último día del curso, una vez finalizadas las cuatro grandes pruebas. En este acto decidirá quién pasa al segundo año y a quién se expulsa. Se contarán todos los puntos conseguidos en cada maestría y se valorará la opinión de los cuatro guardabosques mayores. Los que no consigan ocho puntos en cada una de ellas tendrán que dejarnos.

Lasgol se estremeció al oír a Dolbarar hablar sobre la expulsión. No fue el único, muchos se pusieron muy nerviosos, entre ellos, Nilsa, que no podía estar quieta en su sitio y sacudía las manos y los pies.

—Por otro lado, quienes queráis entrar en las especializaciones de élite necesitaréis una Hoja de Prestigio, así que tendréis que competir por la primera posición para conseguirlas.

Isgord se volvió hacia Ingrid y le hizo un gesto indicando que él lucharía por la primera posición. Ingrid no se achantó y le devolvió el ademán. Astrid los observaba, aunque no hizo mueca alguna.

—¡Muy bien! El tiempo ya corre, es hora de que comience la prueba por equipos. A mi señal, abrid los pergaminos. —Dolbarar esperó un momento y levantó el brazo hacia el cielo—. ¡Ya!

Los capitanes desenrollaron los legajos y sus compañeros los rodearon intentando ver qué decían.

—¿Qué son? ¿Qué dicen? —preguntó Nilsa; no se aguantaba de los nervios que tenía en medio del barullo que producían las preguntas del resto de los integrantes de los equipos rivales a sus capitanes.

—Espera que los mire bien —pidió Ingrid estudiando ambos documentos con atención.

—Eso parece un mapa —observó Gerd.

—Sí, este es un mapa con una ruta marcada. —Ingrid enseñó el primer pergamino.

—¿Y el otro? —quiso saber Egil.

—Parecen instrucciones: «Seguid el mapa hasta el lugar marcado. Encontrad el pañuelo verde de guardabosques. Resolved la prueba y continuad. Hay tres pruebas que completar antes de regresar». —Ingrid sacudió la cabeza—. No lo entiendo muy bien.

—A ver —dijo Viggo intentando coger el mapa.

Ingrid se lo alejó.

—Yo soy capitán, yo digo quién coge el mapa y cuándo.

—El resto tendremos que enterarnos, ¿no? —protestó Viggo.

—No discutáis, tenemos que colaborar entre todos; ya habéis oído lo que ha dicho Dolbarar —les recordó Lasgol.

—Quizá si fueras tan amable de poner los pergaminos en el suelo, todos podríamos verlos —sugirió Egil.

—Está bien. —Ingrid se agachó, los puso sobre el suelo y los sujetó con piedras.

Los seis observaban intentando descifrar qué significaba aquello.

—Hay que seguir el mapa hasta el punto que indica —dijo Lasgol.

—Sí. Deduzco que allí nos espera una prueba que debemos superar —añadió Egil.

—Pero habla de tres pruebas —dijo Nilsa.

—Centrémonos en la primera y luego veremos —dijo Viggo.

—Daos prisa, los primeros equipos ya parten —avisó Gerd señalando hacia el norte.

Lasgol estiró el cuello y vio que los Águilas ya salían corriendo, y, tras ellas, los Jabalíes y los Lobos. Partían en distintas direcciones, lo cual le extrañó.

—Entonces, ¡pongámonos en camino! —gritó Ingrid.

—¡Vamos! —dijo Nilsa dando un brinco por la emoción.

—¿En qué dirección? —preguntó Lasgol al ver que los equipos salían cada uno en con un camino diferente.

Egil miró el mapa, a continuación volvió la vista hacia las montañas en la lejanía.

—Nordeste. Tenemos que alcanzar el pico del Ogro.

—Muy bien. ¡En marcha! —dijo Ingrid y comenzó a correr.

Los cinco la siguieron al instante. Pasaron al lado del equipo de los Búhos cuando Astrid daba la orden a los suyos de echar a correr. Frente a ellos otros dos equipos se internaban en los bosques y más adelantado iba el grueso, que había partido ya.

La carrera a través del campamento fue tan rauda como caótica. Todos corrían como si los persiguieran leones hambrientos. Saltaban por encima de obstáculos y bordeaban edificios. Pero al salir del campamento cada equipo se dirigió a un punto diferente.

Ingrid se internó en los bosques y marcó un ritmo fuerte. Nilsa la seguía de cerca. Viggo iba tercero con Gerd y Egil tras ellos. Lasgol se colocó el último. Corrieron aproximadamente dos horas entre arboledas, ríos y lagos. Y el cansancio comenzó a hacer acto de presencia. Poco a poco, Gerd y Egil empezaron a quedarse rezagados, Lasgol iba disminuyendo el ritmo para ir con ellos. En un momento dado, ellos salían a una explanada cuando los tres en cabeza entraban ya en el siguiente bosque.

—¡Esperad! —gritó Lasgol.

Ingrid lo oyó y se detuvo. Se miraron, los separaban quinientos pasos de explanada. La capitana le hizo un gesto para que se apresuraran.

—Dile-que-siga —articuló Egil a Lasgol con manos en jarras y doblado por el esfuerzo.

—¡Pero los perderemos!

—Sabemos la localización… de la primera prueba… —dijo sin aliento—. Si llegan primero, lo mismo pasan la prueba. Y podrán continuar. Ganaremos tiempo.

Lasgol comprendió.

—¡Seguid! ¡Os alcanzaremos en la primera prueba! ¡Si la superáis, continuad; os seguiremos en la distancia! ¡Dejadnos un rastro claro!

—¡Vale, entendido! —respondió Ingrid. Los saludó y siguió. Nilsa y Viggo fueron tras ella.

Gerd y Egil repusieron fuerzas y reanudaron la carrera, pero a un ritmo más lento, que pronto se volvió un caminar rápido en lugar de un trote suave. Cuando alcanzaron las primeras pendientes, se vieron obligados a aminorar la marcha. Las pendientes se volvieron muy empinadas según ascendían y pronto se encontraron escalando entre roca y nieve. El frío empezó a hacer mella en los cuerpos y cuanto más ascendían, más nieve encontraban y más bajaba la temperatura. El castigo físico fue tremendo.

Les llevó media mañana llegar al pico del Ogro. Lasgol ayudaba a Gerd y Egil a subir. Los animaba y les mostraba dónde pisar y agarrarse, lo que les facilitaba la escalada, pues el ascenso se había vuelto muy difícil en la parte final. En la cumbre se encontraron con que sus tres compañeros aún estaban allí. Los rostros serios y los ojos hundidos indicaban que no estaban nada contentos.

—Pero… ¿qué hacéis… todavía aquí? —preguntó Gerd entre jadeos.

La brisa helada de la cima los azotó. La temperatura allí arriba era baja y el viento cortaba.

Ingrid resopló llena de frustración:

—No vamos a pasar ni la primera prueba.

—Yo creo que lo mejor es buscar un *pequeño atajo*, me estoy helando —sugirió Viggo.

—¡No podemos hacer trampa! —le dijo Nilsa enfadada.

—Ya, es mucho mejor no pasar la primera prueba y quedar últimos. O mejor aún, enfermar aquí arriba y morir.

—El pañuelo verde de guardabosques debería estar aquí —dijo Lasgol.

Gerd y Egil se sentaron en el suelo mientras intentaban recuperar el resuello.

—Sí, pero hemos registrado el lugar y nada —soltó Ingrid muy frustrada.

Lasgol se quedó pensativo y miró alrededor. Frente a él estaba el pico de la roca con la horrible forma de la cabeza de un ogro. Detrás se divisaban cordilleras montañosas más altas, nevadas, bellas e impolutas. El suelo estaba blanco, excepto donde habían pisado sus compañeros. Allí no había nada. Nada de nada.

—¿Y si no está a la vista? —pensó en alto Lasgol.

—Un pañuelo verde de guardabosques no se nos escaparía… —dijo Viggo.

—Busquemos algo oculto, que no nos sea posible ver —siguió.

—Buena idea —dijo Ingrid, que no iba a darse por vencida y estaba dispuesta a intentarlo todo.

Comenzaron a palpar y a pisar alrededor de donde se hallaban. Luego se fueron moviendo, intentando cubrir toda la superficie.

—Me parece que aquí hay algo —avisó Viggo, que había pisado en un montículo de nieve de apariencia inocente.

Ingrid y Lasgol se giraron; en ese momento, se oyó un clic. La trampa oculta bajo el montículo se activó. De súbito, una enorme humareda negra ascendió a los cielos. Viggo cayó de espaldas y soltó un alarido.

—¿Estás bien? —le preguntó Nilsa corriendo a su lado.

—¡Sí, sí! ¡Casi me mata del susto!

—Curioso, yo diría que es una señal de humo —dijo Gerd.

—Y no te equivocas —dijo Egil señalando el pico de las Águilas, al norte de aquella posición.

Otra humareda se levantaba allí.

—Mirad. —Nilsa apuntó al oeste.

Otras tres humaredas más se habían activado en diferentes picos de la interminable cordillera que rodeaba todo el inmenso valle y el campamento.

—No somos los únicos que han encontrado la trampa —dijo Ingrid.

—Eso parece —murmuró Viggo.

—¡Mirad! —Nilsa señaló esta vez la trampa.

Algo quedó visible bajo ella cuando la humareda se desvaneció. Un pañuelo verde apareció clavado al suelo con una estaca. Junto a él, un objeto largo. Lasgol se agachó y lo cogió. Estaba envuelto en cuero.

—¡El pañuelo verde! —exclamó Nilsa llena de júbilo.

—Ahí está el primero —dijo Ingrid.

Lasgol desenvolvió el objeto.

—¡Un arco! —dijo Gerd.

—¿Para qué queremos un arco? —preguntó Viggo.

—¿No hay flechas? —preguntó Ingrid.

Lasgol negó con la cabeza.

—Qué extraño… —dijo la capitana.

—Estas pruebas son rarísimas —observó Nilsa.

—Hay algo más. —Lasgol les mostró la cara interior del cuero que envolvía el arco. Estaba grabado.

—¡Otro mapa! —chilló Nilsa.

Lasgol lo estudió.

—Sí, y marca el lugar de la siguiente prueba.

—Pues en marcha, descendamos hacia la segunda posición —dijo Ingrid.

—¿Qué lugar debemos alcanzar? —quiso saber Egil algo más repuesto.

—Indica la cabaña del pescador, dirección este.

Ninguno conocía el lugar; al menos no estaba en una montaña, parecía un llano en medio de los bosques, por el dibujo en el mapa.

—De acuerdo —dijo Lasgol—. Id vosotros delante, yo guiaré a Egil y Gerd.

—Muy bien. En marcha —dijo Ingrid.

—Cuidado en el descenso, no os rompáis la cabeza —se burló Viggo—, especialmente tú. —Se dirigía a Nilsa.

Ella le sacó la lengua y le hizo una mueca de disgusto.

Lasgol, Egil y Gerd partieron en cuanto este último estuvo en condiciones. Les costó coger ritmo. Entonces fueron tan rápido como pudieron, forzando los cuerpos. No podían correr, marchaban rápido. Así llegaron a la cabaña del pescador, donde se encontraron a Ingrid, Nilsa, y Viggo esperando dentro.

—No encontramos el pañuelo. No podemos continuar —reconoció la capitana tragando saliva—. Hemos registrado la cabaña, pero nada. Es un espacio cuidado, parece que alguien lo usa.

—¿Qué… marca el mapa? —preguntó Egil agotado mientras se dejaba caer frente a la puerta.

—El centro del lago helado, pero ahí no hay más que hielo.

—Si eso es lo que marca, hay que ir al centro del lago —razonó Lasgol.

—¿Seguro? Ahí no hay nada; además, el hielo puede quebrarse… —dudaba Viggo.

—Lasgol tiene razón. Estas pruebas están diseñadas para ponernos al límite. No debemos guiarnos por lo obvio. Me temo que hemos de pensar todo lo contrario —dijo Egil.

Se decidieron y avanzaron con cuidado sobre el hielo. Unos pasos más adelante, Nilsa resbaló y cayó sentado. Viggo soltó una carcajada.

—Menos mal que no está quebradizo, que si no…

—¡Eres un idiota! —le dijo ella desde el suelo.

Ingrid la ayudó a ponerse en pie, aunque estaba tan resbaladizo que ambas se fueron al suelo. Viggo comenzó a reír tan fuerte que sus carcajadas retumbaban sobre el lago.

—¡¡El mayor de los idiotas!! —gruñó Ingrid.

Llegaron a un punto en el centro del lago; para su sorpresa, alguien había hecho un orificio redondo sobre la superficie. Mirando al fondo del lago a través del agujero y de las aguas azuladas se distinguía algo de color rojo.

—Debe de ser eso —dijo Lasgol.

—Yo lo haré —se ofreció Gerd.

Todos lo miraron extrañados.

—¿Tú? —dijo Viggo con cara de no poder creerlo.

—Sí, yo.

—¿No te da miedo? —preguntó Nilsa.

—No. Esto no.

—¿Cómo explicas que te asustes de tu sombra, pero no de meterte en un lago helado donde puedes morir congelado? —Viggo seguía sorprendido.

—Porque ya lo he hecho antes. Mi hermano y yo solíamos ir a pescar a un lago helado como este todos los inviernos desde pequeños. No está muy lejos de nuestra granja. Era una de las pocas fuentes de alimento en invierno. Pasábamos muchas tardes pescando, hacíamos un orificio muy similar a ese, nos sentábamos y pescábamos. La verdad es que lo pasábamos bien hablando de lo que seríamos cuando fuéramos mayores, de los últimos cotilleos de la aldea, de lo que pescaríamos ese día, que no solía ser mucho… Una vez, caminando sobre el hielo en una zona del lago donde no estaba lo bastante helada, la capa se rompió y mi hermano cayó dentro.

—¡Qué horror! —dijo Nilsa.

—¿Y qué hiciste? —preguntó Lasgol.

—Por un momento me quedé paralizado. Sin reaccionar. Tuve tanto miedo que me convertí en una estatua de piedra. Por fortuna, al cabo de un momento me recuperé y, sin pensarlo dos veces, me tiré a salvarlo. Fue una experiencia horrorosa, el frío y el miedo casi me matan, pero logré sacarlo.

—¿Y vas a repetirlo? —Ingrid no podía creérselo.

—Alguien tiene que hacerlo. Y yo sé que puedo sobrevivir a esto. No dejaré que ninguno de vosotros se arriesgue. Podríais no lograrlo…, no me lo perdonaría nunca. Iré yo —sentenció Gerd y comenzó a quitarse la ropa.

—En ese caso, preparemos un fuego en la cabaña —dijo Ingrid.

—Y una tisana reconstituyente, como nos han enseñado en la maestría de Naturaleza —añadió Egil.

—¡Gran idea! Iré a buscar las plantas —dijo Nilsa.

Gerd, en ropa interior, inhaló y su enorme pecho se hinchó. Miró a Lasgol y a Viggo como intentando ganar valor. Asintió y se sumergió en el agua helada. Lasgol observó cómo el cuerpo se hundía y sintió una aprensión enorme. Se arrodilló junto al agujero. Viggo lo imitó. Pasó un tiempo. Gerd no emergía y comenzaron a preocuparse.

—Ya debería haber subido —le dijo Lasgol a Viggo.

—Dale un momento más.

Esperaron, pero Lasgol no pudo aguantar:

—Algo va mal, voy a por él. —Comenzó a quitarse la ropa.

En ese momento, una mano surgió del agua; sostenía una caja alargada de un intenso color rojo. Le siguió la cabeza de Gerd. Estaba morado por completo.

—¡Saquémoslo! —ordenó Lasgol.

Viggo y Lasgol lo alzaron y lo arrastraron fuera. Ingrid se les unió y llevaron al grandullón en volandas hasta la cabaña. Tenía tanto frío que ni hablaba, solo tiritaba.

—Sentémoslo junto al fuego —dijo Ingrid.

Egil lo arropó con una manta de la cabaña.

—¿Estás bien? —preguntó Nilsa mientras le daba la tisana caliente.

Gerd la cogió con manos temblorosas y asintió. Los compañeros observaron a Gerd con preocupación hasta que comenzó a cambiar de color y dejó de tiritar.

—¿Mejor?

—Mu-cho… —tartamudeó Gerd—. No-me-dejéis-repetirlo…

—Tranquilo, que no volveré a permitírtelo, amigo —le aseguró Egil sonriendo.

—¡En el interior de la caja está el pañuelo verde! ¡Y un carcaj con tres flechas! —exclamó Nilsa al abrir la caja roja.

—Bien, ya tenemos el arco y tres flechas —ironizó Viggo—. Ahora solo nos falta un dragón que matar.

—No digas tonterías —le replicó Ingrid.

—Tú espera, ya verás lo que tenemos que matar con esas flechas… —respondió el chico con una ceja arqueada.

—Un dragón seguro que no.

—Pues será un trol enorme, un grifo o alguna otra criatura mágica.

La cara de Nilsa se puso blanca.

—¡Más vale que no haya magia sucia de por medio! —La muchacha apretó fuerte los puños llena de rabia.

—Tranquila… No le hagas caso, está de broma —le dijo Ingrid a Nilsa al verle la cara.

—Sí, de broma, ya veremos… —murmuró Viggo.

—Bueno, tenemos el arco y las flechas. ¿No hay otro mapa? —preguntó la capitana.

Nilsa examinó el interior de la caja y se dio cuenta de que era de cuero curtido. Lo despegó y en la cara opuesta vio el grabado.

—El mapa —exclamó triunfal.

—Bien. Tenemos que ir a por la tercera prueba —anunció Ingrid, y examinó el mapa con detenimiento—. Hay que ir al Guerrero Solitario. Encabezaremos la partida. Por lo que marca el mapa, está bastante lejos. Tendremos que correr gran parte de la noche. Os dejamos las provisiones y el agua, nosotros ya hemos comido. Cuando Gerd se encuentre en condiciones, nos seguís.

—De acuerdo —dijo Lasgol.

Ingrid, Nilsa y Viggo marcharon raudos. Un buen rato más tarde, con Gerd recuperado, los tres rezagados salieron. Lasgol marcaba el ritmo, Gerd y Egil lo seguían. Estaban tan cansados y tenían el cuerpo tan dolorido por el esfuerzo que ni hablaban. Necesitaban cada ápice de energía para seguir adelante. El trayecto discurría a través de bosques, lo cual dificultaba todavía más que el avance. Lasgol era consciente de que tenían que descansar o Gerd y Egil se desplomarían para no levantarse. Estaban prácticamente exhaustos. Llegaron a un claro. En el centro había una roca blanca con la forma de un guerrero. Parecía una enorme estatua dedicada a un dios guerrero.

—Ya estamos: ese tiene que ser el Guerrero Solitario —dijo Lasgol.

Junto a la roca esperaban Ingrid, Nilsa y Viggo con cara de resignación.

—¿No-encontráis-el-pañuelo? —preguntó Gerd, brazos en jarras, intentando respirar.

—Muy perspicaz —dijo Viggo con una mueca de desagrado.

—El mapa marca esta roca. —Ingrid señaló a su espalda—. Pero hemos buscado por todas partes alrededor de ella sin suerte…, incluso hemos palpado por si no está a la vista.

—Nada —reiteró Nilsa cruzando los brazos.

Lasgol y Egil se quedaron pensativos, contemplando el lugar y sus opciones. Gerd se dejó caer al suelo; resoplaba como un caballo agotado. Al cabo de un momento, Lasgol tuvo una corazonada.

—Ayudadme —pidió acercándose a la roca.

—¿Qué vas a hacer? —quiso saber Ingrid.

—Voy a subir. A menos que ya lo hayáis hecho.

—No…, no se nos ha ocurrido escalar —respondió ella avergonzada, y se puso bajo la roca—. Sube por encima de mí.

Lasgol trepó sobre Ingrid y comenzó a subir por la roca. No era sencillo: no había buenos puntos de agarre, pero a él se le daba bien escalar, era algo que le encantaba. Con un poco de esfuerzo y perseverancia, consiguió llegar hasta arriba.

—¿Seguro que no te has criado entre monos? —dijo Viggo no sin cierta admiración.

—¿Hay algo ahí arriba? —Fue la pregunta de Egil.

—Sí. Lo tengo. Son instrucciones —contestó Lasgol y bajó.

—¿Qué dicen? —Nilsa no podía contenerse.

Lasgol leyó:

—«Tres tiros, una diana, una recompensa.»

—No entiendo… ¿Qué diana? —dijo Viggo mirando alrededor.

—No se ve desde aquí. Está detrás de ese bosque, en la copa de un pino —dijo Lasgol señalando al este—. La diana solo se ve desde ahí arriba.

—¡Serán retorcidos! —protestó Viggo.

—Y nosotros venga a buscar… —se quejó Nilsa.

—¿Quién tirará? —preguntó Egil.

Todos miraron a Ingrid, ella era la mejor tiradora del grupo con diferencia.

—Está bien. Yo tiraré —aceptó ella decidida.

Esa vez fue Lasgol quien ayudó a Ingrid a escalar. Cuando consiguió llegar arriba, les hizo una seña. Lasgol la observaba. Era noche cerrada, pero la luna lucía casi llena. Había algo de visibilidad, pero aquel tiro era solo para campeones, y él lo sabía. Ingrid armó el arco, respiró hondo y apuntó. Allí arriba, con el arco armado, parecía una diosa guerrera. Pasó un momento tenso y, dejando salir el aire, soltó la flecha con suavidad. Todos observaron el vuelo deseando que acertara.

Falló.

—¡Maldición! —protestó ella.

—No te desanimes —le dijo Gerd.

—Es el viento —explicó ella, y se arrancó unos cabellos y los dejó caer frente a su nariz para determinar su dirección—. Del este. Ajustaré el tiro.

—¡Ánimo! —dijo Nilsa aplaudiendo con fuerza.

Ingrid le hizo un gesto para que se tranquilizara.

—Lo siento…, la emoción…

La capitana repitió de forma metódica los movimientos del tiro. Ajustó y soltó. La flecha voló, directa a la diana. En el último instante, se desvió un poco y falló.

—Nada —espetó Ingrid frustrada.

Los ánimos del equipo comenzaron a enfriarse.

—No es por ponerte nerviosa ni nada, pero solo nos queda una oportunidad. —Era Viggo.

La muchacha le lanzó una mirada de odio. Él le sonrió.

—He compensado demasiado. Esta vez no fallaré —aseguró.

Repitió el tiro, pero esa vez la compensación fue menor. La flecha se dirigió hacia la diana. Todos contuvieron el aliento.

La alcanzó.

—¡Sí! —gritó llena de júbilo.

Algo cayó al suelo justo cuando la flecha se clavó en la diana.

—¡Eres la mejor! —chilló Nilsa.

Ingrid sonrió.

—Id a ver, creo que ha caído algo al suelo al hacer diana —les dijo.

Nilsa y Viggo corrieron hasta la diana cruzando el bosque. Allí estaba: una bolsa de cuero. En el interior un mapa envolvía una piedra y el tercer pañuelo de guardabosques.

—¡Marca el final! Ya sabemos adónde tenemos que ir —exclamó Nilsa saltando de alegría según regresaban.

Ingrid bajó de la roca.

—Tenemos que apresurarnos. No nos queda mucho tiempo. Recordad, tenemos que llegar antes del amanecer y todos juntos.

De pronto, se dieron cuenta de que Lasgol se había quedado retrasado.

—Lasgol, ¿qué ocurre? —le preguntó Egil.

El chico no habló.

—¿Qué te pasa? ¿Estás bien? —repitió Ingrid.

Lasgol cayó de rodillas.

—¡Lasgol! —gritó Nilsa.

Corrieron hasta él. Al alcanzarlo se dieron cuenta de lo que sucedía. ¡Tenía una flecha clavada en el brazo! Se quedaron helados.

—¿Qué ha pasado? —exclamó Ingrid incrédula.

—No sé… Me he girado… He sentido un golpe y… una punzada de dolor —balbuceó el chico.

—Un accidente —dijo Nilsa mirando el arco de Ingrid.

—Algún otro equipo en la zona… un tiro errado… —aventuró Gerd con ojos llenos de terror.

—No, esto no es un accidente, me huele mal… —dijo Viggo mirando en todas direcciones.

—Si lo ha alcanzado en el brazo al moverse, podemos deducir que el tiro buscaba el corazón —predijo Egil y señaló el bosque al norte.

Viggo tiró de Lasgol y lo tumbó en el suelo.

—Pueden volver a intentarlo.

Ingrid reaccionó:

—¡Agachaos todos! ¡Hay un tirador en algún lado!

Todos se echaron al suelo y se quedaron quietos observando en silencio. Pero en mitad de la noche, con solo la luna como iluminación, no podían ver más allá de una decena de pasos.

—Lasgol, ¿cómo estás? —preguntó Ingrid.

—Me duele…, pero no demasiado.

—En estos casos hay que aplicar un torniquete para evitar la pérdida excesiva de sangre —explicó Egil.

—Yo me encargo —dijo Viggo, y sacó su cinturón. Lo apretó muy fuerte cuatro dedos por encima de la herida—. No respires ahora, voy a quebrar la saeta.

Lasgol asintió. Con un golpe seco, Viggo la partió.

—Ya está. Evitará que empeore la herida. No podemos sacar la punta aquí, hay que llegar a algún lugar seguro.

—Entonces, salgamos de aquí —dijo Ingrid—. Lasgol, ¿puedes correr?

—Creo… que sí.

—Podrá; está en *shock*, pero pronto pasará —dijo Viggo.

—¿Cómo sabes tú todo esto? —le preguntó Ingrid.

—Digamos que ya lo he vivido, mi vida pasada ha sido bastante *interesante* —respondió Viggo y les mostró una cicatriz en el hombro derecho.

La capitana suspiró.

—Pues corramos. ¡Vamos! ¡Seguidme!

Los seis echaron a correr con la cabeza gacha, buscando las sombras, como les habían enseñado. Ingrid abría camino siguiendo el mapa. Debían ir hacia el este, hasta la cañada Azul, desde allí todo en dirección sur hasta el campamento. Durante largo rato avanzaron sin que nadie dijera nada, temerosos de que los atacaran desde las sombras, mirando recelosos en todas direcciones. Corrían tan rápido como podían, en fila de a uno, con Lasgol en medio. No pararon hasta alcanzar la cañada Azul. Era inconfundible: las dos laderas estaban recubiertas de flores azules de grandes pétalos.

—Ya estamos —anunció Ingrid.

—¿Cómo estás, Lasgol? —se interesó Egil.

Viggo y Gerd observaban la retaguardia por si alguien los había seguido.

—Bien… Me duele…, pero bien…

—Hay que llegar al campamento —dijo Nilsa.

—Todavía nos queda un buen trecho —añadió Ingrid mirando a Lasgol con preocupación.

—Hemos de apresurarnos, está perdiendo mucha sangre —dijo Egil.

—¡Vamos, lo conseguiremos! —los animó Ingrid.

Se pusieron a andar, ya no podían correr. Iban en dirección sur. Ingrid, Nilsa y Viggo marcaban el ritmo, uno bastante vivo. Egil y Gerd iban con Lasgol, y, para sorpresa de todos, aun exhaustos mantenían el paso y lo ayudaban. Las piernas les dolían horrores, los pulmones les ardían, apenas podían pensar, pero la preocupación por Lasgol hacía que continuaran adelante. Ingrid lanzaba miradas sobre su hombro para comprobar si los otros los seguían; aunque pareciera sorprendente, así era. Egil y Gerd se esforzaron al máximo para ayudar a Lasgol, no se dejaron vencer por el agotamiento, acompañaron a su amigo.

—¡Ya casi estamos! ¡Un último esfuerzo! —anunció Ingrid.

Las luces del campamento ya estaban a la vista. Y, en ese momento, Lasgol cayó al suelo.

—¡Esperad! —gritó Egil.

Ingrid se detuvo y dio la vuelta. Viggo y Nilsa la siguieron.

—¡Lasgol! ¡Vamos, ya estamos! —lo animó Gerd.

—Ha perdido mucha sangre. No puede seguir —dijo Egil.

—Entonces llevémoslo —propuso Ingrid.

—Yo te ayudo —dijo Viggo.

Ingrid lo miró extrañada. Viggo la ignoró. Sujetaron a Lasgol por las axilas entre los dos y se pusieron rumbo al campamento. Egil, Gerd y Nilsa los seguían de cerca. Estaban tan preocupados que olvidaron su propio agotamiento.

El grupo cruzó la meta justo antes del alba. Los instructores los esperaban.

—El equipo de los Panteras completa la prueba por equipos a tiempo —anunció el instructor mayor Oden sin poder disimular su mayúscula sorpresa.

—¡Ayuda, por favor! ¡Tenemos un herido! —pidió Ingrid.

Oden se acercó con varios instructores.

—¿Qué demonios ha pasado?

—Han intentado matarlo —contestó Viggo señalando la herida.

Oden lo miró con cara de desconcierto total.

—Tiene una flecha en el brazo y ha perdido mucha sangre —dijo Egil.

—¡A la enfermería! ¡Rápido! —ordenó Oden a los instructores, que se lo llevaron a la carrera.

Mientras lo portaban medio inconsciente, Lasgol vio el sol salir. «Lo hemos conseguido», pensó muy orgulloso. De pronto, sintió el gélido toque de la muerte.

El corazón se le paró.

Capítulo 19

LA CRIATURA ESTABA DESCONSOLADA. EGIL TRATABA DE CALMARLA, aunque no había forma. Chillaba y saltaba de un lado a otro. Intentaba cogerla, pero no era capaz; corría por toda la cabaña como loca. Gerd se subió a su litera asustado ante los chillidos y correteos del pobre animal.

—Deberíamos ponerle una trampa, para eso nos enseñan —habló Viggo.

—¡Cómo puedes ser tan mala persona! —le dijo Ingrid—. ¿No ves que está así por Lasgol?

—Más razón para capturarlo y *tranquilizarlo* —respondió.

—Tú no vas a *tranquilizar* a nadie —le dijo Ingrid con los brazos cruzados sobre el torso zanjando la cuestión.

—Aguafiestas…

Nilsa observaba a la criatura desde la distancia. No quería intervenir, aquel animal tenía magia y la magia era su enemigo.

—Egil, tienes que conseguir que se calme. Va a llamar la atención de Oden o la de los otros equipos. Hace demasiado ruido —le dijo Ingrid.

—Lo intento… No creas que no lo intento… —respondió el chico, que estaba sin aliento de perseguir a la criatura por toda la cabaña.

—Pobre animalito —se compadeció Gerd desde su cama, aunque, como le tenía miedo, no se acercaba por si acaso.

Egil consiguió arrinconarlo. Fue a cogerlo y el animal se hizo invisible.

—Oh… lo he perdido.

—Bueno, al menos no chilla —dijo Viggo.

—Pobre —repitió Gerd con los ojos húmedos.

Lasgol despertó con un terrible dolor de cabeza. No sabía dónde estaba ni qué ocurría. Intentó enfocar la visión. Estaba tumbado bocarriba. Distinguió un techo de madera, pero aquel no era el techo de su cabaña. Intentó incorporarse. Las fuerzas le fallaron y se cayó de espaldas sobre el lecho.

—Quieto. Estás demasiado débil para incorporarte —dijo una voz de mujer que no reconoció.

—¿Dónde… estoy?

—En la enfermería. Llevas tres días aquí.

—¡¿Tres días?!

—Sí, desde que te trajeron al borde de la muerte.

Lasgol giró la cabeza y consiguió centrar la visión en el rostro de la mujer. Era mayor y no vestía como los guardabosques.

—¿Quién eres?

—Me llamo Edwina Sommerfeld, soy una sanadora del Templo de Tirsar.

—Oh… —balbuceó él.

Lasgol cerró los ojos y recordó lo que su padre le había contado sobre la Orden de Sanadores con base en el Reino de Rogdon, el reino del oeste, hogar de los Lanceros Montados de Plata y Azul. Un instante después, abrió los ojos y preguntó sin pensarlo dos veces:

—¿Qué hace una sanadora de Rogdon en el campamento de los guardabosques del Reino de Norghana?

La sanadora, cogida por sorpresa, comenzó a reír.

—Veo que estás débil de cuerpo, pero tu mente sigue muy despierta.

—Yo… Lo siento, señora.

—No hay nada que perdonar. Es una pregunta lógica. Los reinos de Rogdon y Norghana son rivales, siempre lo han sido. Los señores de los llanos verdes del Oeste y los señores del helado Norte compiten por la primacía sobre nuestra querida Tremia. Pero la Orden de Sanadores de Tirsar sirve a todos por igual. Estamos allí donde se nos necesita. Dolbarar pidió a nuestra líder hace muchos años que una sanadora acudiera a ayudar a este campamento. Somos muy pocas las que hemos sido bendecidas con el don de la sanación y no podemos aceptar todas las peticiones de ayuda, pero esta lo fue y me enviaron aquí. Desde entonces este ha sido mi hogar. Ayudo a sanar a todos los que pasan por este campamento. Llevo muchos años aquí y he de decir que me mantenéis extremadamente ocupada año tras año.

—Yo… no sé qué ha pasado… un accidente… otro iniciado durante la prueba —balbuceó; intentaba encontrar algún sentido a lo que le había sucedido.

—No pienses en eso ahora. Descansa y recupérate. Bebe esto, es una infusión que te ayudará a recuperarte.

Lasgol tomó el cuenco y le dio un sorbo.

—Aghhh, sabe horrible —se quejó.

—Sí, pero lo necesitas. Tómatelo. Tu cuerpo está muy débil —respondió la sanadora.

El muchacho obedeció. Lo bebió y al poco cayó rendido.

Despertó dos días después.

—¿Qué tal te encuentras hoy? —le preguntó Edwina.

—Mejor… Creo…

—Intenta incorporarte. Despacio.

Se apoyó y esa vez las fuerzas no le fallaron. Lo consiguió.

—Mucho mejor —dijo Edwina con una gran sonrisa—. Tómate esta tisana, te ayudará.

Lasgol así lo hizo. Sabía tan mal como la anterior, pero no se quejó.

—¿Y mis compañeros?

—Están todos bien, tranquilo. Vienen cada día a preguntar por ti, pero estabas demasiado débil para visitas. Si a la tarde estás mejor, les dejaré que pasen.

—Gracias —sonrió Lasgol.

Un rato después la puerta de la habitación se abrió y entró Oden con rostro serio. Como era costumbre en él, llevaba el pelo cobrizo en una coleta. Lo miró con aquellos intensos ojos ámbar.

—Iniciado —saludó con un gesto seco.

—Instructor mayor —respondió Lasgol.

—Necesito hacerte un par de preguntas sobre lo sucedido.

Lasgol asintió.

—¿Viste quién tiró contra ti?

—No…, estaba demasiado oscuro…

—¿No viste nada, ni una figura, ni un destello? ¿Nada?

—No… Estaba mirando cómo Ingrid tiraba y me moví para seguir mejor el tiro… y fue cuando lo sentí… un golpe duro, luego una punzada de dolor agudo…

—Ese movimiento te salvó la vida. La flecha buscaba tu corazón. ¿Y no viste nada que pueda ayudarnos a capturar al culpable?

—¿Culpable? ¿No fue un accidente? ¿Otro equipo que realizaba la prueba cerca?

Oden frunció el ceño y negó con la cabeza:

—Había otros equipos cerca, sí, pero no fueron ellos.

—¿Cómo lo sabe, señor?

—Hemos encontrado el arco en el lugar en que se realizó el tiro. La trayectoria desde ese lugar hasta donde te alcanzó la saeta indica que habían apuntado a tu corazón.

Lasgol tragó saliva.

—Entiendo…

—Hay un detalle más —continuó Oden.

—¿No me remató?

—Eres listo, una pena que seas hijo de quien eres.

Lasgol frunció el ceño, pero no dijo nada. No merecía la pena.

—No te remató porque no le hacía falta. La flecha estaba envenenada.

La cara de Lasgol se volvió blanca por la sorpresa.

—¿Envenenada?

—Veneno ralentizador —dijo Edwina—. No sé cómo has sobrevivido, deberías estar muerto. Bueno, para ser exacta, lo hiciste.

—¿Cómo? ¿Morir? —preguntó Lasgol horrorizado.

—Eso parece —contestó Oden—. Cuando te entregué a la sanadora, tu corazón ya no latía. Estabas muerto. Ella obró un milagro.

Lasgol miró a Edwina con rostro de haber visto un fantasma.

—El veneno va ralentizando el corazón hasta que este deja de latir —explicó Edwina—. Cuando Oden te trajo hasta mí estabas muerto, tu corazón había dejado de latir hacía un momento. Por suerte, no era demasiado tarde. Usé mi don sanador para reanimarte el corazón; una vez que conseguí que volviera a latir, me centré en combatir el veneno. Eso ha sido más complicado, me ha llevado días.

—No… No puedo creerlo.

—Créelo —le dijo Oden.

—Lo sorprendente es que no murieras antes de llegar al campamento; el veneno era potente —confesó Edwina mientras examinaba al chico—. La única explicación racional que encuentro es que, debido al tremendo esfuerzo que estabas haciendo para llegar a la meta, la ralentización fue más lenta. Eso o que tienes el corazón de un caballo. —Sonrió ella.

Lasgol recordó lo que le había costado llegar.

—Sí..., corríamos con toda nuestra alma...

—Y con todo vuestro corazón. Cuando dejaste de correr, el veneno terminó de hacer su trabajo.

Lasgol asintió. No podía creer que alguien hubiera intentado asesinarlo.

—Dolbarar quiere verte.

—¿Ahora? —preguntó Edwina.

Oden hizo un gesto afirmativo.

—Voy a asegurarme de que no quedan restos del veneno en su cuerpo.

El instructor mayor hizo un gesto de intenso desagrado.

—Esperaré fuera mientras haces... tus... cosas —dijo, y se marchó raudo.

Edwina sonrió:

—Al guardabosques no le gusta mi don. Bueno, a él y a la mayoría. No lo entienden y el hombre tiende a temer aquello que no entiende.

—¿Te refieres a tu magia?

—Sí, aunque nosotros no lo llamamos así. Para nosotros, los pocos que hemos sido bendecidos con él, es el don o el talento, como se le conoce en el Norte. Es curioso; ni siquiera pueden verlo, pero, aun así, lo temen. Tú no tienes miedo, ¿verdad? —preguntó ella con una sonrisa traviesa y un tono de sospecha.

Lasgol se dio cuenta de que lo había analizado con su don, y, por lo tanto, había descubierto su secreto... Negó con la cabeza.

—¿No lo saben, verdad? —le preguntó Edwina.

—No, nadie...

—Está bien, estate tranquilo; será nuestro secreto —le dijo ella y le guiñó el ojo.

—Gracias…

La sanadora hizo que se tumbara en la cama y le impuso las palmas de las manos sobre el pecho. Cerró los ojos y se concentró. De pronto, Lasgol vio un destello azulado y una energía que partía de las manos de la sanadora y entraba en su cuerpo. Sintió algo de calor en el pecho y, por un momento, se asustó. Pero observó el rostro de Edwina y supo que no le ocurriría nada malo. Al cabo de un buen rato, la mujer abrió los ojos y retiró las manos. Lasgol vio desaparecer el destello azul y lo siguió con la mirada. Edwina se percató de ello.

—Puedes verlo, ¿verdad?

—Sí… —reconoció él, que sabía que solo aquellos con el don eran capaces de percibir los destellos y la energía de este cuando estaba siendo utilizado.

La sanadora lo miró a los ojos un instante y sonrió.

—No veo rastro de veneno en tu organismo. Todo bien. Puedes vestirte e ir con Dolbarar, pero luego regresa a verme para que te dé unas pociones que te ayudarán.

—Muchas gracias… No sé cómo agradecérselo, señora.

—No hay nada que agradecer. Es mi vocación —le dijo ella con una sonrisa—. Ahora ve, te esperan.

Oden aguardaba fuera. Le hizo un gesto y se pusieron en marcha. La enfermería estaba al sur del campamento, en el lado opuesto a los establos. Lasgol no se había fijado en el pequeño edificio blanco rodeado de un huerto. Aún había muchas cosas que desconocía de aquel lugar.

Llegaron hasta la Casa de Mando y entraron. Al cruzar la gran sala, Lasgol vio a los cuatro guardabosques mayores. Estaban hablando sentados frente a un fuego bajo. Al darse cuenta de que

Lasgol había entrado, se callaron. Lo observaron. Oden los saludó con respeto y ellos devolvieron el saludo. No dijeron nada. Oden lo acompañó hasta estar en presencia de Dolbarar en su despacho particular en la segunda planta.

—Gracias, Oden —lo despidió Dolbarar.

El líder de los guardabosques estaba sentado detrás de un enorme escritorio de roble. Tenía varios pergaminos sobre la mesa y en un extremo había un tintero con una pluma blanca. Cerró el libro que consultaba y miró al muchacho de arriba abajo.

—Siéntate, por favor; estarás débil todavía.

—Estoy bien, señor.

Dolbarar sonrió:

—Ese es el espíritu. Has tenido suerte. Ese veneno casi acaba contigo.

—La sanadora me ha salvado.

Dolbarar asintió:

—Es una vieja amiga y su labor es impagable. Este asunto es feo de verdad y me tiene muy preocupado. Un intento de asesinato... es algo muy grave. Rara vez ha ocurrido algo así aquí. Accidentes, muchos. Reyertas, algunas. Expulsiones por mal comportamiento, también. Pero intentos de asesinato muy rara vez... Muy preocupante... —dijo y se quedó con la mirada perdida.

Lasgol lo observaba sin saber qué decir. A pesar de su edad avanzada, cerca de los setenta años, proyectaba agilidad y poder. Lasgol no lo había visto nunca tan de cerca, así que lo estudió. Le llamaron la atención sus intensos ojos esmeralda. Su rostro era amable, pero mostraba determinación. El pelo largo, liso, hasta los hombros, blanco por completo y la cuidada barba nívea recortada a un dedo de grosor lo hacían inconfundible.

—¿Alguna idea de quién desea verte muerto?

—No, señor...

—Siendo quien eres o, mejor dicho, siendo hijo de quien eres, seguro que tienes bastantes enemigos…

—No por mi parte…, pero algunos me odian, eso es cierto.

—No hay que subestimar nunca el odio de los hombres. Es un sentimiento muy poderoso, capaz de conducirlos a llevar a cabo actos impensables.

—Como matarme…

—Exacto. Aquí hay mucha gente que no quiere que consigas graduarte. Eso lo sabes bien. Tanto entre los iniciados y los de segundo y tercer año como entre los guardabosques. No creas que estoy ciego. Puedo ser viejo, pero mis sentidos y mi instinto funcionan a la perfección. Al menos de momento.

—No creo que sea ninguno de ellos…, de verdad que no lo creo…

—Una lista me ayudaría a eliminar sospechosos.

—Señor, no podría…

—Está bien, lo entiendo. Te honra. Dejémoslo estar. Pero si ves que alguien va un poco más allá de lo que debiera, me informarás al momento.

—Sí, señor.

—Lo que me preocupa es ese veneno… es uno de los nuestros. Se aprende durante el tercer año en la maestría de Naturaleza, lo cual apunta a que el asesino es uno de nosotros…

—¿Un guardabosques?

—Podría ser cualquiera de los nuestros. Desde un instructor a un aspirante de cualquiera de los tres cursos. Pero, seguro, alguien del campamento con conocimiento o acceso a los venenos que la erudita Eyra guarda bajo llave. Eso hace que la situación sea complicada. Apunta a que tengo una manzana podrida entre los míos. Eso es algo que detesto sobremanera. Si bien es cierto que nunca se puede saber si un joven se torcerá y abandonará el sendero del guardabosques a lo largo de los años, los guardabosques rara vez se tuercen, muy rara vez. Aquí enseñamos lealtad al reino, honradez, disciplina, servicio. No todos los que pasan por aquí son grandes hombres, pero a todos los moldeamos y les damos las herramientas para que puedan llegar a serlo. Si uno nos traiciona…

—Entiendo… Esto sería una mancha para el cuerpo…

—Si se confirma lo que temo, así es. He informado a Gondabar, maestre guardabosques del rey, nuestro líder. Está en la capital, en Norghania, en la corte. Sirve a Uthar allí. Estoy seguro de que este asunto lo preocupará.

Lasgol se quedó pensativo. Si había un guardabosques traidor, y habían avisado al líder de los guardabosques, eso significaba que estaba en un buen aprieto.

—Te aseguro que haré cuanto esté en mi mano para desenmascarar al asesino. Y nos encargaremos de vigilarte para que nada te suceda. Puedes estar tranquilo. Es mi responsabilidad.

—Saberlo me tranquiliza mucho. Gracias, señor.

Dolbarar se levantó y avanzó hasta la ventana. Observó el exterior con mirada nostálgica.

—Yo conocía bien a Dakon, tu padre —dijo.

Lasgol se tensó.

—¿Sí?

—Era un guardabosques excepcional. Fue el más joven en llegar a ser guardabosques primero. Sobresalía en las cuatro maestrías, nada se le resistía. Los años que pasó aquí brilló en todo. Los guardabosques mayores de las maestrías competían por tenerlo en sus especializaciones. De verdad que fue un alumno sobresaliente.

—No lo sabía, señor.

—¿Sabes qué especialidad eligió?

—No, señor. No me contó mucho sobre su vida como guardabosques.

Dolbarar asintió:

—Así debe ser. Así lo marca *El sendero del guardabosques*. Un guardabosques ha de mantener siempre el secreto del sendero, pues solo recorriéndolo por sí mismo puede entender y asimilar sus enseñanzas como dogma de vida. Pero yo puedo confiártelo. Decidió ser cazador de magos de la maestría de Tiradores. No había nadie mejor con el arco. Podía alcanzar una diana en movimiento a cuatrocientos pasos. Era excepcional. Eligió esa especialización sobre otras no por su gran habilidad con el arco, sino por su deseo de proteger al rey de magos y otros enemigos con el don, pues son los más difíciles de neutralizar.

—Entiendo…, magia…

—Un cazador de magos es capaz de matar a un mago, pues el alcance de su arco sobrepasa el alcance de la magia enemiga.

Lasgol entrecerró los ojos. Aquello era interesante. Siempre había pensado que los magos eran más poderosos que el resto: infantería, caballería, arqueros, guardabosques…

—¿Lo sabías?

—No…, no lo sabía.

—Pero si el mago se acerca a doscientos pasos, entonces el cazador de magos está perdido, ya que el mago es mucho más poderoso y a esa distancia puede usar su magia sobre él.

—Ya veo…

—Yo mismo recomendé a Dakon al rey Uthar. No había nadie mejor para defenderlo de magos y hechiceros enemigos. Y resultó ser un acierto. El rey y tu padre se hicieron grandes amigos. Uthar lo quería con él en todo momento. No abandonaba Norghania, la capital, si Dakon no lo acompañaba. Se convirtió en su guardaespaldas personal. Rara vez lo enviaba en misiones a menos que fueran de importancia, pues quería tenerlo a su lado. Y en ese tiempo la amistad entre ellos creció. Eran como hermanos, inseparables. Todos los años el rey acude a la ceremonia de Aceptación, aquí, en el campamento, al final del invierno. Siempre venía con Dakon. Recuerdo las largas conversaciones que solíamos tener los tres… aquí mismo y junto al fuego, en la sala común, tomando vino noceano… Qué recuerdos tan buenos —dijo con una mirada cargada de melancolía.

Lasgol observaba a Dolbarar, quería preguntarle qué había pasado en realidad; él debía saberlo o, al menos, tendría una buena perspectiva sobre lo que pudo pasarle a su padre. Pero no se atrevió y guardó silencio.

Dolbarar volvió a la realidad.

—Perdona, me he dejado llevar… Los recuerdos, a veces, nos trasladan a tiempos mejores. —Sonrió.

Lasgol respiró profundo, se armó de valor y preguntó; no tendría mejor oportunidad:

—Señor, ¿qué le pasó a mi padre?

Dolbarar inclinó la cabeza y lo miró con ojos tristes.

—Eso mismo me he preguntado yo un millón de veces. Me gustaría poder ofrecerte una explicación. Pero, por desgracia, no la tengo. La última vez que vi a tu padre fue aquí mismo…, en la ceremonia de Aceptación, acompañando al rey. Todo parecía como siempre. No percibí nada anómalo en él… Disfrutamos muchísimo de la ceremonia. Uthar estaba encantado con la visita. Me confió que la amenaza de Darthor, el Señor Oscuro del Hielo, crecía; que todos los informes indicaban que pronto lo atacaría para arrebatarle el reino. La amenaza era real. Lo tenía en un estado de alarma constante y la escapada a la ceremonia le había proporcionado unos días de descanso y paz que agradecía. Dakon aprovechó la visita para hablar con los guardabosques mayores y algunos amigos instructores. Incluso se tomó una tarde libre, con la venia del rey, para recorrer las afueras del campamento y recordar viejos tiempos. Marcharon tras finalizar la ceremonia. Cinco días después, sucedió…

—La traición…

Dolbarar asintió despacio, con pena:

—Tu padre condujo al rey Uthar a una emboscada en la Garganta del Gigante Helado.

—Mi padre no tenía por qué saber que Darthor había preparado la emboscada en ese paso.

—Cierto. Pero tu padre insistió en tomarlo. Hay tres pasos que cruzan las Montañas Eternas del nordeste. Darthor estaba reuniendo sus fuerzas en la costa, tras las montañas. Los generales sugirieron tomar el paso más al sur, el Paso del Orador; sin embargo, Dakon insistió en el paso más al norte, la Garganta del Gigante Helado. Uthar desoyó a sus generales e hizo caso a tu padre. Tomó el paso más peligroso. Y allí ocurrió la emboscada.

—No es suficiente prueba para mí…

Dolbarar suspiró:

—Hay una prueba adicional que, por desgracia, es irrefutable. Y tú lo sabes. Aunque es probable que no quieras aceptarla. Tu padre tiró contra el rey. Intentó matarlo. Lo alcanzó y casi le dio muerte —sentenció—. Eso es incontestable y una prueba irrefutable. Si no llega a ser por Sven, comandante de la Guardia Real, que empujó al rey en su caballo al ver el ataque de Dakon, Uthar habría muerto. La saeta alcanzó al rey en la clavícula izquierda, aunque iba dirigida al corazón.

—Pudo ser un accidente —arguyó Lasgol.

—Siendo otro hombre, podría considerar esa idea…; siendo Dakon, guardabosques primero del reino, no puedo. —Dolbarar negó con la cabeza—. Si tiró, fue con deliberación. Él nunca tiraría por error. Siento aplastar tus esperanzas, pero es así.

Lasgol bajó la cabeza. No sabía qué pensar, tenía un nudo en la garganta y se le humedecieron los ojos.

—Todos deseamos que nuestros padres sean perfectos, pero la realidad nos enseña que no es así. Son seres humanos, y estos tienen defectos, queramos verlos o no. A algunas personas esos defectos las conducen, con el tiempo y bajo circunstancias extremas, a cometer actos impensables, incomprensibles.

—¿Qué… lo condujo a hacerlo? —preguntó Lasgol balbuceando. Una lágrima se le deslizó por la mejilla.

Dolbarar negó despacio varias veces:

—No lo sé… Ojalá tuviera la respuesta, créeme; dormiría mucho más tranquilo. Pero no la tengo.

Lasgol tragó saliva y se recompuso.

—Dicen que un mago del hielo del rey lo mató. ¿Es cierto?

—Eso me temo —respondió Dolbarar—. Fue Olthar, mago real, quien cabalgaba a la derecha de Uthar y lo defendió. Mató a Dakon con una jabalina de hielo.

—Lo mató…; sin embargo, no hubo funeral…

—Los condenados pierden ese honor. El rey estaba fuera de sí por la traición. Nunca se ha recuperado, ni de la herida ni de la traición de su mejor amigo.

—¿Qué fue del cuerpo de mi padre?

—No lo sé. Supongo que lo enterrarían en una fosa común con todos los que cayeron en la batalla contra Darthor.

—Entiendo…

—Has de dejar el pasado atrás. Esas no son tus acciones, son las de tu padre. No puedes llevar esa carga sobre los hombros o te arruinará. Olvídalo, mira al futuro, a tu futuro. Si deseas ser un guardabosques por voluntad propia, no por tu padre, no me opondré. Se te tratará con igualdad, como a todos los aspirantes. Pero si estás aquí por tu padre, te aseguro que no lo conseguirás. El peso de la carga te hundirá y fracasarás. —Lasgol asintió. Miró al suelo—. Como ya anuncié a todos se avecinan tiempos difíciles una nueva vez. Darthor ha regresado al norte, más allá de las Montañas Inalcanzables. Se dice que está reuniendo fuerzas para atacar el reino. Y ahora tiene ayuda de seres poderosos.

Lasgol levantó la mirada.

—¿Seres poderosos?

—Son solo rumores, no hay prueba alguna, pero se habla de bestias del hielo. Se dice que le sirven. Los conduce junto con su ejército de salvajes y bestias del Continente Helado.

—¿Tiene bestias en su ejército? —continuó con las preguntas Lasgol.

—Sí. Troles de las nieves, ogros corruptos y otras bestias. O eso se rumorea.

—¿Cómo puede Darthor controlarlos?

—Es un gran mago, tiene mucho poder —respondió Dolbarar.

—Creía que era un mago del hielo que había sido corrompido por el mal…

—No, mi joven iniciado, no creas todo lo que el pueblo cuenta. Darthor no es un mago del hielo, es algo diferente…, poderoso… muy poderoso.

—¿Es un hechicero, entonces?

—Podría ser, lo desconozco. El tipo de magia que practica es algo que desconocemos. Pero si puede dominar bestias y criaturas mágicas, no es un mago común. Dicen que ahora es más poderoso que la última vez que lo intentó, y en aquella ocasión casi nos derrotó. El rey sobrevivió a la emboscada gracias a la pronta acción de Sven y Olthar, que lo sacaron de allí con vida de milagro. Una semana más tarde, aún convaleciente, reunió las tropas reales y cruzó el paso al sur. Se enfrentó a Darthor y sus fuerzas, y los derrotó. Pero Darthor consiguió huir. Esta vez será más difícil rechazarlos.

Lasgol se quedó pensativo asimilando todo lo que Dolbarar le había dicho. Este se dio cuenta del semblante serio del muchacho. Abrió los brazos en gesto amistoso.

—Tú no debes preocuparte por estas cosas, en nada te atañen. El rey, los generales y los guardabosques se encargarán de Darthor.

Tú, mi joven iniciado, concéntrate en pasar las pruebas. Y mantente atento. Si percibes cualquier movimiento en tu contra, quiero que vengas a contármelo de inmediato. ¿De acuerdo?

Lasgol suspiró:

—Sí, de acuerdo.

—Muy bien. Ahora retírate con tu equipo y mañana ve a visitar a la sanadora para que se asegure de que estás bien y puedes reanudar la instrucción.

Lasgol asintió y se marchó. Su mente le decía que todo señalaba a la culpabilidad de su padre, más después de lo que Dolbarar le había confiado; sin embargo, su corazón se empecinaba en no aceptarlo. Aquello era una auténtica tortura: no podía dejar el doloroso pasado atrás, tampoco avanzar hacia un futuro mejor. Y lo que era más importante, no le permitía centrarse en el peligro: había alguien en el campamento que quería matarlo.

Capítulo 20

LASGOL TUVO UN RECIBIMIENTO QUE NO ESPERABA. SUS compañeros estaban esperándolo en la cabaña. Según entró, se le echaron encima y lo acogieron entre abrazos, vítores y risas.

—¡Menudo susto nos has dado! —le dijo Ingrid mientras lo sujetaba de los brazos con fuerza.

—¡Cuánto me alegro de que estés bien! —aplaudió Nilsa, y le dio un beso en la mejilla.

Gerd lo levantó del suelo con un abrazo de oso.

—Menudo miedo pasé. ¡Pensé que habías muerto!

—Mejor si lo dejas en el suelo, grandullón —dijo Egil— o se le soltarán los puntos de la herida.

—¡Oh! ¡Claro! Qué bruto soy —se disculpó Gerd, y lo bajó al suelo.

Egil le dio un sentido abrazo.

—Estábamos muy preocupados —reconoció.

Hasta Viggo sonrió y le dio un par de palmadas en la espalda.

De pronto, se oyeron unos chillidos de animal procedentes del fondo de la estancia. La criatura saltó de la cama de Lasgol y atravesó la estancia corriendo para, de un brinco enorme, llegar a su pecho.

—¡¡Hola, chiquitín!!

La criatura le subió por el pecho y se le enroscó en el cuello. Comenzó a lamerle la mejilla.

—Ha estado como loco —dijo Egil—. Chillaba y lloraba todo el día.

—Y gran parte de la noche… —añadió Viggo con el cejo fruncido.

—No podíamos calmarlo —continuó Egil.

—Sigue sin dejar que nadie lo toque —explicó Gerd contrariado—. Aunque ya sabes que a mí me da miedo cogerlo…

—Ya, tú eres una montaña a su lado, tiene toda la lógica del mundo que le tengas miedo. —Viggo y su tono sarcástico—. Seguro que, si entra una rata en la cabaña, te subes a la cama de un salto.

—¿Una rata? ¿Dónde? —dijo con cara de susto.

Viggo se dio una palmada en la frente.

—Ya estoy aquí, pequeño; todo está bien —tranquilizó Lasgol a la criatura acariciándole la cabeza y el lomo crestado.

Se lo llevó hasta su cama y se sentó. Los otros se situaron a su alrededor. La criatura poco a poco se calmó. No dejaba de lamer a Lasgol con su lengua azulada.

—¿Cómo estás? —le preguntó Ingrid.

—¿Qué te han dicho? Corren todo tipo de rumores —quiso saber Nilsa.

—Si Dolbarar te ha llamado, es que cree que hay juego sucio —dijo Viggo.

Lasgol suspiró:

—Tranquilos. Os lo contaré todo. Sentaos.

Así lo hicieron, se sentaron frente a la cama de Lasgol, sobre la de piel de oso que cubría el suelo de madera. Les narró todo lo que le había pasado y lo que sabía. Cuando terminó, hubo un largo silencio.

—Has regresado de la muerte —dijo Egil—. ¡Eso es fascinante!

—¿Hay una sanadora en el campamento y no sabíamos nada? —dijo Nilsa, y torció el rostro.

—No empieces con la magia… —le recriminó Viggo.

—Las sanadoras, aunque persigan el bien, usan la magia, el mal, para alcanzar ese fin. No puedo estar a favor —respondió la chica.

—Pues, si no hubiera sido por ella, yo estaría muerto… —dijo Lasgol.

—Pero… —comenzó a contestar Nilsa, mas se quedó sin argumentos—. Aunque sea para el bien, sigue siendo magia y a la larga solo trae problemas.

—Yo creo que ha sido Isgord —dijo Viggo—. Ese te la tiene jurada.

—¿Dolbarar reconoce que el veneno es de los guardabosques? ¡Qué horror, eso apunta a uno de los nuestros! —Gerd no podía creerlo.

—Tenemos que protegerte, esto puede volver a pasar —dijo Ingrid.

Cada uno continuó con un hilo de conversación diferente. Lasgol se relajó y jugó con la criatura. Se encontraba demasiado cansado para responderles a todos y las conjeturas y teorías conspiratorias comenzaron a volverse de lo más variopintas y extrañas. Lasgol estaba contento de haber vuelto con sus compañeros. Muy contento. Se quedó dormido con las voces de sus amigos de fondo. Cuando despertó a la mañana siguiente, ya habían salido de instrucción. Estaba tan exhausto que ni había oído la flauta o las voces de Oden. Fue a visitar a la sanadora y se percató de que al pasar junto a los guardabosques estos detenían lo que estuvieran haciendo y lo observaban. Miró por encima del hombro y uno de ellos lo saludó. «Órdenes de Dolbarar…», pensó.

Edwina le dio unas pócimas y brebajes para que se los tomara cada noche durante una semana, y le dio permiso para reanudar la instrucción, a excepción del ejercicio físico matinal. Para eso necesitaba esperar dos semanas más. Lasgol le agradeció toda su ayuda.

—Que no vuelva a verte en tan malas condiciones —le dijo ella con el dedo índice levantado.

—¿Muerto, quieres decir? —bromeó.

Edwina soltó una carcajada.

—Cuídate mucho y estate alerta —le respondió guiñándole un ojo.

—Lo haré, muchas gracias por todo.

Lasgol se unió a sus compañeros en el comedor para la cena. Si antes ya todos lo miraban mal, ahora era incluso peor, y con mayor intensidad si cabía. Vio a Dolbarar y los cuatro guardabosques mayores en su mesa, y los saludó con un pequeño gesto. Ellos le devolvieron el saludo. Sus rostros eran serios. Lasgol era consciente de que se debía a lo sucedido.

—¿Qué te ha dicho la sanadora? —preguntó Gerd, que devoraba un muslo de pavo asado.

—Mañana me incorporo a la instrucción, pero no al ejercicio físico de las mañanas.

—¡Qué bien! —exclamó Nilsa.

—Te libras de dar vueltas al lago, qué suerte —dijo Gerd con envidia.

Lasgol se quedó perdido en sus pensamientos.

—¿Pasa algo? —le preguntó Ingrid.

—No… —dijo Lasgol—. Es que acabo de darme cuenta de que no sé qué ha pasado con la Prueba de Primavera. —Miró a sus amigos lleno de aprehensión, esperando las malas noticias.

Se hizo un silencio. Sus compañeros se miraban entre ellos. Nadie decía nada. Los rostros serios. Lasgol respiró hondo y se preparó.

—¿Tan mal? No recuerdo qué pasó en la prueba por equipos… Está todo borroso en mi mente…, tengo lagunas…

Nadie respondió.

—Hubo cinco equipos que no lograron terminar la prueba a tiempo —dijo Viggo—. Han sido penalizados con la pérdida de una Hoja de Roble de sus pruebas individuales. Son carne de expulsión.

Lasgol se tensó. Sin querer se mordió la lengua.

—¿Nosotros?

Un silencio tétrico siguió a las palabras de Viggo. Lasgol apretó la mandíbula esperando las malas noticias.

—¡A nosotros no nos han penalizado! —respondió Ingrid, y sonrió orgullosa.

Lasgol la miró con incredulidad. Luego a Egil y a Gerd; los dos sonreían de oreja a oreja.

—Es cierto —le dijo Nilsa asintiendo.

—Pero… ¿cómo?

—Pasamos la prueba por equipos —dijo Ingrid—, llegamos justo a tiempo. No nos han penalizado.

Lasgol resopló aliviado.

—Menos mal…

—Aunque, por otro lado, ya nos han comunicado los resultados de las pruebas individuales —dijo Viggo negando con la cabeza.

—¿Muy mal?

Viggo asintió con desánimo:

—Mucho.

Ingrid suspiró:

—Estos son los resultados. —Le pasó una nota.

	maestría de tiradores	maestría de fauna	maestría de naturaleza	maestría de pericia
ingrid	2	2	1	1
nilsa	2	1	2	1
gerd	1	2	1	1
egil	1	2	2	1
viggo	2	1	1	2
lasgol	1	2	2	1

Lasgol vio los resultados y el estómago le dio un vuelco. Eran muy malos. Malos de verdad. Peores de lo que esperaba.

—Puffff. Son horribles…

—Ya lo creo —coincidió Viggo—. Somos un fracaso.

El muchacho miró a sus compañeros con cara compungida. Se sentía fatal. Sin embargo, Egil, Gerd, Nilsa e Ingrid parecían contener una sonrisa. Se quedó descolocado.

—¿Estáis… sonriendo? —Los cuatro asintieron y comenzaron a sonreír de oreja a oreja—. No lo entiendo…

Ingrid le puso una mano en el hombro.

—Dolbarar nos ha otorgado una Hoja de Roble adicional a cada uno para usarla donde necesitemos por comportamiento excepcional durante la prueba al salvar la vida de un compañero.

—¿En serio?

—Sí. Casi te mueres —explicó Viggo—, y eso nos ha ayudado en las pruebas individuales.

—Pues me alegro… —dijo Lasgol con una mueca sarcástica, llevándose la mano a la herida—. Pero incluso con una hoja más, tampoco son resultados como para sonreír…

—Es que eso no es todo —continuó Ingrid—. Sonreímos porque Dolbarar nos hizo formar a los iniciados y lo anunció de manera formal para que todos lo supieran.

—¡Fuimos héroes por un día! —dijo Gerd lleno de orgullo.

—Y la envidia de todos —apuntó Nilsa sonriendo.

—Y con la ayuda de la hoja extra quizá consigamos remontar y que no nos expulsen al final. Nos da una oportunidad —dijo Egil con optimismo.

—Tenéis razón, es motivo para sonreír —convino Lasgol, y se sintió mejor.

Continuaron con la cena y disfrutaron de la conversación entre risas. La única mala noticia fue que Isgord y los Águilas habían vencido la prueba por equipos. Lasgol ya lo esperaba; eran el equipo más fuerte, ellos, los Jabalíes y los Osos. Estaban terminando cuando los Búhos se levantaron de su mesa y comenzaron a abandonar la cantina. Astrid y Leana se pararon junto a ellos.

—¿Cómo están hoy los héroes de la prueba por equipos? —bromeó Leana con tono jocoso y una sonrisa.

—¡Estamos fenomenal! —contestó Gerd con la boca llena.

—Nada como ser héroes para sentirse genial —exclamó Nilsa sonriente.

—Disfrutad del honor, os lo habéis ganado.

—Lo hacemos, créeme —dijo Egil.

—¿Y cómo está el moribundo? —preguntó Astrid, y dedicó una mirada preocupada a Lasgol.

—Estoy bien, no ha sido para tanto… —respondió él restándole importancia.

Astrid frunció el ceño.

—¿Seguro? Se rumorea que has vuelto del gélido reino de la muerte.

El chico se puso rojo.

—Bueno…, volver… no exactamente…

—Pero llegaste muerto a la enfermería, ¿verdad? —preguntó

Kotar, el chico moreno e introvertido del equipo de los Búhos—. O eso se dice…

Lasgol no supo qué contestar. Asgar, Borj y Oscar también se acercaron. Tenía a todo el equipo de los Búhos a su espalda, observándolo, esperando a ver qué decía.

—Fue solo un instante. Luego me reanimaron —confesó Lasgol.

—¿Veis? ¡Estuvo muerto! Pagad la apuesta —demandó Borj a sus compañeros.

—¡Eh! Yo también he ganado —dijo Oscar.

—No, de eso nada; tú apostaste que había cruzado la meta muerto. Y, en cambio, murió camino de la enfermería. ¿No? —Borj no estaba dispuesto a perder la apuesta.

Lasgol se encogió y sufrió un escalofrío; no quería recordarlo.

—¡Seréis brutos! —dijo Astrid, y le dio un empellón a Borj—. Dejadlo estar. Bastante ha pasado ya.

—Pero las apuestas… —protestó Asgar.

—Ya habéis oído al capitán —dijo Leana—, tirad para fuera, que no tenéis más que serrín en esas molleras vuestras.

Leana se llevó a los suyos fuera entre reprimendas mientras ellos discutían sobre quién había ganado la apuesta. Astrid observó a Lasgol un instante.

—No les hagas caso.

—Gracias, Astrid —aceptó, y se atrevió a mirar a la chica de ojos verdes un instante. Sintió un vacío en el estómago.

—Será mejor que tengas cuidado —le advirtió ella—. Si ya antes eras *conocido*, ahora lo eres mucho más.

Lasgol resopló:

—Lo tendré, gracias.

Ella sonrió y se marchó.

Aquella noche, mientras jugaba con la criatura, no podía dejar de pensar en la posible expulsión al final del año. Debía encontrar la forma de que no los expulsaran, ni a él ni a sus compañeros. Pero, al mismo tiempo, debía estar atento, muy atento: alguien había intentado matarlo y no sabía por qué razón. De pronto, el rostro de Astrid se le apareció en la mente. Cada vez que la veía se ponía nervioso y tampoco sabía por qué. Se quedó dormido imaginando cómo resolver todas esas incógnitas.

Los días siguientes fueron extraños. Lasgol se reincorporó a la instrucción ya recuperado de la herida y todo parecía normal, pero no lo era. Cuando corría alrededor del lago, miraba todo el rato a las sombras del bosque o se volvía para ver si alguien lo seguía. Estaba intranquilo. Creía ver sombras y peligro donde no los había. Egil le había dicho que era normal, que se llamaba *estado de paranoia* y que era consecuencia del trauma de haber sufrido un intento de asesinato. Era increíble todo lo que Egil sabía acerca de cualquier materia. Incluso lo llevó a la biblioteca y se lo mostró en un libro. Viggo recomendaba vivir en ese estado de por vida; así se evitaban *accidentes*, como él los llamaba.

Y no era solo Lasgol quien se comportaba de forma extraña. Sus compañeros también. Ingrid se había vuelto superprotectora. Si alguien miraba mal a Lasgol o hacía cualquier comentario, lo tumbaba de dos derechazos. El instructor mayor Oden se había visto obligado a intervenir ya en dos ocasiones y había amonestado a Ingrid. Otro altercado y perdería una Hoja de Roble. Gerd estaba más asustado de lo habitual, y Nilsa, más inquieta a cada momento. Lasgol sabía que en ambos casos era por culpa de lo que había sucedido. Los instructores lo vigilaban mucho más que antes. Era por orden de Dolbarar, pero lo ponían nervioso: el asesino podía ser uno de ellos. Aunque también podía ser uno de los iniciados o alguien de los otros cursos.

Y para hacer las cosas más complicadas, la dificultad de la instrucción había ido en aumento. En la maestría de Tiradores habían comenzado a entrenar con cuchillos. *El sendero del guardabosques* dictaba que un guardabosques debía ser un maestro en el uso del cuchillo. Primero, como herramienta de supervivencia; segundo, como arma para la lucha cuerpo a cuerpo y como arma arrojadiza. *El sendero del guardabosques* establecía que el mejor compañero que uno podía tener era su cuchillo de guardabosques. Lasgol no sabía cómo usarlo y estaba sufriendo. Sin embargo, alguien del equipo sobresalía en aquella materia. Lasgol no lo habría imaginado jamás, pero, al pensar en la vida que había llevado, tenía todo el sentido. No era otro que Viggo. Era un luchador magnífico con esa arma, y no solo eso, lanzaba con una precisión increíble. Hasta el instructor Ivar lo había felicitado. Ingrid, que era buena, estaba furiosa al ver que Viggo la superaba.

En la maestría de Fauna pasaron de los caballos a los mastines y perros lobos, fieles compañeros de los guardabosques. Excepto que ganarse la confianza de aquellos enormes animales que podían arrancarle a uno la cabeza de un bocado no resultaba nada fácil. Olían el miedo. Y, para sorpresa de todos, el único que no les tenía miedo era Gerd. El grandullón los trataba como si fueran cachorros y los animales no solo le permitían acercarse y acariciarlos, sino que lo obedecían. Decía que se había criado rodeado de perros en la granja, que no había animales mejores y que no eran más que unos cachorros en el fondo. Los miedos y no miedos de Gerd empezaban a ser un auténtico dilema. Se asustaba de un ratón y no de perros lobos. No conseguían descifrar al grandullón.

Lasgol sentía ahora un interés especial por la instrucción de la maestría de Naturaleza. Y no era por las increíbles trampas que estaban aprendiendo a crear y ocultar. No, era por las pócimas, en especial los venenos. Por desgracia, estaban aprendiendo mucho sobre pócimas y ungüentos sanadores, y poco sobre venenos y toxinas. Pero Lasgol se mantenía atento por si podía aprender algo que lo ayudara a descifrar el misterio de su atacante y el veneno usado.

Pero donde más estaba disfrutando y la maestría que más podría ayudarlo en su situación era la maestría de Pericia. Haakon había empezado a enseñarles el arte de caminar entre sombras y desaparecer en ellas, así como a esquivar proyectiles con movimientos zigzagueantes. Estas dos habilidades habrían evitado que lo alcanzaran aquella noche. Lasgol se esforzaba sobremanera en esta maestría, pues era muy consciente de que su vida seguía corriendo peligro y aquellas habilidades podrían salvarlo en un momento dado.

Fue justo durante una instrucción de esta maestría cuando Isgord se le acercó.

—Veo que te has recuperado bien.

Lasgol flexionó el brazo herido.

—Sí. Como nuevo.

—Pones mucho empeño. Se diría que casi demasiado.

—¿Y a ti qué?

—A mí nada. Pero no te salvará.

—¿Es una amenaza?

—Es un hecho.

—¿Y a qué se debe ese hecho?

—Lo sabrás cuando llegue el momento.

Ingrid y Gerd se percataron del intercambio y se acercaron con rapidez. Los gemelos Jared y Aston de los Águilas se situaron junto a Isgord.

—Lárgate y llévate a esos dos lerdos musculosos o lo vais a sentir —amenazó Ingrid con una convicción que le puso la piel de gallina a Lasgol.

Isgord sonrió. Una sonrisa fría, llena de confianza. Hizo un gesto a los gemelos y se marchó.

—Si tuviera que apostar por alguien —dijo Ingrid viéndolo marchar—, apostaría por él. Me da rabia dar la razón a Viggo, pero eso creo.

—¿Tú crees? —dijo Gerd y su cara se volvió blanca.

—Sí, lo creo. Odia a Lasgol, es frío y muy bueno. No sé el motivo, pero el resto encaja. Es él.

—Gracias por la ayuda —dijo Lasgol a sus compañeros.

—De nada. Pero cuídate de ese —respondió Ingrid.

El muchacho tuvo un mal presentimiento. Uno muy real.

Capítulo 21

LOS DÍAS VOLABAN EN EL CAMPAMENTO ENTRE FORMACIÓN FÍSICA por las mañanas e instrucción por las tardes. El hecho de que alternaran las instrucciones cada tarde confundía a unos y gustaba a otros.

—No entiendo por qué no podemos tener una semana seguida de maestría de Tiro y luego otra entera de maestría de Fauna, y así con todas —se quejó Viggo un mediodía cuando regresaban de cortar leña como trabajo extra de Oden por ser el equipo del hijo del Traidor.

—Eso mismo opino yo —convino Gerd, que era un cortador de leña excepcional; con su fortaleza, de un hachazo podía casi derribar un árbol.

—O un mes entero de cada maestría, sería mucho mejor —dijo Nilsa, que también era muy buena, aunque su estilo era opuesto por completo al de Gerd.

El grandullón lanzaba pocos golpes, pero muy precisos; ella, sin embargo, daba multitud de hachazos mucho más suaves a gran velocidad.

—Seguro que lo hacen para confundirnos —dijo Viggo.

Egil soltó una risita.

—¿Qué opinas tú, sabelotodo? —preguntó Viggo, que lo había oído.

—Lo hacen para que avancemos en todas las materias a un ritmo similar. Pero no estáis del todo equivocados. Alternar materias cada día aumenta la dificultad del aprendizaje —respondió Egil.

—¿Veis? Tenía razón —exclamó Viggo.

—Pero también lo mejora. Se aprende más, pues el aprendizaje tiene algo emocional. Si estudiáramos una materia durante un mes, nos aburriríamos en ciertos tramos y aprenderíamos menos. Al alternar cada día nos mantienen alerta, con interés y hasta cierto temor, lo cual nos hace aprender más —añadió Egil.

—¡Bah! ¡Tonterías! —dijo Viggo.

Egil sonrió a Lasgol, que, asintiendo, le devolvió el gesto.

El verano pasó. Lasgol había disfrutado de la estación, su favorita. En Norghana siempre hacía frío; sin embargo, en el estío uno casi podía deleitarse con el calor como en los reinos del sur de Tremia. A Lasgol le gustaba la agradable sensación del sol calentando su cuerpo, el olor de los bosques, nadar en los lagos sin miedo a morir por congelación, el cielo de un azul intenso y despejado, tan extraño el resto de año.

Y con el final de la estación llegó la Prueba de Verano.

El grupo de los Panteras de las nieves se había esforzado mucho, los seis, pero en especial Egil y Gerd, muy conscientes de ser quienes más problemas tenían. ¿Sería suficiente todo el trabajo que habían hecho para superar las pruebas? Eso esperaba Lasgol, aunque por lo revuelto que andaba su estómago no lo parecía.

La mañana de la prueba, Dolbarar inauguró la jornada con un discurso repleto de frases de ánimo, entrega y coraje. Los componentes de los trece equipos escucharon las palabras del líder del campamento con corazón inquieto, ya que, al igual que Lasgol, muchos no estaban del todo convencidos de sus posibilidades. No obstante, Dolbarar supo insuflar ánimo en sus almas luchadoras, lo cual levantó el espíritu de muchos.

Cuando les llegó el turno, los Panteras de las Nieves se dirigieron a la casa mayor de la maestría de Tiradores para comenzar las pruebas individuales. Tal y como esperaban, la dificultad de estas era elevada. Las preguntas de Ivana, la guardabosques mayor, hicieron que Lasgol sudara con cada respuesta. No solo debían conocer más materia, sino que los conceptos eran más difíciles. Lasgol respondió las treinta preguntas tan bien como pudo, explicando y detallando cuanto recordaba de lo aprendido. El frío rostro de Ivana no mostraba ningún sentimiento, con lo que no supo si lo había hecho bien o mal.

La prueba práctica fue todavía más difícil. Lasgol tuvo que luchar con cuchillo largo contra uno de los instructores. Si no conseguía alcanzarlo en una de las zonas que llevaba marcadas sobre un peto protector, fallaría la prueba. Lo intentó y recibió una buena tunda. El instructor se defendía con dureza y lo castigaba con fuertes golpes cuando la guardia de Lasgol quedaba al descubierto. Por el brillo de satisfacción en los ojos del instructor cada vez que lo derribaba, Lasgol supo que era uno de los muchos que lo odiaban por ser quien era y estaba aprovechando la ocasión. Sacó fuerza de la rabia y siguió luchando; por mucho que le dolieran los golpazos no se rendiría. Al fin consiguió alcanzarlo con una finta que había estado entrenando con Viggo. Terminó con un ojo morado, las costillas muy doloridas y el labio partido. Pero exultante.

La segunda prueba práctica fue la de tiro. Primero con arco, luego con cuchillo. Lasgol, que había mejorado bastante con el arco, tuvo algunos problemas en acertar las dianas que ahora estaban ya a ciento cincuenta pasos, pero no lo hizo del todo mal. Sin embargo, con el lanzamiento de cuchillo tuvo dificultades. El blanco se hallaba a seis pasos y falló cuatro lanzamientos de diez, aunque los que logró tampoco fueron demasiado certeros. Le quedaba mucho por mejorar. Se resignó. Esperaba seguir teniendo la oportunidad de hacerlo.

A continuación, se dirigieron a la casa mayor de la maestría de la Fauna donde los esperaba Esben, el Domador. Ingrid entró la primera; tras ella fueron pasando el resto, uno por uno. Lasgol lo hizo con ánimo. Esben comenzó por una treintena de preguntas sobre fauna y Lasgol se dio cuenta de que eran mucho más difíciles que las de la Prueba de Primavera. Le costó responder a alguna, pero lo hizo bastante bien, o al menos eso pensó él.

De nuevo la prueba práctica fue aún más complicada. Primero, hubieron de mostrar su habilidad con sabuesos, mastines y perros lobo. Solo Gerd e Ingrid lo hicieron bien. Gerd los dominaba con amabilidad y cariño, y los animales lo querían y acataban sus instrucciones. Ingrid los dominaba con su carácter firme y autoritario. Los animales la respetaban y obedecían. El resto del equipo tuvo muchos problemas.

La prueba de rastreo que siguió fue muy exigente, incluso Lasgol sufrió. Esben los hizo identificar y seguir diez tipos de rastros en los bosques del este. Al ser verano, las huellas no eran tan nítidas sobre el terreno duro, lo cual dificultaba mucho diferenciarlas e identificarlas. Seguir el rastro les costó muchos quebraderos de cabeza. Lasgol y Egil lo hicieron bien, pero los demás del equipo se encontraron con serios problemas.

Después de comer fueron a la casa mayor de la maestría de la Naturaleza. Los recibió la erudita Eyra. Formuló treinta preguntas complejas sobre qué plantas utilizar para curar distintas enfermedades y males. Lasgol las respondió bastante bien. Egil no dudó en ninguna y las respondió todas con seguridad. El resto del equipo sufrió, pero todos contestaron lo mejor que pudieron. La prueba práctica consistió en preparar un veneno paralizante, algo con lo que Lasgol disfrutó. Era una fórmula compleja y requería medir y mezclar de forma correcta los ingredientes para al final cocerlos y dejarlos enfriar sobre una base neutra. Por suerte, llevaban toda la estación practicando pociones y preparados similares. Todos lo hicieron bastante bien, a excepción de Nilsa, que mezcló mal los componentes y tuvo que empezar de nuevo dos veces. El veneno era capaz de paralizar la zona del cuerpo que tocaba. Perfecto para ungir flechas y cuchillos.

Para finalizar el día, llegó la prueba de la maestría de Pericia. Haakon, el Intocable, los esperaba. Por las caras de los integrantes de los equipos que habían pasado antes que ellos, que parecían fantasmas vapuleados, aquello iba a ser muy duro. Haakon pasó directamente a la prueba práctica. No era amigo de hacer preguntas; prefería ver cómo ponían en práctica lo que les había enseñado. Los envió a dar cinco vueltas al lago siguiendo el ritmo infernal marcado por uno de sus instructores. Egil y Gerd sufrieron lo indecible, pero no se quedaron atrás. Sabían lo que les esperaba y habían entrenado mucho. Por primera vez en ese tipo de prueba, Nilsa lo pasó mal, no porque tropezara, que lo hizo, sino por el ritmo. Ingrid, Lasgol y Viggo, que había mejorado, lo hicieron bien. Nilsa, Egil y Gerd llegaron extenuados, pero lo consiguieron.

La prueba siguiente fue todo lo contrario: requería calma y concentración, con lo que les resultó aún más difícil de completar. Tuvieron que sorprender a un instructor, atacándolo por la espalda, usando las sombras y el sigilo, una habilidad que llevaban todo el verano desarrollando. El instructor se daba la vuelta y barría con la mirada la zona en penumbras por la cual debían avanzar a intervalos regulares. Si los descubría en movimiento o los oía, quedaban eliminados. Ellos tenían que llegar hasta él y tocarle la espalda. Lasgol no lo hizo mal; buscando siempre las sombras y muy atento a no hacer ningún ruido, consiguió aproximarse a tres pasos del instructor; sin embargo, este se giró y lo descubrió en movimiento.

Viggo logró pasar la prueba y Nilsa quedó eliminada a medio camino al pisar una rama que se partió con un sonoro *crac*.

Para terminar, Haakon les hizo una prueba de fuerza. Por equipos tuvieron que talar un abeto enorme usando solo las hachas cortas. Resultó bastante difícil. Tuvieron que trabajar de forma coordinada y turnándose. Una vez derribado, lo pelaron hasta no dejar rama alguna. Haakon les ordenó que levantaran el tronco limpio entre los seis y lo llevaran hasta la cima de la colina del Castor. Los miembros de los Panteras intercambiaron miradas de horror. Estaban exhaustos. Levantar sin ayuda de poleas aquel enorme tronco iba a ser muy complicado, y que alcanzaran la colina, un milagro. Pero no se acobardaron. Ingrid los animó con su determinación. Ella se puso en un extremo del tronco con Viggo. Lasgol y Egil en el centro, mientras que Gerd y Nilsa se ocupaban de la otra punta. A la cuenta de tres lo alzaron hasta los hombros y lo cargaron. Ingrid marcó el paso en alto y avanzaron siguiendo su ritmo. La fuerza que tenían que hacer para transportarlo era brutal. En los repechos de la subida estuvieron a punto de fracasar. Pero la fuerza descomunal de Gerd los salvó. El grandullón, cual titán, aguantó el peso en el desnivel y, ejerciendo una fuerza descomunal con todo su ser, avanzaron. Gracias a él consiguieron llegar arriba. Superaron la prueba.

Rotos por el esfuerzo, regresaron. Cenaron algo y se fueron a dormir de inmediato. Al amanecer comenzaría la prueba por equipos y necesitarían toda la energía que pudieran recuperar. Nadie habló; estaban demasiado cansados y desmoralizados por las pruebas y el temor de lo que les esperaba al día siguiente.

Al despuntar el sol partieron cansados, con el cuerpo dolorido y la moral baja. La prueba por equipos los esperaba. Lasgol suspiró. No se sentía con demasiada confianza. Formaron frente a la Casa de Mando. Oden dio un mapa a cada equipo. Esa vez solo llevaban el mapa y sus cuchillos de guardabosques.

—La regla para superar la prueba es sencilla —dijo Oden con tono casual, como si la prueba pudiera superarla un niño—. Seguid las instrucciones y alcanzad la meta antes del amanecer.

Los capitanes consultaron el mapa y, al instante, los equipos empezaron a correr, cada uno en una dirección diferente. Isgord y los Águilas salieron de inmediato. Lucharían por quedar primeros de nuevo. Los ojos de Lasgol se fueron hacia Astrid, quien, liderando a los Búhos, se perdía ya hacia el este.

Ingrid señaló el oeste y dio la orden:

—¡Vamos, Panteras! ¡Seguidme a la victoria!

Lasgol sabía que no tenían ninguna opción de ganar, pero debía reconocer que el espíritu de Ingrid era inquebrantable. Era digna de admirar, nada la desanimaba, siempre continuaba adelante. La envidiaba por ello. Ojalá él también fuera tan fuerte de espíritu.

Corrieron por los bosques y explanadas en dirección oeste durante medio día. Pararon a beber en un riachuelo y comieron las bayas silvestres que encontraron. Ingrid y Egil examinaron el mapa.

—Es ahí —dijo Egil consultando el plano.

Miraron al frente y vieron un gran lago de aguas azuladas. No se distinguía la orilla contraria.

—¿Qué tenemos que hacer? —preguntó Nilsa.

—Hemos de cruzar el lago a nado, me temo… —dijo Egil.

—¿No hablarás en serio? —dijo Gerd.

—Eso indica el mapa —respondió Ingrid estudiándolo.

—¡Pero si ni siquiera se ve la otra orilla! —protestó Viggo.

—Vamos. Lo conseguiremos —le aseguró la capitana.

Lasgol estudió el lago. Viggo y Gerd no eran buenos nadadores; el primero por haberse criado en las calles de una ciudad y el segundo por su enorme cuerpo. Tendrían problemas para cruzarlo. Durante el verano, Herkson había añadido a la rutina matinal de ejercicio físico el cruzar un pequeño lago a nado después de haberle dado las vueltas obligatorias, y muchos habían tenido problemas con el agua.

A regañadientes, Gerd y Viggo se introdujeron en el agua. Estaba menos fría de lo que esperaban. Se pusieron a nadar y probaron que Lasgol no se equivocaba. A mitad del lago ya podían vislumbrar la otra orilla, pero Gerd y Viggo comenzaron a tener problemas. Ingrid indicó a Nilsa y Egil que siguieran adelante. Ella se quedó a ayudar a los rezagados. Lasgol también. Él era un buen nadador, su padre le había enseñado cuando era muy pequeño e iba mucho al lago Verde detrás de la aldea, sobre todo los veranos.

Gerd estaba pasándolo mal, su rostro era todo una mueca de pavor. Lasgol se puso a su altura y nadó a su lado. Debía impedir que el pánico se apoderase del grandullón o se hundiría. El chico comenzaba a entender los miedos de Gerd poco a poco. Tenía miedo a lo desconocido, a lo intangible, a lo que podía ser; no tanto a lo conocido, aunque fuera muy peligroso. Ahogarse era del primer tipo y el terror lo ganaría. Lasgol lo animaba y le sonreía como si aquello no fuera nada, como si no pudieran ahogarse. Al ver a Lasgol a su lado, el otro se tranquilizó. Lasgol le hizo bajar el ritmo. Y así, suave y despacio, ambos lograron cruzar.

Sin embargo, Viggo no pudo más y comenzó a ahogarse. El pánico se apoderó de él. Sacudía los brazos y gritaba. Tragó agua y comenzó a hundirse. Ingrid fue a rescatarlo. Los dos desaparecieron bajo la superficie. Por un momento pareció que el lago se los había tragado. De pronto, Viggo emergió. Al poco lo hizo su compañera, que lo había socorrido. Cogió a Viggo por el cuello y lo llevó hasta la orilla con un esfuerzo terrible. El muchacho estaba inconsciente. Ingrid se quedó tendida sobre la hierba. Nilsa insufló aire a Viggo, quien comenzó a toser y expulsar el agua que había tragado. Lo pusieron de costado para que lo echara todo fuera.

—Por poco… —dijo Egil.

—Gracias… —consiguió articular Viggo.

—De nada —le dijo la capitana—. La próxima vez procura ahogarte más cerca de la orilla.

—La próxima vez… no me salves… —le dijo Viggo con la frente arrugada—. No quiero deberte nada… Sobre todo a ti.

—Ha sido un acto reflejo. La próxima vez dejaré que te ahogues —le espetó Ingrid con semblante ofendido.

—Vosotros dos siempre estáis igual —dijo Nilsa—. Parecéis el perro y el gato.

—Es un idiota.

—Y tú una mandona.

—Sois imposibles —exclamó Nilsa, y los dejó estar con un gesto de impotencia.

Egil y Gerd sonreían. Lasgol no pudo evitar sonreír también.

Encontraron un pañuelo de guardabosques en la orilla, bajo una roca, con un mapa.

—Ya tenemos uno —dijo Nilsa con un gesto de victoria.

Se recuperaron y, sin esperar a que las ropas se les secaran, continuaron la marcha hacia el punto siguiente en el mapa. Llegaron al pie de una montaña y empezaron a escalarla. Nadie decía nada, todos estaban concentrados en no perder pie. Coronaron la cima cuando empezaba a anochecer. Estaban muy cansados. La escalada había sido muy dura y lo que descubrieron en la cumbre los dejó helados.

Atado a una estaca hallaron el segundo pañuelo verde y el siguiente mapa. Y algo más…

—¿Una cuerda? ¿En serio? —Viggo levantaba los brazos en un gesto airado.

—Eso parece… —dijo Nilsa contemplando el descenso por el lado opuesto del pico y la gruesa cuerda sujeta con firmeza a un peñón.

—¿Tenemos que hacer el descenso por la cuerda? —preguntó Gerd sin quitar la vista de la pared vertical, lisa como el mármol, ni del fondo del abismo, mientras el rostro se le volvía blanco como la nieve.

—No seáis miedicas —dijo Ingrid—, esto ya lo hemos entrenado en Pericia.

—Hemos entrenado pequeños descensos. ¡Esto es una maldita montaña! —gruñó Viggo mirando hacia el vacío.

—¡Somos guardabosques y a nada tememos! ¡Vamos, seguidme! —les recordó Ingrid, y antes de que nadie pudiera rechistar, comenzó a descender por la cuerda.

Lasgol se encogió de hombros y la siguió.

Apoyando los pies contra la pared de la montaña, Ingrid guiaba la bajada. El resto la imitó con mucho cuidado. Cuando llevaban un rato descendiendo, se percataron de que la caída no era tan grande como parecía desde la cima; era un falso efecto óptico. Aun así, la bajada fue lenta y les castigó los brazos con dureza. Al llegar abajo se tumbaron en el suelo; necesitaban recuperar el aliento y dejar salir los miedos que habían pasado. Pero Ingrid no les permitió descansar demasiado. Estudió el mapa con Egil y los obligó a levantarse y seguir adelante. Se pusieron en marcha en dirección a un bosque muy denso. Debían cruzarlo y, por la espesura que lo envolvía, sería arduo.

El bosque parecía no querer intrusos en sus dominios. No les quedó más remedio que usar los cuchillos para abrirse camino, como si estuvieran en una jungla selvática. Estaban llenándose de arañazos y cortes debido a la agreste vegetación por la que tenían que abrirse paso.

—Primero cruzar un lago, luego subir una montaña y ahora atravesar un bosque; esto es idea de Oden, seguro —protestó Viggo.

—Más bien de Haakon —dijo Gerd.

Llegaron a un descampado en medio del bosque y se animaron. Se detuvieron a descansar un momento.

—Por fin un poco de tranquilidad —dijo Nilsa, que se limpiaba la sangre de varios arañazos en los brazos.

—Según mis cálculos, no queda mucho; pronto cruzaremos —dijo Egil avanzando y mirando al firmamento.

Lasgol oyó unos sonidos rasposos, el crujir de ramas, a su izquierda. La maleza de la linde del bosque comenzó a moverse. Extrañado, se detuvo a observar. De pronto los arbustos se separaron y una bestia surgió de entre ellos. Un hocico largo en una cabeza redondeada y mucho pelaje fue lo primero que discernió. El animal, de más de una vara de anchura, tenía cuatro fuertes patas y un grueso tronco.

Todos se detuvieron en el sitio, petrificados de miedo.

«¡Un oso!» fue lo que la mente de Lasgol gritó al ver unas terribles fauces amenazantes.

La bestia, de largo pelaje marrón grisáceo y mechones de puntas plateadas en la espalda, se irguió sobre sus patas traseras y emitió un rugido ensordecedor.

—¡Que nadie se mueva! —murmuró Ingrid.

—No corráis, encaradlo y no hagáis movimientos bruscos —añadió Lasgol al recordar lo que habían aprendido en la maestría de Fauna sobre encuentros fortuitos con bestias salvajes en las montañas.

El animal era enorme, medía más de dos varas erguido y debía de pesar como tres hombres. Lasgol se fijó en las robustas extremidades y en las garras. Un zarpazo y podría arrancar la cabeza de un hombre o partirlo en dos con su fuerza bestial. Solo con dejarse caer sobre uno de ellos lo destrozaría.

Volvió a rugir amenazante y agitó las patas delanteras mostrando sus garras y fauces.

Nadie se movió. Todos miraban a la bestia mientras el miedo les devoraba el corazón. Las rodillas de Gerd comenzaron a temblar, pero no corrió, aunque su rostro, poseído por el pánico, mostraba con claridad que quería salir de allí volando.

—Es un oso gris de alta montaña —susurró al grupo Egil al reconocer a la bestia por la gran joroba en su espalda.

Por lo que habían aprendido, la joroba era en realidad un músculo que potenciaba las patas delanteras del animal, que no eran tan fuertes como las traseras, y lo ayudaba a excavar guaridas en la montaña.

—¿Qué hacemos? —preguntó Nilsa—. Igual no quiere atacar, solo asustarnos. —Intentaba contener el miedo y se esforzaba por no moverse.

—Los osos grises son muy agresivos y peligrosos —dijo Egil quieto como una estatua, moviendo solo los labios—. Por su gran tamaño no pueden huir ni escalar o subir a los árboles.

—Y por eso atacan y luchan… —acabó Viggo entendiendo.

—Exacto. Tenemos que retrasarnos todos a una sin dejar de mirarlo —propuso Egil—. Como si fuéramos un gran enemigo.

—Muy bien —dijo Ingrid—. A las tres. Paso atrás. Uno, dos… y… tres.

Todos dieron un paso atrás sincronizado. La bestia rugió, pero no se movió.

Gerd resopló.

—Vamos: uno, dos… y… tres.

Dieron tres pasos y, de súbito, de entre los arbustos, apareció otra criatura: la cría del oso. Lasgol supo al momento que aquello no era bueno. Nada bueno. El oso los atacaría para defender a su cría, que ahora estaba al descubierto. «¡Qué mala suerte!» El cachorro los miró con curiosidad y avanzó hasta su progenitor.

—Nos atacará para proteger a su cría —dijo Egil llegando a la misma deducción que Lasgol.

—¡Corred! ¡Subid a un árbol! —gritó Ingrid.

Salieron huyendo. El oso se puso sobre cuatro patas y comenzó a correr tras ellos. Para ser un animal tan grande y pesado, trotaba a una velocidad pasmosa. El pánico se apoderó del grupo. Corrían por su vida y el terror les subía por la garganta. Ingrid y Viggo corrían en cabeza; los seguían Egil y Gerd. Cerraban el grupo Nilsa y Lasgol. El oso iba ganándoles terreno, era más rápido que ellos. Gerd gritó de miedo y Nilsa soltó un grito de pavor.

Ingrid llegó hasta un árbol y se encaramó a las primeras ramas con gran agilidad. Viggo subió tras ella. Egil y Gerd lo intentaron en otro árbol algo más bajo. Egil no consiguió llegar a las ramas y subir. Gerd, temblando de miedo, cogió a su amigo y lo levantó por las axilas para que alcanzara las ramas bajas. Egil consiguió sujetarse y subir. Gerd cogió dos pasos de carrerilla y, con un salto, logró asir la rama más baja y empezar a trepar. Un rugido a su espalda le indicó que tenía al oso debajo.

—¡No mires! ¡Sube! —le gritó Egil con la mano extendida.

Gerd consiguió alzarse. El oso soltó un zarpazo y se llevó la bota de Gerd, que chilló del susto.

Lasgol y Nilsa hicieron un quiebro y se dirigieron a una enorme roca con una pendiente pronunciada. El oso los vio y fue a por ellos. Lasgol llegó y de un salto comenzó a subir. Nilsa lo imitó, pero tropezó y se golpeó de frente contra la roca. Cayó de espaldas y quedó aturdida sobre la hierba. El oso se le echaba encima.

—¡Aquí! ¡Bestia maloliente! ¡Aquí! —gritaba Ingrid intentando llamar la atención de la bestia.

El animal se detuvo a un paso de Nilsa y miró al árbol donde Ingrid gritaba y hacía señas como una loca. Rugió y se centró en Nilsa, que se había puesto a cuatro patas e intentaba levantarse. El oso fue a atacarla.

Lasgol saltó de la roca y se interpuso entre el oso y la chica. El animal, al verlo, se alzó sobre las patas traseras y soltó un rugido de muerte. Lasgol sabía que, si se abalanzaba sobre él, lo mataría. Todos observaban la escena aterrados. Supo que solo tenía una oportunidad de salir de allí ileso. Debía romper la promesa que se había hecho tras la muerte de su padre. Debía usar el don; de lo contrario, moriría. No quería hacerlo, quería seguir siendo normal, como sus compañeros, pero no tenía elección. Debía usarlo y afrontar las consecuencias. Su gran secreto se revelaría. Ya no sería normal nunca más. Su intento por pasar inadvertido acabaría allí. Pero era eso o morir. Además, no solo estaba en juego su propia vida, también la de Nilsa. Si el don les daba una oportunidad, lo usaría. De lo contrario, ambos morirían despedazados por la bestia salvaje.

Cerró los ojos un instante y buscó su energía interior. La encontró en su pecho, como un lago de calmadas aguas azules. Tuvo que decidir en un pestañeo qué habilidad de las que había desarrollado podía usar en aquella situación. Si se equivocaba, moriría. Desplegó los brazos en cruz y usó el don. Un destello verde le recorrió todo el cuerpo. El oso fue a lanzarle un zarpazo, pero sintió la magia y dudó. Aquello dio tiempo a Lasgol a usar su habilidad de Comunicación Animal. Abrió la boca y emitió un tremendo rugido. No uno humano, un rugido de oso, idéntico al que la bestia acababa de emitir. Esto confundió aún más al animal.

Lasgol extendió el brazo y adelantó la palma de la mano derecha. Concentrándose, captó la mente de la bestia: un aura amarronada rojiza, agresiva, en su cabeza. Se comunicó con ella. «Vete. Aléjate», le comunicó Lasgol. El oso sacudió la cabeza y miró alrededor intentando entender de dónde procedía aquel mensaje. Lasgol se concentró aún más y lo intentó con todo su ser. Se jugaba la vida de Nilsa y la suya propia. Si no conseguía disuadir al animal, estaban muertos. «Márchate. No hay peligro. Vete.» El oso miró a Lasgol y entendió que quien le hablaba era el joven. Lo miró un instante indeciso. Lasgol volvió a intentarlo. «Coge a tu cría y vete. Marchaos.» El oso dudó, estaba del todo confundido. Se puso a cuatro patas y miró a su cachorro.

Nilsa aprovechó para recuperarse. Subió a la roca y se puso a salvo.

Lasgol forzó la orden. Lo hizo de voz y mente:

—¡Vete, ahora! «Márchate y no vuelvas».

El oso le lanzó una mirada de sumisión y se alejó. Fue hasta su cría y luego los dos se internaron en el bosque.

Lasgol bajó la mano y resopló. Había funcionado. Sintió un alivio inmenso. No creía que fuera capaz de conseguirlo.

—Lo que hemos presenciado no puede ser —dijo Egil a Gerd, que miraba atónito.

—Los ojos me engañan —murmuró Ingrid a Viggo.

—No son tus ojos, es Lasgol quien nos ha engañado —espetó este, en sus ojos entrecerrados había odio.

—No entiendo… —dijo Ingrid.

—Lasgol es uno de esos malditos que tienen magia —explicó Viggo—, solo así se explica lo que acaba de hacer. Debería haber terminado descuartizado.

Ingrid echó la cabeza atrás y la sacudió con fuerza. Viggo bajó del árbol.

—¡Eres un hechicero! ¡Nos has engañado! —gritó.

Lasgol negó con la cabeza.

—No soy un hechicero.

—Pues un mago —acusó Ingrid.

Lasgol volvió a negar con la cabeza.

—Tampoco…

—Pero eres poseedor del don —le dijo Egil—. Estás dotado del talento.

Lasgol asintió y bajó la mirada.

—Eso quiere decir que puede hacer algún tipo de magia, ¿verdad? —dijo Gerd preocupado.

—Yo creo que eso ha quedado más que claro —respondió Viggo.

—La magia es muy muy peligrosa —dijo Gerd sacudiendo la cabeza con rostro mezcla de miedo y pena.

—La gente como él, quieres decir. —Viggo señaló a Lasgol.

—Nos has mentido —le recriminó Ingrid.

—No, no os he mentido…

—Pero nos has ocultado esto —exclamó Viggo.

—Sí…, no quería que mi secreto se conociera…

—Deberías habérnoslo confiado, deberías habérmelo contado —dijo Egil mostrando el dolor de la traición.

—No quería que nadie lo supiera…, bastante estigma tengo por ser quien soy. Esto solo hará que todo sea mucho peor…

—Precisamente por eso —dijo Ingrid furiosa—. Te hemos protegido, te hemos ayudado, y tú no nos has dicho la verdad sobre quién eres, sobre lo que eres.

—Lo siento…, de verdad que lo lamento. Perdonad… Solo quería ser normal… Pensé que podría mantenerlo oculto hasta convertirme en guardabosques.

—Yo no puedo perdonarlo —dijo Ingrid.

—Yo tampoco —continuó Viggo.

Lasgol buscó con la mirada a Gerd. Pero el grandullón negó con la cabeza.

—Egil… —rogó Lasgol.

—Lo siento, Lasgol. Yo te he confiado quién era, mis motivos para estar aquí, mis miedos, mis dudas, y tú me has ocultado algo muy importante, lo más importante —dijo muy dolido su amigo.

Nilsa se acercó hasta Lasgol. Tenía el rostro rojo como un tomate y parecía que iba a atravesarlo con la mirada. Contenía la ira como podía.

—Me has salvado la vida. No lo olvidaré nunca, y si puedo te pagaré la deuda salvando la tuya —dijo ella controlándose a duras penas—. Pero sabes muy bien qué opino de la maldita magia y los seres sin escrúpulos que la usan. No te acerques a mí. Mantente bien alejado. No te lo repetiré. Si te acercas o vuelves a usar magia en mi presencia, te clavaré este cuchillo en el corazón. —Le mostró su arma a Lasgol.

El chico tragó saliva, incapaz de hablar, y desvió la mirada de los ojos coléricos de Nilsa.

—Tendrías que habérnoslo contado —repitió Egil meneando la cabeza.

—¿Qué otros secretos guardas? ¿Qué otros poderes tienes? —preguntó Viggo.

—Ninguno, de verdad…, no soy peligroso.

—No podemos creerte, no después de esto —dijo Ingrid.

—Seguro que está al servicio de Darthor —dijo Viggo—. Como su padre…

—¡No lo estoy! ¡Ni lo estuvo mi padre!

—Eso no podemos saberlo y no podemos confiar en ti —habló Ingrid—. Después de haberlo dado todo por salvarte la vida… Qué decepción tan grande… —Y le dio la espalda.

—Terminemos la prueba —dijo Egil—. Será lo mejor.

—Por favor… —suplicó Lasgol.

Su ruego fue ignorado y se pusieron en marcha. Lasgol sabía que había perdido la amistad de sus compañeros y sintió como si una montaña se le cayera encima. Terminaron de cruzar el bosque. Encontraron el pañuelo verde y el último mapa con la dirección que llevaba hacia el campamento. Ingrid impuso un ritmo terrible. El incidente con el oso los había retrasado bastante y si ya iban mal para llegar a tiempo, ahora iban bastante peor. Lasgol iba en último lugar siguiendo a sus compañeros. Egil sufrió sobremanera para mantener el ritmo. Gerd, al estar ya más en forma, aguantaba mejor el castigo, pues su cuerpo era fuerte. A unos mil pasos del campamento, Egil se cayó al suelo exhausto. No pudo levantarse. Lasgol intentó ayudarlo, pero no podía dar un paso más.

—Yo lo llevaré —dijo Gerd.

—¿Estás seguro? —preguntó Ingrid.

—Soy el más fuerte, vosotros no podréis cargarlo a la espalda.

—¿Y entre dos? —preguntó Nilsa.

—No llegaríamos a tiempo —respondió Ingrid a la vez que calculaba cuánto quedaba—. El sol está a punto de aparecer.

—Cargádmelo, rápido —dijo Gerd.

Viggo cogió a Egil y se lo puso a la espalda.

—Agárrate fuerte —le dijo.

Echaron a correr. Corrían tan rápido como podían. Las chicas abrían camino y Lasgol cerraba la fila. Viendo a Gerd luchar con todo su ser por terminar la prueba a tiempo con su compañero encima, Lasgol sintió una enorme admiración por él. Nadie más podría hacer algo así. Gerd tenía un espíritu tan inmenso como poderoso era su cuerpo.

Llegaron con el sol despuntando. Cruzaron la meta y Gerd se dejó caer al suelo de rodillas. Egil salió rodando varios pasos y quedó tendido. Terminaron la prueba a tiempo. Oden contó los pañuelos de guardabosques y la dio por buena. Estaban exhaustos, con el cuerpo muy castigado por el sobresfuerzo, pero lo habían conseguido.

Lasgol había perdido la amistad y confianza de sus compañeros.

Capítulo 22

Lasgol se encontraba muy triste. Sus compañeros no le dirigían la palabra y lo ignoraban como si no estuviera con ellos. Incluso Egil. Su padre ya lo había advertido sobre el miedo y la intolerancia que el don suscitaba en la gente. «El hombre teme lo desconocido, lo que no es capaz de entender. Lo hace por naturaleza. Cuanto más arcano el motivo, mayor es el miedo y el rechazo que genera. El don es temido y rechazado por la gran mayoría. Solo unos pocos lo entienden y aprueban. Debes guardarte de exponerte abiertamente o sufrirás por ello.» Y así había sido. Se tumbó en la litera y se puso a jugar con la criatura.

—Tú y yo somos diferentes… y nos temen por ello.

La criatura comenzó a flexionar sus largas piernas como si brincara sin moverse del sitio, lo cual quería decir que estaba contenta. Poco a poco, Lasgol iba aprendiendo lo que su pequeño amigo intentaba transmitirle.

—Mantén siempre ese espíritu juguetón y alegre.

Suspiró hondo y dejó volar la mente hasta el día en que había descubierto que tenía el don, recién cumplidos los siete años. O, más bien, hasta cuando su padre se había percatado de ello. Empezó de una forma inocente y natural, jugando con su perro, Guerrero.

Intentaba hacerle entender que tenía que recoger y devolverle el palo que le lanzaba. Por desgracia, Guerrero era un can muy rebelde y tenía sus propias ideas. Había sido así desde cachorro. Cuando Lasgol le lanzaba el palo en el jardín trasero de la casa, el perro se lo llevaba corriendo y lo escondía.

Un día, tras decenas de intentos infructuosos, Lasgol estaba acariciando la cabeza de su perro.

—¿Por qué no me entiendes? ¿Por qué eres tan travieso? —le decía mientras lo mimaba.

Guerrero disfrutaba de las caricias, pero sus ojos vivarachos delataban que iba a seguir haciendo lo que quisiera. Lasgol deseaba que lo entendiera. Cada vez se sentía más frustrado e intentaba con todas sus fuerzas que su amigo comprendiera y, por una vez, hiciera lo que se le decía.

—Tráeme el palo —le dijo cerrando los ojos con todas sus fuerzas mientras sujetaba la cabeza del animal entre las manos—. No lo escondas —le ordenó, y con la frente tocó la de Guerrero.

Entonces sucedió un hecho insólito. Lasgol sintió algo extraño, como un cosquilleo que le recorría el cuerpo. Un destello verde le surgió de la cabeza y las manos. Durante un instante, su mente detectó un aura verduzca alrededor de la cabeza de su compañero. Más tarde descubrió que era su mente. Sin saber cómo, conectó con ella y la orden se transmitió. «Tráeme el palo. No lo escondas.» Lasgol lo sintió y se llevó un susto de muerte. Se quedó con la boca abierta sin saber qué pensar. Guerrero, quieto como una estatua, miraba a Lasgol con sus grandes ojos fijos. Ladró una vez y se marchó corriendo. Al cabo de un momento regresó con el palo.

El chico se quedó de piedra de la sorpresa.

—¿Me has entendido? No, no puede ser —murmuró convencido de que todo era fruto de su imaginación.

Pensó que no era más que una coincidencia. Sí, debía serlo. Así que repitió la orden. Cogió la cabeza de Guerrero entre las manos, lo miró a los ojos y, concentrándose, le dijo:

—Tráeme el muñeco de trapo.

De nuevo se produjo el destello. Conectó con la mente de su amigo de cuatro patas y transmitió la orden. Guerrero ladró y se fue corriendo hasta desaparecer. Para enorme sorpresa de Lasgol, regresó con el muñeco en la boca. ¡Lo había entendido! ¡Podía comunicarse con él! No sabía qué era aquel extraño destello verde ni por qué sentía el hormigueo, pero lo que sucedía a continuación era increíble. Hizo unas cuantas pruebas más antes de confiárselo a su padre y todas fueron satisfactorias.

Cuando Lasgol le explicó a Dakon lo que sucedía, el rostro de este se ensombreció y los ojos se le apagaron para dar paso a un gesto de preocupación. Le hizo repetir la prueba cambiando las órdenes a Guerrero. El animal siempre entendía y obedecía. La cara de su padre era ahora de honda preocupación.

—¿Has manifestado alguna otra habilidad? —le preguntó su padre.

—¿Habilidad?

—Ser capaz de hacer algo que un hombre normal no puede hacer o que le resultaría casi imposible.

—No… solo esto.

—Y ese destello verde que dices que ves… ¿lo has experimentado antes?

—No. ¿Tú no ves el destello, padre?

—No, creo que solo es visible para aquellos que tienen el don.

—Oh…

—¿No tienes contigo ningún objeto extraño o con poderes? ¿Algo encantado?

—No, padre.

—Umm… entonces solo puede ser una cosa.

—¿El qué?

—Tienes el don, el talento.

Lasgol no sabía a qué se refería.

—Unos pocos entre los hombres, una minoría afortunada, nacen con un regalo de los Dioses del Hielo: la capacidad para desarrollar habilidades imposibles para el resto. Se conoce comúnmente como *magia*.

—¿Magia? ¿Puedo hacer magia?

—No exactamente. Digo que lo que tú has hecho con Guerrero la gente lo considera magia y no es algo que esté bien visto. Por eso tienes que ser muy cuidadoso y mantenerlo en secreto. La gente tiene miedo a lo que desconoce, a lo que no entiende. La magia, sobre todo. A la gente con el don la persiguen y la repudian. Temo por ti. Debes tener mucho cuidado.

—No te preocupes, padre. No se lo diré a nadie.

—Muy bien, será nuestro secreto. Yo te ayudaré a desarrollar habilidades con tu don y tú prométeme que serás muy cuidadoso.

—Lo prometo, padre.

Y así había sido. Durante los siguientes años y hasta su muerte, Dakon había ayudado a Lasgol a desarrollar unas pocas habilidades practicando en secreto y sin la ayuda de nadie. El padre llevaba a casa libros de la biblioteca del campamento de guardabosques o de la Biblioteca Real del palacio del rey Uthar, y los estudiaban y analizaban cómo aplicar lo que otros ya habían aprendido sobre el don a su caso particular. Era difícil, ya que cada persona era un mundo en sí misma y el don resultaba diferente en cada persona, tanto en tipo como en poder. Pero Dakon no quería arriesgarse a consultar a los magos del hielo ni a otros expertos en magia de la corte, al menos hasta que Lasgol fuera algo mayor y pudiera valerse por sí mismo. Quería proteger a su hijo del rechazo, la superstición y la envidia.

No sería ni el primero ni el último en haber sido quemado en una hoguera o lapidado por poseer el don.

Así que experimentaban con el método de ensayo y error. No avanzaban mucho y Lasgol no desarrolló demasiado las pocas habilidades que había descubierto, pero disfrutó de cada momento compartido con su padre. Atesoraba aquellos recuerdos. Tras la muerte de Dakon y todo lo que había llegado a continuación, Lasgol decidió enterrar su don junto con su padre. No volvería a usarlo. Solo le traería más problemas, y sin su padre ya no tenía interés en él. Sobre su tumba juró no usarlo más y guardar el secreto. Y había mantenido su promesa. No había usado el don, al menos no con deliberación, y no le había confiado el secreto a nadie. Una promesa que había mantenido hasta el ataque del oso y que no se arrepentía de haber roto. La vida de Nilsa estaba en peligro y no había tenido otra opción. Ahora tendría que pagar las consecuencias, y tal y como su padre le había advertido, la gente no lo entendería, ni siquiera sus compañeros de equipo. Suspiró. La criatura sintió el malestar de Lasgol y le lamió la mano.

—Al menos te tengo a ti.

La criatura le sonrió. O eso creyó Lasgol, pero la verdad es que no podía jurarlo porque su boca tenía forma de sonrisa y, por ello, mantenía una sonrisa eterna.

—Debería ponerte un nombre. Sí, necesitas un nombre. Veamos…

La criatura clavaba en él sus grandes ojos redondos y saltones.

—¿Qué nombre te iría bien? Veamos… ¿Te gusta Luchador?

La criatura no se movió, solo lo observaba.

—Vale… y ¿qué tal Sonrisas?

No hubo reacción.

—A ver…

La criatura comenzó a camuflarse con el entorno hasta desaparecer ante sus ojos.

—Cómo te gusta camuflarte y desaparecer, ¿eh? Camuflarte… Te llamaré… Camu. ¿Te gusta Camu?

La criatura apareció de pronto y, flexionando las cuatro patas, comenzó a botar en el sitio.

—Veo que te gusta. Estupendo, pues de aquí en adelante serás Camu.

La criatura dio un salto y se posó en el pecho de Lasgol mirando su rostro.

—Me pregunto si… —dijo Lasgol pensativo—. Ya he roto la promesa, puedo intentarlo.

Se concentró y buscó el don en su interior. Lo encontró y lo usó. Buscó comunicarse con Camu. Sintió el hormigueo al que siguió el destello verde. De pronto vio la mente de la criatura como un aura verde intensa alrededor de su cabeza y le envió una orden: «Hazte invisible». Camu miró a Lasgol. Un momento después obedecía. Se camufló y se volvió invisible.

—¡Genial! —exclamó el chico lleno de alegría por el logro.

Volvió a buscar la mente de la criatura e intentó percibir algo, ver si Camu podía comunicarse con él. Por desgracia, no lo consiguió. Era como si él pudiera enviar un mensaje, pero la criatura a él no. O al menos de momento no sabía cómo hacerlo. «Vuelve a ser visible», le dijo Lasgol, y la criatura apareció.

—Muy bien —murmuró, y le acarició la cabeza.

El animal le lamió el dedo y emitió un chillidito de alegría.

Al cabo de tres días, tras las deliberaciones de rigor entre los cuatro guardabosques mayores, convocaron a los iniciados a la Casa de Mando.

Dolbarar reunió a los trece equipos y fue llamando a cada capitán de uno en uno. A medida que fueron presentándose, fue entregándoles el temido pergamino con los resultados de la prueba. Viggo lo llamaba *el testamento* porque evidenciaba que estaban muertos y listos para ser enterrados. Ingrid volvió con el equipo y les mostró lo que habían conseguido.

	maestría de tiradores	maestría de fauna	maestría de naturaleza	maestría de pericia
Ingrid	2	2	1	1
Nilsa	2	2	1	1
Gerd	2	2	1	1
Egil	1	2	2	1
Viggo	2	1	1	2
Lasgol	1	2	2	1

De nuevo los resultados habían sido bastante malos. Algo mejores que los anteriores, pero todos tenían problemas en dos especialidades. Si no conseguían mejorar, iban a expulsarlos a final de año en la temida ceremonia de Aceptación, en la que Dolbarar repartía las insignias. Las de madera daban paso al segundo año. Las de cobre significaban la expulsión. Lasgol tenía pesadillas frecuentes en las que el guardabosques le entregaba una insignia de cobre enfrente de todos, ante el rey Uthar. Solía despertarse con un sobresalto y empapado en sudor. Lo peor era que ya habían pasado dos pruebas y solo les quedaban dos más para recuperar los puntos perdidos. O conseguían tres puntos en las siguientes o no iban a poder remontar algunos resultados. La preocupación comenzaba a hacer mella. Las caras eran largas y los ánimos bajos.

Para hacer su vida aún más miserable, los días pasaban y la relación con sus compañeros no mejoraba. Ya ni siquiera intentaba entablar conversación con ellos. Cada vez que Lasgol lo había hecho había fracasado. No querían hablar con él, así que decidió esperar a que las cosas mejoraran. Quizá con un poco de suerte algo cambiaría y volverían a confiar en él.

Un par de semanas más tarde regresaban de cenar cuando encontraron la puerta de la cabaña abierta.

—¡Gerd! —exclamó Egil al entrar la cabaña.

Entraron y encontraron a Gerd inconsciente en el suelo. Sangraba por la cabeza.

—¡Vamos, despierta! —lo llamó Egil agarrándole la cabeza con las manos.

—¿Qué ha ocurrido? —preguntó Ingrid, que entraba con Nilsa al oír el alboroto.

—Está inconsciente. Y alguien nos ha robado —dijo Viggo señalando los baúles, que estaban abiertos, y las pertenencias desperdigadas por el suelo.

—Yo… la cabeza… —balbuceó Gerd despertando.

—¿Quién te ha hecho esto? —preguntó Ingrid.

—No lo vi… Entré… Vi el desorden y algo me golpeó fuerte en la cabeza. Para una vez que me retiro pronto de la cena… —respondió llevándose la mano a la cabeza.

—No lo vio, lo esperaba detrás de la puerta —dijo Viggo arrodillado junto a unas huellas húmedas—. Un pie grande, de hombre, bota de cuero, no militar ni de guardabosques…

—Curioso… No es de guardabosques… —ponderó Ingrid.

—O quiere que pensemos que no es un guardabosques… —dijo Viggo.

—También puede ser eso. —Nilsa miró a todos lados muy nerviosa.

—Sabía muy bien lo que hacía. No es nada fácil tumbar al gigantón —dijo Viggo.

Ayudaron a Gerd a ponerse en pie. Estaba aturdido.

—Déjame ver —le pidió Ingrid, y examinó la herida—. No es

grave, sangra bastante, pero el corte no es muy profundo. Con unos de puntos de sutura quedarás como nuevo.

—Menos mal —resopló Nilsa—. Menudo susto me has dado.

—Más me he llevado yo —contestó él sonriendo.

Al ver su sonrisa se tranquilizaron.

—Presiona la herida con este paño —le ofreció Ingrid, luego añadió—: Nilsa, ve a ver cómo está nuestro lado.

Lasgol, preocupado por Gerd, no se había dado cuenta de que el baúl donde había dejado a Camu estaba volcado en el suelo frente a la cama. Corrió en su busca.

—¿Dónde estás, pequeño?

Rebuscó entre las cosas desperdigadas por el suelo, pero no lo encontró. Los otros lo miraban sin decir nada. Comenzó a revisar sus cosas en el baúl y se percató de que le faltaba el regalo de su padre.

—La caja… y el huevo… no están.

—Esto tiene que ver con él, seguro —acusó Viggo señalándolo.

—Eso no podemos determinarlo con seguridad… —dijo Egil.

De pronto, la criatura apareció sobre la litera de Egil. Dio un brinco enorme y se lanzó al pecho de Lasgol.

—¡Hola, chiquitín! Me tenías muy preocupado.

Camu subió hasta su cara y comenzó a lamerle la mejilla.

—Y apareció el bicho —dijo Viggo con repulsión.

Nilsa regresó.

—Nuestro lado está igual, lo han registrado todo.

—Está bien. No toquéis nada —pidió Ingrid—. Nilsa y yo llevaremos a Gerd a la sanadora y le contaremos a Oden lo sucedido. Esperad a que volvamos.

Y se marcharon.

El instructor mayor apareció con tres guardabosques. Inspeccionaron la cabaña de arriba abajo. Lasgol tenía las manos a la espalda y en ellas a Camu. Usó su don y se comunicó con la criatura.

Comenzaba a resultarle más fácil. «Quieto. Silencio. No visible», le comunicó con la mente. Camu obedeció. Se quedó quieto como una estatua y se hizo invisible. Cuando Gerd, Ingrid y Nilsa regresaron, Oden los interrogó a todos, uno por uno, durante un buen rato.

El instructor mayor estaba furioso. Iba de un lado al otro de la cabaña. Le quitó hierro al asunto, dijo que no era más que una broma de mal gusto de alguno de los otros equipos rivales o de los de cuarto año, que eran dados a ese tipo de cosas. Que las huellas las habían dejado con toda la intención y que se les había ido la mano al verse sorprendidos por Gerd. Que descubriría quiénes habían sido y los expulsaría.

A Lasgol no le convenció la explicación y por la cara que ponían los otros, a ellos tampoco. Pero, claro, no le habían hablado a Oden sobre la desaparición de la caja del padre de Lasgol con el huevo. Viggo fue el único que protestó contra aquella teoría; sin embargo, Oden lo hizo callar.

Cuando el instructor mayor se marchó, Viggo se dirigió al grupo:

—No creeréis eso, ¿verdad?

Ingrid negó con la cabeza.

—Esto está relacionado con él y sus artes oscuras, os lo digo —acusó Viggo señalando a Lasgol.

—No son artes oscuras… —intentó defenderse este.

—Tú calla, nadie habla contigo —le dijo Viggo.

—¿A alguien más le han sustraído alguna pertenencia? —preguntó Egil.

Gerd, Viggo, Ingrid y Nilsa negaron con la cabeza.

—A mí tampoco —dijo Egil—. Por lo tanto, podemos deducir que, en efecto, tiene que ver con Lasgol o con su criatura, pues el objeto hurtado es la caja con los restos del huevo.

—¡Lo que yo decía! —exclamó Viggo.

La capitana le lanzó a Lasgol una larga e intensa mirada.

—Esto tiene que ver contigo, con quien eres… con lo que eres… Mantente apartado de nosotros. Representas un peligro para el resto, nos pones en riesgo.

El muchacho sintió las palabras de Ingrid como latigazos de fuego sobre la carne, pero sabía que en el fondo tenía razón.

—Está bien, lo entiendo… —dijo, y bajó la cabeza.

Y, con aquello, las esperanzas de que las cosas mejoraran murieron. Si antes ya no se fiaban de él, ahora que Gerd había resultado herido muchísimo menos. Lasgol suspiró. Estaba seguro de que lo ocurrido tenía que ver con él y se sentía fatal por poner en peligro a sus compañeros. Debía hacer lo que Ingrid le había dicho y apartarse de ellos todo lo posible. Si algo les ocurría por su culpa, nunca se lo perdonaría.

«Por favor, que no les ocurra nada malo por mi culpa», rogó a los Dioses del Hielo, pero, por desgracia, tenía un mal presentimiento del que no podía desprenderse.

Capítulo 23

E L OTOÑO TIÑÓ DE TONOS OCRES LOS BELLOS BOSQUES. Las hojas de los árboles cambiaron su color verde de juventud por marrones cobrizos de vejez y fueron secándose hasta caer, ayudadas por los vientos que comenzaban a soplar con mayor fuerza y frescor. La arboleda y los lagos lucían preciosos. Después llegaron las primeras nieves, que decoraron de blanco las cumbres de las montañas para ir descendiendo, poco a poco, hacia el gran valle y el campamento a sus pies.

Sin embargo, el corazón de Lasgol estaba triste. Había pasado toda la estación con la única compañía de Camu. Dio gracias a los Dioses del Hielo por la criatura que le animaba las noches cuando llegaba extenuado de la instrucción. Sus compañeros de equipo lo ignoraban y solo hablaban con él si era del todo imprescindible. Y fuera de su equipo todos lo rehuían. Con una excepción: Astrid, que era la única que le dedicaba alguna palabra amable, que él agradecía en el alma.

Los días pasaban lentos para Lasgol y el otoño se le hizo interminable. La temperatura comenzó a bajar, el cielo se volvió gris y el invierno se acercaba con pasos agigantados. Y llegó el momento temido de la Prueba de Otoño. Lasgol sabía que sería dura, más que las dos anteriores, así lo requería *El sendero del guardabosques*, según les había dicho Oden. «Cada prueba debe ser más difícil que la anterior, el guardabosques debe ser capaz de superar todas las dificultades que encuentre en su camino.»

Los trece equipos se reunieron frente a la Casa de Mando y Dolbarar se presentó para dar comienzo oficial a la prueba. En esa ocasión, su discurso se centró en darles ánimos. Ya habían superado tres cuartas partes del año, solo tenían que pasar esa prueba y conseguirían entrar en la fase final: el invierno. Los alentó e intentó calmarles los nervios. Nadie deseaba fracasar en ese momento, no después de todo lo que se habían esforzado, pero sabían que algunos no lo conseguirían, y aquello pesaba mucho en su espíritu. Dolbarar les deseó suerte y dio la Prueba de Otoño por iniciada.

Empezaron con las pruebas individuales. Lasgol y sus compañeros se dirigieron a la casa mayor de la maestría de Tiradores. Las preguntas de Ivana, la guardabosques mayor, eran ahora no solo más difíciles, sino que tenían trampa; había que estar atento, pues la respuesta que se daba era la contraria a la que se debía dar. Y esa vez el número de preguntas se había duplicado, había sesenta. Lasgol tuvo dificultades para responder.

La prueba práctica empezó con un combate. Habían estado practicando el manejo del hacha corta todo el otoño, tanto como herramienta para construir armas, refugio y otras utilidades como arma de lucha. «Un guardabosques siempre lleva consigo un cuchillo y un hacha de guardabosques en la cintura», según marcaba *El sendero del guardabosques*. Eran armas especiales, diseñadas para sus necesidades. El cuchillo tenía filo en un lado y sierra en el otro. El hacha era ligera y podía lanzarse; estaba hecha toda de acero y podía usarse también como martillo.

Lasgol tuvo que enfrentarse en combate con cuchillo y hacha corta contra un instructor. No lo hizo mal, aunque le costó alcanzarlo y este le propinó una buena tunda de golpes y le hizo pagar cada fallo. Lasgol estuvo tentado de usar su don, pero se había propuesto no usarlo a menos que fuera una emergencia. Además, sentía que usarlo en las pruebas sería hacer trampa, ya que los otros iniciados no tenían esa ventaja. «No, no haré trampas usando mi don. Pasaré o me expulsarán por mis propios méritos.»

La segunda prueba de tiro con arco se complicó sobremanera. Habían estado practicando contra blancos en movimiento durante semanas. Se colgaba una calabaza al final de una cuerda atada a la rama de un árbol y se movía para que se balanceara. Si de por sí era complicado acertar siguiendo el movimiento pendular, ahora habían colgado dos calabazas que se balanceaban en direcciones opuestas. Lasgol tuvo que concentrarse; solo tenía seis tiros y debía hacer tres dianas. Falló los dos primeros. El movimiento inverso lo desconcertaba. Se esforzó por concentrarse. Se fijó solo en el movimiento de una de las calabazas, olvidando la otra, y tiró. ¡La alcanzó! Repitió el proceso, pero erró. Ya no podía fallar más. Estaba a punto de no pasar la prueba. Podía ver la sonrisa de satisfacción del instructor. Respiró hondo y se calmó. Apuntó con cuidado siguiendo el balanceo. Soltó. La flecha voló. ¡Había acertado! Resopló de alivio. Repitió el tiro con cuidado infinito. ¡Blanco! El instructor maldijo entre dientes. Había superado la prueba.

El domador Esben los esperaba en la casa mayor de la maestría de la Fauna. La prueba comenzó con otras sesenta preguntas sobre fauna y no eran nada fáciles. Otra vez Lasgol lo pasó mal para responder algunas de ellas. La prueba práctica fue algo que Lasgol disfrutó, aunque le resultó muy difícil. Primero tuvieron que demostrar su habilidad con los halcones. Habían estado aprendiendo a amaestrar a aquellas maravillosas aves todo el otoño. Nada volaba a mayor velocidad y con mayor maniobrabilidad que un halcón. Esben aseguraba que era el animal más rápido sobre Tremia. Lo complicado era hacerlos entender y obedecer. El espécimen que le tocó a Lasgol era extraordinario, una hembra grande con la espalda de color gris amarronado y el pecho y el plumaje inferior blanquecino con manchas oscuras. La cabeza era negra, con una bigotera del mismo color. Espectacular.

La prueba consistió en cazar con el halcón. Pero era una caza singular: se adiestraba al ave para que atrapara palomas y cuervos al vuelo, y se los llevara al guardabosques, pues era la forma de interceptar los mensajes del enemigo. El halcón respondió bien a las órdenes de Lasgol y le llevó una paloma mensajera y un cuervo, ambos con un mensaje en las patas. El chico pasó la prueba. No todos tuvieron la misma suerte. A Viggo el halcón no le obedeció y el de Nilsa decidió darse un festín con la presa en lugar de llevársela.

Al acabar descansaron un poco y comieron para después dirigirse a la casa mayor de la maestría de la Naturaleza. Allí los esperaba la erudita Eyra. Las sesenta preguntas que formuló sobre plantas, hierbas, raíces, hongos y sus respectivas propiedades curativas o venenosas fueron complejas, pero Lasgol las respondió bastante bien. La prueba práctica tuvo dos partes. La primera consistió en preparar un ungüento contra infecciones y otro para una rápida cicatrización de cortes y heridas sangrantes. Era un proceso laborioso y complejo, pero ya lo habían practicado antes y esa vez Lasgol logró que ambos ungüentos se solidificaran bien. La segunda parte de la prueba práctica consistió en montar una trampa solo con los materiales que había sobre la mesa: ramas, palos de madera, un trozo de cuerda y un cuchillo de guardabosques. Lasgol lo hizo bien. Antes de salir, la anciana le dijo que se llevara los ungüentos y las trampas que había fabricado; eran perfectamente válidos y tirarlos sería un desperdicio imperdonable.

Para acabar la jornada de pruebas, llegó la de la maestría de Pericia. Haakon el Intocable iba a hacer que recordaran aquel día. Los envió a dar diez vueltas al lago. Lasgol consiguió terminar. Vio que varios iniciados se quedaban atrás y no lo lograban. Egil y Gerd vomitaron, pero acabaron sacando fuerza de puro pundonor. Nilsa también estaba rota. Sin embargo, Ingrid parecía indestructible.

Para la segunda parte de la prueba, la práctica, tuvieron que camuflarse entre la maleza utilizando solo su cuchillo y lo que había alrededor, y permanecer quietos de forma que un instructor no los descubriera. Habían estado perfeccionando el camuflaje y el modo del camaleón toda la estación. Lasgol se acercó hasta el río, se quitó la capa roja y se cubrió todo el cuerpo de barro. Sobre todo la cara, el pelo y las manos. Luego, con el cuchillo, cortó helechos, ramas y hierbas, y se tapó con ellas de forma que resultara muy difícil reconocerlo. Se agazapó entre la maleza y permaneció quieto como una estatua, camuflado con el entorno. El instructor pasó junto a él. Se paró a tres pasos y barrió el área con la mirada. Lasgol ni pestañeó, casi sin respirar. Logró engañarlo, no lo había visto. Sin embargo, debido al duro esfuerzo físico inicial y a la tensión de tener que permanecer inmóvil tanto tiempo, el cuerpo le falló. Se descolocó y tuvo que rehacerse rápido. El instructor lo descubrió, pero dio la prueba por superada. Lasgol resopló. No podía con su alma.

Al acabar la prueba se arrastraron hasta la cabaña, incapaces siquiera de hablar de lo cansados que estaban. Ingrid, que parecía infatigable, fue hasta el comedor y les trajo algo de comida. Apenas podían comer, pero necesitaban recuperar fuerzas. Lasgol se quedó dormido con Camu en una mano y un trozo de pan en la otra; Gerd, con un trozo de carne ahumada colgándole de la boca.

El amanecer llegó en un abrir y cerrar de ojos y llevó consigo la prueba por equipos. Oden los despertó con su flauta infernal y condujo a los equipos frente a la Casa de Mando. Les hizo formar y llamó a los capitanes. Para esa prueba solo podrían llevar el cuchillo y el hacha de guardabosques. Nada más. Le entregó un mapa a cada capitán.

—A mi señal empezará la prueba. Conocéis las reglas, os espero en la meta. Llegad antes del amanecer. —Alzó el brazo y, un momento después, lo dejó caer.

Ingrid abrió el mapa, lo estudió e indicó el este.

—¡Vamos, Panteras de las Nieves!

Echó a correr y todos la siguieron. Dejaron atrás el campamento y cruzaron un bosque; luego bordearon un lago y, por último, atravesaron una planicie. De pronto se encontraron con un gran río.

—¿Tenemos que cruzarlo a nado? —preguntó Gerd.

—Buscad el pañuelo de guardabosques —respondió Ingrid.

Rastrearon la zona y hallaron unas huellas junto a la vera del río. Las siguieron y encontraron el pañuelo semienterrado en el barro. En otro tiempo les habría pasado desapercibido por completo, pero el entrenamiento que llevaban a la espalda cada vez daba mayores frutos. Ahora detectaban a la legua, casi por instinto, los rastros y objetos fuera de lugar. El siguiente mapa y unas instrucciones estaban enrollados en el pañuelo.

—¿Qué dicen? —quiso saber Viggo.

—Tenemos que construir una embarcación para cruzarlo —dijo Ingrid.

—¿Una barca? ¿Estamos locos? —exclamó Viggo.

—Eso indican las instrucciones, son precisas —corroboró Egil.

—¡Por los Dioses del Hielo! —gritó Viggo.

—Bueno, no es imposible; hemos estudiado toda clase de embarcaciones norghanas en la instrucción. Sabemos cómo están hechas —dijo Nilsa.

—Pero no tenemos herramientas —dijo Gerd.

—Ni materiales —continuó Ingrid.

—Ummm… eso no es del todo cierto —dijo Egil—. Disponemos de nuestras hachas y cuchillos, es decir, herramientas. Además, tenemos un bosque con materiales a nuestras espaldas.

—Pero ¡¿cómo vamos a construir una embarcación con eso?! —insistió Viggo.

—Siendo inteligentes —respondió Egil con el dedo índice señalándose la cabeza—. Las instrucciones dicen una embarcación, no especifican cuál.

—¿Qué tramas? —Ingrid enarcó una ceja.

—Construiremos una balsa. Es una embarcación sencilla que nos permitirá cruzar.

—¡Eres tan inteligente que me dan ganas de besarte! —dijo Ingrid. El chico se ruborizó.

—No es para tanto…

—¡Manos a la obra! —llamó la capitana.

Entre los seis talaron ocho arboles no demasiado gruesos, pero lo suficiente para soportar a uno de ellos. Los limpiaron y los juntaron. Luego, buscaron lianas y plantas trepadoras que usar como cuerda. También utilizaron las capas, y los chicos, las túnicas para atar y sujetar los troncos. Al final, probaron si aguantaba. Así fue. Pusieron la balsa sobre el agua y, con mucho cuidado, se tumbaron sobre ella, primero situando el peso en el exterior para luego hacerlo en el interior. La corriente comenzó a empujarlos río abajo. Remaron con los brazos como pudieron. La balsa navegó en diagonal un buen rato hasta que por fin tocó tierra firme en la otra orilla. Los seis se bajaron y nada más hacerlo la balsa se desmoronó y se la llevó el río. Habían perdido las capas y las túnicas.

—Vamos a congelarnos por la noche —anunció Viggo mientras observaba los troncos y sus ropas desaparecer río abajo.

—Yo te daré un abrazo de oso y te mantendré calentito —le dijo Gerd con una gran sonrisa.

—¡Ugh! ¡De eso nada! —dijo Viggo, y se apartó del grandullón, que le abría los brazos con el torso enorme al descubierto.

Ingrid soltó una carcajada.

—Tomad mi túnica —ofreció.

Viggo la cogió y se cubrió con ella.

—Y la mía —dijo Nilsa.

—Para Egil —dijo Gerd.

Lasgol asintió.

—Con los pañuelos de guardabosques puedo ir haciendo una túnica —dijo Lasgol.

—Pues nos queda el gigante medio desnudo —dijo Viggo.

—Ya pensaremos algo —propuso Ingrid—. ¡Vamos, sigamos!

Encontraron el pañuelo de guardabosques con el siguiente mapa; estaban apuntalados con un cuchillo a un tocón muy cerca del río. Lasgol cogió el pañuelo y ató las puntas a otro; así iba confeccionando una túnica.

—Lo han dejado demasiado visible… —dijo Viggo sospechando algo.

—Veamos qué nos espera ahora. —Ingrid estudió el mapa.

—¿Hacia dónde indica que tenemos que ir? —preguntó Nilsa.

—Hacia ningún lado —respondió la capitana.

—¿Qué?

Ingrid les mostró el mapa, que marcaba su posición y… nada más.

—Esto ya es demasiado —exclamó Viggo—. Han perdido la cabeza. ¿Qué se supone que vamos a hacer sin mapa?

Egil estudió el mapa y las concisas instrucciones.

—Dice: «Seguir el rastro del guardabosques».

—¿Qué rastro? —Viggo miró alrededor.

—¿Qué guardabosques? —dijo Nilsa, que oteaba el horizonte en busca de alguna persona.

Lasgol se agachó y estudió el terreno alrededor del tocón. En un principio no vio nada. Pero al cabo de un momento distinguió una media pisada. Se acercó. La palpó.

—Es una pisada de bota de guardabosques. De hace dos días.

—¿Quieren que sigamos ese rastro? ¿Cómo vamos a hacer eso? —protestó Viggo.

—Prestando muchísima atención —dijo Egil con una media sonrisa.

—Pero habrá intentado ocultar su rastro —aventuró Nilsa.

—Pues lo encontraremos cueste lo que cueste —dijo Ingrid.

—Lo mejor será separarnos dos pasos y barrer la zona para cubrir más terreno. Avancemos despacio, los seis a la vez. Quien vea algo que avise —organizó Egil.

—Muy bien, ya habéis oído a Egil, en posición —dijo Ingrid.

Muy despacio, los seis comenzaron a rastrear avanzando hacia los bosques. Nilsa estaba en lo cierto; el guardabosques al que debían seguir había ocultado su rastro y muy bien. Solo encontraban alguna pista escondida a grandes intervalos. Lasgol era capaz de hallar el rastro cuando parecía que lo habían perdido. Una huella, un arbusto con ramas rotas, una marca en un árbol… Egil, por su parte, dedujo que las pistas que estaban dejándoles estaban dispuestas a intervalos fijos, lo que los ayudó mucho a encontrarlas, pues sabían cuándo tocaba que apareciera una. Entre Lasgol y Egil consiguieron llegar a una cascada con un pequeño estanque.

—¿Y ahora? —preguntó Ingrid.

—Aquí debería estar el siguiente el rastro —dijo Egil.

—Desaparece en el agua. —Lasgol señaló una última pisada al borde del estanque.

—¿En el agua? ¿Y qué hacemos? —dijo Nilsa.

—¿Meternos en ella? —propuso Gerd con un gesto divertido, mostrando que él estaba desnudo de cintura para arriba.

Egil asintió. Gerd se tiró al estanque y buceó un buen rato. Apareció con nenúfares y algas en la cabeza y en los hombros.

—¡Vaya pinta! —Nilsa soltó una carcajada.

—¿Has visto algo? —preguntó Ingrid.

—Nada, solo barro y algas.

—Mira en la cascada —dijo Egil.

—¿En la cascada?

—Detrás de la cascada, para ser más exactos —explicó Egil.

Gerd lo miró extrañado. Se volvió y observó la cascada, asintió y nadó hasta ella. Se sumergió y desapareció. Pasó un largo rato y no reaparecía.

—¿No estará ahogándose? —dijo Nilsa con aprehensión en el tono.

Egil negó con la cabeza.

—Yo no estaría tan seguro… —dijo Viggo—, el grandullón no es precisamente una sirena en el agua…

—Voy a ir a sacarlo —dijo Ingrid preocupada, e hizo ademán de lanzarse al agua.

En ese momento, el gigantón reapareció con un gran morral de cuero en la mano y nadó hasta ellos.

—¡Hay una cueva detrás de la cascada! —anunció echando agua por la boca.

Egil sonrió:

—Es lo que me había imaginado.

Gerd salió del agua.

—Aquí tenéis. —Les entregó el morral.

Lo abrieron y dentro descubrieron el pañuelo de guardabosques y una urna de vidrio. Egil la abrió.

—Hay un mapa dentro.

—¡Por fin! —dijo Ingrid.

Mientras lo examinaban, Lasgol cortó el morral en dos y, con el último pañuelo de guardabosques, le confeccionó una camisa cruzada a Gerd. No le alcanzaba del todo, pero lo protegería algo del frío. Nilsa se echó a reír al verlo.

—Pareces un mendigo gigante —dijo la chica entre risas mientras correteaba a su alrededor.

—Desde luego, damos pena… —confesó Ingrid mirándolos a todos con cara de desesperación.

—Las apariencias engañan —dijo Egil, y le guiñó el ojo a la capitana.

—¡Vamos, equipo, adelante! —gritó esta.

Siguieron el mapa durante un buen rato. Formaban una fila con la líder a la cabeza marcando el ritmo, Nilsa y Viggo detrás, Egil y Gerd en medio, y Lasgol cerrando el grupo. Ya se habían acostumbrado a esa formación y les resultaba casi natural.

Llegaron a una enorme explanada con dos rocas solitarias en el centro.

—¿Dónde está la siguiente pista? —preguntó Viggo mirando a todos lados.

—El mapa marca esta posición —afirmó Egil.

—Pero aquí no hay nada… —dijo Nilsa—. Excepto esas dos grandes rocas.

—Investiguemos. —Gerd se dirigió hacia ellas.

Lasgol rastreó la zona y descubrió algo fuera de lugar: había un árbol solitario a un lado, un roble; sin embargo, el bosque era de abetos. Qué raro. Se acercó hasta él. Aparte de su especie, nada más parecía extraño. Observó las ramas y hojas otoñales. Nada. La posición…, las raíces… Se agachó siguiendo una corazonada y entre las raíces encontró algo… ¡El pañuelo de guardabosques y el mapa con las instrucciones! Llamó a sus compañeros.

—¿Cómo has hecho eso? ¿Has usado alguna de tus habilidades *especiales* para encontrarlo? —lo acusó Viggo.

—¡Más te vale no haber utilizado sucia magia! —dijo Nilsa apretando el puño con gesto amenazador.

—No lo he hecho. Las rocas eran el lugar más obvio. Demasiado. Es una trampa para hacernos perder tiempo.

—Seguro que has usado tu talento para pasar las pruebas desde el principio —dijo Viggo.

—No lo he hecho. Ni lo voy a hacer —se defendió él.

—Ya, y yo voy y te creo —le respondió.

—Si no quieres creerme, ese es problema tuyo, no mío.

—Pero la realidad es que tú eres problema nuestro —dijo Ingrid—. Eres un Pantera de las Nieves y eso hace que seas nuestro problema.

—¡No quiero ser el problema de nadie!

—Un poco tarde para eso —dijo Viggo.

—¿Qué dice la prueba? —preguntó Egil en un intento por detener la discusión.

—Tenemos que preparar un antídoto contra la picadura de serpiente plateada —contestó Ingrid.

—Eso no será fácil… —dijo Gerd esforzándose por recordar las instrucciones de la erudita Eyra.

—¿Alguien recuerda los componentes? —dijo Ingrid.

Todos miraron a Egil, que se ruborizó.

—Yo los recuerdo, sí —respondió él.

—Muy bien. Repartamos tareas —dijo la capitana organizando al grupo.

Egil les dijo los componentes que debían encontrar y todos partieron. Él se quedó a preparar un fuego. El último en regresar fue Viggo, que había tenido problemas para hallar la resina que necesitaban.

—¡Casi recorro media Norghana en su busca! —protestó.

—Eso es porque eres más ciego que un topo —le dijo Ingrid.

Viggo le hizo una mueca desagradable. Gerd y Nilsa rieron.

Egil utilizó el recipiente de vidrio que contenía el mapa para mezclar los ingredientes y lo puso al fuego.

—¿Y ahora? ¿Cuánto tenemos que esperar? —preguntó Ingrid.

—Hay que removerlo hasta que se vuelva de color azulado —respondió Egil.

—No podemos estar aquí removiendo eso y perdiendo el tiempo —dijo Ingrid con la mirada en el cielo; el tiempo corría—. Ya comienza a anochecer.

—Yo puedo quedarme atrás y removerlo. Cuando esté listo, os alcanzaré —se ofreció Lasgol.

—De acuerdo… Termina eso y reúnete con nosotros al este, en el primer lago —dijo Ingrid—. No te retrases. Si tengo que venir a buscarte, te arrepentirás.

—Descuida, os alcanzaré enseguida.

Gerd le dedicó una mirada de preocupación antes de partir.

La noche cayó sobre los bosques y el muchacho se sintió desamparado en medio de aquella soledad y silencio, pero al final el antídoto estuvo listo y se animó. Lo quitó del fuego y lo dejó a un lado para que se enfriara.

—Veo que tus compañeros te han dejado atrás. —Se oyó de pronto una voz grave a su espalda—. Eso me facilita mucho las cosas.

Lasgol se giró sorprendido y descubrió a una figura saliendo de entre la maleza. Iba envuelto en una capa con capucha oscura. No era la de un guardabosques.

—¿Quién eres? —preguntó Lasgol. Tenía un presentimiento malísimo.

—Tú y yo ya nos conocemos —respondió el extraño.

Su voz le resultaba vagamente familiar. Lasgol se concentró; sin embargo, no conseguía reconocerlo.

—¿Me reconoces ahora? —dijo el extraño, y se echó la capucha hacia atrás, lo que dejó su rostro al descubierto.

—¡Nistrom! ¿Qué haces aquí? —se sorprendió Lasgol por encontrarse con el mercenario allí.

La última vez que lo había visto había sido en la aldea, en Skad, cuando Nistrom había vencido en el concurso de combate con espada y escudo. Lasgol y Ulf le habían entregado el trofeo de vencedor.

—¿Tú qué crees que hace alguien como yo aquí? —Sonrió de forma peligrosa.

La mente del muchacho daba vueltas intentando encontrar una respuesta a aquella pregunta. Solo una respuesta tenía sentido, estaba allí por él. Para matarlo.

—Tú siempre fuiste amable conmigo…

Nistrom asintió:

—Tenía orden de vigilarte de cerca. Y eso hice.

—¿Por eso te mudaste a nuestra aldea?

—Sí.

Lasgol sacudió la cabeza.

—¿Y ahora?

El mercenario inclinó la cabeza e hizo un gesto de disculpa:

—No debiste unirte a los Guardabosques para husmear en lo que debe permanecer enterrado. Nos habríamos ahorrado este último encuentro tan desagradable.

—No tienes por qué hacer esto. —Lasgol intentaba hallar una salida.

—Es demasiado tarde. Has metido la nariz donde no debías. No ha gustado. Tengo orden de matarte.

—¿De quién?

—De alguien muy poderoso.

—La flecha envenenada. ¿Fuiste tú?

—Quizá sí, quizá no. Te quieren muerto, puede que hayan pagado a alguien más…

Lasgol levantó las manos en son de paz:

—No sé qué he hecho, pero puedo dejar de hacerlo. No tienes por qué matarme. No he descubierto nada. Te lo prometo.

—Lo siento. Me caes bien. Pero tienes enemigos demasiado poderosos. He de matarte. Si no lo hago, me costará la vida —dijo y desenvainó una espada y una daga.

—Nistrom…, por favor…

—No te resistas. Tendrás una muerte rápida. No sufrirás.

Lasgol observó al mercenario. Sabía de primera mano que era un luchador excelente. No tenía ninguna opción ante él. Sintió un nudo terrible en el estómago. «No voy a dejar que me mate sin pelear. Nunca. ¡Lucharé!» Sacó su hacha corta y el cuchillo largo de guardabosques.

Nistrom negó despacio con la cabeza:

—Eso solo empeorará tu final.

—No voy a dejar que me mates. Me defenderé.

—Como quieras —dijo el mercenario, y avanzó decidido hacia Lasgol con una mirada letal en los ojos.

Lasgol buscó su don, encontró la energía azulada en el interior del pecho y la usó. «Reflejos Felinos», invocó. Un destello verde le recorrió el cuerpo. Nistrom no perdió un instante; dando un salto hacia delante, atacó con una estocada directa al corazón de Lasgol. Con sus reflejos potenciados por el don, Lasgol se desplazó a un lado esquivando como un felino. La espada de Nistrom no halló más que aire. De inmediato soltó un tajo lateral con la daga; buscaba el cuello de Lasgol. Por instinto, este retrasó su posición esquivando el arma, que pasó frente a su cara.

—¿Qué ocurre aquí? —exclamó Nistrom detectando que algo no iba bien.

Lasgol no respondió. Flexionó las piernas y esperó atento al siguiente ataque. Esa vez fue una finta. Un movimiento de engaño ejecutado por un espadachín excelente. Buscó el muslo de Lasgol con una estocada fugaz, aunque al retrasar este la pierna la espada se dirigió como un rayo a su pecho. Lasgol se echó atrás, pero el engaño había funcionado, se había movido demasiado tarde. Sintió un pinchazo frío y doloroso en el hombro.

—¿Cómo has podido evitar esa finta? He matado muchos hombres con ese movimiento, hombres mucho mejor preparados que tú.

—Entrenamiento de guardabosques —respondió el chico intentando ganar tiempo. Le sangraba el hombro.

—Esa sangre debería ser de tu corazón. Aquí ocurre algo. Ningún guardabosques puede moverse como tú lo haces, mucho menos un iniciado. ¿Qué me ocultas?

—Solo soy Lasgol, hijo de Dakon. Y no voy a dejar que me mates.

—Puedo oler cuando hay juego sucio, y aquí lo hay. Llevo muchos años luchando y matando, ¡muchos!

De repente, lanzó un tajo tremendo a la cara del chico. Al ver la espada dirigirse a su rostro, se agachó instintivamente. La espada le pasó sobre la cabeza y le cortó varios cabellos. Agachado, buscó su don. Un destello verde le recorrió las manos. Utilizó una habilidad que había desarrollado con la ayuda de su padre, Lanzar Suciedad. Clavó la punta del cuchillo en la tierra y, con un movimiento brusco, la lanzó hacia el rostro de Nistrom. Mediante su don, la tierra que lanzó se potenció con suciedad cegadora. El mercenario se cubrió los ojos con el antebrazo justo cuando una nube de tierra y suciedad le alcanzaba la cara.

—¡Maldito! —gritó, y dio varios pasos atrás intentando ver algo.

Lasgol aprovechó el momento y, sin incorporarse, se llevó la mano a la espalda, hasta el cinturón, donde guardaba su trampa. Con rapidez, la colocó en el suelo y volvió a usar el don y Ocultar Trampa. Un destello verde la cubrió. La trampa desapareció y quedó lista.

—¡Me has dejado medio ciego! ¡Se acabó el juego! —gritó Nistrom con un ojo cerrado y el otro llorando.

Avanzó dispuesto a asestar un espadazo al muchacho; este, por su parte, dio un paso atrás. Nistrom avanzó y pisó la trampa. Se oyó un sonido metálico y el mercenario miró al suelo. Media docena de estacas afiladas le atravesaron el pie derecho.

—¡Aghhh! —gruñó de dolor.

—Déjame ir. No hay necesidad de esto —dijo Lasgol.

—¡Maldito! Tengo orden de matarte y eso voy a hacer —dijo el mercenario; entonces, de un fuerte tirón levantó el pie liberándolo de las estacas, rugió a los cielos de dolor—. Te voy a despedazar por esto. —Volvió a tronar de dolor al apoyar el pie en el suelo para avanzar hacia Lasgol.

Nistrom cojeaba de una pierna y veía solo con un ojo, pero aquello no lo detendría. No a alguien tan experimentado.

Lasgol retrocedió mientras pensaba cómo defenderse. Activó el don y la Agilidad Mejorada. Nistrom soltó un latigazo con la mano izquierda y la daga salió despedida directa hacia el cuello del chico. Iba demasiado rápida, no podría esquivarla ni con sus reflejos y agilidad aumentados. Solo consiguió doblarse hacia atrás para evitar que lo alcanzara. Flexionó las piernas al máximo y el tronco quedó paralelo al suelo. La daga pasó rozándole el abdomen y la cara, pero no pudo mantener el equilibrio y cayó de espaldas contra el suelo.

—Ya te tengo —gritó Nistrom y avanzó para ensartarlo.

—No lo hagas —dijo Lasgol con la mano levantada desde el suelo.

El brazo de Nistrom se retrasó para el golpe final.

El muchacho se vio perdido. Iba a morir.

El brazo no avanzó. Algo insólito sucedió. Bajó.

Lasgol pestañeó con fuerza. No entendía qué sucedía. Dos brazos fuertes aparecieron rodeando los de Nistrom en un abrazo de oso.

—¡Arriba, Lasgol, rápido! —lo urgió Gerd.

—¡Gerd! —exclamó con los ojos como platos, y se puso en pie de un salto.

—¡Suéltame! —gruñó Nistrom mientras forcejeaba con el gigantón, que lo tenía bien sujeto en un abrazo por la espalda.

El grandullón era demasiado fuerte, el mercenario no conseguía liberarse. De pronto, Nistrom se dobló hacia delante.

—¡Cuidado! —advirtió Lasgol.

Gerd no se dio cuenta de la jugada. Nistrom se enderezó a gran velocidad y le propinó un fuerte cabezazo en la nariz. El chico sintió que esta le explotaba en medio de un dolor intenso. Empezaron a llorarle los ojos y la sangre le brotó de la nariz. Se llevó las manos a la cara y retrocedió varios pasos. El mercenario quedó libre. Levantó el brazo con la espada y fue a atacar a Gerd, pero Ingrid se interpuso llegando a la carrera.

—¿Qué crees que haces? —le dijo.

—¡Voy a mataros a todos!

—No vas a matar a nadie, no mientras yo esté al mando —exclamó Ingrid con mirada decidida.

—Pues a ti te mataré la primera —dijo Nistrom, y se lanzó a atacarla.

La capitana se defendió como una leona bloqueando la espada del mercenario con hacha y cuchillo.

—Veo que sabes luchar, pero eso no te salvará.

Lasgol se llevó a Gerd, que apenas veía y era un blanco fácil. Ingrid aguantó cuanto pudo, aunque no era rival para el mercenario.

Con un giro magistral de muñeca, hizo volar el hacha de Ingrid. A continuación, fintó y cortó a la chica en la muñeca provocando que perdiera el cuchillo. Quedó desarmada.

Nistrom sonrió. Fue a atravesarla de una estocada. Al instante, algo metálico lo alcanzó por detrás en el brazo. Nistrom gruñó. Tenía una daga clavada.

—¡Malditos! —gritó y ejecutó la estocada.

Una sombra voló sobre Ingrid y la derribó. La espada de Nistrom alcanzó el hombro de Viggo en lugar del cuerpo de Ingrid. Viggo había saltado sobre ella para protegerla y se había llevado la estocada en el hombro. Los dos chicos rodaron por el suelo y quedaron fuera del alcance del mercenario.

Nistrom evaluó la situación. Estaba cojo y no veía bien. Tenía una daga clavada en el brazo derecho. Se volvió hacia Lasgol:

—Tengo que matarte. Es tu vida o la mía.

Lasgol se preparó. En la distancia, saliendo del bosque, vio a Nilsa y Egil, que corrían hacia ellos. Lo hacían con sigilo, fundiéndose con las sombras de la noche, tal y como habían aprendido en la maestría de Pericia. Nistrom no los había visto. Hubo un momento en el que Nilsa pareció tropezar y perder el equilibrio. Si se iba al suelo, Nistrom los oiría y los descubriría. Pero en un alarde fuera de lo común en ella, consiguió mantener el equilibrio y evitó caerse.

—Si quieres matarme, aquí estoy —dijo el muchacho abriendo los brazos y mostrando el hacha y el cuchillo de guardabosques; intentaba centrar la atención del mercenario en él.

Este avanzó y, en un movimiento fugaz, cambió la espada de mano y soltó una estocada con la mano izquierda. Lasgol, pillado por sorpresa, ladeó la cabeza y la espada le cortó en la oreja izquierda. «¡Es ambidiestro! ¿Es que nada puede con él? ¡Está preparado para todo!» El mercenario atacó con la zurda casi con la misma maestría con que lo había hecho con la derecha. Lasgol esquivaba los tajos y fintas como podía; aun así, sabía que iba a cazarlo de un momento a otro y que iba a morir. Se la jugó. Dio un paso atrás y alzó la daga para lanzarla. Nistrom vio que iba a hacerlo y se preparó. Sus ojos profundos, cargados de experiencia, brillaban con confianza; sabía que esquivaría el lanzamiento del chico.

—¡Ahora! —gritó Lasgol y lanzó con todo su ser.

Nistrom esquivó el lanzamiento de Lasgol, tal y como esperaba. Pero lo que no había previsto era los otros dos cuchillos que buscaron su espalda. Nilsa y Egil habían lanzado al mismo tiempo que Lasgol desde las sombras. Nilsa lo alcanzó en medio de la espalda. Nistrom se volvió como un rayo y el cuchillo de Egil pasó rozándole la cara.

—¡Malditos! —gritó arqueándose.

—¡Hacha! —dijo Lasgol.

—¡No! —gritó Nistrom.

Las tres hachas salieron despedidas. Nistrom se halló en el centro de los tres lanzamientos cruzados. Esquivó a Egil, pero el hacha de Lasgol se le clavó profunda en la espalda, y la de Nilsa, en el pecho. El mercenario dio un paso lateral, soltó la espada y cayó de lado.

Por un momento nadie se movió. Observaban a Nistrom esperando que volviera a levantarse. No lo hizo. Lasgol se acercó hasta él con cautela. Cogió la espada y con ella en la mano se agachó junto al mercenario. Se moría.

—¿Quién te envía? —le preguntó Lasgol.

—No… sobrevivirás…

—¿Quién quiere matarme? ¿Por qué?

—Estás… muerto… —dijo Nistrom. Expiró.

Lasgol suspiró hondo.

—¿Lo... hemos... matado? —preguntó asustada Nilsa sin poder creerlo.

—Sí, está definitivamente muerto —contestó Egil examinando el cadáver.

—Gracias a todos... Si no hubiera sido por vosotros..., ahora sería yo quien ocuparía su lugar —dijo Lasgol agradecido hacia sus compañeros.

—Guárdate las gracias para más tarde —le dijo Ingrid arrodillada junto a Viggo—. Este idiota necesita un vendaje.

—¿Idiota yo? —protestó Viggo indignado desde el suelo—. ¡Encima de que te salvo la vida!

—Lo tenía controlado —dijo Ingrid mientras se rompía la camisa y se vendaba el corte en la muñeca.

—Sí, con tu irresistible magnetismo personal —arguyó Viggo.

Egil fue a ayudar a Ingrid con Viggo. Gerd se acercaba con la cabeza echada hacia atrás. Nilsa corrió hasta él.

—¿Estás bien? —preguntó ella.

—Me duele horrores, pero ya no sangra. Creo que está rota.

—Está torcida, desencajada, rota no sé...

—Colócamela en su sitio —le pidió Gerd.

—¿Estás seguro? Te dolerá un montón.

—El dolor no me da miedo, hazlo.

Nilsa lo miró extrañada.

—¿No tienes miedo al dolor?

Gerd negó con la cabeza y se puso de rodillas.

—Es solo dolor. Pasará.

—Mira que eres raro... Está bien. —Se encogió de hombros la pelirroja. Agarró la nariz de Gerd y de un fuerte tirón la recolocó en su sitio.

El chico chilló en agonía. Al cabo de un momento la calma había vuelto a su rostro.

—De verdad que no entiendo qué te da miedo —murmuró Nilsa—. Te asustas de tu sombra; en cambio, no te da miedo el dolor ni tirarte a un lago helado —dijo negando con la cabeza.

El otro se encogió de hombros y puso cara de no tener la respuesta.

—¿Y qué me dices de ti? Tú eres amable la mayor parte del tiempo, pero si se habla de magia o algo arcano, te vuelves agresiva, irracional, como si fueras otra… Parece que hay dos personas dentro de ti.

Nilsa lo miró con duda.

—Nunca me había dado cuenta de eso… Yo… Solo soy una… Yo.

Lasgol observaba el cuerpo sin vida del mercenario. No podía creer lo que acababa de suceder. Sacudía la cabeza sin salir de su asombro.

—Regístralo, igual encuentras algo —dijo Viggo, y gruñó de dolor por el vendaje que le estaban poniendo Ingrid y Egil.

Lasgol registró el cadáver. Nada. Entonces recordó de dónde había salido y se acercó allí. Encontró un morral detrás de un árbol. Lo llevó con sus compañeros y lo vació. Dentro había ropas de guardabosques, algo de comida y una caja.

—¿Esa no es la caja del huevo? —preguntó Egil.

—Sí… —dijo Lasgol, que la cogió y la inspeccionó.

—Entonces fue él quien me atacó en la cabaña —afirmó Gerd.

—Eso parece —dijo Nilsa.

—Pero ¿para qué quería la caja del huevo? —preguntó la capitana.

—Yo creo que buscaba lo que contenía —propuso Egil.

—¿El huevo? ¿Camu? —preguntó Lasgol confundido.

—Me parece que sí —dijo Egil.

—Quería el huevo y matar a Lasgol. —Fue la respuesta de Viggo.

—¿Estarán relacionados? —preguntó Nilsa.

—Todo apunta a que sí —dijo Egil.

—¿Cómo? ¿Por qué? —Lasgol estaba perplejo.

—Ese es un misterio que deberás resolver si no quieres acabar como él —contestó Egil.

Todos guardaron silencio contemplando el cadáver del mercenario. Por desgracia no hallaron ninguna otra pista que pudiera esclarecer aquello.

—Lasgol, estás sangrando —le dijo Nilsa.

—Oh, no me había dado cuenta.

Terminaron de vendar las heridas lo mejor que pudieron.

—Utilizad los ungüentos de la prueba individual de Naturaleza —advirtió Egil—. Nos ayudarán.

—Hay que llegar al campamento —dijo Ingrid; después, miró a Viggo—: ¿Podrás?

—Claro que podré —respondió él con cara de pocos amigos.

—¿Y tú? —preguntó a Lasgol.

—Sí, mi herida no es tan profunda.

—Bien. Pues en marcha.

Caminaron toda la noche. Tuvieron que parar varias veces para asegurar el vendaje de Viggo. Lasgol seguía sin poder creer que Nistrom hubiera intentado acabar con él. Estaba confundido y un enorme desasosiego lo consumía.

—Gracias… —volvió a decir a sus compañeros mientras descansaban antes del último trecho hasta el campamento.

Egil asintió con un movimiento de cabeza. Nilsa le sonrió un instante, luego frunció el ceño.

—No creerás que íbamos a dejar que te mataran —dijo Gerd, que se palpaba la nariz con cuidado.

—Pero que te hayamos ayudado no significa que esté todo olvidado —le dijo Viggo con una mueca de dolor.

—Más vale que no perdamos la prueba por equipos por esto —le dijo Ingrid.

Lasgol no dijo nada. Tenía un nudo en la garganta. Estaba emocionado y agradecido. Se le humedecieron los ojos.

Echaron a correr hacia el campamento y cruzaron la meta con el sol despuntando.

Oden miró el sol, hizo un gesto para hacerles saber que habían llegado por los pelos y dio superada la prueba. Entonces, se acercó hasta Ingrid a pedirle los pañuelos cuando vio las heridas de todos y estalló:

—Pero ¿qué demontres ha ocurrido ahora? ¿Es que no podéis completar una prueba sin derramar sangre? —Ingrid se encogió de hombros y puso cara de inocente.

—¡Seguidme hasta la sanadora! ¡Por todos los vientos del invierno! ¡Y ni una palabra! —ordenó un airado Oden.

Capítulo 24

DOLBARAR ESTABA MUY SERIO. SE RASCABA LA BARBA NÍVEA mientras observaba con ojos atentos a los seis integrantes del equipo de los Panteras de las Nieves. Los había hecho llamar y formaban en medio de la gran sala común de la Casa de Mando. El líder del campamento estaba sentado a la alargada mesa de reuniones, en forma de roble, donde se trataban las cuestiones importantes referentes a los guardabosques. Lo flanqueaban los cuatro guardabosques mayores.

—Gracias por traerlos, Oden —dijo Dolbarar al instructor mayor y este se retiró y los dejó solos.

—¿Todos recuperados? —quiso saber el líder.

—Sí…, todos recuperados, señor —respondió Ingrid como capitana.

—Muy bien —dijo Dolbarar, y asintió mientras observaba uno por uno a los seis compañeros, como si los evaluara mentalmente—. Os he convocado a esta reunión porque quiero llegar al fondo de este asunto tan feo. He pedido a los cuatro guardabosques mayores su asistencia, dada la suma gravedad de los hechos. —Hizo un gesto de respeto hacia ellos.

Los cuatro saludaron con un gesto breve. Tenían el semblante grave.

Los seis iniciados devolvieron el saludo. Estaban incómodos, intranquilos.

—Lo mejor será que nos contéis lo que sucedió. Nos gustaría escucharlo de cada uno de vosotros, pues es probable que la visión de los hechos sea diferente y complementaria. Empecemos en orden inverso a la confrontación. ¿Quién llegó último al enfrentamiento?

—Fuimos Nilsa y un servidor, señor —contestó Egil.

—Muy bien. Relatadnos lo ocurrido desde vuestra perspectiva con el más mínimo detalle que recordéis.

Nilsa y Egil así lo hicieron, intentando no dejar nada sin mencionar. Cuando terminaron, fue el turno de Viggo. A él le siguió Ingrid; después, Gerd. Por último Lasgol relató su parte, sin omitir que conocía a Nistrom de su aldea. Cuando terminaron, se produjo un largo silencio en el que los líderes consideraron todo lo expuesto.

—Lo que sucedió ayer en la prueba es algo… terrible y lamentable —rompió el silencio Dolbarar—. Es la segunda vez que atentan contra la vida de Lasgol aquí, en nuestro campamento. Algo impensable… desconcertante… muy grave.

—Es algo inaceptable —añadió Ivana—. Nadie debería poder penetrar en nuestros dominios sin que lo detectáramos. Se lo he recriminado a los vigías. Habrá castigos. Duros.

Lasgol no podía apartar la mirada de la fría y letal belleza de aquella mujer. Compadeció a los vigías.

—El terreno que hay que vigilar es muy vasto… —dijo la erudita Eyra a modo de disculpa—. Nuestro maravilloso refugio, el valle Secreto, como lo llamamos, es un lugar recóndito pero enorme. Desde el campamento, en el centro, se necesita al menos una semana a pie en cada dirección para alcanzar las lindes del valle.

—Sí, pero casi en su totalidad estamos rodeados de montañas intransitables, a excepción de la entrada por el río Sin Retorno, al sur —recordó el domador Esben—. Vigilando esa entrada deberíamos poder controlar quién se interna en nuestros dominios.

—¿Has encontrado el rastro de ese mercenario asesino? —le preguntó Dolbarar.

—Sí. Lo he seguido. Todo apunta a que entró en el valle por el Paso Secreto al norte del Campamento.

Lasgol echó la cabeza atrás sorprendido. Aquello le interesaba mucho. No sabía que hubiera un paso al norte. Las montañas al norte eran tan majestuosas como inaccesibles.

—Voy a colgar de los dedos gordos de los pies a los vigías del Paso Secreto —exclamó Ivana.

—No hay que precipitarse en las conclusiones —dijo Haakon el Intocable—. Hasta ahora pensábamos que era uno de los nuestros por sus conocimientos del campamento y la utilización de un veneno de guardabosques en el primer atentado contra la vida de Lasgol, aunque no hay constancia de que lo robara.

—El veneno lo robaron de mi almacén —reconoció Eyra bajando la cabeza.

—¿Cómo es posible? Dijiste que no te faltaba nada —quiso saber Esben.

—Al principio no lo detecté; no se habían llevado ningún frasco, no faltaba nada, el recuento del inventario cuadraba. Todo parecía en orden.

—¿Entonces…? —quiso saber Haakon.

—Lo que hizo fue mucho más inteligente. He descubierto que a varios de los envases les falta algo de contenido.

—Entiendo…, muy inteligente. Llenó un frasco propio vaciando un poco de varios de los tuyos. Bien jugado —reconoció Haakon.

—¿Desde cuándo sabemos esto? —dijo Ivana molesta.

—Acabamos de descubrirlo —contestó Dolbarar.

Eyra asintió:

—Al enterarme de lo sucedido con el mercenario, no podía dormir y volví a repasar todas mis pociones y venenos uno por uno. Entonces lo he visto y se lo he comunicado a Dolbarar.

—Un mercenario muy listo —dijo Haakon—. Quizá demasiado…

—Y que conocía muy bien el campamento —añadió Esben—. Lo cual me preocupa, y mucho. ¿Cómo puede un extraño conocer nuestro terreno, nuestras formas y moverse entre los nuestros sin que lo detectemos?

—Sí, eso es justo lo que me preocupa —dijo Dolbarar—. ¿Cómo sabía dónde conseguir el veneno y cómo burlar nuestros vigías?

—Tenemos un traidor —sentenció Haakon.

—Eso es una acusación grave —dijo Eyra.

—Es la explicación más lógica. Alguien ha tenido que ayudarlo y ha tenido que ser uno de los nuestros. No creo que sea posible de otra forma. Lo habríamos cazado.

Dolbarar miró a Lasgol.

—¿Te dijo para quién trabajaba? ¿Si tenía un cómplice en el campamento?

—No… Intenté que me lo dijera, pero no lo logré…

—¿Vosotros pudisteis deducir algo en ese sentido?

—Nada, señor… —dijo Ingrid—, excepto que era muy buen luchador y tenía mucha experiencia.

—Y conocía a Lasgol —apuntó Viggo—, por lo que es probable que lleven vigilándolo mucho tiempo.

—Y solo ahora han decidido matarlo —apuntó Egil—. Ello apunta a que el hecho de que Lasgol esté aquí y ahora es motivo del ataque.

—El joven iniciado tiene razón —dijo Haakon—. Ha intentado matarlo dos veces, en nuestro campamento nada menos, cuando podía haberlo hecho en su pueblo con total facilidad.

—Muy cierto. ¿Por qué ahora? ¿Por qué aquí? —preguntó Eyra.

—Esa, mi querida amiga, es la cuestión o, más bien, las cuestiones —dijo Dolbarar con los ojos entrecerrados.

—En cualquier caso, el problema debería estar solucionado con la excelente actuación del equipo de los Panteras, que han neutralizado la amenaza —añadió Ivana.

Dolbarar asintió varias veces:

—En efecto, debería. Pero no bajaremos la guardia. No me quedaré tranquilo hasta averiguar cómo logró robar el veneno y que no lo detectáramos dentro de nuestros dominios. Por otro lado, debo daros la enhorabuena por haber eliminado la amenaza y haber salvado a vuestro compañero. —Paseó la mirada por todos—. Dos acciones que os honran.

—Y mucho —dijo Eyra.

—Cuando un enemigo muere, los guardabosques no lo celebramos, pues es nuestro deber acabar con la amenaza. Cuando un hermano está en peligro, se le defiende, siempre —dijo Haakon—. Los guardabosques no dejamos a nadie solo. Nunca.

—Lo que habéis hecho y cómo lo habéis logrado, entre todos, es un ejemplo que seguir por otros —apuntó Esben.

Los iniciados se miraron entre ellos; sus ojos escondían cierta vergüenza por haber dejado solo a Lasgol, por cómo lo habían tratado.

—Necesito estar seguro de que no tenemos más infiltrados —dijo Dolbarar—. Se acercan fechas importantes. No puedo arriesgar la ceremonia de Aceptación. El rey Uthar en persona vendrá a presidirla, como cada año. Es una de sus ceremonias favoritas, rara vez se la pierde. No puedo tener incertidumbre, debo estar seguro de que no hay ningún asesino merodeando cuando llegue el rey con su séquito. No puedo arriesgarme a exponer a su majestad a ningún posible peligro. Si he de cancelar la presencia de Uthar por esto, lo haré, aunque sea un deshonor para los Guardabosques. No sé cómo voy a explicar al rey que no puede asistir porque no somos capaces de asegurar nuestros propios dominios. Precisamente el campamento, la cuna de los guardabosques que lo sirven, un lugar que se concibió para ser secreto y seguro. El deshonor será terrible... Tendré que renunciar a mi puesto...

—Eso no sucederá —dijo Ivana convencida.

—Queda tiempo, solucionaremos este entuerto —afirmó Eyra.

—Aseguraremos el campamento y todo el valle —dijo Haakon—. Y en cuanto a la posibilidad de que haya un traidor entre los nuestros, yo mismo me encargaré de buscarlo y ajusticiarlo.

—Nadie mancillará el honor de los Guardabosques —dijo Esben—, no mientras nosotros estemos aquí para protegerlo.

—Gracias a todos. La visita del rey es el acontecimiento más importante del año. Es un verdadero honor que Uthar nos digne con su presencia —contestó Dolbarar.

—¿Vendrá acompañado de Gondabar? —preguntó Eyra.

—Eso creo. El maestre guardabosques del rey asistirá. Como líder nuestro, no se perdería el acontecimiento.

—Cada vez lo vemos menos —se quejó Ivana.

—Las obligaciones en la corte del rey son muchas... —lo disculpó Dolbarar.

—Yo creo que prefiere la vida en la corte a la vida en el campamento —dijo Esben con tono jocoso.

—No dejes que te oiga decir eso, lo negará y te hará pagar.

Esben sonrió:

—No lo haré.

—Gondabar tiene en Norghania a un centenar de guardabosques con él y a Gatik, guardabosques primero. ¿No son demasiados para simplemente vigilar la ciudad? —preguntó Haakon—. ¿No deberían estar vigilando el reino?

—Así lo ha requerido Uthar. La amenaza de Darthor crece. El rey solo confía en los Guardabosques para su protección personal. Por ello ha pedido a Gondabar que refuerce la protección en la capital.

—Darthor será poderoso, pero no llegará hasta Norghania; los ejércitos del rey lo detendrán —aseguró Esben.

—El rey teme que lo ataquen por sorpresa en su morada. Por eso ha llamado a sus más fieles servidores, nosotros, los guardabosques, para que lo protejamos.

—Darthor jamás llegará hasta el Castillo Real —afirmó Ivana.

—No debemos subestimarlo. El rey no lo hace. Es un enemigo extremadamente poderoso. Un mago sin igual que ahora cuenta con un ejército temible a su servicio. Un ejército de hombres y bestias: troles de las nieves, ogros corruptos y otros seres bestiales, reforzado con elementales y criaturas del hielo.

—¿Se ha confirmado? —preguntó Haakon.

Dolbarar asintió con pesadumbre:

—Lo han localizado nuestros guardabosques. Han desembarcado en la Costa de Hielo, muy al norte. Nuestros hermanos los vigilan, es un ejército enorme.

—Si están tan al norte…, o atacan ahora o deberán aguardar hasta la primavera. No podrán cruzar los pasos en pleno invierno —dijo Eyra.

—Cierto, pero Uthar no se fía. Además, se rumorea que algunos de los rivales del rey pueden estar planeando unirse a Darthor para derrocarlo —explicó Dolbarar.

—¿Nuestros nobles? ¡Cómo puede ser! —dijo Ivana ultrajada.

—Son solo rumores, pero no todos los duques y condes son fieles vasallos del rey. Alguno quiere la corona para sí mismo…

Lasgol miró a Egil y este tragó saliva. Se referían a su padre y sus aliados.

—¡Traidores! ¡Les meteré una flecha entre los ojos! —escupió las palabras Ivana.

Dolbarar le hizo un gesto para que se calmara:

—La política no es para nosotros. Nosotros servimos al rey y seguiremos sus órdenes. Por ahora, centrémonos en el problema que tenemos entre manos. Debemos asegurar el campamento, más aún sabiendo que Uthar asistirá a la ceremonia de Aceptación y que Darthor está cada vez más cerca y busca su muerte.

—He recorrido los alrededores del campamento con los sabuesos, no han hallado rastros extraños —dijo Esben.

—Será mejor que liberes a Gretchen —dijo Dolbarar—. No podemos correr riesgos.

—Muy bien, lo haré está noche. Si hay un humano ahí fuera rondando en los bosques altos, lo encontrará y nos lo traerá. Lo que quede de él…

Lasgol le lanzó una mirada a Egil. Este se encogió de hombros.

—Decretaremos toque de queda. Con Gretchen suelta de cacería, nadie debe abandonar el campamento hasta que regrese —informó Dolbarar.

Lasgol, que no podía aguantar la curiosidad, se animó a preguntar:

—¿Gretchen, señor?

Dolbarar sonrió:

—Es la leona albina de Esben, una cazadora nata. No os preocupéis; mientras estéis dentro del confín del campamento, nada os sucederá. Y ahora volved a vuestra cabaña y descansad. Si notáis cualquier cosa extraña, fuera de lo común, hacédmelo saber de inmediato.

Lasgol pensó en la leona y un escalofrío le bajó por la espalda. Observó de reojo a sus compañeros, pero ninguno dijo nada. Abandonaron la Casa de Mando. Nadie comentó nada ni de camino ni cuando se acostaron. Todos tenían demasiadas cosas en la cabeza que necesitaban digerir. Más que nadie Lasgol, que albergaba el funesto presentimiento de que el peligro no había terminado con la muerte de Nistrom. Ni siquiera la compañía de su juguetón amigo, que le lamía la mano, lo reconfortaba. ¿Estaría en lo cierto?

Solo podía hacer una cosa, seguir adelante y ver qué sucedía. Mantendría todos los sentidos alerta. No volverían a pillarlo desprevenido. Acarició a Camu y, con su frío tacto contra la mejilla, se durmió, aunque no descansó. Sus sueños estuvieron plagados de pesadillas, de magos corruptos y enormes bestias asesinas.

Capítulo 25

No TARDARON DEMASIADO EN RECUPERARSE DE LAS HERIDAS. La sanadora obraba milagros con su don o, como ella decía, «ayudaba a la madre naturaleza con su arduo trabajo». No podía sanar heridas mortales o enfermedades terminales, pero era capaz de curar y acelerar la recuperación de heridas y enfermedades no letales.

Lasgol estaría de vuelta entrenando con todos en una semana y Viggo se incorporaría una semana más tarde. La nariz de Gerd había sanado bien, aunque cada vez que se miraba en un espejo él juraba que le había quedado un poco desviada. Se quejaba de que el *incidente* —como lo llamaban— había acabado con su cara de galán. Viggo opinaba que lo que se le había desviado era el sentido común.

Sin embargo, otras heridas no cicatrizarían tan rápido y quizá nunca lo hicieran. Habían matado a un hombre. Era un acto traumático que los marcaría para siempre. No habían tenido más opción, pero, incluso así, era un suceso de una magnitud e importancia tales que sus jóvenes almas tardarían en asimilar. Cada uno de ellos sobrellevaba aquella dramática experiencia de una forma diferente.

Había sido un paso decisivo en la evolución de Ingrid para convertirse en la líder que deseaba ser. Había sido duro pero necesario.

Ella había tomado la decisión correcta en un momento muy difícil. No se arrepentía. Viggo renegaba de la herida que había sufrido, pero en cuanto a matar al mercenario, no sentía ni el más mínimo remordimiento. Al contrario, se vanagloriaba de ello. Si algún otro mercenario o asesino lo intentaba de nuevo, se encontraría con su daga en el ojo derecho. El resto del equipo no lo llevaba tan bien. Gerd estaba más miedoso que de costumbre e, incluso, algunos miedos ya superados habían regresado. El grandullón volvía a estar asustado de forma permanente. Nilsa, por su parte, estaba mucho más nerviosa e inquieta que de costumbre, lo que propiciaba nuevos accidentes. Su torpeza se había incrementado por diez.

Sin embargo, el más afectado por lo sucedido era Egil. No podía creerse que hubiera matado a un hombre. Para el estudioso, matar era algo impensable, algo atroz, maligno en sí mismo. Había sacado unos libros de filosofía de la biblioteca y los leía en un intento de calmar sus remordimientos. Había noches que se despertaba en medio de pesadillas horribles, bañado en sudor. Todos sabían que era por lo sucedido. Como no podía ser de otra forma, Egil intentaba racionalizarlo y llegar a una explicación o entendimiento que le permitiera seguir adelante.

Lasgol estaba muy agradecido a sus compañeros. Le habían salvado la vida. Le dolía verlos tan afectados por lo ocurrido. Después de todo, era por su culpa. Él no sentía remordimiento o culpa: se había defendido, era su vida o la del mercenario, y se alegraba de que no hubiera terminado siendo la suya. Pero sentía pesar por sus amigos, porque hubieran tenido que enfrentarse aquel mal trago.

Y mientras se recuperaban de la experiencia, el invierno había llegado al campamento. El frío, que ya era intenso en otoño, se había tornado de pronto gélido. Las nevadas se volvieron constantes y todo el valle había quedado cubierto por una espesa manta blanca que ya no los abandonaría hasta la primavera. El paisaje era sobrecogedor, de una belleza nívea y peligrosa. Los bosques y, en especial, las montañas en invierno se volvían tan bellos como letales en Norghana. Un descuido y uno podría caerse por un barranco; un mal cálculo o un despiste y uno podría morir congelado en un bosque atrapado por una tormenta.

La instrucción se tornó todavía más ardua, no porque los instructores incrementaran la dificultad de los ejercicios, sino por la dureza añadida de la climatología adversa. Oden los hacía formar cada amanecer, hiciera el frío que hiciera, y aunque estuvieran en mitad de la mayor de las tormentas. Les había dado ropa de invierno que, según él, era más que suficiente, pero los cuerpos entumecidos, los dientes que castañeaban y las rodillas temblorosas de los iniciados indicaban lo contrario. Los hacían correr alrededor del lago, aunque helara, nevara, no se viera nada por la espesa niebla o el viento y la lluvia los azotaran con fuerza. Cuanto peores condiciones, más parecían disfrutar los instructores y más sufrían los iniciados.

Lo único bueno del invierno era regresar a la cabaña después de un duro y gélido día de instrucción. Cubierta de nieve, los recibía el humo de la chimenea y el calor de un fuego bajo en el interior que reconfortaba cuerpo y alma. Lasgol siempre se detenía en la puerta y contemplaba la cabaña medio enterrada en la nieve a la cálida luz del fuego que relumbraba a través de las ventanas. Le recordaba a una pequeña cabaña de montaña. Le parecía una imagen idílica, una que estimaba. En el interior las cosas, sin embargo, no eran tan plácidas. Lasgol había agradecido a sus compañeros, uno por uno, que le hubieran salvado la vida. Pero las reacciones que había recibido no habían sido todo lo calurosas que él hubiera deseado. Gerd era el único que se mostraba ahora más cercano y amable. El resto seguía manteniendo la distancia, aunque al menos ahora le hablaban y ya no lo ignoraban por completo. Las cosas habían mejorado, aunque aún tendría que trabajar mucho para volver a ganarse el respeto y la confianza de su equipo. Lo sabía y, aunque estaba triste por ello, no se desanimaba e intentaba mantener una actitud positiva. Conseguiría restablecer los lazos rotos.

A Egil era a quien continuaba notando más distante y frío. Aquello le había sorprendido mucho, pensaba que, de todos, Egil sería el primero con el que podría restablecer la amistad. Estaba muy equivocado.

—Yo no soy de los que perdonan una traición —le había dicho.

—Me equivoqué, lo sé ahora, debería habértelo contado todo —le había contestado Lasgol.

—Puede que mi cuerpo no sea fuerte, pero mi honor y determinación lo son.

—Te pido mil disculpas, no era mi intención…

—Tampoco soy de los que perdonan u olvidan por simples buenas palabras.

Era cuanto habían hablado sobre el asunto. Lasgol estaba alicaído, pero no quería presionar más a Egil, así que le concedió espacio con la esperanza de que poco a poco volvieran a recuperar la amistad. Solo podía esperar y ver. Y no volver a meter la pata.

Camu continuaba creciendo. Cada vez era más juguetón y se tomaba más libertades. Corría por la cabaña y daba saltos mayores. Ahora le había dado por perseguir a Viggo, que aún lo llamaba *bicho* y había añadido *de los abismos helados*. Gerd poco a poco iba superando el miedo hacia la criatura. Cada día se enfrentaba a su temor a lo desconocido, a la magia, e intentaba vencerlo. Lasgol podía ver la lucha interna reflejada en el rostro de su compañero. Interactuaba con Camu haciendo un esfuerzo enorme. Y, cosa sorprendente, Camu había empezado a obedecerlo en algunas ocasiones. Aquello había dejado a todos boquiabiertos, porque la criatura hacía siempre lo que quería sin escuchar a nadie. Lo que ya resultaba innegable era que Gerd tenía una habilidad especial con los animales, incluidos los mágicos.

Nilsa, por el contrario, no aceptaba a Camu. Si estaba en la cabaña, lo toleraba un rato a duras penas, pero luego abandonaba la habitación y se alejaba de la cabaña. Lasgol la observaba por la ventana hasta que desaparecía en la noche. Se preguntaba cómo podía solucionar aquella situación. Ingrid rogaba a Nilsa que se quedase, aunque la mayoría de las noches se marchaba.

Ingrid seguía ejerciendo de capitana con la misma autoridad y determinación que siempre, pero ahora que se acercaba el final del año parecía que la presión comenzaba a hacer mella. Estaba más irascible que de costumbre y había tenido un altercado en la instrucción de Pericia con Jobas, el capitán de los Jabalíes. Jobas era un chico enorme, casi tan grande como Gerd, y tenía muy malas pulgas. Casi todos en el equipo de los Jabalíes las tenían. En un ejercicio había derribado a una chica con un empujón malintencionado y luego se había mofado de ella, que era la mitad de su tamaño. Ingrid, al verlo, había saltado de inmediato. Pero Jobas, lejos de avergonzarse, le había hecho frente. Haakon lo había observado desde la distancia y había dejado que la cosa explotara. Y esa vez Ingrid perdió, Jobas era demasiado grande y fuerte para ella y terminó en el suelo con el labio partido. Viggo saltó en su defensa y Nilsa lo siguió. Se organizó una buena trifulca. A Ingrid no la habían amonestado, pues Haakon no había comunicado el incidente, cosa que extrañó a Lasgol.

Un anochecer Lasgol estaba contemplando la cabaña nevada antes de entrar, como le gustaba hacer, pues sabía que el calor del hogar, sus compañeros y Camu lo esperaban dentro y quería saborear aquella sensación de bienestar un poco más antes de entrar. Una voz a su espalda lo devolvió a la realidad.

—Dos intentos de asesinato, eres toda una celebridad en el campamento —dijo la voz que Lasgol reconoció al instante.

—Astrid… —dijo girándose hacia la chica, y, al ver su rostro, los ojos verdes, la melena azabache, se quedó sin habla—. Yo…, bueno…, celebridad no creo…

—Y tan elocuente como siempre —se burló ella.

Lasgol se sonrojó.

—Hablar… no es uno de mis fuertes.

—Atraer problemas parece ser que sí —respondió ella con una gran sonrisa.

—Bueno… Eso sí, no puedo negarlo —sonrió.

—Y yo que pensé, cuando te vi por primera vez y me dijeron quién eras, que lo pasarías muy mal… Quién habría esperado esto...

—Ya, ni en mis peores pesadillas —intentó quitarle importancia Lasgol con un gesto cómico.

—Bueno, al menos parece que todo ha terminado.

—Eso espero.

—Dicen que lo conocías. ¿Sabes por qué intentó matarte? —quiso saber Astrid.

—Lo conocía, sí, de mi aldea. No sé por qué lo hizo. Dijo que por orden de alguien muy poderoso.

—¿Darthor?

—Eso parece —respondió Lasgol.

—Sí, los rumores sobre él aumentan con el paso de los días. Y las noticias no son buenas. Dicen que tiene un gran ejército y criaturas abominables.

Lasgol se quedó pensativo. Quería ver que más le contaba Astrid, así que disimuló.

—¿Qué se sabe?

—Veo que no estás muy informado —dijo Astrid.

—Nadie me cuenta apenas nada…

—En eso puedo ayudarte.

—Gracias. Significa mucho para mí. Mis relaciones personales no van muy bien que digamos…

Astrid rio:

—Está bien, te lo contaré. Darthor tiene un ejército de salvajes del hielo.

—¿Salvajes del hielo? ¿No son un mito, folclore norghano?

—No. Son muy reales. Puedo asegurártelo. Mi abuelo luchó contra uno de ellos. Muy al norte, cuando era joven —explicó Astrid.

—¿Y qué sucedió? —preguntó Lasgol.

—Murió. Lo partió en dos de un hachazo.

—¡Oh! Lo siento…

—No te preocupes; a decir verdad, no lo recuerdo. Pero mi abuela hablaba siempre de ellos, de los salvajes del hielo. Lo tengo grabado en la memoria. Hombres enormes, de cerca de dos varas y media de altura y de una musculatura y fuerza abrumadoras. A su lado, los más grandes entre los norghanos, como lo era mi abuelo, parecen niños. Salvajes de piel tersa, sin arrugas, que no parecen envejecer y de un color azul hielo sobrecogedor —describió Astrid.

—¿Su piel es azul hielo? —interrumpió Lasgol intentando imaginarlo en su mente.

—Hay más. Su cabello y su barba son de un rubio azulado, como si el pelo se les hubiera congelado en una tormenta invernal. Pero lo más llamativo son sus ojos: de un gris tan claro que parece fundirse con el blanco del ojo, casi carente de vida. A cierta distancia parecen no tener iris, como si fueran ciegos de ojos blancos. Quien los ve sufre pesadillas. Son muy reservados y no desean que los molesten. Visten con pieles de oso blanco. No conocen la espada, se abren camino con el hacha y su enorme poderío físico. Dicen que uno de ellos puede matar a cinco soldados norghanos. Incluso a varios invencibles del hielo, la infantería de élite del rey.

—Oh. —Lasgol estaba sin habla.

—Forman parte de los Pueblos de los Hielos. Viven en el Continente Helado, al norte. Pero no todos. Una parte habita al norte de nuestro reino, en suelo de Tremia.

—Pensaba que todos vivían más allá de los mares.

—No, varias de sus tribus están en este continente, en el extremo más al norte. De hecho, se dice que Norghana, nuestro reino, les perteneció hace más de mil años, antes de que migraran al Continente Helado. Para ellos esta tierra que pisamos les pertenece.

—Eso no es nada bueno —confesó Lasgol.

—En efecto. Rara vez cruzan las montañas del norte y se adentran en nuestro territorio, pero cuando lo hacen…

—Entiendo. ¿Y por qué se han unido a Darthor? —Lasgol no pudo contenerse.

—Buena pregunta. Unos dicen que Darthor los domina con sus artes arcanas. Otros que se han cansado de ser acosados y desean recuperar Norghana para sus tribus.

—¿Tú qué crees?

—Que hay algo de verdad en ambas teorías. Mi abuelo se encontró con ellos porque fue hasta el confín de nuestra tierra a buscarlos con otros como él. Es posible que no hayan sido los únicos. Habrán enviado expediciones tras las montañas. A los salvajes del hielo no les habrá gustado. También creo que Darthor los controla de alguna manera, oscura o no. —Astrid fue sincera.

—Como diría Egil, todo esto es fascinante.

—Y muy peligroso.

—Ya lo creo —coincidió Lasgol.

—El rey Uthar está reuniendo un ejército. Se espera una confrontación para el deshielo —dijo Astrid.

—¿Al final del invierno?

—Sí. Los pasos del norte están cerrándose por el mal tiempo. Pronto serán impracticables. La nieve y el hielo los cerrarán por completo hasta que pase el invierno y comience el deshielo en primavera. Darthor no podrá cruzar las montañas y avanzar hacia el sur. Todos creen que será entonces cuando los dos ejércitos se enfrenten.

—¿Todos? —Lasgol no sabía a qué se refería Astrid.

—Los equipos. Es el tema principal de conversación estos días. Bueno, ese y los intentos de acabar con tu vida.

—Seguro que hay apuestas…

—¡Y de las buenas! Yo estoy ganando una fortuna.

El muchacho puso cara de no comprender.

—Soy de los pocos, por no decir la única, que ha apostado a que consigues terminar el año. Vivo, claro.

—Ya veo… Pues tengo intención de hacerles perder a todos su dinero —dijo Lasgol enarcando una ceja.

—Estupendo, así me llevaré una buena bolsa de monedas.

—¿Qué más se rumorea?

—Algo preocupante… Dicen que el mercenario no pudo actuar solo, que hay un traidor en el campamento.

—¿Y tú lo crees?

—No me gusta nada la idea, pero he de reconocer que tiene sentido… ¿Cómo se explica, si no, que un mercenario haya sido capaz de penetrar en el campamento, robar veneno a Eyra y atacar sin que se descubra su presencia? Alguien ha tenido que ayudarlo. Alguien que conoce bien el campamento y su funcionamiento. Alguien de los nuestros.

Lasgol se quedó quedó pensativo, no quería desvelar todo lo que les había contado Dolbarar:

—Podría ser uno de los estudiantes…, ¿alguien de cuarto curso? ¿Un infiltrado?

—Podría ser… pero para ocultar al mercenario debía conocer todo esto muy bien y poder moverse a sus anchas…

—¿Quizá un guardabosques?

—Yo creo que alguien de más rango, un instructor, tal vez. Alguien que lleva mucho tiempo aquí y conoce esto a la perfección.

La cara de Haakon le acudió a Lasgol a la mente y no podía deshacerse de ella.

—Eso serían muy malas noticias para Dolbarar —dijo Lasgol.

—Y para todos. Tener otro traidor entre nosotros sería una nueva mancha terrible.

Lasgol se puso serio. El comentario hacía referencia a su padre. Astrid se dio cuenta:

—Lo siento, no me he dado cuenta.

—Soy quien soy.

—Sí, pero tú no eres tu padre y no deberían juzgarte por él ni deberías tener que justificarte por él.

—Soy hijo de mi padre. Cargaré con ese peso. No renunciaré a quien soy.

—Te honra. Siento todo lo que te están haciendo pasar…

—¿Es esa la razón por la que me hablas cuando la mayoría no se digna a dirigirme la palabra? ¿Porque sientes lástima del hijo del Traidor? —quiso saber Lasgol dolido.

Astrid lo miró a los ojos y no dijo nada por un instante.

—Sí. Por eso y porque tienes algo especial; no sé qué, pero es algo que te hace interesante —dijo ella con una sonrisa seductora, y se marchó mientras mantenía sus intensos ojos verdes clavados en los de absoluta sorpresa de él.

Pasaron los días mientras los seis componentes de los Panteras de las Nieves entrenaban sin descanso. Ingrid los espoleaba día y noche, como si los instructores no lo hicieran lo suficiente. El progreso de todos era cada vez más evidente, sobre todo porque, en un terreno y unas condiciones tan adversos a los que se veían obligados a afrontar cada día, el más mínimo error se pagaba caro. Lasgol observaba correr a Egil y a Gerd sobre la nieve en medio de una tormenta igual que liebres incansables y apenas podía creérselo. Nilsa saltaba por encima de troncos caídos y subía por árboles casi tan bien como Ingrid. Incluso Lasgol tiraba ahora con el arco como nunca lo había hecho. Era de verdad sorprendente lo que la fuerza de voluntad y el sacrificio podían llegar a conseguir.

Según se acercaba la prueba final, Ingrid estaba cada vez más intranquila. Se precipitaba en sus decisiones y actuaba casi por instinto en lugar de con la cabeza, y aquello no era bueno en un líder. Lasgol creía que se debía a la gran presión que ella misma se imponía. Se jugaban mucho, cierto; si no lo hacían bien, habría expulsiones, y no solo eso: a muchos se les cerrarían las puertas de las especializaciones de élite. Eso significaba que los trece equipos se esforzarían al máximo y que la rivalidad sería fratricida. Ingrid quería que su equipo triunfara, que los seis triunfaran, y esa presión la estaba afectando.

No ayudó nada el discurso motivador del maestro instructor Oden, la semana previa a la fecha de la prueba:

—La Prueba de Invierno será diferente a las anteriores —les dijo al amanecer cuando formaron ante las cabañas—. Será más difícil, más competitiva... más dura. —Se detuvo a contemplar las caras, que lo observaban con ojos intranquilos, como le gustaba hacer, analizando si el miedo afloraba en la mirada de los iniciados—. No habrá pruebas individuales, solo una gran prueba por equipos. Una prueba eliminatoria...

Los murmullos de sorpresa entre los equipos se hicieron audibles.

—¿Sorprendidos, eh? Pues así es la vida del guardabosques, hay que estar preparado para cualquier eventualidad, así lo enseña *El sendero del guardabosques*. Competiréis por las tres posiciones de honor. Solo los tres mejores equipos serán recompensados, y solo uno alcanzará la gloria.

Los murmullos se volvieron exclamaciones de sorpresa. Los Águilas, los Jabalíes y los Lobos gritaban de júbilo al cielo, seguros que de ser ellos los vencedores. Otros equipos, como los Búhos o los Zorros, se lo tomaron con euforia contenida, pues sabían que tenían opciones contra los equipos bravucones. Sin embargo, otros equipos, incluidos los Panteras de las Nieves, miraban al suelo con expresión derrotista. No se veían capaces de vencer a los más fuertes.

Ingrid los empujó a entrenar más duro todavía. No quedaba mucho tiempo y las posibilidades del equipo eran mínimas.

Capítulo 26

Y LLEGÓ EL GRAN DÍA DE LA PRUEBA DE INVIERNO, LA QUE coronaba el año. Se decidía qué equipos alcanzaban la gloria, qué iniciados pasaban al segundo año y quiénes no lo habían logrado y serían expulsados. La semana había sido intensa, no solo por lo que se jugaban, sino porque el rey asistiría al evento. Habían estado trabajando sin descanso en los preparativos de la visita real. Tanto ellos como los de segundo y tercer año. El campamento lucía sus mejores galas. Todo relucía.

Dolbarar reunió a los equipos del primer año frente a la Casa de Mando. Era una gélida mañana invernal. La nieve cubría todo el campamento y una capa de hielo se había formado en muchos puntos durante la noche. Los cuatro guardabosques mayores de las maestrías formaban tras él.

—Buenos días a todos, iniciados de este año —saludó Dolbarar con una sonrisa amable—. Veo, por vuestros rostros ansiosos y los nervios que apenas podéis contener, que todos sabéis de la importancia de la prueba de hoy. Durante un año entero habéis estado instruyéndoos, formando cuerpo y mente, bajo la tutela de los mejores —dijo señalando a los cuatro guardabosques mayores a su espalda, quienes reconocieron el honor con una pequeña inclinación de cabeza—. Hoy es el día en que debéis utilizar todo cuanto habéis aprendido y triunfar en la prueba reina.

—Estoy nerviosísima —susurró Nilsa incapaz de estarse quieta.

—A mí me tiemblan las rodillas —reconoció Gerd.

—Shhh. Dejadme oír qué dice, no quiero perder detalle —les dijo Ingrid.

—Como si eso fuese a ayudarnos —apuntilló Viggo.

—La prueba es una competición por eliminatorias —continuó explicando Dolbarar—. Competiréis contra los otros equipos en eliminatorias hasta que solo queden dos equipos, los finalistas. Por lo tanto, dos equipos se enfrentarán, el vencedor continuará adelante y se enfrentará al vencedor de otra eliminatoria de dos equipos. Así hasta que solo resten dos equipos.

—Mientras no nos toque contra los Águilas… —dijo Nilsa.

—Ni contra los Osos —añadió Gerd.

—Ni contra la mayoría —terminó Viggo con una mueca.

—Mañana tendrá lugar la gran final —dijo Dolbarar, e indicó los preparativos frente a la Casa de Mando—, aquí mismo. Se celebrará ante el rey Uthar. Su majestad llegará esta noche al campamento y presidirá la final en persona.

Los murmullos y cuchicheos ante la noticia corrieron entre los trece equipos. Era un gran honor, pero al mismo tiempo añadía mucha presión a la prueba.

—Sin nervios, sin miedo —los animó Ingrid.

—Demos comienzo al sorteo —dijo Dolbarar, e hizo una seña a Oden.

El instructor mayor se acercó hasta el líder del campamento y le mostró su bolsa de cuero.

—Dentro de la bolsa están las insignias de todos los equipos. Iré sacándolas y llamando a los equipos seleccionados. El equipo de los Águilas Blancas ha vencido en dos de las tres pruebas por equipos; por lo tanto, no necesita someterse a las dos primeras eliminatorias. Se le convalidan. Entrará a competir en la tercera.

—¡Bien! —exclamó Isgord sacando pecho, y los integrantes de su equipo se regodearon orgullosos. Eran los favoritos y lo sabían.

Dolbarar continuó:

—Primera eliminatoria. Atención. —Introdujo la mano en la bolsa y sacó una insignia—. Los Osos —anunció.

Hubo un momento de silencio. Metió la mano de nuevo y sacó otra insignia.

—Contra los Lobos.

Se oyeron comentarios de los dos equipos intentando intimidar a sus rivales.

El sorteo continuó.

—Los Búhos contra los Serpientes —anunció Dolbarar a continuación.

Siguió sacando insignias.

—Los Zorros contra los Jabalíes.

Prosiguió emparejando los equipos. Todos esperaban su suerte con los nervios a flor de piel. Y al fin les llegó el turno a ellos.

—Los Panteras de las Nieves contra los Halcones —anunció Dolbarar.

—¡Los Halcones, bien! —exclamó Ingrid.

—Podía haber sido mucho peor, sí —convino Viggo.

—Veremos —dijo Gerd poco convencido.

Dolbarar terminó de emparejar al resto de los equipos.

—Un último apunte. Para que las eliminatorias resulten más emocionantes —dijo Dolbarar con una sonrisa traviesa—, se acometerán en tres terrenos diferentes, cada uno algo más complicado que el anterior. Los equipos vencedores en el primer terreno lucharán luego en el segundo, y los vencedores, en el tercero. Creo que ya me entendéis.

—Como si no fuera ya lo bastante *emocionante* —se quejó Viggo con gesto torcido.

—Calla, merluzo —le regañó Ingrid.

—Las primeras eliminatorias se llevarán a cabo en los bosques de las montañas bajas, al norte. Oden os conducirá hasta allí y los cuatro guardabosques mayores las arbitrarán.

A un gesto de Dolbarar, marcharon hacia las montañas, en silencio, concentrados en lo que se les venía encima.

Al llegar, Oden les explicó las normas:

—Se os entregarán capas con capucha completamente blancas, un arco corto, un carcaj con doce flechas de punta de marca, un cuchillo y un hacha, también de filos romos de marca.

Cogió un arco y tiró contra un árbol. Al contacto de la punta contra la madera, se oyó un sonido hueco y apareció una mancha roja de un puño de diámetro. Hizo un lanzamiento con el cuchillo y otro con el hacha, y ocurrió lo mismo.

—Creo que entendéis cómo funcionan las armas de marca. —Miró alrededor y los iniciados asintieron—. Cada equipo entrará por un extremo del bosque. Vencerá el grupo que consiga que alguno de sus componentes lo cruce, llegue al otro extremo y se haga con la insignia del contrario. Estará atada a una lanza clavada en el suelo en el punto de inicio de cada equipo. Si se alcanza y se marca a un miembro del equipo, queda eliminado. El combate cuerpo a cuerpo está permitido. Las lesiones graves no. Vigilad la brutalidad u os descalificaremos. —Barrió a los iniciados con una mirada dura que no dejaba lugar a la duda—. Gana el primero que consiga la insignia del equipo contrario. Las estrategias son vuestras para decidir. Hay un tiempo establecido. Al final de este, si no se ha robado la insignia, los capitanes se batirán en duelo hasta que uno alcance al otro para romper el empate.

—Esto va a ser todo un *espectáculo* —comentó Viggo a sus compañeros.

Ingrid no dijo nada, tenía cara de preocupación.

Oden repitió las reglas para que todos las tuvieran bien claras.

Las eliminatorias comenzaron con el enfrentamiento entre los Osos y los Lobos. Los primeros entraron por el lado este del bosque sobre las montañas y los segundos por el oeste. Ivana se quedó junto a la insignia de los Osos y Eyra junto a la de los Lobos. Haakon y Esben se internaron con los equipos para arbitrar. El resto de los grupos esperaban su turno nerviosos. Hubo un largo periodo de silencio tenso y de repente se oyeron gritos. Gritos tan reales como si fuera un combate a muerte. De la nada, un competidor de blanco apareció a la carrera acercándose hacia la insignia de los Osos, saltando por encima de troncos y vegetación nevada. Era Luca, el capitán de los Lobos. Una flecha le buscó la espalda, pero se agachó y la saeta pasó rozándole la cabeza. Zigzagueó esquivando otra flecha y se hizo con la insignia de los Osos.

—¡Vencedores, los Lobos! —proclamó Ivana.

Los componentes de ambos equipos salieron del bosque nevado. La mayoría llevaban las capas marcadas de rojo. Los Lobos felicitaban a su capitán mientras los Osos, uno de los equipos favoritos, no entendían cómo habían perdido y discutían entre ellos muy molestos.

Las eliminatorias fueron sucediéndose. Los Búhos vencieron a los Serpientes y Lasgol se alegró por Astrid y su equipo. Los Jabalíes vencieron a los Zorros con facilidad.

Y les llegó el turno a los Panteras de las Nieves.

—¡Vamos, lo conseguiremos! —los animó la capitana.

Lasgol observó al equipo de los Halcones, que se dirigía a colocarse en posición. Eran un buen equipo. La verdad era que todos eran buenos comparados con ellos. Lasgol observó los rostros de sus compañeros y pudo ver el miedo y los nervios que sentían. Ingrid le dio la insignia a Ivana, que la colocó en su posición, y se adentraron en el bosque.

—¡Que comience! —dijo Oden iniciando la eliminatoria.

Ingrid hizo un gesto al resto del equipo para que se acercaran. Se agachó y ellos formaron un corro a su alrededor.

—¿Qué estrategia seguimos? —preguntó la capitana—. ¿Defensiva o pasamos al ataque?

—Yo atacaría —respondió Gerd comprobando sus armas. Por alguna extraña razón, no había rastro de temor en él.

—Umm… discrepo sustancialmente. No creo que atacar sea nuestra mejor opción dadas estas circunstancias —dijo Egil con cara pensativa.

—¿No crees? ¡Pues claro que no! Nos harán trizas si los atacamos —dijo Viggo.

—Qué poca confianza —se quejó Ingrid.

—Soy realista.

—Más bien pesimista —dijo Nilsa.

—Calla y no me apuntes, que todavía vas a eliminarme tú en un descuido, torpe, más que torpe —le dijo Viggo.

—He mejorado mucho, ya no soy ni la mitad de torpe —le contestó ella, y le sacó la lengua.

—Callaos todos. No tenemos tiempo para esto —dijo Ingrid—. Egil, ¿qué propones?

—Lo más prudente, y me atrevería a decir que inteligente, es que defendamos nuestra posición. Tendremos más opciones que intentar vencerlos a la ofensiva, o eso deduzco contemplando todas las variables en juego en la situación en la que nos hallamos —dijo y observó el bosque nevado.

—Pues defenderemos —sentenció Ingrid.

—¿Cómo nos colocamos? —preguntó Viggo.

—Tengo una idea… —dijo Egil, y les hizo una seña para que se agacharan.

Cogió un palo y dibujó las posiciones sobre la nieve.

—A colocarse, cuidado con la respiración o el vaho delatará vuestra posición —les advirtió Ingrid.

El viento soplaba gélido entre los árboles produciendo un sonido ululante. Un sonido extraño lo siguió, el de pasos sobre la nieve, pasos precavidos. Una silueta cubierta de blanco avanzó hasta protegerse tras un abeto. En medio de la nieve apenas era visible. La siguieron otras dos, que tomaron posiciones a su izquierda y derecha. Pasó un momento de silencio y tres siluetas más aparecieron algo retrasadas. Los Halcones estaban a cien pasos de la insignia de los Panteras.

No había rastro de los Panteras. Era como si se los hubiera tragado la tierra. La primera silueta se agachó, hizo una seña y comenzó a avanzar agazapada en dirección a la insignia. A cincuenta pasos, un rostro apareció de súbito tras un árbol. Era Nilsa, que había aguantado oculta como una estatua de hielo. Tiró contra el asaltante. La flecha lo alcanzó en el costado y la mancha roja apareció en la capa. Se oyó una maldición.

—Arvid, eliminado. Al suelo —dijo Esben.

No podían ver al guardabosques mayor, pero sabían que estaba allí arbitrando. El miembro del equipo de los Halcones obedeció. Sus compañeros adelantaron posiciones y tiraron contra Nilsa. Ella se protegió tras el árbol.

—Rodeadla —dijo Gonars, el capitán de los Halcones.

Dos de los halcones obedecieron y fueron a rodear a Nilsa, que no podía moverse o la alcanzarían.

Como un relámpago, Ingrid apareció tras otro árbol, a cinco pasos a la derecha de Nilsa, y tiró. Alcanzó a uno de los asaltantes.

—Rasmus, eliminado. Al suelo. —Se oyó de nuevo la voz de Esben.

El otro halcón tiró contra Ingrid, pero ella se cubrió tras el árbol.

—¡Salid y luchad! —gritó Gonars enrabietado.

Como respondiendo a su petición, Gerd apareció tras otro árbol a cinco pasos a la izquierda de Nilsa y tiró. Gonars se lanzó a un lado y esquivó la flecha de Gerd. Al instante, tres flechas buscaron el cuerpo de Gerd, que se protegió tras el grueso árbol justo a tiempo.

—¡Id a por el grandullón! —ordenó Gonars, y tres de los suyos avanzaron hacia la posición de Gerd.

Nilsa intentó defenderse, pero fue alcanzada por el halcón que la estaba acechando. Ingrid lo alcanzó a su vez.

—Eliminados ambos. Al suelo.

De pronto, Gerd surgió de detrás del árbol con un hacha en cada mano como la personificación de un semidiós norghano de la guerra. Los tres asaltantes alzaron los arcos. Tres saetas se dirigieron hacia Gerd. Con un potente latigazo, este envió las dos hachas contra los dos halcones más cercanos. Las saetas alcanzaron a Gerd, pero sus hachas eliminaron a dos enemigos.

—¡Maldición! —exclamó Gonars—. ¡Cúbreme, voy a por la insignia! —le dijo a su último compañero, y comenzó a correr en zigzag.

Ingrid salió a cortarle el paso. Tiró. Pero Gonars era muy ágil y esquivó la saeta. Su compañero intentó alcanzar a Ingrid, pero esta se cubrió. Gonars avanzó como un rayo deslizándose por la nieve. ¡Estaba a cinco pasos, iba a conseguirlo! De pronto, de los dos últimos árboles frente a la insignia aparecieron Egil y Lasgol con los arcos listos.

—¡No! —gritó Gonars lleno de impotencia.

A dos pasos de la insignia, las saetas de Egil y Lasgol lo alcanzaron en ambos costados.

—Gonars, eliminado. —Sonó la voz de Haakon.

Jacob, el último halcón que todavía competía, tiró contra Ingrid y fue a avanzar cuando oyó un sonido a su espalda. Fue a darse la vuelta, pero ya era tarde. Los dos cuchillos lanzados por Viggo lo alcanzaron en la espalda.

—Jacob, eliminado —dijo Haakon.

—¡Vencedores, los Panteras de las Nieves! —proclamó Ivana.

Lasgol y Egil se miraron casi con incredulidad. ¡Lo habían conseguido! ¡El plan había funcionado! ¡Habían ganado! Todo el equipo se unió entre abrazos y exclamaciones de alegría. No podían creerlo.

Las eliminatorias continuaron. Una vez que los doce equipos se hubieron enfrentado en el bosque, seis quedaron como ganadores. A los vencedores los condujeron hasta los lagos. Los equipos perdedores permanecieron en la montaña y compitieron entre ellos.

En los lagos, Dolbarar aguardaba para continuar con las eliminatorias. Aquel era el segundo terreno donde debían enfrentarse. Volvió a sortear los combates. ¿Qué equipo les tocaría? Los seis equipos se miraban los unos a los otros con nerviosismo. Lasgol se percató de que los grupos restantes eran muy fuertes. Los menos fuertes eran ellos y los Búhos. Pero cualquier cosa podía suceder, no debían dejarse desanimar.

—Siguientes eliminatorias —dijo Dolbarar, metió la mano en la bolsa y sacó la primera insignia—. Los Lobos —anunció— contra los Tigres.

Ambos equipos se miraron y se midieron. Las fuerzas eran parejas. Los dos equipos tenían buenos tiradores y varios fortachones. El enfrentamiento estaría muy igualado.

Dolbarar continuó:

—Los Búhos contra los Gorilas —anunció.

Aquello sería interesante. Los Gorilas eran seis chicos fuertes y grandes, tenían ventaja física, pero los Búhos eran más habilidosos, con Astrid y Leana. Lasgol deseó suerte a Astrid y los suyos, la iban a necesitar. Y hablando de necesitar suerte, les llegó su turno.

—Los Jabalíes contra los Panteras —terminó de emparejar Dolbarar.

Lasgol sintió como si le echaran un balde de agua helada por la cabeza. Los Jabalíes eran, junto a los Lobos, uno de los equipos más fuertes. Los rostros de sus compañeros mostraban la frustración. Hasta a Ingrid se la veía decaída. Quitando los Lobos, era el peor emparejamiento. Los Jabalíes sonreían y se felicitaban; parecía que hubieran ganado ya, seguros de su superioridad. Gerd se irguió tan alto y grande como era, y avanzó hasta ellos. Cruzó los brazos sobre su enorme pecho, sin mostrar miedo alguno.

—¡Eso, eso! ¡Ese es el espíritu! —dijo Ingrid inspirada.

—Se van a enterar esos engreídos —exclamó Viggo animado.

—¡Eso! —dijo Nilsa entre aplausos.

Lasgol sintió que su espíritu crecía.

La segunda eliminatoria fue, en efecto, mucho más complicada que la primera para todos. No solo por el terreno, sino por la pericia de los competidores y sus ansias de triunfo. Todos los equipos tenían a alguien que arriesgaba al grupo a quedar eliminado y no alcanzar las posiciones de gloria.

Los Lobos se deshicieron de los Tigres no sin dificultades. Era un resultado esperado, pues los Lobos eran uno de los equipos más fuertes y se esperaba estuvieran en la lucha por alcanzar la victoria final. Pero en el enfrentamiento siguiente, algo inesperado sucedió. Los Búhos lograron derrotar a los Gorilas gracias a la habilidad de Astrid y Leana. Tres chicos fuertes y buenos tiradores intentaron detenerlas cuando al final del enfrentamiento las dos se lanzaron a por la insignia de los Gorilas. Pero no lo consiguieron. Astrid y Leana se movieron como gacelas perseguidas por depredadores en medio del bosque. A Leana la derribaron a cien pasos de la insignia. Luchó con fiereza, aunque la marcaron. Sin embargo, Astrid saltó por encima de un tronco caído y con una pirueta en el aire consiguió esquivar al capitán de los Gorilas. Se hizo con la insignia enemiga en una exhibición de agilidad y rapidez.

El siguiente enfrentamiento fue el de los Jabalíes contra los Panteras. Los Jabalíes empezaron muy fuerte. La nieve no era tan copiosa junto a los lagos. Había menos oportunidades para camuflarse y eso les favorecía. Eran grandes, fuertes y muy bien preparados. Tenían toda la ventaja. Ingrid, Gerd y Viggo salieron a su encuentro según los seis adversarios avanzaban formando una línea sin miedo a sus oponentes, confiados en sus habilidades. Egil se quedó escondido, defendiendo la insignia por si algún rival intentaba llegar hasta ella. Pero, como era de esperar, los Jabalíes eran muy superiores. Gerd fue el primero en caer. Lo siguió Nilsa al poco. Viggo e Ingrid consiguieron igualar la contienda, aunque tuvieron que arriesgar, y Viggo quedó eliminado. Ingrid luchó como una tigresa y eliminó a otro contrincante, pero al final la alcanzaron. Y mientras se producía el combate, los Panteras pusieron en marcha la estratagema que habían ideado, o, más bien, Egil había ideado.

Desafiando el frío, en un movimiento que solo unos locos intentarían, arriesgándose a morir helado, Lasgol se sumergió en el lago y buceó hasta sobrepasar la línea enemiga. Emergió en su retaguardia y se arrastró fuera del agua tiritando. Mientras los Jabalíes destrozaban a sus compañeros, Lasgol se puso en pie como pudo y corrió a robar la insignia forzando el cuerpo congelado. Los Jabalíes no tenían a nadie defendiendo, seguros de su superioridad. Acabaron con Egil e iban a coger la insignia de los Panteras cuando Lasgol se hizo con la de ellos justo un momento antes.

Los Panteras vencieron. Ante las protestas de los Jabalíes por la treta, Haakon dio por buena la victoria. El lago era una parte del terreno y como tal cada equipo podía usarlo como mejor considerara. Los chicos saltaban y gritaban de júbilo por una victoria que ni ellos mismos se creían. Lasgol estuvo a punto de coger una pulmonía, pero bien mereció la pena. Tuvieron que secarlo rápido, darle ropa seca y hacer un fuego para que se calentara. Gerd le dedicó un vigoroso masaje para que entrara antes en calor.

Condujeron a los equipos vencedores de los lagos a las planicies, el tercer terreno elegido por Dolbarar para las últimas eliminatorias. El líder del campamento recibió a los tres equipos en los llanos. En aquel terreno no había ni montañas ni lagos que usar como aliados. Con Dolbarar esperaban los Águilas.

—Estos serán los últimos combates de hoy —anunció—. De aquí saldrán los dos finalistas que competirán mañana en la gran final frente al rey Uthar y su séquito.

Lasgol y Egil intercambiaron una mirada incrédula por haber llegado hasta allí.

—Tenemos que llegar a esa final —dijo Ingrid cerrando un puño con fuerza.

—Eso nos salvaría de la expulsión —añadió Egil.

—Lo necesitamos —continuó Gerd.

—Sería un desastre llegar hasta aquí y quedarnos a las puertas —dijo Viggo.

—No seas pájaro de mal agüero —lo riñó Nilsa.

Lasgol observaba a Isgord y a los suyos. No tenían opción de vencer a aquel equipo; eran demasiado buenos en todo. No tenían un punto débil. No se dejarían engañar, Isgord era inteligente y Marta muy lista.

—Último sorteo de hoy —anunció Dolbarar.

Todos prestaron atención absoluta mientras el líder del campamento sacaba la primera insignia. Era la de los Búhos.

—Búhos contra…

Todos esperaron en tensión. Lasgol miró a Astrid. No deseaba enfrentarse a ella. Pero, por otro lado, era el equipo más asequible. Los Águilas y los Lobos eran adversarios formidables. Mientras en su mente se debatía entre enfrentarse o no a Astrid, Dolbarar tomó la decisión por él:

—Búhos contra Águilas.

Lasgol resopló. Ni lo uno ni lo otro. Les habían tocado los Lobos. Al menos no se sentiría mal.

—Lobos contra Panteras —terminó de anunciar Dolbarar.

Los dos equipos intercambiaron miradas tensas. Los Lobos no eran engreídos, tampoco se confiarían. Eran buenos. Todos y cada uno de ellos. Ágiles, fuertes, excelentes luchadores con arco y armas cortas. Un equipo muy potente.

—Preparaos —dijo Oden señalando el terreno de enfrentamiento—. Primera eliminatoria: Búhos contra Águilas.

Los dos equipos entraron en el bosque despejado y se situaron. El terreno, llano y con pocos árboles, dejaba a la vista a los contendientes. Haakon y Esben se internaron también a arbitrar. Ivana y Eyra lo harían desde las insignias.

El encuentro fue más corto y desigual de lo que Lasgol esperaba. Animaba a Astrid y los Búhos, pero la superioridad de los Águilas fue manifiesta. Se emplearon con dureza, en algunos momentos rozando la penalización, y acabaron con los Búhos con facilidad. Astrid y los suyos terminaron apaleados y derrotados.

El muchacho maldijo para sus adentros. El resto de los Panteras, al ver lo poco que habían durado los Búhos y cómo salían del choque, se vinieron abajo. Los Lobos iban a destrozarlos.

Ingrid se percató de ello. Llamó a los suyos y se unieron en un corro.

—Los Lobos son muy buenos. Todos lo sabemos —dijo la capitana—. Pero tenemos una oportunidad de llegar a la final. Debemos aprovecharla. Este no es tiempo de dudas, no es tiempo de miedos, es tiempo de fuerza de voluntad y espíritu. Nos jugamos la expulsión. Tenemos que dar lo mejor de nosotros, ¿está claro?

—¡Sí! —dijo Nilsa llevada por la pasión de su capitán.

—¿Estáis conmigo?

—Estamos contigo, capitana —gritó Viggo.

Gerd y Lasgol asintieron.

—Lo lograremos —dijo Egil reforzando el sentimiento de Ingrid.

—¡A por ellos! —exclamó ella.

Los miembros de los Panteras se situaron alrededor de la lanza con la insignia. Estudiaron el bosque. No había mucha vegetación, la nieve solo cubría hasta los tobillos. En el centro había un gran claro y una formación rocosa.

—Tienen que cruzar para llegar hasta este lado —explicó Egil pensativo—. Es como un pequeño mar con una isla en medio.

—Cierto. ¿Qué hacemos? —preguntó Ingrid.

—Mejor defender, creo que ha quedado de manifiesto que la ofensiva no es nuestro fuerte —respondió Egil.

—¿Alguna estrategia? —quiso saber Viggo.

—Con este terreno tan despejado no se me ocurre nada. Tendremos que luchar.

—Pues lucharemos —dijo Ingrid convencida.

Se dio la señal de inicio. Los Lobos se lanzaron a una carrera desbocada.

—¡Quieren ganar el centro! —gritó Ingrid—. ¡Corred!

Los miembros de los Panteras corrían por la nieve saltando por encima de raíces, arbustos y maleza. Ingrid y Lasgol llegaron los primeros a la linde. Los Lobos ya corrían por el claro hacia las rocas del centro. Ingrid armó el arco y tiró. Lasgol la imitó presto. Luca, el capitán de los Lobos, ya subía por la roca buscando la ventaja de la posición elevada. Ashlin, la única chica de los Lobos, subió tras él con una agilidad portentosa. El resto del equipo se refugió tras la gran roca. Un instante más tarde, tres flechas se dirigían hacia los cuerpos de Ingrid y Lasgol. Se protegieron tras dos árboles.

—¡Son muy buenos! —dijo Ingrid, y señaló a Nilsa y Viggo que llegaban a la carrera para que se echaran al suelo.

—Sí que lo son —convino Lasgol lanzando una rápida ojeada y volviendo a cubrirse tras el árbol.

Gerd y Egil llegaron al fin, e Ingrid los envió a sus posiciones. Formaron una línea defensiva tras los árboles de la linde. Se produjo un intercambio de tiros. Por desgracia, los Lobos eran mejores tiradores y tenían mejor posición. Luca alcanzó a Gerd, incapaz de esconder del todo su enorme cuerpo.

—¡Me han dado! —avisó a los suyos.

—¡Cubríos! —dijo Ingrid, y una flecha le pasó rozando la cabeza.

De súbito, los cuatro Lobos tras las rocas comenzaron a correr en zigzag. Dos hacia el este y dos hacia el oeste.

—¡Nos atacan por los flancos! —dijo Egil.

—¡Rechazadlos! —gritó Ingrid.

Todos tiraron intentando alcanzarlos. Viggo le dio a uno de ellos, pero Luca le acertó a él después de que hubiera quedado descubierto al tirar. Lo mismo le sucedió a Nilsa, a la que dos tiradores elevados habían alcanzado por partida doble. —¡Maldición! —gritó Ingrid.

—Tienen los flancos —advirtió Egil arrastrándose hasta la posición de Ingrid y Lasgol.

Dos flechas, una desde el este y la otra desde oeste, ya en su lado, confirmaron el aviso de Egil. Ingrid y Lasgol se agacharon.

—De esta no nos libramos —dijo Ingrid mirando a ambos lados.

—Él podría... sus habilidades... —dijo Egil con una mueca hacia Lasgol.

Ingrid negó con la cabeza.

—No haremos trampa; si perdemos, perdemos.

—No sería hacer trampa exactamente... Yo soy así...

—Tienes razón. Pero no quiero ganar a cualquier precio. No, nada de magia.

Lasgol asintió:

—De acuerdo, no usaré mis habilidades.

Egil aceptó y el pacto quedó cerrado. Cuatro saetas les buscaron el cuerpo.

—Hay que retroceder. No podemos aguantar esta posición, se están acercando por los lados —dijo Lasgol echando una ojeada rápida.

Egil negó con la cabeza.

—Si reculamos, los dos tiradores de la posición elevada nos cazarán.

—¿Entonces? —preguntó Ingrid.

Egil sonrió. Una sonrisa traviesa, como si tuviera una idea. Le hizo una seña a Lasgol para que lo siguiera y los dos se arrastraron hacia el este.

—No valgo para mucho en combate, pero te daré una ventaja, aprovéchala —dijo Egil.

A cien pasos, con la rodilla clavada y el arco listo, los esperaba el rival. Aguardaron a que tirara. Falló.

—¡Ahora! —chilló Egil.

Los dos se pusieron en pie, dejaron caer los arcos y corrieron hacia el tirador de los Lobos con toda su alma. A cincuenta pasos, alcanzó a Egil, que corría al frente tapando a Lasgol. Tras el sacrificio de este, Lasgol continuó avanzando con todo. A diez pasos el lobo tiró al tiempo que Lasgol se lanzaba hacia delante. La flecha le rozó la cabeza, pero no impactó. Lasgol rodó por el suelo y se levantó frente al lobo. Desenvainó el cuchillo y el hacha. Su rival tiró el arco y desenvainó también, aunque lo hizo un instante más tarde. Las armas de Lasgol le marcaron el pecho en dos tajos cruzados.

Lasgol se retrasó hasta la posición de Ingrid y vio que la capitana había abatido al miembro de los Lobos que los flanqueaba desde el oeste. Miró hacia la roca. Luca y Ashlin no estaban allí. «¡Oh, no!»

Fue pensarlo y un pestañeo después los dos le cayeron encima. Los tres rodaron por el suelo nevado. Lasgol se puso en pie y recibió un potente puñetazo de Ashlin. Retrocedió aturdido. Luca le lanzó un tajo con su cuchillo. Lasgol se tiró a un lado por instinto y consiguió esquivarlo. El hacha de Ashlin le buscó el pecho. La bloqueó con la suya. Recibió una patada de Luca en el estómago. Se dobló sin aire. Luca fue a rematarlo cuando Ingrid apareció y de un enorme salto se llevó al atacante rodando por los suelos.

Lasgol consiguió respirar una bocanada de aire y Ashlin se le echó encima. Intentó librarse de ella, pero no pudo. Era casi tan fuerte y dura como Ingrid, y él estaba medio aturdido y casi sin aliento. En semejante estado, podía luchar y probablemente perder o arriesgar… No se lo pensó dos veces. Se lanzó hacia Ashlin en el momento en que esta le lanzaba un tajo con el cuchillo. Con los ojos como platos, Ashlin vio que el hacha de Lasgol abandonaba su mano y se le dirigía directa al pecho. El cuchillo marcó a Lasgol y el hacha a Ashlin.

—Ambos eliminados. —Llegó la voz de Esben.

Lasgol sonrió. Ahora todo estaba en manos de Ingrid. Los eliminados de ambos equipos formaron un círculo para presenciar la escena y animar a sus capitanes. Los dos contendientes con cuchillo y hacha en mano se miraban mientras se movían en círculo.

—Hasta aquí llega nuestro trato de capitanes —dijo Luca.

—Era un trato justo —respondió Ingrid.

—Y se ha respetado. No ha habido mala sangre ni tretas entre Lobos y Panteras, como pactamos.

—Cierto, has cumplido tu parte.

—Y ahora ese pacto debe romperse, pues uno de los dos debe ganar.

Ingrid asintió.

—Suerte —le deseó Luca.

—Suerte —le deseó Ingrid.

Al instante, ambos se lanzaron al ataque. La capitana luchaba contra Luca como una leona. Pero él se defendía como un tigre. Intercambiaban tajos, bloqueos y reveses con una rapidez y una agilidad impresionantes. Ninguno de los dos parecía llevar la delantera. Y en ese momento un error decantó la contienda. No un error de los capitanes, un error de uno de sus compañeros.

—¿Vas a dejar que una chica te gane? —dijo Bjorn, un chico grande y con coraje, pero no demasiado brillante, de los Lobos.

Una furia incontenible se apoderó Ingrid al oír aquello. Se transformó en un torbellino imparable, una fuerza de la naturaleza. Destrozó a Luca. El capitán de los Lobos acabó en el suelo vapuleado y marcado.

—Vencedores: los Panteras de las Nieves —proclamó Dolbarar.

Los muchachos se abalanzaron sobre Ingrid y la levantaron en volandas entre gritos de júbilo. La alegría del equipo era incontenible.

Ashlin se acercó hasta Bjorn y lo golpeó en el estómago.

—¡Idiota! ¡Nos has hecho perder!

Y los Panteras consiguieron lo impensable. Se clasificaron para la gran final.

Capítulo 27

La llegada de Uthar Haugen, rey de Norghana, y su séquito al campamento fue todo un acontecimiento. El muro de árboles y maleza que formaban la muralla impenetrable alrededor del campamento se despejó para dejarles paso, como por arte de magia. Lasgol sabía que no era magia, sino poleas ocultas, pero creaba esa sensación mística.

Para el recibimiento al rey habían hecho que formaran en dos largas hileras. Todos los guardabosques debían presentarse a recibir a su majestad. Formaban desde la entrada hasta la Casa de Mando. A la derecha todos los alumnos de los cuatro cursos. A la izquierda, los guardabosques e instructores. Todos con uniforme oficial. Frente a la Casa de Mando aguardaban Dolbarar y los cuatro guardabosques mayores en vestimentas de gala.

La larga comitiva cruzó la entrada. Primero una columna de caballería ligera: los Exploradores del rey. Vestían armadura ligera de escamas y botas altas de montar. Los seguía un regimiento completo de los Invencibles del Hielo, la infantería de élite norghana.

—¡Guau! —se le escapó a Ingrid cuando los vio.

—Impresionan —dijo Gerd al verlos en sus armaduras de escamas.

Eran hombres no muy grandes, pero sí con aspecto ágil y curtido. Expertos espadachines. Iban vestidos por completo de blanco: casco alado, peto y capa, incluso los escudos eran blancos. Solo el acero de las espadas norghanas era de otro color.

—Son la mejor infantería del continente —explicó Ingrid—. Dicen que nadie puede derrotarlos en formación cerrada.

—La caballería pesada rogdana, los Lanceros, podrían —afirmó Viggo.

—Su infantería seguro que no —le aseguró Ingrid, y le hizo una mueca de desagrado. Viggo sonrió contento por haberla agraviado una vez más—. Y déjame tranquila, que no estoy de humor para tus comentarios.

—Es lo que te toca aguantar, te recuerdo que te salvé la vida.

—Me lo recuerdas todos los días. Todavía no sé qué te llevó a hacerlo.

—Tu belleza oculta bajo esa rudeza del norte —dijo Viggo con una sonrisa pícara y brillo en los ojos negros.

Gerd se atragantó y Egil sonrió de oreja a oreja. Lasgol tuvo que contener una risotada. Ingrid se sonrojó.

—Cuando rompamos filas, voy a dejarte de lo más guapo —le aseguró la chica mostrándole el puño.

—No hace falta, yo ya soy más que guapo —dijo Viggo, y le guiñó un ojo.

Ingrid no podía contenerse. Todos sonreían.

A la infantería la siguió un regimiento de guardabosques reales con las capas con capucha verde. A su cabeza iba el guardabosques primero, Gatik Lang. Los seis lo observaron con la boca abierta al pasar. Despertaba una enorme admiración y envidia.

—Son los mejores entre los nuestros. Los que protegen al rey —dijo Egil.

Ingrid tenía los ojos clavados en Gatik. Era alto y delgado.

Tendría cerca de treinta años. De pelo rubio y barba corta, su rostro lucía determinación y seriedad. No parecía amigo de bromas.

—Yo seré la primera mujer en llegar a guardabosques primero —aseguró Ingrid a sus compañeros.

Todos esperaron la respuesta satírica de Viggo, pero esta no llegó. Ingrid lo había dicho tan convencida y con tanto aplomo que Viggo no quiso herir sus sentimientos. Calló.

Cerrando el grupo no iba otro que Arvid Gondabar, el líder de los guardabosques. A Lasgol le sorprendió lo anciano que era. Si ya Dolbarar tenía edad avanzada, Gondabar le sacaba unos diez años. No parecía que le quedaran demasiadas primaveras. Era enjuto y de nariz larga y afilada. No tenía apenas pelo. Su rostro, ajado por la edad y la dura vida a la intemperie, era hosco, a diferencia del de Dolbarar, mucho más plácido. Pese a ello, la mirada profunda de aquel hombre transmitía bondad.

Tras los guardabosques reales apareció la Guardia Real. Si los Invencibles del Hielo helaban la sangre, estos la derretían. Eran enormes, todos tan grandes como Gerd, pero hombres curtidos, cubiertos de cicatrices y con el rostro marcado por la guerra. Podían matar a un hombre de un golpe. Llevaban espada y hacha corta a la cintura. Pero lo que llamó la atención de Lasgol fue el hacha de dos cabezas que todos portaban a la espalda.

—Esas hachas de a dos manos pesan lo que un hombre —explicó Lasgol recordando la de Ulf.

—Seguro que Gerd podría con una —dijo Nilsa.

—No me importaría intentarlo —dijo el grandullón con una sonrisa.

—Primero domina el hacha corta y luego ya hablaremos, no vaya a ser que decapites a alguien por accidente —se burló Viggo—, aunque estando Nilsa cerca puede pasar en cualquier momento.

—¡Tonto! —La pelirroja le sacó la lengua.

En ese momento, el rey Uthar pasó frente a ellos en un enorme purasangre albino. Lasgol lo observó impresionado. Era tal y como se lo había imaginado. Un hombre formidable. Más grande incluso que sus guardias. Tenía la anchura de hombros de dos hombres y le sacaba media cabeza a Gerd. Debía de rondar los cuarenta años. Llevaba el cabello rubio suelto bajo una corona enjoyada y le caía sobre los hombros. Tenía unos ojos grandes y azules en un rostro duro. Vestía una armadura exquisita, de plata y oro con joyas incrustadas. Una larga capa roja y blanca le cubría la espalda.

Los seis amigos clavaron la rodilla ante el rey, que avanzaba mirando al frente con porte regio. Lo observaron de reojo, sobrecogidos por su tremenda presencia y el aura real que desprendía. A la derecha de Uthar cabalgaba Sven Borg, comandante de la Guardia Real. A Lasgol le sorprendió la apariencia de este. No era grande y fuerte como el rey o los guardias reales. Al contrario, era delgado y no muy alto. Su caballo era oscuro, al igual que sus ojos. La verdad era que desentonaba.

—Dicen que Sven es el mejor guerrero en todo el norte —comentó Viggo.

—¿Es norghano? —preguntó Lasgol.

—Sí, del sur, de la frontera. De ahí sus rasgos. Ha vencido en todos los torneos de espada. Dicen que con espada y daga es invencible. Se mueve con tal agilidad y tiene tal maestría en el uso del acero que los oponentes caen en un suspiro.

—Ya me gustaría a mí… —murmuró Nilsa.

Aquel hombre interesaba a Lasgol. Fue él quien salvó al rey del ataque de su padre. Y si aquel hombre le interesaba, quien cabalgaba a la izquierda del rey todavía más: Olthar Rundstrom, mago real. Vestía una túnica nívea sin adorno alguno. El mago tenía el pelo blanco y largo, y ojos grises, helados. Parecía haber salido de la misma nieve. Era de cuerpo frágil, pero había algo en él que irradiaba poder, como una amenaza latente y velada. Sí, aquel hombre era poderoso. Mucho. Lasgol observó el báculo que portaba; era exquisito, blanco níveo con incrustaciones en plata. Aquel poderoso mago, con aquella arma, era quien había matado a su padre.

Y allí pasaron frente a Lasgol los tres hombres involucrados en la muerte de la persona que él más quería en el mundo. Deseaba hablar con ellos, preguntarles qué había sucedido, por qué su padre había acabado muerto. Sabía la respuesta, pero deseaba escucharla de sus labios, por si descubría alguna incongruencia, por si había alguna laguna en sus relatos. Sin embargo, al verlos en carne y hueso, tan poderosos, allí mismo, sus esperanzas comenzaron a desvanecerse.

La comitiva llegó hasta Dolbarar y los cuatro guardabosques mayores. El rey Uthar; el comandante Sven; el mago Olthar; el líder de los guardabosques, Gondabar; y el guardabosques primero Gatik desmontaron, saludaron y se adentraron en la Casa de Mando junto con los anfitriones. La Guardia Real rodeó el edificio y los guardabosques reales tomaron posiciones. La caballería ligera y la infantería se retiraron.

El instructor mayor Oden dio la orden y todos rompieron filas. Lasgol y sus compañeros regresaron a la cabaña y pasaron la tarde charlando animados sobre todo lo que habían presenciado y la gran final que les esperaba al amanecer. Hablaron durante horas hasta que cayó la noche.

—¡Mañana venceremos a los Águilas! —exclamó Ingrid.

—No voy a decir que no me da un poco de miedo… —dijo Gerd—, estará el rey y toda esa gente importante mirando…

—Lo que te sucede, amigo —comentó Egil—, es que sientes aprensión ante lo desconocido. Una idea o concepto abstractos provocan que tu mente no acaben de entenderlos o aceptarlos y, por ello, se defiende con esa sensación de temor ante algo que no es necesariamente malo.

—Mira que eres listo —dijo Gerd, y le dio una palmada en la

espalda que hizo que Egil casi se partiese en dos—. Dime, ¿qué hago para librarme del miedo?

—Ya los has visto a todos, son reales; imagínalos sentados a la mesa del comedor, comiendo, bebiendo y charlando, como hacemos todos. Eso te ayudará.

—Gracias, amigo. Eso haré.

—¿Y qué me recomiendas a mí para que no meta la pata mañana? —preguntó Nilsa de inmediato, muy interesada.

—Para ti no hay solución —se adelantó en la respuesta Viggo.

—Calla y escucha, que aprenderás mucho —le soltó Ingrid.

—Para ti... —dijo Egil pensando—, creo que lo que debes hacer es concentrarte en una única tarea en cada momento y afrontarla con tranquilidad. Tienes tendencia a intentar ejecutar varias cosas a la vez y por eso tu mente salta de una cosa a otra: te pones nerviosa y cometes errores.

Nilsa asintió:

—Siempre tengo la cabeza llena de ideas. Intentaré centrarme más. Gracias.

—Y para ese dolor de muelas constante que es Viggo, ¿qué recomiendas? —le preguntó Ingrid.

Todos rieron, todos menos el protagonista, que arrugó la nariz.

Egil se encogió de hombros:

—Creo que eso requiere un estudio mucho más profundo y exhaustivo. Pero hará lo que sea necesario por el equipo, eso lo sé.

—Por todos, menos por la mandona —apuntó Viggo.

Ingrid le puso mala cara.

—No le falta algo de razón... —le explicó Egil a Ingrid—. A veces..., tiendes a imponer tu opinión sin antes consultar... o a valorar los sentimientos...

—Lo sé, pero no se lo voy a reconocer —dijo Ingrid, e hizo una mueca cómica, cosa muy rara en ella.

Todos rieron de buena gana.

—Y ya que estamos, ¿qué nos dices de él? —preguntó la capitana señalando a Lasgol.

Egil suspiró.

—Él... tiene que sincerarse, consigo mismo primero y con todos nosotros después —dijo aún resentido. Muy resentido.

—Yo... lo siento... de verdad... —se disculpó.

—Me conformo con que mañana brilles en la final —le dijo Ingrid.

—Lo haré —le aseguró el muchacho—. Podéis contar conmigo.

—Muy bien, entonces. ¡Mañana lucharemos y, a pesar de nuestros defectos y limitaciones, venceremos!

Todos aplaudieron las palabras de Ingrid y se animaron los unos a los otros.

Lasgol se retiró a jugar con Camu, al que le había dado por robar ropa de otros y llevársela a Lasgol. Estaba regañando a la criatura cuando vio por la ventana que Nilsa se marchaba a dar uno de sus paseos nocturnos. Lasgol se sintió culpable. Sabía que era por la criatura.

—Llévale su calcetín a Gerd —le pidió a Camu.

El animal flexionaba las patas y movía la cola, contento, pero no obedecía. Lasgol se concentró y, usando su don, le dio la orden: «Devuélveselo a Gerd». Esa vez Camu miró a Lasgol y obedeció.

—¡Aquí está! Llevo días buscándolo —le dijo Gerd a Camu.

La criatura volvió a flexionar las patas y movió la cola.

—Mejor si cierras el baúl —le dijo Lasgol.

Gerd lo cerró rápido y Camu saltó encima.

—Es mío, nada de robarme —le advirtió Gerd mientras negaba con el dedo índice frente la sonriente cara del animalillo.

Mientras Gerd intentaba esquivar a Camu y este lo perseguía pensando que quería jugar con él, Lasgol observó a través de la ventana. Vio a Nilsa junto a un árbol y se percató de que le hacía una seña para que se acercara. Salió y se señaló a sí mismo con el pulgar. Su compañera asintió. Lasgol movió la cabeza afirmando y se dirigió hacia ella.

—¿Todo bien? —le preguntó Lasgol.

—Sí, necesito hablar contigo.

—Claro. ¿Qué pasa?

—Ven, vamos a donde no nos vean y estemos tranquilos —le respondió.

Lasgol siguió a la chica hasta la cabaña de la leña. Era un lugar apartado con un único edificio enorme cubierto de nieve, donde guardaban toda la leña de invierno. Estaba rodeado de robles. Entraron y estaba oscuro, la luz de la luna se colaba por una ventana y era la única iluminación. Olía fuerte, a madera húmeda.

—¿Qué ocurre? —le preguntó Lasgol a Nilsa extrañado.

—Quiere hablar contigo.

—¿Quién?

—Yo —contestó una voz de entre las sombras.

Lasgol se giró y vislumbró una silueta que avanzaba hacia él. Cuando se acercó a la ventana, lo reconoció.

—¡Isgord!

—Me ha dicho que quería hacer las paces contigo. Por mí..., para poder estar juntos...

—Puedes dejarnos, preciosa —le dijo Isgord a Nilsa.

—¿Preciosa? ¿Juntos? —Lasgol no comprendía nada—. ¿Qué significa todo esto?

—Verás, Nilsa y yo hemos entablado una bonita amistad. Solemos quedar aquí por las noches.

—¿Amistad? —preguntó ella con tono ofendido—. ¡Me dijiste que era mucho más que eso!, que yo era la princesa que buscabas y no hallabas.

—Ah, sí, eso... Bueno..., son cosas que uno dice cuando necesita algo de alguien... No te lo tomes como algo personal.

—¿Qué necesitabas de mí? Dijiste que querías verme, estar conmigo.

—Verás... No es a ti a quien quiero ver, es a él —contestó y apuntó a Lasgol—. Por desgracia, siempre está rodeado. No hay forma de tenerlo a solas.

—¡Me has utilizado!

—Eso me temo. —Entonces Isgord soltó un derechazo fulgurante a la barbilla de Nilsa.

La pelirroja, cogida de improviso, cayó sin sentido como un saco de patatas.

—¡Eh! —exclamó Lasgol, y empujó al otro con fuerza provocando que retrocediera varios pasos.

Se agachó a comprobar cómo estaba Nilsa.

—Tú y yo tenemos una cuenta pendiente. Ha llegado la hora de cobrarla —le dijo Isgord, y sacó el cuchillo de guardabosques.

Lasgol se puso en pie, Nilsa estaba bien, pero sin sentido. Vio la amenaza y sacó el suyo.

—Esto es un error. Piensa lo que haces.

—Llevo mucho tiempo pensando. Ha llegado la hora de saldar cuentas.

—¿Qué cuentas? ¿Qué tienes contra mí?

—Te lo explicaré, así lo entenderás. ¿Conoces lo que ocurrió el día de la emboscada de Darthor en el paso de la Garganta del Gigante Helado? Ese día en que tu padre dirigió al rey a la emboscada y luego intentó matarlo, ¿verdad?

Lasgol asintió con mala cara:

—Todos conocen la historia, sí.

—Lo que ocurre es que no se conoce la historia completa. Algunos detalles se han perdido, omitido. La historia que todo Norghana conoce se ha centrado en el rey Uthar y en el guardabosques traidor, Dakon, y en cómo el comandante Sven y el mago Olthar salvaron al rey aquel día. Pero lo que muy pocos saben es que todos ellos habrían muerto y Darthor habría triunfado de no haber sido por un héroe olvidado.

—¿Qué héroe?

—Exacto. Ni siquiera el hijo del Traidor sabe quién impidió que el plan de su padre tuviera éxito.

—Explícate.

—Veo que tengo tu atención. Bien. Tu padre dirigía a las fuerzas del rey a la emboscada. Las fuerzas de Darthor estaban apostadas en el paso. Habría sido una carnicería. Uthar y los suyos no habrían sobrevivido. Pero, en el último instante, cuando estaban entrando en el desfiladero, llegó un mensajero y avisó al rey de la emboscada. ¿Te suena?

—Algo me contó Dolbarar…

—Ese mensajero era un guardabosques. Su nombre era Tomsen. ¿Sabes quién era?

—No…

—¡Era mi padre! ¡Tomsen Ostberg!

Lasgol comenzó a entender.

—¿Qué fue de él?

—Murió en la emboscada. Defendió la retirada del rey herido y lo abatieron.

—Lo siento…

—Ves la ironía, ¿verdad? El guardabosques que salvo al rey murió sin pena ni gloria. Nadie sabe de su sacrificio, nadie sabe lo que logró con su valor y arrojo. Sin embargo, todos conocen a Dakon el Traidor.

—No sabía nada de esto. Lo siento.

—Ya lo creo que lo vas a sentir. Mi padre murió como un héroe anónimo, pero el destino me ha brindado la oportunidad de vengarlo —dijo Isgord mostrándole el cuchillo a Lasgol.

—Si te vengas y me matas, te condenarás. Te colgarán de un árbol por ello.

—Tienes razón. No es esa la venganza que busco.

—No entiendo.

—No te voy a matar. Voy a hacer algo peor, te voy a lisiar. No podrás ser un guardabosques. Cualquiera que sea la razón por la que estás aquí, y sé que es muy importante para ti para soportar todo lo que has soportado, morirá.

—Te expulsarán si lo haces.

—No creo que lo hagan. No por el hijo del Traidor. Todos saben que hay mala sangre entre nosotros y que la competitividad aquí es desmedida. Diré que la discusión se nos fue de las manos, que sacaste un cuchillo y tuve que defenderme. ¿A quién van a creer, al hijo del Traidor o al capitán de los Águilas?

Lasgol negó con la cabeza:

—No es demasiado tarde, para esta locura.

—Voy a confesarte una cosa más. Aunque me expulsen, que lo dudo mucho, habrá valido la pena. Siempre puedo alistarme en el Ejército Real; allí no miran demasiado a quién abren las puertas.

Lasgol vio el destello de convencimiento en los ojos de Isgord y supo que iba en serio, muy en serio. Iba a lisiarlo de por vida. Isgord atacó con tal rapidez y furia que Lasgol apenas fue capaz de esquivarlo. Viendo el peligro que corría, decidió usar su don para defenderse. Un tajo lo alcanzó en el antebrazo. El dolor del corte le impedía concentrarse lo suficiente para activar una defensa.

—No te resistas y sufrirás menos. Lo haré rápido. Un corte profundo en el tendón de Aquiles y todo habrá acabado.

—Estás loco si crees que voy a dejarte —dijo Lasgol, e invocó sus Reflejos Felinos.

Isgord intensificó el ataque. Era muy bueno con el cuchillo, algo de lo que Lasgol no se sorprendió. Isgord lo superaba en casi todo.

Lasgol esquivaba los certeros tajos y los logrados intentos de desarmarlo. Isgord intentó derribarlo tras una finta y a punto estuvo de conseguirlo. Lasgol usó su don para aumentar su agilidad y sus reflejos. Isgord comenzó a sospechar que algo extraño sucedía. No podía con Lasgol. Se abalanzó sobre él con un salto salvaje y el otro lo esquivó girando medio cuerpo con una rapidez y agilidad portentosas. Lo golpeó en la cabeza con el mango del arma según pasaba frente a él. Isgord rodó por el suelo y quedó sobre una rodilla. Se palpó la cabeza y comprobó que le sangraba.

—¿Cómo puedes defenderte así? Tú no eres tan bueno. Te he observado desde el primer día.

—Todos tenemos nuestros secretos.

—No sé si has estado engañándonos en las pruebas y no te has esforzado en sobresalir o es que ahora está pasando algo, pero detecto que lo que ocurre no es normal. No me gusta.

—Vete y olvidemos esto. No tiene por qué llegar a más.

—Tira el cuchillo y ríndete o lo pagará ella —dijo Isgord, y se puso junto a la inconsciente Nilsa.

—¡Espera! ¡No le hagas daño!

—El cuchillo…

Lasgol lo tiró.

—Túmbate en el suelo. Bocabajo.

Lasgol contempló a la desvalida Nilsa y obedeció.

—Así me gusta —dijo Isgord, y le cogió el pie derecho.

—No lo hagas.

—Tu compasión es tu debilidad. Yo no le haría nunca nada a Nilsa. Es inocente. Y una chica. Un puñetazo puede aguantarlo, es una guardabosques después de todo. Pero ¿herirla en serio? Ni pensarlo. Yo nunca haría algo así.

—Lo imaginaba, pero no he querido correr el riesgo.

—No sufrirás —dijo Isgord, y se dispuso a sesgarle el tendón.

En ese momento, se oyó una voz:

—¿Qué sucede ahí dentro? Salid ahora mismo.

Isgord volvió la cabeza. Hubo un momento de duda. Lasgol iba a pedir ayuda, pero el otro lo amenazó con el cuchillo. La puerta de la cabaña comenzó a abrirse. En el momento en el que entraba la figura por la puerta delantera, Isgord huía por la puerta de atrás.

Lasgol resopló. Se había salvado por un pelo. La figura entró y Lasgol la reconoció. Era inconfundible con aquella piel tostada y la cabeza afeitada.

¡Era Haakon!

Se alegró, aunque al instante cambió de opinión. Se había precipitado en su sensación de alivio. ¿Qué hacía él allí? ¿Por qué lo había visto siguiéndolo? Una certeza comenzó a asaltarle. Haakon era el traidor. Tenía todo el sentido. Conocía el campamento y los alrededores como la palma de su mano. Podía moverse sin ser visto gracias a su maestría en Pericia. Sabía preparar el veneno... lo seguía... Era un tipo sombrío y estaba ahora allí. Lasgol sintió que un sudor frío le bajaba por la espalda. Haakon tenía la oportunidad y la excusa perfectas para acabar con él.

—¿Qué has hecho? —le preguntó mientras se agachaba junto a Nilsa para examinarla.

—Yo no he sido —respondió Lasgol, y fue a recoger su cuchillo.

—Deja ese cuchillo donde está —dijo Haakon, y con un movimiento fulgurante sacó el suyo y le apuntó con él.

Miró los ojos oscuros de Haakon y leyó en ellos un peligro mortal. Apartó la mano de su cuchillo. El instructor se puso en pie con el cuchillo alzado. En la penumbra, la siniestra figura parecía un espíritu mortal enviado para acabar con su vida. Lasgol tragó saliva.

—No deberías haberte unido a los Guardabosques.

Se estremeció. Aquello ya lo había oído antes.

—El mercenario Nistrom me dijo lo mismo…

—A donde vas te sigue el peligro.

—¿Como ahora? —dijo Lasgol, y retrocedió un paso llamando a su don para invocar de nuevo sus Reflejos Felinos.

Haakon lo observó un largo instante, como sopesando la situación.

—No te equivoques, iniciado. Yo estoy aquí por orden de Dolbarar, no para matarte.

El chico se quedó de piedra.

—¿Por orden de Dolbarar?

—Dolbarar me ha encargado que te siga para que no te ocurran más desgracias en el campamento.

—Pensaba que tú eras el traidor…

—Pensabas mal. Estoy intentando que no te maten, no lo contrario. Pero, si husmeas…, si no dejas descansar a los muertos…, estos vendrán a llevarse tu alma.

—No puedo. He de descubrir la verdad de lo que le sucedió a mi padre.

—Lo que le sucedió lo saben todos en Norghana.

—Pero no es toda la verdad.

Haakon lo amenazó de nuevo con el cuchillo.

—No me gustas, no escuchas y eres testarudo. Preferiría que no estuvieras aquí, los problemas te persiguen y son problemas que nos salpican a todos.

Lasgol se estremeció ante la amenaza.

—Pero voy a cumplir con mi deber como guardabosques. Cárgala al hombro y os acompañaré hasta vuestra cabaña.

El chico dudó.

—Vamos, muchacho, no tengo todo el día. Si hubiera querido matarte, ya lo habría hecho.

Suspiró. Pasó junto al instructor y cargó a Nilsa sobre el hombro.

—Vamos, hijo del Traidor.

Capítulo 28

Al amanecer, a petición de Nilsa, Lasgol narró a sus compañeros lo sucedido la noche anterior. La pecosa pelirroja estaba tan avergonzada que ni articulaba palabra.

—¡Inexcusable! ¡Ha perdido la cabeza por el odio! —clamó Egil con cara de no poder creerlo.

—¡Voy a matarlo a golpes! —exclamó Ingrid enfurecida—. Voy a darle tal paliza que no lo va a reconocer ni su madre.

—Yo te ayudaré —dijo Gerd golpeándose con el puño derecho la palma de la mano izquierda. Por primera vez vieron odio en la mirada del gigantón.

—Si queréis yo puedo lisiarlo, en varias partes, sin problema —dijo Viggo haciendo gestos imitando cortes en varias zonas del cuerpo. Lo dijo como si fuera la cosa más natural del mundo.

A Lasgol se le puso la carne de gallina.

—La verdad es que a veces me das miedo —confesó Ingrid.

—No, por favor, nada de peleas. —Lasgol intentó calmarlos.

—De todas formas, tendrá que esperar a acabar la prueba —comentó Viggo—, porque el rey y todos esos pomposos esperan su espectáculo y no aceptarán que los privemos de la diversión.

—¿La gran final de invierno, la que corona al mejor equipo?

—preguntó retóricamente; conocía bien la respuesta—. ¿Y que contra todo pronóstico hemos alcanzado nosotros seis?

—Bueno sí, eso también —dijo Viggo encogiéndose de hombros con una sonrisa.

—Salgamos, veo a Oden que ya viene a buscarnos —avisó Ingrid mirando por la ventana de la cabaña.

Antes de partir, Lasgol se despidió de Camu, que últimamente estaba demasiado activo y salía de la cabaña a explorar cuando ellos estaban fuera, lo cual lo ponía muy nervioso.

—Nada de explorar hasta que yo vuelva, ¿entendido? —Camu lo miraba sonriente y flexionaba las patas—. No, no podemos jugar ahora, y tú no puedes salir de la cabaña. Ha venido el rey con todo su séquito, hay demasiada gente en el campamento, es peligroso.

La criatura emitió un chillido alegre y comenzó a dar brincos por la habitación. Lasgol resopló. «No salgas de la cabaña», le ordenó usando su don. La criatura se detuvo, miró a Lasgol y soltó un chillido triste.

—Lo siento, es por tu propio bien.

El muchacho salió a unirse a su equipo. Se preguntó si la orden duraría lo suficiente en la mente de Camu. Teniendo en cuenta que Lasgol no dominaba apenas sus habilidades, se temió que no. No, era probable que no fuera a durar lo suficiente. «Tendré que apresurarme en volver.»

El instructor mayor los condujo hasta la gran plaza frente a la Casa de Mando. Habían situado una tarima alta y, en ella, unos bancos corridos y un gran sillón que desde la distancia parecía un verdadero trono de madera con cojines cómodos. En él esperaba sentado el rey Uthar. Charlaba animadamente con Gondabar, líder de los guardabosques, que se sentaba a su lado en una silla mucho más modesta, aunque también confortable. En los bancos corridos estaban los instructores del campamento. Junto a Uthar estaban el comandante Sven y el mago Olthar. Más atrás se hallaba Dolbarar.

A su lado estaban Ivana, Eyra, Esben y Haakon. El guardabosques primero Gatik estaba a la derecha del rey con los guardabosques reales. Oden indicó a los iniciados finalistas dónde situarse y se retiró. Dolbarar se levantó y presentó a los dos equipos a la audiencia. Rodeando la plaza se había situado el público: todos los guardabosques y alumnos de primer, segundo y tercer año.

—Que se presente el equipo de los Águilas Blancas —pidió Dolbarar.

Isgord encabezaba el equipo como capitán. Lo seguían los gemelos Jared y Aston, dos chicos fuertes y atléticos que parecían haber nacido para ser guerreros de la Guardia Real. Detrás iban Alaric y Bergen, más bajos pero robustos, duros como piedras. Cerraba el grupo Marta, una chica rubia muy lista, de pelo largo y rizado. Se arrodillaron ante el rey Uthar.

—Que se presente el equipo de los Panteras de las Nieves.

Ingrid encabezó a su equipo con paso decidido y barbilla alta. La seguían Nilsa y Gerd. Tras ellos, Lasgol y Viggo. Egil cerraba el grupo. Se arrodillaron ante el rey. Uthar se puso en pie. Era tan grande e irradiaba tal fuerza que impresionaba. Se dirigió a ellos con una sonrisa:

—Esta es una final que siempre disfruto mucho. Los mejores de entre la sangre nueva. Una muestra del futuro que nos deparan nuestros guardabosques. Dolbarar me asegura que sois los más brillantes. Que no habéis llegado a esta final fruto de la casualidad. Se espera mucho de vosotros, cierto es, pero puedo aseguraros que la recompensa a vuestros esfuerzos será mayor de la que podáis imaginar. Las especializaciones de élite aguardan a aquellos de vosotros que despunten hoy en la final. Los cuatro guardabosques mayores no pierden detalle y ya eligen posibles candidatos —dijo con un gesto hacia Eyra, Ivana, Esben y Haakon.

Los cuatro asintieron al rey con una reverencia de gran respeto.

Lasgol echó un rápido vistazo sobre su hombro a la gran plaza.

Donde antes había una amplia explanada con unos pocos árboles, habían levantado una especie de complicado laberinto de altas paredes de madera.

—Alguno incluso puede ser seleccionado para un puesto en mi escolta personal. Los mejores de entre todos los guardabosques la forman —continuó Uthar.

Lasgol observó a los guardabosques reales que formaban a la derecha del rey y no tuvo duda alguna de que eran los mejores.

—Incluso convertirse en guardabosques primero. Algo nada fácil de conseguir. Pero, si no recuerdo mal, mi campeón comenzó ganando este torneo su primer año. ¿No es así, Gatik?

El guardabosques primero dio un paso al frente.

—Fue un día memorable, majestad.

—Quién sabe, quizá entre vosotros está el siguiente guardabosques primero. Es más, incluso podría estar el próximo líder. Mi querido amigo Gondabar está deseando retirarse. —El rey le dedicó una sonrisa y el líder de los guardabosques hizo una pequeña reverencia.

—Sería un honor retirarse después de una vida al servicio de la Corona, majestad.

Uthar rio. Una carcajada fuerte y profunda.

—De eso nada, aún te quedan muchos días por servirme. No te liberarás de tus obligaciones con tanta facilidad.

Lasgol observó a Isgord. Este le devolvió una mirada de odio mezclada con convencimiento. «Hoy voy a derrotarte», leía. Lasgol sintió un escalofrío.

Uthar observó a los dos equipos y con una palmada sonora anunció:

—¡Adelante, que comience la final! ¡Estoy deseando ver de qué están hechos estos jóvenes!

Dolbarar los hizo ocupar sus posiciones.

—Los Águilas comenzarán desde el extremo este, y los Panteras, desde el oeste.

Se situaron en posición, junto a la lanza con su insignia, y observaron el campo de batalla. Estaba rodeado de una empalizada de madera y varios pasillos se abrían en distintas direcciones.

—Han levantado un laberinto de madera —dijo Ingrid confundida.

—Y con obstáculos —continuó Gerd señalando una fosa con agua al final del pasillo del centro.

—Como si no lo tuviéramos complicado —se quejó Viggo.

Todos miraron a Egil.

—Dejadme pensar un momento…

—¡Que comience la final! —anunció Dolbarar.

—Avancemos todos juntos —ordenó Ingrid.

—No —dijo Egil sacudiendo la cabeza—. Hay tres pasillos que parten desde nuestra insignia. Debemos separarnos por parejas y seguirlos. Así tendremos más posibilidades. Si ellos no hacen lo mismo, un pasillo quedará libre y tendremos una oportunidad de ganar alcanzando su insignia.

—¡Pero qué listo eres! —exclamó Nilsa, y le dio un beso en la frente.

El chico se sonrojó hasta las orejas.

—Muy bien. Egil, conmigo por la derecha —dijo Ingrid—. Lasgol y Nilsa, por la izquierda. Viggo y Gerd, por el centro.

—Cuando encontréis al enemigo, gritad cuántos son —dijo Egil.

—¡Vamos, Panteras! ¡Somos los mejores! —gritó Ingrid a su equipo.

Lasgol y Nilsa siguieron el pasillo, agazapados y con los arcos listos. Solo podían ver lo que tenían delante y, en las alturas distantes, las copas de los árboles y las atalayas de vigilancia del campamento. El resto lo tapaban las altas paredes del laberinto y la empalizada que lo rodeaba. Salieron a una zona algo más amplia. Había dos barriles a un lado y varios troncos apilados a otro. En medio, un pasaje. Lasgol le hizo una seña a Nilsa y se parapetaron tras los barriles.

—¡Dos! —Llegó la voz de Ingrid.

—Atenta —le dijo Lasgol a Nilsa.

De súbito, dos figuras grandes aparecieron agazapadas frente a ellos. Lasgol se levantó y tiró. La primera rodó por el suelo y se cubrió tras los troncos. La segunda tiró contra Lasgol, que se protegió detrás de los barriles.

—¡Dos! —Se alzó la voz de Viggo.

Nilsa tiró contra la segunda figura, pero se cubrió retrocediendo en el pasillo.

—¡Dos! —gritó Lasgol.

—Se han dividido como nosotros —le dijo Nilsa a Lasgol agachándose junto a él.

—Esos dos son los gemelos Jared y Aston. Si se nos acercan, nos destrozarán. Hay que mantenerlos a distancia —le advirtió Lasgol.

—¡Egil, eliminado! —Llegó la voz de Dolbarar.

—¡Maldición! —chilló Nilsa y tiró contra Jared.

Lasgol tiró contra Aston.

—¡Gerd, eliminado!

—¡Nos están machacando! —dijo Nilsa con los ojos llenos de incertidumbre.

Lasgol tiró de nuevo, primero a Jared y luego a Aston, pero no los alcanzó. De pronto, los gemelos dejaron los arcos, cogieron el cuchillo y el hacha, y saltaron por encima de los troncos hacia los barriles.

—¡Vienen! —avisó Lasgol.

Nilsa se puso en pie y tiró. Falló. Jared se la llevó por delante.

Lasgol tiró y alcanzó a Aston en el pecho.

—¡Aston, eliminado!

Nilsa recibió un potente puñetazo en el ojo y perdió el hacha que tenía ya en la mano. Jared, sobre ella, fue a marcarla con el hacha. Lasgol se lanzó sobre el brazo alzado y detuvo el golpe. Recibió un codazo en la sien que lo tumbó. Quedó aturdido en el suelo. Nilsa aprovechó la oportunidad para revolverse como una pantera y marcó al gemelo con su cuchillo cuando iba a rematar a Lasgol.

—¡Jared, eliminado!

Nilsa fue hasta Lasgol y lo ayudó a levantarse.

—Vamos, arriba.

Lasgol, medio mareado, recogió su arco.

—Tenemos… que aprovechar… la ventaja —balbuceó Lasgol—. Tenemos este pasillo ganado.

—Cierto. Ingrid y Viggo aguantan en los otros.

—O se habrán retrasado a defender la insignia.

—¿Qué hacemos? —preguntó Nilsa, que tenía el ojo cada vez más hinchado y comenzaba a cerrársele.

—Seguimos a por la victoria —respondió Lasgol convencido.

Recorrieron el siguiente pasillo siempre girando hacia la izquierda en los cruces. Pasaron dos áreas abiertas esquivando obstáculos, de barricadas de madera a socavones, postes y rampas inclinadas. Nadie les salió al paso.

—¡Viggo, eliminado!

—Hemos perdido el centro —dijo Lasgol—. ¡Corre, tenemos que adelantarnos!

Llegaron al final del laberinto. Lasgol vio la insignia de los Águilas. «Está ahí mismo, nadie la defiende. Es nuestra, vamos a ganar.» Se lanzó a por ella. A un paso de conseguirlo, Isgord apareció a su izquierda y lo interceptó con un tremendo golpe con ambos pies por delante. Lasgol salió despedido fuera del laberinto, rodó por el suelo. Perdió el arco. Isgord desenvainó el cuchillo y el hacha, y fue tras él.

—¡Nilsa, la insignia! —gritó Lasgol mientras retrocedía para alejar a Isgord.

—No lo va a conseguir —le dijo Isgord con una sonrisa, avanzando hacia Lasgol—. Marta la defiende.

—¡Alaric, eliminado!

Isgord sacudió la cabeza y maldijo. Se lanzó a por Lasgol, que volvió a retrasarse.

—Te voy a derrotar delante de todos —dijo Isgord, y señaló tras Lasgol.

Lasgol se volvió y descubrió que estaban frente a la tribuna. El rey y todos los demás seguían el desenlace con enorme interés. Sintió el peso de todos los ojos clavados en él.

Isgord atacó y Lasgol bloqueó y se deslizó fuera del alcance de su rival.

—¡Bergen, eliminado!

Lasgol sabía que esa era Ingrid; debía de estar defendiendo la insignia de los Panteras. Isgord atacó con una finta, pero Lasgol volvió a desplazarse fuera de su alcance.

—¡Nilsa, eliminada!

Isgord sonrió triunfal:

—Vamos a ganar.

—Yo no estaría tan seguro. Ingrid acabará con Marta.

—No si yo la ayudo.

—Puedes ir cuando quieras…

—¿Y darte la espalda? Ya, seguro.

De repente, Lasgol percibió una intensa sensación de alarma. Miró a Isgord. Pero no, no era por su rival. Rápidamente observó a su alrededor con preocupación. No percibió nada extraño. Por el rabillo del ojo vio el cuchillo de Isgord buscándole el estómago. Esquivó el tajo con un brinco hacia atrás. Al ataque del cuchillo siguió el del hacha. Lasgol saltó hacia un lado y lo esquivó.

—¡Lucha, no me rehúyas! —gritó Isgord frustrado.

La sensación de intenso peligro volvió a golpearlo. Pero no

provenía de su interior. No era algo que él estuviera produciendo, como cuando tenía la sensación de que alguien lo observaba. No, era algo diferente. Algo no natural, arcano y exterior. «¿Qué me sucede? ¿Qué es esto?» No lo entendía. Tampoco se debía al combate. Este le producía una sensación de exaltación y temor que conocía bien. Algo se le revolvía en la boca del estómago con cada ataque de Isgord.

—Voy a derrotarte. Puedes esquivar y bloquear lo que quieras, pero soy mejor que tú, y lo sabes. Te marcaré, no podrás evitarlo.

No, definitivamente no provenía de Isgord. El sentimiento era de urgencia, de peligro, uno muy intenso, pero no era en su estómago, era en su mente. «Algo muy malo sucede, pero no sé qué o dónde.»

—Voy a disfrutar derrotándote ante el rey, ante todos.

Lasgol no se dejó intimidar por las palabras de su enemigo. Estaba muy preocupado. Necesitaba entender qué sucedía. «Es algo relacionado con mi don. Es externo. Me están enviando la alarma como un mensaje.»

Isgord lanzó un ataque combinado de cuchillo y hacha. Lasgol rodó por el suelo esquivándolo. Clavó la rodilla. Iba a incorporarse cuando en su mente apareció una imagen distorsionada. Alguien o algo se la estaba enviando. Vio un aura borrosa y en su interior una imagen que no conseguía discernir con claridad. Cerró los ojos un instante arriesgándose a que el otro lo alcanzara. Y fue entonces cuando la vislumbró. La imagen mostraba un guardabosques en una de las atalayas de vigilancia. El contorno de la imagen estaba distorsionado y la propia imagen algo borrosa, pero, sin duda, era un guardabosques con la capa y la capucha. Y un arco en las manos.

El sonido de una pisada enfrente lo obligó a abrir los ojos. Isgord se abalanzaba sobre él con un gran salto, con las armas por delante. «¡Tengo que esquivarlo!» Rodó sobre su cabeza dos veces y a punto estuvo de golpearse con los pies del comandante Sven.

—¡Cobarde! —gritó Isgord, cada vez más frustrado, mientras se levantaba con agilidad.

La sensación de alarma volvió a golpear la mente de Lasgol. Esa vez era de una urgencia máxima. El muchacho cerró de nuevo los ojos y se concentró en el rostro de la imagen que percibía. El guardabosques alzaba el arco y apuntaba. Al hacerlo los rayos del sol le iluminaron el rostro.

¡Lasgol lo reconoció!

«¡Es Daven, el reclutador! Pero ¿qué hace?»

Lasgol estaba confundido por completo. Necesitaba entender quién o qué le enviaba la imagen. Usó su don. Invocó su habilidad para detectar presencia animal. Y un resplandor dorado le mostró a alguien que conocía bien.

¡A Camu!

La criatura estaba bajo la atalaya. El cuerpo rígido, la cola, señalaban al guardabosques en la altura.

«¡Es Camu quien me envía la imagen y me está avisando del peligro!» Y si era Camu, eso solo podía significar una cosa… «¡Magia! ¡Hay magia en uso! —se percató—. Magia. Peligro. Daven.» Y su mente unió los puntos en un instante de clarividencia.

Cerró los ojos. Vio a Daven soltar. La saeta salió a gran velocidad.

En ese momento, Isgord se le echó encima.

Lasgol usó su don. Invocó una habilidad. «¡Agilidad Mejorada!». Dio un paso de apoyo y se lanzó por los aires.

Las armas de Isgord lo alcanzaron en la espalda según salía por el aire.

—¡Traición! —gritó Lasgol en el aire.

—¡Qué es esto! —exclamó Sven, pero no le dio tiempo a desenvainar.

La saeta, dirigida al corazón del rey, alcanzó a Lasgol en el hombro con un sonido seco. Con un gruñido de dolor, el chico cayó sobre Uthar, que lo sujetó con los ojos como platos.

Lasgol señaló a la atalaya.

—¡Tirador! —dijo.

—¡Por los abismos de hielo! —exclamó Uthar.

—¡Proteged al rey! —ordenó Sven con toda la fuerza de sus pulmones.

Una segunda saeta salió dirigida a su rostro.

Olthar reaccionó. Levantó frente al rey un muro de hielo. La saeta lo golpeó sin poder traspasarlo. Un momento más tarde toda la Guardia Real rodeaba al rey en un círculo defensivo con los escudos en alto. El mago Olthar levantó una esfera de hielo sobre su persona y se situó junto al rey para reforzar el muro de hielo.

—¡Gatik! ¡Guardabosques reales! ¡Abatidlo! —gritó Sven espada en mano señalando a Daven en la atalaya.

El guardabosques primero Gatik y los guardabosques reales tiraron contra Daven. Este hizo un movimiento defensivo y se agachó con una enorme rapidez. Pero una saeta le alcanzó en el pie de apoyo con terrible fuerza y lo hizo caer de la atalaya. Golpeó el suelo con un golpe seco, muy cerca de donde estaba Camu. Al ver a los guardabosques reales correr hacia allí, la criatura se camufló y desapareció.

—¡No lo matéis! ¡Lo quiero vivo! —ordenó Uthar a gritos a sus hombres.

En un instante el asesino estaba rodeado por el guardabosques primero Gatik, que había sido quien lo había alcanzado, y una treintena de guardabosques con los arcos apuntándole al pecho. Pero Daven no se movía. Había perdido el conocimiento por el impacto.

—Está inconsciente. Habría que registrar el campamento; puede haber un segundo asesino —propuso Gatik.

—¡Invencibles! ¡Registrad el campamento! —ordenó Sven a su infantería.

Con frialdad marcial, los invencibles del hielo sellaron la salida y comenzaron a registrar todo el campamento formando dos largas hileras en las cuatro direcciones.

—¿Cómo estás, muchacho? —le preguntó Uthar a Lasgol, que, tendido en el suelo al lado del rey, luchaba por no gemir por el intenso dolor que sentía.

—Bien…, majestad… —mintió Lasgol.

El rey se agachó y observó la herida.

—Casi te atraviesa. Estás vivo de milagro. No te muevas o perderás ese hombro. ¡Necesitamos un cirujano! —pidió Uthar.

Dolbarar se acercó con los cuatro guardabosques mayores. La Guardia Real los dejó pasar.

—Hay que llamar a Edwina, rápido.

—Yo me encargo —dijo Haakon, y salió corriendo.

Uthar resopló:

—Me has salvado la vida, iniciado; eso no lo olvidaré jamás. ¿Cuál es tu nombre?

—Lasgol…, majestad.

—Es el hijo de Dakon —le susurró Dolbarar a Uthar.

El rostro del rey mostró una enorme sorpresa.

—¿El hijo del Traidor me ha salvado la vida?

—Así es, mi señor —contestó Dolbarar.

El rey quedó mudo un largo rato. Su rostro pasó de la sorpresa a la preocupación.

—Quiero que se analice todo este asunto con mucho cuidado —les dijo a Sven y a Olthar—. Quiero saber qué ha pasado y por qué.

—Por supuesto, majestad, pero ahora debéis buscar refugio, podría haber más asesinos.

—Muy bien —dijo Uthar—. A la Casa de Mando. Traed al muchacho y al asesino. Que los atiendan en el interior. Y asegurad el campamento y los alrededores. Esto es obra de Darthor.

Capítulo 29

—¿CÓMO ESTÁ? —PREGUNTÓ EL REY UTHAR A EDWINA.
La sanadora llevaba un largo rato trabajando en la herida de Lasgol, que reposaba en una banqueta frente al fuego bajo del área común. La había sanado con su don y le había aplicado ungüentos para evitar la infección y acelerar la cicatrización. Ahora le estaba inmovilizando el hombro con vendajes fuertes para evitar que la herida se abriera.

—Ha tenido mucha suerte —dijo Edwina resoplando—. La flecha no le ha alcanzado ningún órgano vital, pero por muy poco.

Uthar asintió varias veces:

—Se lanzó a protegerme con su cuerpo. La saeta podía haberlo alcanzado en cualquier parte.

—En ese caso, reitero que ha tenido mucha suerte —dijo Edwina—. La herida sanará, pero va a necesitar más de un mes de reposo absoluto y otro mes para rehabilitar el movimiento del hombro y el brazo izquierdos. Una flecha desde esa distancia… causa mucho daño.

—Así se hará, sanadora —aceptó Dolbarar.

—Una acción heroica —dijo Sven.

—Lo has hecho bien, muchacho —comentó Uthar a Lasgol.

—Es su deber como guardabosques —recordó Gondabar.

—Aun así, heroica. Te ha salvado la suerte de los osados —le dijo Uthar.

El chico no sabía qué decir.

—Vi que iba a tirar y reaccioné sin pensar.

—El salto que diste fue prodigioso —dijo Sven.

—Cierto, voló más de cinco pasos —añadió Olthar—. Los preparáis bien aquí —dijo el mago a Dolbarar.

El líder del campamento asintió.

—Es uno de los mejores de este año.

—¿Cómo lo viste? —preguntó Gatik—. Estaba a más de doscientos pasos en una atalaya de vigilancia en la copa de un árbol.

Lasgol pensó en contarles todo, pero, viendo la estancia llena de personalidades, dudó. «Mejor ser prudente, no los conozco... Contaré la verdad, pero no toda.»

—Durante el combate tuve un mal presentimiento... Sentí que algo iba mal... Pensé que era porque íbamos a perder, pero entonces vi algo... Me llamó la atención... distinguí el arco alzado, apuntando. No sé cómo. Suerte, lo más seguro. Me di cuenta de que el presentimiento era muy real. Y reaccioné.

—Hiciste bien en seguir tus instintos, tu rey te lo agradece —dijo Uthar.

Edwina se acercó a la gran mesa, sobre la que yacía Daven todavía inconsciente. Los cuatro guardabosques mayores lo vigilaban.

—No puedo creer que Daven fuera el traidor —dijo Dolbarar negando con la cabeza—. Es el mejor reclutador que tenemos.

—¡Qué afrenta, uno de los nuestros es el traidor del campamento! —exclamó Gondabar muy afligido—. Majestad, es una mancha terrible…, inexcusable. Lo lamento…

—Discutiremos eso luego. Ahora quiero entender esto. Que no muera, necesito interrogarlo —le pidió Uthar a Edwina.

—Haré lo que pueda, majestad.

La sanadora comenzó a tratar la herida de flecha en la pierna. Todos los ojos estaban clavados en ella. La dejaron trabajar en silencio. Lasgol observaba la energía azulada partir de las manos de Edwina y penetrar en el cuerpo del reclutador. Se preguntó si alguien más aparte de él la vería. Entonces se encontró con los ojos de hielo de Olthar. Sí, el mago también la captaba. Recordó las palabras de su padre: «Solo aquellos bendecidos con el don son capaces de distinguir cuándo otro lo está utilizando, y no siempre».

Cuando Edwina terminó de sanar a Daven y estuvo fuera de peligro, el rey le pidió que lo despertara.

—Un momento, majestad. Al examinar su cuerpo he descubierto algo extraño… —advirtió Edwina.

—¿A qué te refieres?

—Tiene una Runa de Poder grabada en el pecho.

El rey la miró sin entender.

—Muéstramela.

Edwina le abrió la túnica a Daven. En la parte inferior de su torso apareció una runa circular del tamaño de una manzana grabada sobre la carne. Estaba compuesta de tres extrañas frases, en un idioma desconocido, que formaban tres círculos concéntricos alrededor de un ojo abierto. Brillaba con un tono dorado.

—¡Esa es la marca de Darthor! —exclamó el rey.

—La runa emana poder… —advirtió Edwina.

Olthar se acercó a estudiarla. Puso la mano sobre ella y se concentró.

—Nada, no percibo nada. Pero, en mí, la habilidad para percibir el don no es muy grande. Sin embargo, coincido con su majestad; es la marca de Darthor, sin duda. La hemos encontrado en varios de sus agentes.

—¿Por qué se marcan? —preguntó Dolbarar—. ¿Con qué fin?

Sven también se acercó y observó la marca.

—Sí, es la misma marca. Creemos que es algún ritual arcano de obediencia, de servitud a Darthor. Se graban la runa a fuego en la carne como prueba de lealtad.

—Eso tendría sentido, sí… —dijo Dolbarar—, en muchas culturas primitivas los tatuajes, las marcas a cuchillo o a fuego se usan como muestras de pertenencia y lealtad.

—Es la misma runa que encontramos grabada en el pecho Dakon el Traidor —recordó Olthar.

Al oír aquello, Lasgol se tensó. Estiró el cuello y observó la runa.

—Sí, es idéntica —confirmó el comandante Sven.

—No hay duda, es la marca de Darthor, y él uno de sus agentes —dijo el rey—. Ahora despertadlo, quiero interrogarlo.

Edwina se acercó, puso las manos sobre la cabeza de Daven y cerró los ojos. Al abrirlos, también los abrió Daven. La sanadora se retiró de la mesa mientras Daven se incorporaba de medio cuerpo. Ivana, Haakon, Esben y Eyra, que lo vigilaban en silencio, se tensaron y se acercaron a la mesa como las sombras de verdugos sobre un condenado a muerte.

Daven miró directamente al rey, que, flanqueado por Sven y Olthar, observaba a su vez al guardabosques con una mirada profunda, de odio.

—Has fracasado en tu intento, asesino —le dijo Uthar.

—Tus días están contados —contestó Daven con los ojos clavados en los del rey.

—¡Te atreves a amenazarme! ¡A mí!

—Claro que me atrevo. Tu fin está cerca. Mi ejército se prepara. Pronto te arrancaré tu maldito corazón podrido y acabaré con todo el mal que estás haciendo en las tierras del norte.

—Tened cuidado, aquí pasa algo extraño —advirtió Dolbarar—. Este no es el Daven que yo conozco.

Los cuatro guardabosques mayores lo corroboraron. Uthar miró a Olthar y a Sven con expresión de sorpresa.

—¿Quién eres? —preguntó Olthar a Daven enarcando una ceja.

—¿El gran mago del hielo del rey no sabe a quién se dirige? No importa, tú morirás a su lado. Pagarás con tu vida lo ocurrido en la Garganta del Gigante Helado.

—No está en sus cabales —dijo Sven.

—Por supuesto que lo estoy, comandante —dijo Daven clavando los ojos ahora en él—. Tú morirás el primero de los tres, pues salvaste al rey en el paso y con ello sellaste tu destino.

—¿Hablas por Darthor? —preguntó Uthar confundido.

—¡Jajajaja! —rio Daven con una risa profunda, distorsionada.

Lasgol observaba la escena sin saber qué pensar. Aquel no era Daven. Parecía otra persona. Incluso su voz era diferente.

—Yo no hablo por Darthor. ¡Yo soy Darthor! —proclamó Daven.

Uthar se tensó al momento. Haakon y Esben sujetaron a Daven de brazos y piernas. Ivana le puso un cuchillo al cuello.

—¿Quieres decir que has poseído a este hombre? —preguntó Edwina con un brillo de entendimiento en sus ojos.

—Claro que lo poseo; es mío, sus actos, sus pensamientos, su voluntad son míos. Al igual que en su día poseí al padre del que hoy te ha salvado —dijo atravesando a Lasgol con la mirada.

Lasgol echó la cabeza hacia atrás por la sorpresa, pero se recuperó. Se acercó a él.

—¿Poseíste a mi padre?

—Sí, al gran Dakon Eklund, guardabosques primero y mejor amigo del rey. Y casi consiguió llevar a cabo mi propósito. Matar a ese tirano.

El muchacho sintió una mezcla de dolor, rabia y alivio. Los primeros por la pérdida; el último por haber confirmado lo que él siempre había sabido: su padre era inocente.

—¡Pagarás por esto! ¡Te quemaré vivo! ¡Tú no me vencerás! —dijo Uthar lleno de furia.

Daven volvió a reír con una risa sórdida. Uthar se echó sobre él y lo golpeó con fuerza repetidamente.

—¡Majestad! ¡No es él! —lo detuvo Sven.

El rey consiguió calmarse y recobrar la compostura. Daven continuaba riendo mientras sangraba por la boca y la nariz.

—Hay que detener esto. Muy probablemente Darthor nos está viendo a través de sus ojos. No podemos darle esa ventaja —dijo Sven.

—¿Cómo hacemos que pare? —preguntó el rey a Olthar.

—Hay que romper el hechizo. O matarlo.

—¿Sabes cómo romperlo?

—No, no es mi especialidad.

Uthar miró a Daven.

—No deseo matarlo, pero Sven tiene razón; es un espía y está a un paso de nosotros. No voy a arriesgarme.

—Majestad, quizá yo pueda —dijo Edwina.

—Muy bien, inténtalo.

—Tumbadlo.

Haakon, Esben e Ivana lo sujetaron sobre la mesa. La sanadora puso las manos sobre la runa. Lasgol podía ver que esta destellaba con un color dorado. La energía sanadora de Edwina comenzó a actuar sobre la runa. Daven se arqueó de dolor.

—¡Sujetadlo con fuerza, esto será doloroso!

La energía azulada de Edwina luchaba contra la dorada de la runa de Darthor. Daven comenzó a gritar de dolor y a revolverse. Lo sujetaron contra la mesa con fuerza y le taparon la boca. La sanadora, con los ojos cerrados, tenía la frente empapada en sudor. La lucha continuó durante varias horas. De pronto, la runa comenzó a desvanecerse del torso de Daven. Este perdió el sentido. Poco a poco, fue borrándose de su carne hasta desaparecer por completo. Edwina abrió los ojos y separó las manos. Dio un paso hacia atrás y del agotamiento estuvo a punto de irse al suelo. Eyra la sujetó y la llevó junto al fuego para recostarla en un sillón. La sanadora estaba extenuada.

De pronto, Daven abrió los ojos como platos.

—¿Qué…? ¿Qué sucede? —preguntó angustiado mirando a todos lados.

—¿Quién eres? —le preguntó Uthar con los ojos entrecerrados.

—Daven Omdahl, majestad, guardabosques reclutador, mi señor —respondió Daven, que parecía estar perdido por completo.

—¿Y Darthor?

—¿Darthor? No…, no lo sé, majestad.

—¿No lo sabes o estás intentando engañarme?

—No sé lo que ocurre, mi señor, no entiendo que está pasando… ¿Qué hago aquí? ¿Cómo he llegado hasta aquí?

—¿Qué es lo último que recuerdas? —le preguntó Olthar.

—Partía hacia el este…, a la costa, en misión de reconocimiento.

Olthar y el rey miraron a Dolbarar.

—Eso fue hace tres meses… —dijo el líder del campamento.

—¿En qué estación estamos? —interrogó Sven a Daven.

—Mediados de otoño, señor. ¿Qué ocurre? —pidió Daven, su tono era de grave preocupación.

—¿Qué es lo último que recuerdas antes de despertar sobre esa mesa? Piensa, el último detalle que recuerdas —le preguntó Olthar.

Daven meditó:

—Recuerdo un extraño… Me pidió direcciones en un cruce cerca de la ciudad de Sewin.

—¿Y?

—Nada más… Lo siguiente que recuerdo es despertar aquí.

—El extraño, ¿cómo era? —quiso saber Sven.

—No llegué a verle el rostro. Lo ocultaba bajo una capucha.

—Era Darthor, maldita sea —tronó Uthar.

—Eso significa que ha cruzado a este lado de las montañas —convino Sven.

—No necesariamente, puede ser uno de sus hechiceros —dijo Olthar.

—Sea como sea, queda claro que ha dominado a este desdichado —dijo Uthar señalando a Daven.

—Los rumores son, por lo tanto, ciertos. Darthor no solo es un poderoso mago del hielo corrupto, sino un dominador —dijo Sven.

—Uno muy poderoso, como acabamos de comprobar —dijo Olthar—. Ha controlado a este guardabosques durante meses y a grandes distancias.

—No importa lo poderoso que sea. Lo derrotaremos —sentenció Uthar—. No conseguirá invadir Norghana. Cuando llegue el deshielo en primavera, cruzaremos los pasos y acabaremos con él en el norte. ¡Tenéis mi palabra de rey!

—¡Salve el rey Uthar! —exclamó Sven.

—¡Salve! —gritaron todos al unísono.

Capítulo 30

DURANTE VARIOS DÍAS LAS FUERZAS DEL REY INSPECCIONARON el campamento de arriba abajo. Registraron cada cabaña, cobertizo, bosque, matorral; buscaron bajo cada piedra. Interrogaron a todos y cada uno de los guardabosques. Pero no consiguieron descubrir ningún otro asesino o complot para acabar con la vida del rey, nada que resultara singular o sospechoso. Los guardabosques ayudaron en todo momento y aseguraron la periferia. Al fin, Uthar quedó satisfecho y decidió regresar a la capital, Norghania, para preparar la ofensiva contra las fuerzas de Darthor.

Antes de irse, pidió a Dolbarar que todos los guardabosques del campamento formaran frente a la Casa de Mando. Deseaba dirigirse a ellos.

—Lo que ha sucedido aquí pone de manifiesto el peligro que corre el reino —dijo el rey—. Darthor ha osado atentar contra mi vida. Y de todos los lugares, en uno que es sagrado para mí: en el campamento. Este lugar es el corazón de los guardabosques, donde se forman, desde donde operan. Vosotros sois los protectores de la Corona, los defensores de las tierras del reino. Que se haya atrevido a hacerlo aquí nos envía un claro mensaje: no se detendrá ante nada para conseguir el reino. —Miró de reojo a

Gondabar, líder de los guardabosques, y este asintió con cara de preocupación.

Un murmullo de malestar se levantó entre los guardabosques, descontentos por haber fallado al rey y no haber descubierto y evitado el intento sobre su vida.

Uthar sacudió la cabeza:

—No quiero que este incidente se malinterprete como una deshonra a este glorioso cuerpo. No. El enemigo nos ha atacado donde nunca creímos posible que lo hiciera. Y ello demuestra, sin lugar a dudas, que es muy poderoso e inteligente. Un enemigo que será muy difícil derrotar, pero al que entre todos derrotaremos. No descansaré hasta que sea ajusticiado. ¡Por Norghana! ¡Por la Corona!

Los guardabosques gritaron a la vez:

—¡Por Norghana! ¡Por el rey!

El rey asintió agradeciendo los vítores.

—Hay un error del pasado que debo subsanar, debe hacerse justicia, pues un rey debe ser ante todo justo e imparcial. —Se giró hacia Sven, que le proporcionó un pergamino con el sello real—. Ha quedado probado que el guardabosques primero Dakon Eklund, mi amigo, no cometió alta traición, sino que fue dominado por Darthor mediante una runa grabada en su carne y no era consciente ni responsable de los actos que cometió contra mi vida, contra la Corona. Por lo tanto, proclamo su inocencia probada y, para que así conste, queda redactado en este perdón real. Dakon Eklund queda exonerado de los crímenes por los que se le condenó. Sus títulos, tierras y bienes le serán devueltos. En este caso, a su heredero. Así lo proclamo como rey de Norghana.

Los murmullos se volvieron voces de sorpresa y asombro que interrumpieron las palabras del rey. El mago Olthar hizo un gesto a la multitud para que guardara silencio. A su gesto, todos callaron, tal era el miedo que provocaba la persona y su magia.

El rey sonrió.

—¡Que se presente el iniciado Lasgol Eklund, hijo de Dakon! —solicitó el rey.

Lasgol avanzó hasta situarse ante el rey, se arrodilló y bajó la cabeza. Tenía las miradas de todos los guardabosques clavadas en él.

—En cuanto a ti, Lasgol, por los servicios prestados a la Corona, por haber salvado la vida del rey de Norghana arriesgando la tuya propia, por el valor y el honor demostrados, te concedo la Medalla al Valor. Es la mayor condecoración que un soldado puede obtener.

Sven se acercó hasta el rey y le tendió la suya.

—En pie, Lasgol —le dijo Uthar.

Lasgol se puso en pie y contuvo un gruñido, el hombro le dolía con cada movimiento.

—Como no disponemos de una medalla para ti aquí, la de Sven hará los honores —le susurró Uthar a Lasgol al oído mientras se la colocaba.

El chico estaba tan emocionado por todo lo que estaba sucediendo que apenas podía contener las lágrimas.

—Gracias…, majestad…, es un honor… —balbuceó.

—Gracias a ti. Me has salvado la vida.

—Y gracias… por restituir el nombre de mi padre…

—Es lo justo. Nunca entendí qué le había sucedido. Éramos como hermanos. Ahora lo comprendo todo.

Lasgol asintió. Hizo una reverencia y se retiró con su equipo.

Uthar se giró hacia Dolbarar y le dio paso con un gesto de la mano:

—Es hora de la ceremonia —le dijo el rey al líder del campamento.

Dolbarar se irguió y, dando un paso adelante, miró a las primeras filas, donde formaban los guardabosques de primer, segundo y tercer año. Se dirigió a ellos:

—Este año ha resultado ser extraño. Las finales han quedado suspendidas a raíz de lo sucedido. La de primer año queda invalidada y la de los otros cursos no han llegado a celebrarse. Es la primera vez en más de veinticinco años que sucede algo así. Pero la tradición debe respetarse pese a todo. Debemos continuar con la ceremonia de Aceptación.

Los iniciados se agitaron inquietos, pues algunos necesitaban los puntos para que no los expulsaran y otros para alcanzar las especializaciones de élite.

—Por lo tanto, doy por iniciada la ceremonia de Aceptación, donde se decidirán los méritos de cada uno de vosotros y quiénes seguirán con nosotros el año próximo y quiénes serán los expulsados.

Un silencio fúnebre se hizo al escuchar aquellas palabras. Nilsa estaba tan nerviosa que pisó a Gerd. El gigantón estaba lívido del miedo a ser expulsado y ni se dio cuenta. Egil observaba con cara consternada; había calculado sus probabilidades y eran casi inexistentes. Ingrid estaba convencida de que pasaría, mientras que Viggo, con los brazos cruzados sobre el pecho, tenía cara de estar seguro de que no iba a pasar.

—Tras deliberarlo con los guardabosques mayores largo y tendido, ya que es una decisión difícil en muchos casos —continuó Dolbarar—, hemos considerado que las cuatro finales han terminado en empate. No hay ganador, pero tampoco perdedor. Los dos equipos finalistas recibirán la Hoja de Prestigio como si hubieran vencido ambos. Hemos decidido que es lo más justo, dadas las circunstancias.

Eyra, Ivana, Esben y Haakon, que formaban tras Dolbarar, asintieron con una leve reverencia a su líder. Los resoplidos de alivio de muchos y de frustración de unos pocos se elevaron de entre todos los que habían competido.

—Guardabosques mayores, la lista de primer año —pidió Dolbarar. Haakon avanzó hasta él con paso solemne y le entregó un pergamino—. Los resultados de todas las pruebas y los méritos conseguidos durante todo el año se han tenido en cuenta a la hora de confeccionar la lista de los que se quedan y los que serán expulsados. Cuando lea vuestro nombre, subid y se os entregará una insignia. Si la insignia es de madera, significa que habéis pasado. Si la insignia es de cobre, quiere decir que no lo habéis logrado.

Dolbarar comenzó a leer los nombres. Isgord fue el primero en subir y pasar. Mostró a su equipo la insignia de madera, exultante, orgulloso. Uno por uno fueron pasando todos. De cada equipo había uno o dos que no lo conseguían. Los rostros de decepción, las lágrimas de algunos rompían el corazón. Les llegó el turno a los Panteras de las Nieves. Ingrid, como capitana, subió la primera. Recibió la insignia de madera. Levantó el puño en señal de triunfo y animó a su equipo:

—¡Sí, vamos, Panteras!

La siguió Nilsa. Estaba tan nerviosa que se le cayó la insignia cuando Dolbarar se la entregó. Tardó en recuperarla y darse cuenta de que era de madera.

—¡He pasado! —gritó con expresión de total incredulidad.

Dolbarar llamó a Gerd. El gigantón subió con paso lento, le temblaban las rodillas. Recibió una insignia. Era de cobre. Con gran esfuerzo contuvo las lágrimas y sin decir una palabra se retiró con Ingrid y Nilsa, que lo abrazaron intentando consolarlo.

Lo siguió Viggo. Para sorpresa de muchos, incluido él mismo, logró pasar. Se retiró observando la insignia, como si no creyera que en realidad fuera de madera. Incluso echó la vista atrás para ver si lo llamaban para decirle que había sido un error.

A Egil lo llamaron y subió con semblante preocupado. Dolbarar le entregó su insignia. Era de cobre. Egil soltó un gran lamento, sacudió la cabeza y se retiró con hombros hundidos. Lo recibieron sus compañeros e intentaron consolarlo con palabras de cariño y abrazos. Pero él estaba desolado.

El último en llamar fue Lasgol. Se acercó temeroso y con los nervios revolviéndole el estómago. Estaba a punto de vomitar. Viendo lo que había pasado con Gerd y Egil, se temió lo peor. Dolbarar le sonrió y le entregó una insignia. Lasgol la miró con ojos temerosos y se dio cuenta de que era de madera. Ahogó un grito de alegría. Corrió con los suyos.

Dolbarar continuó con la ceremonia. Los últimos en pasar fueron los Búhos. Astrid pasó y Lasgol soltó un resoplido al verlo.

—Que se acerquen los capitanes de los equipos —pidió Dolbarar.

Ingrid se apresuró a ir junto al líder del campamento. Astrid e Isgord se pusieron a su lado, y el resto de los capitanes también.

—La norma establece que tenéis la oportunidad de salvar a alguien de vuestro equipo por haber conseguido una Hoja de Prestigio tras haber vencido en una de las cuatro pruebas por equipos. Los Águilas disponen de dos Hojas de Prestigio por las pruebas de Primavera y la de Invierno. Los Lobos, de una, por haber vencido en la Prueba de Verano. Los Osos, de una, por haber vencido en la Prueba de Otoño. Por último, los Panteras, de una, por haber vencido en la de Invierno. Retiraos con vuestros equipos y deliberad. Volved con el nombre de la persona salvada de la expulsión.

Ingrid volvió con los suyos y lo explicó. Debían elegir entre salvar a Gerd o a Egil con la Hoja de Prestigio que habían recibido por el empate en la Prueba de Invierno. La decisión era imposible.

—¿Cómo nos piden que elijamos? Es horrible —sollozó Nilsa.

—Lo mejor es echar una moneda al aire —dijo Viggo con semblante contrariado.

Lasgol estaba descompuesto, no quería perder a ninguno de sus dos compañeros.

—Que se salve Gerd, es lo correcto; él lo necesita, yo no.

—Egil, no. No es justo —rebatió Gerd.

—Sí lo es, amigo —dijo Egil—. Yo soy el hijo del duque más importante del reino. No me sucederá nada. Tú necesitas esto. Yo no.

—Pero tu padre…, la deshonra…

—Lo superaré. Está decidido. Gerd se queda. La expulsión será la mía.

Nilsa se echó encima de Egil y lo abrazó con fuerza. Casi lo derribó del ímpetu. El resto se fundió en un abrazo de grupo. Egil, entre lágrimas, les agradeció el gesto.

—La decisión —pidió Dolbarar.

Los capitanes regresaron. Los Águilas y los Lobos, al no tener nadie con expulsión, se reservaron las Hojas de Prestigio para poder optar a las especializaciones de élite. Los Osos salvaron a Polse, la única persona que tenían en expulsión. Ingrid dio el nombre de Gerd.

—Muy bien; en ese caso, Egil, de los Panteras de las Nieves, será expulsado —comunicó Dolbarar.

Egil se irguió y se secó las lágrimas. Asintió al líder aceptando su destino.

Isgord sonreía de oreja a oreja y miraba con ojos burlones a Lasgol, que tenía los ojos húmedos.

—Un momento, Dolbarar —dijo el rey Uthar.

—¿Sí, majestad?

—Tengo una petición. Me gustaría solicitar que al equipo de los Panteras de las Nieves se les concediera una Hoja de Prestigio adicional por haber ayudado a salvar la vida del rey.

Dolbarar miró a los cuatro guardabosques mayores.

—No es una petición común, no hay precedente…

—Nadie antes había intentado matar al rey de Norghana en el campamento y había sido salvado por unos iniciados —dijo Uthar recordando el hecho.

—Podríamos concederlo, pero debe ser una decisión unánime —respondió Dolbarar señalando al resto de los guardabosques mayores.

El rey asintió aceptando la decisión que ellos tomaran. Dolbarar se volvió hacia los guardabosques mayores y conferenciaron formando un círculo. Tras un momento el líder del campamento volvió a pronunciarse:

—Es unánime. Concedemos la Hoja de Prestigio al equipo de los Panteras de las Nieves por petición real en base a un comportamiento extraordinario.

—¿Podrían usar esa Hoja de Prestigio para salvar al expulsado? —preguntó el rey, que era lo que en relidad buscaba con la petición.

—Sí, así es, majestad.

—Eso me complacería —dijo Uthar.

—En ese caso, Egil queda salvado de la expulsión —estipuló Dolbarar.

Los Panteras se quedaron atónitos. Si algo no esperaban era aquello. Nilsa estalló en una exclamación de júbilo y el resto del equipo se le unió en vítores, saltos, abrazos y alegría desbordada. ¡Se salvaban todos!

Isgord miró a Lasgol rojo de odio; estaba a punto de reventar de rabia.

La ceremonia prosiguió con la entrega de insignias a los de segundo, tercer y cuarto año. Pero los seis componentes del equipo de los Panteras de las Nieves estaban tan llenos de júbilo que no podían aguantarse y el resto de la ceremonia de Aceptación pasó como si estuvieran disfrutando de un increíble sueño. Gerd no podía creer que se hubiese salvado. El color le había regresado al rostro desplazando al miedo. Nilsa abrazaba y sonreía a todos sin parar, llena de una alegría y nerviosismo insoportables. Viggo observaba su insignia incrédulo. Ingrid agradecía a Egil todo su buen hacer y la portentosa cabeza del estudioso. Lasgol sonreía de oreja a oreja. No solo había conseguido restituir el buen nombre de su padre, sino que se había graduado. Y no solo él, sino todo el equipo. No podía creerlo. Estaba tan contento que hubiera gritado a los cielos como un loco.

Dolbarar finalizó la ceremonia con unas palabras para todos los guardabosques:

—Vosotros sois el futuro. De vosotros depende que la Corona, el reino sobrevivan. Recordadlo siempre: «Con lealtad y valentía, el guardabosques cuidará de las tierras del reino y defenderá a la Corona de enemigos, internos y externos, y servirá a Norghana con honor y en secreto».

Los guardabosques repitieron su mantra a uno:

—Con lealtad y valentía, el guardabosques cuidará de las tierras del reino y defenderá a la Corona de enemigos, internos y externos, y servirá a Norghana con honor y en secreto.

El rey Uthar asintió sonriendo:

—Un año más ha sido una gran ceremonia.

Uthar abrazó a Dolbarar y se despidió de los cuatro guardabosques mayores con un saludo. Luego dio la orden y su comitiva formó. Tal y como habían llegado, comenzaron a abandonar el campamento en una larga columna de hombres armados.

Los guardabosques entonaron la «Oda al valiente» mientras el rey marchaba. Cantaron mientras la comitiva abandonaba el campamento.

Oden ordenó a todos que volvieran a las cabañas.

Los Panteras de las Nieves se apresuraron a la suya. Se quedaron en el soportal viendo la comitiva partir.

—Déjame ver la medalla del rey —le dijo Ingrid a Lasgol.

Lasgol se la dio y todos se arremolinaron a examinarla.

Todos menos Nilsa. Ella se acercó hasta Lasgol y, con ojos de sincero arrepentimiento, le dijo:

—Lo siento tanto… ¿Podrás perdonar mi estupidez?

—Está perdonado. Isgord te engañó. No es culpa tuya.

—Sí lo es, pero gracias.

—Bueno, al final no ha conseguido lo que perseguía y está furioso —dijo Viggo.

—¿Qué se siente al ser un héroe? —le preguntó Gerd a Lasgol guiñándole el ojo.

—Solo me alegro de que todo haya terminado bien.

—¿No tuviste miedo?

—Sí, Gerd, lo tuve. Pero reaccioné por puro instinto y algo de entrenamiento, probablemente…

—Ojalá yo también pueda hacerlo un día —dijo el gigante con mirada de esperanza.

Lasgol le dio una palmada en el hombro.

—No te preocupes, en el momento de la verdad saldrás adelante. No tengo dudas.

—Gracias, amigo.

En ese momento, el rey Uthar, acompañado del mago Olthar y el comandante Sven, pasaron en la distancia. Todos los observaron. De súbito, Camu apareció en el hombro de Lasgol. Se puso rígido y señaló con la cola hacia el rey y sus dos acompañantes. Comenzó a chillar al oído de Lasgol.

—Haz que el bicho se calle o nos meteremos en un lío —dijo Viggo.

—Tranquilo, Camu, no pasa nada —le dijo Lasgol, y le acarició la cabeza.

Pero el animal seguía apuntando según la comitiva pasaba.

—Sí, Camu, sé que detectas magia, lo sé. Es el mago Olthar, es muy poderoso. Tranquilo. Es amigo. Ahora escóndete antes de que te vean.

Camu miró con los ojos saltones a Lasgol. No parecía muy convencido. Pero obedeció y desapareció.

Egil se acercó hasta Lasgol. En la mirada del estudioso, Lasgol leyó que seguía herido por lo ocurrido entre ellos dos.

—¿Me perdonarás algún día? —se apresuró a decirle.

Egil respiró hondo.

—¿Me prometes que no habrá más secretos? —preguntó con mirada seria.

—Lo prometo.

El estudioso resopló:

—Está bien. —Cedió y los dos amigos se unieron en un sentido abrazo. Las sonrisas les volvieron al rostro.

—Me vais a hacer vomitar con tanta sensiblería —protestó Viggo poniendo cara de desagrado.

—Calla y di algo positivo por una vez —le regañó Ingrid.

Viggo enarcó las cejas.

—Hoy estás muy guapa con esas trenzas doradas —le dijo a Ingrid, y por una vez sentía lo que le decía.

Ingrid se sonrojó. Luego palideció. Al fin, soltó un derechazo que tumbó a Viggo. Todos rieron mientras la capitana entraba en la cabaña soltando improperios.

—Esa chica tiene un problema. No hay quien la entienda —exclamó Viggo desde el suelo masajeándose la barbilla.

Gerd le tendió la mano sin poder parar de reír y Viggo se puso en pie.

—Mira que eres tonto —le dijo Nilsa negando con la cabeza y una sonrisa en la boca.

Lasgol miró hacia la cabaña de los Búhos y allí vio a Astrid. La joven lo saludó con la cabeza y luego le dedicó una enorme sonrisa. Lasgol le devolvió el saludo mientras su estómago parecía volar.

—¿Qué vas a hacer ahora que has resuelto el misterio de lo ocurrido con tu padre? —le preguntó Egil.

El chico se quedó pensativo.

—He de ir a mi aldea, a Skad, a reclamar las posesiones y los títulos de mi padre. A asegurarme de que su nombre queda limpio.

—Entiendo. ¿Y en cuanto a convertirte en guardabosques? Ya no tienes motivo para seguir aquí.

—Ummm —dijo Lasgol mientras lo sopesaba—. Es curioso. En realidad nunca quise ser guardabosques, vine aquí por lo sucedido a mi padre. Pero ahora…

—¿No me dirás que quieres seguir con nosotros? —Egil intentaba sonsacarle las palabras.

—Pues…, no lo vas a creer, pero sí… —farfulló Lasgol—. Eso es precisamente lo que quiero hacer.

—¿Seguro? ¿Sabiendo que el año que viene será aún más duro? —preguntó Egil con una media sonrisa enarcando una ceja.

Lasgol asintió:

—Quiero ser guardabosques. Como lo fue mi padre. Ahora no tengo dudas. Es lo que quiero ser.

Egil sonrió de oreja a oreja.

—Pues será mejor que aproveches las semanas de descanso que nos han concedido hasta el inicio del segundo año —le aconsejó Viggo—. Yo voy a disfrutar todo lo que pueda, os recomiendo que hagáis todos lo mismo.

Los compañeros sonrieron ante la perspectiva y fueron entrando en la cabaña. Lasgol vio marchar las últimas unidades de la comitiva real. Una lágrima le rodó por la mejilla. Lo había conseguido. Había logrado absolver a su padre. Había limpiado su nombre. Esa era la razón por la cual había ido allí, y lo había conseguido, a pesar de todo. Resopló. Siempre había pensado que si un día lo conseguía sentiría alegría, exaltación incluso; pero no, todo lo que sentía era un alivio inmenso. Como si hubieran envuelto su alma en un bálsamo de paz. Sonrió.

«Por ti, padre, gracias por todo. Siempre te querré.»

Agradecimientos

T ENGO LA GRAN FORTUNA DE TENER MUY BUENOS AMIGOS Y UNA familia fantástica, y gracias a ellos este libro es hoy una realidad. La increíble ayuda que me han proporcionado durante este viaje de tan épicas proporciones no puedo expresarla en palabras.

Quiero agradecer a mi gran amigo Guiller C. todo su apoyo, incansable aliento y consejos inmejorables. Una vez más, ahí ha estado cada día. Miles de gracias.

A Mon, estratega magistral y plot twister excepcional. Aparte de ejercer como editor y tener siempre el látigo listo para que las fechas de entrega se cumplan. ¡Un millón de gracias!

A Luis Regel, las incontables horas que me ha aguantado, por sus ideas, consejos, paciencia, y, sobre todo, apoyo. ¡Eres un fenómeno, muchas gracias!

A Keneth, que haya estado siempre listo a echar una mano y por apoyarme desde el principio.

A Roser M., las lecturas, los comentarios, las críticas, lo que me ha enseñado y toda su ayuda en mil y una cosas. Y además por ser un encanto.

A The Bro, que, como siempre hace, me ha apoyado y ayudado a su manera.

A mis padres, que son lo mejor del mundo y me han apoyado y ayudado de forma incondicional en este y en todos mis proyectos.

A Rocío de Isasa y a todo el increíble equipo de HarperCollins Ibérica por su magnífica labor, profesionalidad y apoyo a mi obra.

A Sarima, por haber sido una artistaza con un gusto exquisito y dibujar como los ángeles.

Y, por último, muchísimas gracias a ti, lector, por leer mi libro. Espero que te haya gustado y lo hayas disfrutado.

Muchas gracias y un fuerte abrazo,
Pedro

SI TE HA GUSTADO ESTE LIBRO, NO TE PIERDAS EL SIGUIENTE:

El sendero del guardabosques, libro 2

Darthor, el Señor Oscuro del Hielo, está cada vez más cerca de destronar al rey Uthar. Ha invadido el reino y le acompañan salvajes del hielo, troles de las nieves, ogros, semigigantes y colosales criaturas que nadie ha visto antes.

Mientras, Lasgol y sus compañeros se enfrentan al segundo año en el campamento para tratar de ser guardabosques. Sin embargo, tampoco ellos esquivarán la guerra y sus peligros, y se verán inmersos en situaciones que pondrán a prueba no solo las habilidades que han aprendido, también la vida de todos.

EL SENDERO
DEL GUARDABOSQUES

¡ÚNETE
A LOS
GUARDABOSQUES!